„Der kürzeste Weg zu sich selbst führt um die Welt herum"

(Eduard Graf von Keyserling)

Impressum:

© 2016 by Trutz Hardo
2. Auflage
Erstauflage 2008

Umschlaggestaltung, Bildmaterial: Trutz Hardo
Satz: Angelika Fleckenstein; spotsrock.de

Verlag: tredition GmbH Hamburg

ISBN: 978-3-7345-1223-0 (Paperback)
         978-3-7345-1224-7 (Hardcover)
         978-3-7345-1225-4 (e-Book)

Printed in Germany

Bibliografische Information der Deutschen Nationalbibliothek: Die Deutsche Nationalbibliothek verzeichnet diese Publikation in der Deutschen Nationalbibliografie;
detaillierte bibliografische Daten sind im Internet über http://dnb.d-nb.de abrufbar.

Trutz Hardo

Per Anhalter um die Welt

Das große Abenteuer

Weltreise Teil I

Europa – Asien – Australien – Südsee – Neuseeland

Inhaltsverzeichnis

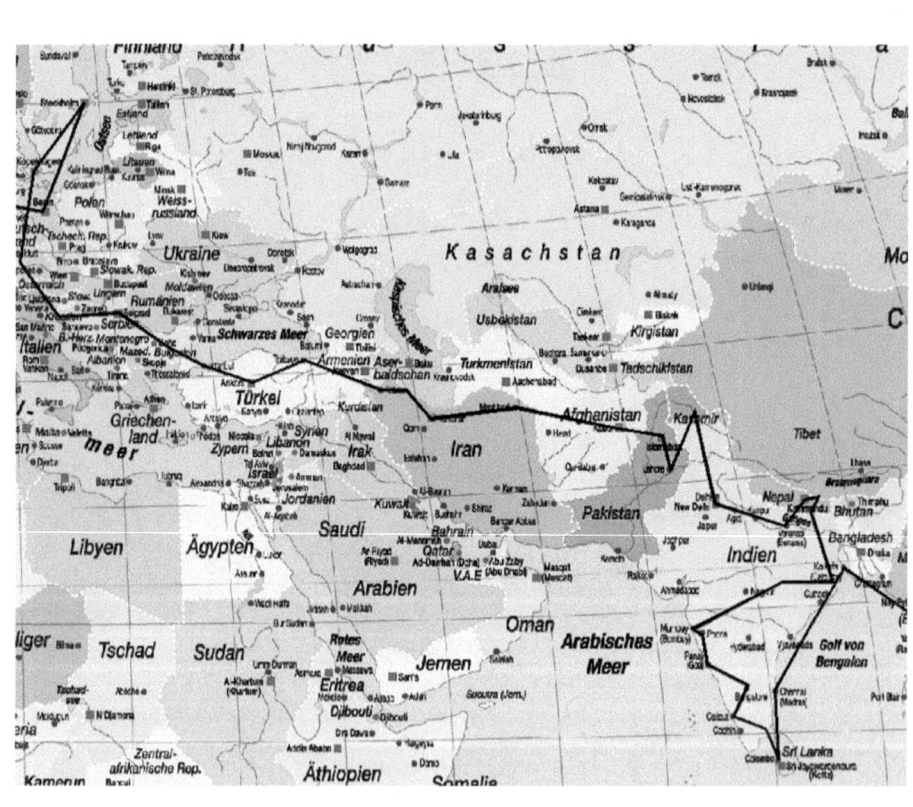

Vorwort

Was der Leser, die Leserin in den vier Bänden, die meine Weltreise beschreiben, mit inneren Augen und der Seele mitverfolgen wird, war sicherlich eines der letzten großen Abenteuer, das sich in der zweiten Hälfte des 20. Jahrhunderts bot. Ich wollte die ganze Welt kennenlernen, das heißt, möglichst viele Länder bereisen, obwohl meine geringen finanziellen Mittel mir keine andere Perspektive boten, damit sparsamst umzugehen, das heißt, kaum Geld für Übernachtungen und Transport auszugeben.

Ab den 1950er Jahren wurde das Trampen, das kostenlose Reisen per Anhalter, oder wie der Engländer sagt, das hitch-hiking, immer beliebter. In den 1960er und 1970er Jahren erreichte diese Art von Reisen unter Jugendlichen ihren Höhepunkt, während es mit Ende der 1980er Jahre sehr zurückgegangenen war. Und im Beginn des 20. Jahrhunderts trifft man nur selten einen jungen Mann oder eine junge Frau, die am Straßenrand mit erhobenem Daumen für längere Strecken eine freie Mitfahrgelegenheit suchen. Diese Trampergeneration lief mit der Hippiegeneration nahezu parallel. Letztere kulminierte Mitte der 1960er bis Mitte der 1970er Jahre.

In den 1960er Jahren trampten also viele junge Leute. Wenn ich mich am Zehlendorfer Kleeblatt oder in Dreilingen am Ende der Berliner Avus aufstellte, beobachtete ich, wie 20 bis 30 Tramper dort schon den sich nähernden und meist vorbeifahrenden Autos und Lastwagen zuwinkten. Tramperinnen fanden meist sehr schnell eine kostenlose Mitfahrgelegenheit, sodass, um nicht ewig lang warten zu müssen, für mich feststand, mich in die Nähe einer Tramperin aufzustellen, und sobald sie in ein Auto eingestiegen war, schnell herbeizueilen und den Fahrer zu fragen, ob auch für mich noch ein Platz vorhanden sei. Mehrere Tausend Kilometer habe ich allein in Westdeutschland einschließlich des nonstop durchzureisenden Interzonenverkehrs durch die DDR per Anhalter zurückgelegt.

In meinen Semesterferien trampte ich jeden Sommer für einige Wochen ins Ausland, sodass ich auf diese Weise Skandinavien, Westeuropa, die europäischen Mittelmeerländer und auch die meisten außereuropäischen Länder, die an das Mittelmeer grenzen, bereiste. Regenschirm und Wanderrucksack, worauf ein Schlafsack gebunden war, waren mein einziges Gepäck. Viele Abenteuer, die ein Tramperherz beglücken, habe ich auf diese Weise erleben dürfen. Wen wird es also wundern, wenn in mir der Wunsch entstanden war, nach meinem Studium einen Großteil der Welt per Anhalter erkunden zu wollen? Die Voraussetzungen dafür waren in meinem Lebensschicksal wohl schon vorgezeichnet. Als ich gerade fünf Jahre alt geworden war, verstarb meine Mutter. Ein Jahr später nach Kriegsende brachte mein Vater uns vier Kinder aus Thüringen nach Hessen, sodass wir nicht in der bald darauf entstandenen russischen Zone und der aus dieser hervorgegangenen DDR von allen Reisemöglichkeiten in die freie Welt ausgesperrt blieben. Von meinem Vater erbte ich wohl dessen unruhiges Leben, denn als Dichter mit dem Pseudonym Molar reiste er in der Nachkriegszeit in den Zügen durch Westdeutschland und verkaufte dort gewinnbringend seine Gedichte. (Über meinen Vater und seine Kinder hatte ich später einen vierbändigen Roman geschrieben (siehe www.trutzhardo.com). Meine Geschwister und ich wurden meist getrennt voneinander in Internaten oder bei fremden Familien untergebracht, sodass ich schon vor meinem zehnten Lebensjahr daran gewöhnt war, immer wieder in neuen Umgebungen leben und mit neuen Menschen auskommen zu müssen. Wir Kinder waren oft auf uns allein gestellt und hatten demzufolge niemand der uns Nahestehenden, denen wir unseren Kummer geklagt haben konnten. Somit begegneten wir Geschwister uns nur gelegentlich, und zwar bei unserer Großmutter, die ich meist in den Schul- und Wintersemesterferien besuchte. Hieraus ergab sich eine weitere wichtige Vorausbedingung für meine langandauernde Weltreise, denn ich hatte sozusagen kein eigentliches Zuhause und nur geringe Familienbindung, sodass ich nicht voreilig aus Sehnsucht nach Hause meine Reise abbrechen musste. Dies geschah mit vielen Trampern, die ich unterwegs antraf, da sie ein Telegramm bekamen, welches sie zum Beispiel wegen eines Todesfalles in der Familie oder einer Hochzeit nach Hause rief oder dass sie einfach von Heimweh gepackt wurden. Doch das eigentliche

Motiv meiner Reisen sollte ich erst viel später erkennen. Was jedoch gegen meine beabsichtigte Reise stand, war meine Gesundheit. Ich war von heftigen Hämorrhoiden geplagt und bekam zudem noch hin und wieder Schmerzen am Hals als Nachwirkung einer unausgeheilten Mononukleose. Außerdem litt ich unter Gastritis, die sich schon zum Magengeschwür hin neigte, weshalb man vorschlug, mich operieren zu lassen. Das heißt, alle Ärzte, denen ich von meiner Weltreise erzählte, rieten mir strikt von diesem Vorhaben ab. Doch die Ferne (oder war es eine innere Stimme?) rief mich. Und dieser Ruf war stärker als mahnende Vernunftaspekte. Nach Beendigung meiner Weltreise wollte ich entweder mich bei der Lufthansa als Pilot bewerben oder die Diplomatenlaufbahn einschlagen, war doch mein Trieb, die Welt kennen zu lernen, ungezügelt. Auf keinen Fall beabsichtigte ich, Lehrer im eigenen Land zu werden. Vielleicht würde ich mich ja auch meinem geheimen Wunsch entsprechend irgendwo als Schriftsteller niederlassen. Doch über all diese Möglichkeiten sollte nach meiner Rückkehr nach Deutschland entschieden werden.

Nach nunmehr bald 40 Jahren, nachdem ich meine Trampreise begann, setze ich mich nun auf der Isla de Margarita in Venezuela im Juli 2005 an meinen Laptop und beginne mit der Niederschrift dieses vorliegenden ersten Bandes. Bis ins Alter hinein ist mein Fernweh mir geblieben, sodass ich jedes Jahr einige Monate – vor allem während des europäischen Winters – im oft weit entfernten Ausland verbringe, ist doch die Welt meine eigentliche Heimat geworden, weshalb ich mich schon lange als Weltbürger fühle.

Leider führte ich auf meiner großen Weltreise kein Tagebuch, habe jedoch für den ersten Teil meiner Reise eine kleine Kamera dabei gehabt, um gelegentlich zu Fotografieren. Einige Briefe, die ich von weiter Ferne an Freunde oder Familienmitglieder sandte, sind erhalten geblieben, sodass mir gelegentliche genaue Datierungen zur Verfügung stehen. Auch werde ich hin und wieder aus diesen Briefen zitieren. Meine Schwester und mein Bruder übergaben mir „zufällig" anlässlich eines Familientreffens in Regensburg im Juni 2005 ein Bündel dieser gesammelten Briefe, von denen ich gar nicht wusste, dass sie noch existierten. Dies war für mich ein Signal, dem lang gehegten

Wunsch nachzukommen, die aufregendsten Abenteuer meiner Welt-
reisen als Buch zu veröffentlichen. Leider liegen einige meiner diver-
sen Reisepässe, die mir auf der Reise oder späterhin abhanden kommen sollten, nicht mehr vor, sodass ich meist nicht in der Lage bin,
genaue Ein- und Ausreisedaten wiederzugeben. So bin ich mehr oder
weniger auf meine jetzigen Erinnerungen angewiesen, wobei sicherlich auch viele interessante Erlebnisse bereits der Vergessenheit anheim gefallen sind. Dies hat jedoch den Vorteil, dass dieser Bericht
nicht zu umfangreich ausfallen wird. Doch sind mir wohl die meisten
der intimen Begegnungen mit Personen des anderen Geschlechts
noch gut in Erinnerung, sodass der Leser/die Leserin mir verzeihen
möge, wenn die Beschreibungen solcher Begegnungen oft in den Vordergrund zu rücken scheinen, obwohl ich diesbezüglich schon einige
Interna ausgeklammert habe.

Einige Länder, die ich durchreiste, werde ich nur en passant erwähnen, während ich mich in anderen Ländern bei bedeutenderen
Erlebnissen länger aufhalte. Auch werde ich bei der Erwähnung der
Länder nur hin und wieder deren Flächengröße und Bevölkerungs-
zahlen angeben, kann man solcherlei Beschreibungen in Reiseführern
nachlesen. Diesen vier Büchern sind jedoch Welt- und einige Landkarten beigefügt, sodass man die Reiseruten optisch mitverfolgen kann.
Auch sind einige Fotos widergegeben, die ich nach meiner Rückreise
in Alben zusammenstellte.

Mein damaliges Lebensmotto war: „Ich lebe nur einmal." Und dieses Leben will ich so erlebnisreich und so spannend wie möglich gestalten. Ja, ich will die ganze Welt bereisen und ein Abenteuer nach
dem andern erleben. Ich wusste damals noch nicht, dass dies wohl das
letzte geographische Abenteuer großen Stils werden sollte, denn
schon bald führten verschiedene Länder bei der Visumerteilung ein,
dass man nur in ihr Land einfliegen kann oder nur dann über ihre Lan-
desgrenze einreisen darf, wenn man ein Ausreiseticket mit dem Flugzeug vorzuweisen hatte.

Und nun, liebe Leserin und lieber Leser, begleiten Sie mich auf meiner atemberaubenden Weltreise. Viel Vergnügen.

1. Kapitel
Vorbereitungen

1. Meine Reise ins winterliche Schweden

Kurz vor Weihnachten 1966 legte ich erfolgreich an der Freien Universität Berlin mein erstes Staatsexamen in den Fächern Germanistik und Geschichte ab. In Germanistik wurde ich bei Professor Neumann in Altgotisch und über das Kudrun- und Nibelungenlied geprüft, während in der neueren Literatur Professor Emrich mir Fragen zu dem Sturm- und Drang-Dichter Friedrich Lenz stellte und als Faustexperte meine Kenntnisse über Faust II überprüfte. In Geschichte wurde ich von Professor Elze über die Mongolengefahr und die entsprechenden Reaktionen der Päpste und Kaiser des 13. Jahrhunderts befragt, während ich in der neueren Geschichte bei Professor Dietrich u.a. meine Kenntnisse über die deutschen Reparationszahlungen nach dem Ersten Weltkrieg darzulegen hatte.

Die Weihnachtstage verbrachte ich mit meinen zwei älteren Geschwistern bei unserer Großmutter in Wilhelmshaven, wonach ich anschließend nach Berlin zurückkehrte, um meine vielen Bücher bei Freunden und meiner Tante, der Malerin Erika Baumgart, unterzustellen. Mein Ziel war, so schnell wie möglich 1.000 US$ (damals waren es umgerechnet 4.000 DM, nach heutiger (2005) Währung etwa 2.000 Euro) zu ersparen, um dann meine Weltreise über Land nach Indien antreten zu können. Die 200 DM, die ich noch als Student von meinen gelegentlichen Kellnerarbeiten zurückgelegt hatte, sollten mir die Grundlage dazu bieten, im Januar nach Schweden zu reisen, um dort als Deutschlehrer eine Anstellung zu finden. Warum ich mir Schweden zu diesem Zweck ausgesucht hatte, ergab sich aus den Umständen, dass dort damals die höchsten Löhne in Europa bezahlt wurden, dass ich zum Zweiten mir schon Grundkenntnisse dieser Sprache angeeignet hatte, und – ich gestehe es aufrichtig – dass drittens nach meiner Meinung dort die schönsten Frauen Europas beheimatet sind, worüber ich mich auf einer meiner sommerlichen Trampreisen selbst überzeugen konnte.

Ich nahm also in der kältesten Jahreszeit den Zug durch die DDR nach Rostock, gelangte mir dem Fährschiff nach Schweden und reiste im Zug weiter nach Stockholm, wobei ich in dem Großraum-Zugabteil die drehbaren Sessel bewunderte. Schweden – so erschien es mir damals – war, was die moderne Technik und den Komfort anging, selbst den damals noch fleißigen und erfinderischen Deutschen in mancher Hinsicht ein ganzes Stück voraus.

Die billigste Unterkunft, die ich in Stockholm fand, war das am Hafen gelegene Seemannsheim, in welchem ich im vierten Stock ein Bett in einem Mehrbettzimmer für 7 DM zugewiesen bekam. Ich begab mich sehr bald zum Schulministerium, um nachzuforschen, ob es eine Freistelle als Deutschlehrer in Stockholm gab. Man bedauerte, für mich in der Hauptstadt keine Anstellung vermitteln zu können, doch gebe es im Inneren des Landes hier und dort in kleinen Städten an Schulen Stellungsgesuche. Doch ich wollte auf keinen Fall in eine weitentfernte Kleinstadt. Also suchte ich, leider vergeblich, in Hotels und Restaurants eine Anstellung als Kellner zu finden. Man vertröstete mich auf die wärmere Jahreszeit, wo wieder Kellner in den Ausflugslokalen benötigt würden. Ich war bereit, jede andere Tätigkeit anzunehmen, um meinem Ziel, 1.000 US$ zu ersparen, nachkommen zu können. Doch damals, wie man mir sagte, herrschte in Schweden die größte Arbeitsflaute seit dem zweiten Weltkrieg.

In dem Zimmer des Seemannsheimes war es trotz Zentralheizung sehr kalt, denn der heiße Wasserdampf schaffte es wohl nicht, bis in den vierten Stock zu gelangen. Hier hatte sich ebenfalls ein junger deutscher Architekt einquartiert. Er war braun gebrannt und berichtete mir, schon vor Weihnachten nach seinem Examen in Berlin hierhergekommen zu sein, um ebenfalls sein Glück durch eine gut bezahlte Anstellung in Schweden zu machen. Da man ihn auf den Beginn des Neuen Jahres vertröstet hatte, sei er nach Kopenhagen gefahren und habe auf dem Flughafen für sehr wenig Geld eine Pauschalreise nach dem sommerlichen Gran Canaria erstehen können, von welcher er jetzt soeben zurückgekehrt sei. Denn in Kopenhagen werden die aus ganz Skandinavien kommenden Ferienreisewilligen mit Chartermaschinen in die warmen Länder gebracht, um dem Winter für einige Wochen entgehen zu können. Er habe für zwei Wochen inklusive Flug und Verpflegung nur 100 DM bezahlt, die sich die Reiseleiter als Nebenverdienst einzustecken schienen, war doch von der Reiseorganisation alles schon im Voraus bezahlt. Man musste eben nur Glück haben, dass einer der Mitreisenden nicht rechtzeitig bis zum Abflug erschien und dessen Platz man nun für wenig Geld erhandeln konnte. Nachdem dieser Berliner, der Mitglied des Sankt-Hedwig-Chores unter der Leitung von Professor Karl Forster gewesen war, bei welchem ich auch im Studentenchor mitgesungen hatte, mir diese verlockende Aussicht vor Augen gestellt hatte, war für mich klar, ebenfalls mein Glück auf dem Kopenhagener Flughafen für eine Reise in ein warmes Land zu wagen. Also nahm ich den nächsten Zug nach Malmö um von dort mit der Fähre nach Kopenhagen überzusetzen.

2.   Als Tellerwäscher in Kopenhagen

Das billigste Quartier in der Innenstadt der dänischen Hauptstadt war die Jugendherberge, die ihre Tür pünktlich um elf Uhr abends schloss, sodass Zuspätkommende die Nacht anderswo zu verbringen hatten. Ich begab mich also gleich am folgenden Morgen auf den Flughafen Kastrup, um mich bei der bekanntesten Charterfluggesellschaft nach möglichen Flügen in die Sonne zu erkundigen. Als ich an dem Abfahrtsschalter ankam, warteten dort schon einige junge Leute, die ebenfalls einen praktisch geschenkten Urlaub erhaschen wollten. Einige von ihnen waren schon über eine Woche täglich hierhergekommen, um ihr Glück zu versuchen. Und tatsächlich konnten zwei von diesen am selben Tag nach Tunesien fliegen. Da man nie wusste, ob es überhaupt an einem betreffenden Tag eine Mitreisemöglichkeit für eine Person oder gar gleich für mehrere gab, durfte man seine Hoffnung nie aufgeben. Geduld und Hartnäckigkeit siegten. Nachdem die letzte Chartermaschine abgefertigt war, kehrte ich in die Innenstadt zurück.

Ich lernte dort eine 20-Jährige kennen, die mich zu sich in ihr bei einer Wirtin untergemietetes Zimmer einlud. Übernachtbesuche von Herrn waren nicht erlaubt. Auch musste ich die Straßenbahn gegen halb Elf nehmen, um noch rechtzeitig zurück in die Jugendherberge zu gelangen. Doch bei Kerzenschimmer in ihrem Bett befindlich hatte ich vergessen, auf ihre Uhr zu sehen. Und als ich schließlich auf diese schaute, durchfuhr es mich mit Schrecken, dass in wenigen Minuten meine für mich letzte Straßenbahn abfahren würde. Im Halbdunkel zog ich mich schnellstens an und konnte diese gerade noch erreichen. In den dunklen Schlafsaal der Herberge zurückgekehrt, schliefen alle Jugendlichen anscheinend schon. Als ich am nächsten Morgen den Waschraum betrat und meine Zähne putzte, bemerkte ich im Spiegel, wie einige Schüler hinter mir mit den Fingern auf mich wiesen und dabei lachten. Wissen wollend, was der Grund für ihr Betragen war, entdeckte ich, dass ich statt meiner eigenen die mit Rüschen verzierte Unterhose meiner Freundin anhatte. Übrigens war diese Freundin die einzige sich mir enthüllende Frau, die über keinerlei Brüste verfügte, was aber meine Begehrlichkeit für sie nicht einschränkte. Doch schienen ihre weiblichen Hormone sich an anderen Stellen des Körpers platziert zu haben, denn schon beim Küssen ihrer Schultern bekam sie einen Orgasmus.

Am nächsten Tag wieder zum Flughafen zurückgekehrt, war ein Platz im Charterflug nach Israel frei geblieben. Auf die Frage, wer mitfliegen wolle, meldete ich mich sofort, war ich doch vormals schon in Jerusalem und am Toten Meer gewesen. Doch bei der Einbuchung entdeckte man, dass ich kein für die Einreise erforderliches Visum besaß. Zwei Tage später jedoch war ich nun der erste der auf der Warteliste Stehenden. Und tatsächlich war ein Platz für einen Ferienaufenthalt nach Gran Canaria frei geblieben. Ich wurde gefragt, wie viel ich zahlen könne. Ich nannte meinen Betrag von 100 DM. Der Reiseleiter schien zufrieden zu sein. Doch plötzlich ertönte von hinten eine Stimme: „Ich zahle das Doppelte!" Und dieser Mann bekam den Zuschlag. Nun wusste ich, dass ich die Hoffnung auf einen zweiwöchigen Aufenthalt in einem Land der Sonne aufzugeben hatte. Ich musste also versuchen, trotz der allgemeinen strapazierten Arbeitslosigkeit eine Anstellung zu finden.

Ich lernte einen jungen Mann kennen, der mich einlud, bei ihm außerhalb Kopenhagens in seinem Haus umsonst wohnen zu können. Der letzte Bus aus der Innenstadt dorthin fuhr gegen elf Uhr. Dieser Mann rauchte Haschisch und wollte mich ebenfalls dazu bewegen, mit ihm seine Joints zu rauchen. Doch ich war damals noch – wie der Amerikaner sagt – zu „straight", um auf sein Angebot einzugehen. Im Interkontinental Hotel war ein Kellner erkrankt, sodass ich für ihn kurzfristig einsprang. Da aber meine Tätigkeit dort erst um Mitternacht beendet war und ich also nicht mehr zu meinem Quartier gelangen konnte, fragte ich die junge Kassiererin, ob sie wisse, wo ich die Nacht verbringen könne, sei ich doch bereit, auch auf einem Teppich zu schlafen. Sie entgegnete, dass sie keinen Herrenbesuch in ihrem Zimmer über Nacht haben dürfe, außerdem ihre Freundin schon bei ihr auf der Couch schliefe. Da wir beide uns gegenseitig mochten und ich ihr versprach, ganz leise, damit ihre Wirtin nichts merke, ihr Zimmer zu betreten und vor Tagesanbruch ebenso leise wieder das Haus zu verlassen, willigte sie ein.

In ihrem Zimmer angekommen, stellte sie mir ihre Freundin vor, die sich schon auf der Couch schlafen gelegt hatte. Sie breitete ein Laken auf dem Teppich zwischen der Couch und ihrem Bett aus und reichte mir ein Kissen und eine Decke, unter welcher ich mich alsbald niederlegte. Sehr bald kehrte sie aus dem Badezimmer zurück und legte sich in ihr Bett, das nur einen halben Meter von mir getrennt stand. Trotz der schon fortgeschrittenen Stunde war ich vor Aufregung hellwach. Da nun nach dem Verlöschen des Zimmerlichtes noch schwaches Licht durch die Gardinen von einer Straßenlaterne ins Zimmer drang, konnte ich sehen, wie sie auf dem Bauch liegend ihren Arm aus dem Bett in meine Richtung herunterhängen ließ. Auch vernahm ich, dass sie sich unruhig im Bett verhielt. Ich wusste also, dass sie ebenso wie ich wach lag und wir wahrscheinlich gegenseitig an uns dachten. Nach einer Weile berührte ich mit meinen Fingern die ihren. Sie ließ sich nichts anmerken, tat also so, als ob sie schliefe. Ich rückte immer näher an ihr Bett heran und begann schließlich ihre Hand und weiter mich nach oben bewegend erst den Unterarm, dann den Oberarm zu küssen, bis ich mich endlich erkühnte, ganz aufzustehen und mich über sie lehnend ihren Mund zu küssen. Dann schlüpfte ich unter ihre sich mir öffnende Decke. Sie flüsterte in mein Ohr, dass wir uns ganz leise zu verhalten hätten, damit wir ihre Freundin nicht im Schlaf stören würden. Und obwohl wir beim Koitus so leise wie möglich vorgingen, hatte ihre Freundin sicherlich von unserem Vorgehen längst alles mitbekommen, bewegte sie sich doch ebenfalls, wie ich vernahm, und versuchte ihr eigenes orgastisches Stöhnen weitgehendst zu unterdrücken.

Wie versprochen war ich in den frühsten Morgenstunden wieder aus dem Haus. Eine Woche später, nachdem ihre Freundin wieder heimgekehrt war, besuchte ich sie wieder in ihrem Zimmer. Jetzt entdeckte ich, dass dort mehrere Meerschweinchen herumliefen, die bei meinem ersten Besuch sicherlich schon längst geschlafen hatten – oder etwa nicht? Meinen Verbleib bei ihr über Nacht hatte die Wirtin mitbekommen, sodass sie meiner Freundin androhte, bei einer wiederholten Übernachtung eines Herrn ihr zu kündigen.

Da ich von Restaurant zu Restaurant und von Hotel zu Hotel ging, um nach einer Anstellung als Kellner zu suchen, bot man mir im Dan Hotel am Flughafen den Job als Tellerwäscher an. Ich sagte sofort zu, war ich doch froh, endlich eine relativ gut bezahlte Tätigkeit gefunden zu haben, die mich meinem Vorhaben, möglichst schnell meine 1.000 US$ zu verdienen, näherbrachten. Gearbeitet wurde in zwei Schichten, von acht bis vier und von vier bis Mitternacht. Für die Angestellten des Hotels gab es in der Kantine Frühstück, Mittag- und Abendessen. Da ich alles Geld sparen wollte, musste ich mich auf die Mahlzeiten beschränken, sodass ich, wenn ich zur Frühschicht eingeteilt war, Frühstück und Mittagessen einnehmen konnte, während mir bei den Spätschichten nur die Abendmahlzeit als einzige Tagesspeise zur Verfügung stand. Wie entsetzt war ich, als eine Hotelangestellte sich eine Scheibe Käse aufs Brot legte, hineinbiss, alsdann diese angebissene Scheibe in den Müll warf, um sich eine Scheibe einer anderen Käsesorte aufzulegen. Für uns Deutsche, die wir die Hungersnöte der Nachkriegsjahre erlebt hatten, war es unvorstellbar, Essensreste wegzuwerfen, ganz egal, ob sie nun mundeten oder nicht.

Mit den Kellern freundete ich mich schnell an. Der eine war ein Spanier, der sich darüber verwunderte, dass ich nach so kurzer Zeit schon Dänisch sprach. Es fiel mir das Erlernen dieser Sprache wegen ihrer Verwandtschaft mit der deutschen besonders leicht, wozu meine spärlichen Kenntnisse des Schwedischen ihr Übriges dazu beitrugen. Der andere mir gewogene Kellner war Italiener. Er lebte, wie er mir mit der Zeit anvertraute, mit einer Serbin zusammen, die dem horizontalen Gewerbe nachging. Als ich ihn nach einigen Wochen in seiner Wohnung aufsuchte, zeigte er mir stolz all die im Schrank aufgestapelten Teller und Tassen, die er über die Jahre hin aus dem Hotel geschmuggelt hatte.

Hatte ich Nachtdienst, so stand ich wiederum vor dem Dilemma, wo ich die Nacht verbringen konnte, war doch schon längst der letzte Bus zu meinem Haschischfreund abgefahren. Somit fuhr ich in die Stadt, ging in eine Diskothek und saß oft vor einer Cola stundenlang, bis gegen fünf Uhr der erste Bus mich zu meiner Behausung brachte. Einmal saßen drei Mitzwanzigerinnen an einem Tisch. Nachdem ich mit der Schönsten von ihnen getanzt hatte, fragte ich sie, ob ich mich mit an ihren Tisch setzen dürfe, was bejaht wurde. Sie waren drei Krankenschwestern, die im Städtischen Krankenhaus beschäftigt waren und dort auch wohnten. Mir gefiel allein die Schönste der drei, die sich mir gegenüber jedoch gleichgültig verhielt, während die am wenigsten Schönste an mir Gefallen gefunden zu haben schien, weshalb sie unter dem Tisch mit ihrem Knie an das meine stieß. Die dritte von ihnen behandelte mich mit Höflichkeit, ohne ein Interesse an mir zu bekunden. Ich tanzte mit jeder von ihnen und fragte sie, ob sie wüssten, wo ich die Nacht bis zum frühen Morgen zubringen könnte, schlösse doch diese Diskothek um zwei Uhr, sodass ich dann in der Kälte bis fünf Uhr morgens durch die Straßen schlendern müsste. Als sie kurz vor zwei Uhr aufbrachen, folgte ich ihnen nach draußen, wo sie ein Taxi anhielten. Ich stieg mit ein, ohne dass eine von den Dreien mich dazu aufgefordert hatte. Als wir an dem großen Krankenhaus ankamen, öffnete ein Pförtner das Gittertor, und das Taxi hielt vor einem fünfstöckigen Seitenflügel. Ich befürchtete, dass die drei jetzt sagen würden: „Schön, dass du uns mit dem Taxi hierher gebracht hast. Gute Nacht!" Dann hätte ich mit dem Taxi wieder das Territorium des

Krankenhauses verlassen und demzufolge auch den Fahrpreis begleichen müssen. Ich stieg also mit aus. Eine der jungen Damen zahlte. Sie schlossen die Hintertür auf, und ich folgte, ohne dass ein Wort mit mir gesprochen worden war. Sie wohnten im obersten Stock.

Dort wurde ich in das Zimmer der Dritten geführt, die mir auch alsbald einen Tee servierte und sagte, ich solle warten, bis man darüber befunden habe, wo ich nun schlafen konnte. Ich wünschte mir, dass die Schönste mich in ihr Bett einladen würde, befürchtete jedoch, dass ich neben der am unvorteilhaftesten Aussehenden zu liegen käme. Doch alsbald ging die Tür auf, und innerhalb der nächsten zehn Minuten betraten einige der schon im Schlaf gelegenen Krankenschwestern in ihren Nachthemden oder Bademänteln das Zimmer, die man wohl aufgeweckt hatte mit der aufregenden Neuigkeit, dass ein Deutscher hier oben eingetroffen sei, der ein warmes Bett suche. Nachdem sie mich beäugt hatten, verließen sie den Raum. Nach einiger Zeit kam die von mir befürchtete Zweite herein und sagte, dass das Badewasser schon eingelassen sei. Sie reichte mir Handtuch und Seife, zeigte mir das Bad und fügte hinzu, dass ich mich anschließend auf das Zimmer 14 begeben möge.

Als ich frisch gebadet und mit pochendem Herzen dieses Zimmer betrat, war die Bettdecke hochgeschlagen, Kerzenlicht flackerte zur Musik von Georges Brassens. Ich zog mich bis auf meinen Pullover ganz aus und setzte mich der Dinge harrend ins Bett, während die Bettdecke über meinen Unterkörper zu liegen kam. Und schließlich ging die Tür auf, und die Schönste der drei stand vor mir und sagte: „In meinem Bett muss man aber den Pullover ausziehen."

Wenn ich zur Frühschicht den Abwaschraum betrat, so hatten die Kellner besonders nach bis in die Nacht währenden Feiern die vielen Gläser und das Geschirr überall deponiert, sodass manchmal selbst der Fußboden mit dem zu reinigenden Geschirr bedeckt war, weshalb ich mir erst einen Weg zur großen Geschirrspülmaschine zu bahnen hatte. Doch bald wurde mir ein dänischer Mitarbeiter fortgeschrittenen Alters zugeteilt. Arne, so hieß er, war lange Zeit zur See gefahren und erzählte mir vieles von seinen Reisen in den Fernen Osten, wobei die Erlebnisse mit den Schönen jener Länder in seinen Berichten im

Vordergrund standen. Wir befreundeten uns sehr schnell, und er bot mir an, bei ihm in seiner kleinen Wohnung in der Innenstadt zu wohnen, was ich natürlich sehr gerne annahm, auch wenn ich anstatt in einem Bett mit einer Matratze vorlieb zu nehmen hatte. Jetzt brauchte ich mich nicht mehr nachts in den Diskotheken herumzutreiben, auch wenn ich dadurch von manch weiteren Herzpochen erregenden Erlebnissen ausgespart bleiben musste.

Ich wollte mehr verdienen, als was meine Tätigkeit als Tellerwäscher mir einbrachte. Und da ich nun bereits genügend Dänisch verstand und leidlich sprach, dachte ich daran, mich in Kopenhagen nach einer Stelle als Deutschlehrer umzusehen. Doch vielleicht würde ich auch eine andere gut bezahlte Anstellung bekommen.

3.   Als Kellner im mondänsten Hotel Skandinaviens

Ab Mitte April schaute ich in der Tageszeitung nach, ob Kellner für das Tivoli gesucht wurden. Denn jeden Mai öffnete Kopenhagens größter Amüsementpark, in vielem dem Wiener Prater ähnlich. Neben den Karussells, Losbuden, Geisterbahnen und Schiffschaukeln gab es eine ganze Anzahl von Restaurantbetrieben, die sicherlich jetzt schon nach Hilfskräften Ausschau hielten. Und so entdeckte ich rein „zufällig" eine Anzeige des berühmtesten und mondänsten Hotels Skandinaviens, das einen Zimmerkellner suchte. Sofort begab ich mich zum D'Angleterre Hotel, das am Ende der Fußgängerzone am Kongens Nytorv gegenüber dem Opernhaus gelegen ist. Der Personalmanager bedauerte, dass ich eine halbe Stunde zu spät gekommen sei, denn ein Spanier habe diese Stelle schon bekommen. Doch benötigten sie ab dem ersten Mai Kellner für die dann zu eröffnenden Terrassen. Er fragte mich, welche Papiere oder Reverenzen ich vorweisen könne. Ich sagte ihm, dass ich in einem Hotel im Berliner Grunewald gearbeitet hätte, verschwieg ihm aber, dass ich dort nur an Wochenenden als Student Aushilfekellner war. Er gab vor, dieses Hotel zu kennen. Er wolle dort anrufen. Ich solle am nächsten Tag wiederkommen, an dem er mir Bescheid geben werde. Als ich am nächsten Tag wieder vorsprach, sagte er mir, dass er in Berlin angerufen habe (sicherlich eine glatte Lüge) und ich am ersten Mai hier als Kellner beginnen könne. Doch müsse ich mir einen gepflegten dunklen Anzug samt Fliege in einem von ihm benannten Modegeschäft besorgen. Das in diesem Luxushotel zu verdienende Gehalt war mehr als das Doppelte von dem, was ich als Tellerwäscher bekam. Hinzu kamen natürlich auch noch die Trinkgelder.

Ich ging ins noble Restaurant, um mir eine Speisekarte mitzunehmen, denn ich wollte schon einen Einblick gewinnen, was die Gäste hier alles an Essen bestellen konnten. Die Vornehmheit dieses Speisesaals war wohl kaum zu überbieten. Goldverzierte Tapeten bedeckten die Wände. Blumenarrangements standen in kostbarsten Vasen auf den Tischen und in den Ecken. Die kunstvoll aufgetürmte Serviette wurde an beiden Seiten von edelstem Besteck umrahmt. Drei Kristallgläser waren vor jedem Gedeck aufgestellt. Die Kellner – alle stattliche Herren im fortgeschrittenen Alter – waren natürlich Ober der auserlesensten Art. In ihren nobelsten Anzügen mit ihrer über die Weste an einer deutlich sichtbaren Goldkette hängenden Taschenuhr daher schreitend hatten sie den Anschein, Majestäten zu sein. Jeder von ihnen beschäftigte einen stattlich gekleideten Lehrjungen, der die auf einem Block niedergeschriebenen Bestellungen in die Küche zu bringen und die von dort hereingebrachten Speisen auf einem Serviertisch niederzustellen hatte, von wo aus der Oberkellner nun das Bestellte kunstvoll auf dem Teller des Gastes ausbreitete.

Als ich in die Wohnung meines Seemanns zurückgekehrt war, studierte ich die in Goldlettern gedruckte Menü- und Getränkekarten. Die meisten Speisen und Weine prangten mit wohlklingenden französischen Namen. Durfte ich eigentlich in einem derart vornehmen Hotel die Stellung eines Kellers annehmen? War es nicht geradezu vermessen, ausgerechnet hier servieren zu wollen?

Sicherlich hatte ich nahezu jeden Pfingsten und im Sommer an einigen Wochenenden in Gartenrestaurants eine Menge an Erfahrung gesammelt. Doch waren diese Bestellungen einfacher Art. Selten war eine Weinflasche zu öffnen, denn meistens musste ich nur Kaffee und Kuchen, Erfrischungsgetränke oder Pommes und Würstchen servieren. Aber auf dieser fürstlichen Speisekarte war bei einigen Speisen vermerkt, dass sie flambiert serviert wurden. Wie machte man eigentlich so etwas? Ich hatte keine Ahnung. Sollte ich doch lieber absagen? Außerdem musste ich mir einen teuren Anzug, Hemden, Schuhe und eine Fliege kaufen. Das hieß, dass ich beinahe all mein bisher als Tellerwäscher Erspartes einzusetzen hatte, um den gewünschten Vorschriften zu entsprechen. Und was würde passieren, wenn man schon nach kürzester Zeit feststellte, dass ich überhaupt kein gelernter Keller war, der als ein solcher eine dreijährige Ausbildung samt Berufsschule zu besuchen hatte? Würde man mir nicht sofort die Türe von außen zeigen? Diese Gedanken gingen mir beim Tellerwaschen im Dan Hotel ständig durch den Kopf und bereiteten mir schlafgestörte Nächte. Doch irgendetwas in mir sagte: „Kaufe den Anzug!" Und dann dachte ich an das Schiller-Wort: „Und setzt ihr nicht das Leben ein, nie wird euch das Leben gewonnen sein!" Und so kaufte ich mir den teuren Anzug nebst allem, was erforderlich war, und fand mich pünktlich am ersten Mai um acht Uhr im Hotel ein.

Dort war ich einer der neuen zehn Kellner, welche die an diesem Tag zu eröffnenden Terrassen zu betreuen hatten. Wir wurden vom Oberkellner in zwei Schichten eingeteilt und hatten fünf Tage in der Woche zu servieren. Ich hatte an diesem ersten Tag frei. Gott sei Dank! So konnte ich meine Kollegen bei ihrer Arbeit beobachten. Denn ich musste herausfinden, welche Gläser zu welchem Getränk zu servieren seien. Auch durfte ich keinerlei überflüssige Fragen an meine Kollegen stellen, wären sie doch düpiert gewesen, wenn sie gewusst hätten, dass neben ihnen ein Hochstapler servierte, der blutiger Neuanfänger war und keinerlei Ausbildung genossen hatte. Doch war einer der Kellner ein Österreicher, den ich in meiner Sprache, damit kein anderer das Gespräch überhörte, befragte, wie man die Bestellungen in die Kassenmaschine einzugeben habe, um jenen Bon dann in der Küche oder an der Getränkeausgabe abzugeben. Ich beobachtete meine Kollegen, wie sie mit den vollen Tellern auf die Terrasse hinauseilten und dabei den zweiten Teller auf dem Arm zu balancieren schienen. Zu Hause angekommen, holte ich mir zwei Teller und übte, den vorderen Teller mit der Hand haltend, den zweiten auf dem Arm zu balancieren. Doch trotz aller Bemühungen wollte es mir nicht gelingen. Am nächsten Tag hatte ich Frühdienst. Das Glück stand mir bei, denn es regnete, sodass nicht mit vielen Gästen trotz der Überdachung auf den Terrassen zu rechnen war. Also konnte ich mich weiterhin heimlich informieren. Ich musste herausfinden, welcher Trick angewendet wurde, um diesen zweiten Teller zu balancieren. Und als ein Kollege mit zwei Tellern vor sich hertragend an mir vorbeigehen wollte, ließ ich absichtlich meine Kellnerserviette auf den Boden fallen, und im Bücken schaute ich ihm von unten in die Hand und sah, dass der kleine Finger nach oben aufgerichtet war, sodass der äußere Teller wie auf einem Dreieck gestützt gehalten wurde. Warum war ich nicht selbst auf diese Idee gekommen? In einer unbeobachteten Ecke probierte ich diese neue Erkenntnis aus, und siehe da, es ging ganz einfach, und der Teller fiel nicht herab. Weiterhin beobachtete ich die Kollegen, wie sie mit Gabel und Löffel geschickt die Gerichte auf die angewärmten Teller ihrer Tischgäste vorlegten. Wieder in die Wohnung meines noch immer als Tellerwäscher arbeitenden Seemanns zurückgekehrt, übte ich den ganzen Abend lang, Löffel und Gabel in einer Hand haltend, kleinere Gegenstände von einem Platz auf den anderen zu legen. Nach längerem Bemühen gelangen mir meistens meine Versuche, sodass nur noch gelegentlich etwas herunterfiel.

Schon am nächsten Tag engagierte der Oberkellner uns zusätzlich, am Abend bei einem großen Bankett der Rotarier zu servieren. Ich nahm mir aufgeregten Herzens vor, alles so auszuführen, wie die anderen es vorexerzierten. Kein Fehler durfte mir bei diesem Festakt unterlaufen, war doch der alles observierende Oberkellner selbst anwesend. Im prunkvollen mit herabhängenden Lüstern ausgestatteten Festsaal – eine Woche später gab hier auch der König ein Gelage – waren die Tische zu einem großen E aufgestellt. Mir wurden die elf vornehm gekleideten Gäste auf der einen Seite des mittleren E-Balkens zugewiesen. Blumen und brennende Kerzen standen auf den gedeckten Tischen.

Das Einschenken des Weines fiel mir leicht. Die Vorspeise mit gerolltem Lachs und dekorierten Zutaten stand schon auf den Tischen, sodass ich anschließend die Teller aufgestapelt einsammelte, wobei die Messer unter die Gabeln zu legen waren, damit sie durch ihr gewichtiges Ende nicht herunterfielen. Nun hatten wir zwölf Kellner einschließlich des Oberkellners uns in der Küche zu versammeln, um auf einem etwa einen halben Meter großen ovalen Silberteller das Hauptgericht in Empfang zu nehmen. Auf dem meinigen lagen elf tranchierte Kalbsfilets nebst Salzkartoffeln und eingebuttertem Spargel. Alles war kunstvoll garniert. Ich achtete darauf, dass ich alles imitierte, was die anderen vorexerzierten. Sie nahmen Gabel und Löffel in die rechte Hand und schoben auf die mit einer Serviette versehene andere die heiße Platte, welche nun etwas über Schulterhöhe hochgehoben wurde. Doch trotz der Serviette verbrannte ich mir den Handteller. Ich stellte also die schwere Platte wieder hin, legte die Serviette in eine vierfache Lage, wobei die Finger allerdings nur eine Serviettenlage berührten, und hob nun den großen Silberteller wieder in die Höhe, ohne nun meine Handfläche zu verbrennen. Doch die Finger waren weiterhin der heißen Unterseite ausgesetzt, und ich musste, wie ich bei einem vor mir stehenden Kollegen erblickte, diese einander abwechselnd die Platte stützen lassen.

Der Oberkellner vorneweg, stellten wir uns vor dem Portal des großen Festsaales auf. Dann wurden die Flügeltüren geöffnet. Und im Gänsemarsch, begleitet von den Klängen eines Klaviers, marschierten wir bei dem nun ausgeschalteten Oberlicht dreimal um die ganze Gesellschaft herum und stellten uns schließlich hinter unserem ersten Tischgast in unserer Reihe auf. Durch das Kerzenlicht war der Raum schon sehr aufgewärmt, und ich fühlte, wie sich Schweißtropfen auf meiner Stirne bildeten. Doch gab es keinerlei Möglichkeit, diese nun mit dem Taschentuch abzuwischen. Hinzu kam meine Aufregung, auf keinen Fall einen Fehler zu machen. Also nahm ich mir vor, bei allem genauso vorzugehen, wie mein Gegenüber es auf der anderen Seite des E-Balkens tat. Auf ein gegebenes Zeichen des Oberkellners hin mussten wir alle gleichzeitig mit dem Servieren beginnen.

Die Stühle unserer Gäste waren sehr hoch, sodass wir uns seitlich weit vorzulehnen hatten, um überhaupt an die Teller mit unserer in der Linken vorgehaltenen schweren Platte heranzukommen. Meine Hände waren schon ganz nass geschwitzt, sodass das in der rechten gehaltene Besteck mir immer wieder wegrutschte. Und als ich eine große fettgetränkte Kartoffel kunstvoll auf den Teller meiner ersten Dame platzieren wollte, glitt mir das Besteck aus, und – oh weh! – diese fiel direkt auf den Schoß in ihr wundervolles Abendkleid hinein. Ich stammelte ein „unskyld!" (Entschuldigung!), erwartend, dass diese von dem über ihr Kleid auf den Boden rollenden und Schreck auslösenden buttergetränkten Ungetüm in ein hysterisches Geschrei übergehen würde, nahm ich nun nur den Löffel und legte jetzt die übrigen Leckereien galant auf ihren Teller. Gott sei Dank war die Dame wohl sprachlos über diesen unerwarteten Vorfall. Und ich eilte zum nächsten Gast, beugte mich seitlich nach vorn und servierte mit dem Löffel die Kartoffeln, das Fleisch und die einzelnen Spargel aber mit der Gabel. Das benötigte allerdings mehr Zeit, als man eingeplant hatte, denn der mir gegenüber servierende Kellner war beinahe schon in der Mitte seiner zu bedienenden Gäste angekommen. Plötzlich stand der Oberkellner nehmen mir, nahm mir meine große Platte aus der Hand samt meinem Besteck und sagte:

„In Dänemark servieren wir von der anderen Seite." Nun beugte er sich vor und zeigte mir, wie man bediente. Ich hatte spiegelverkehrt serviert, da ich in der Aufregung den gegenüber Servierenden genau kopierte. Dann reichte mir der Oberkellner die Platte samt Besteck zurück, und ich wandte mich nun von der serviergerechten Seite meinem nächsten Gast zu.

Doch auf einmal befand sich ab dem neunten Tischgast kein Spargel mehr auf der Platte. Ich hatte vor Aufregung vergessen, meinem Gegenüber abzusehen, wie viele von diesen jeweils auf einem Teller zu servieren waren. Deshalb sagte ich, dass ich gleich in die Küche gehen wolle, um mit Spargel zurückzukehren. Alle anderen Kellner warteten bereits am großen Serviertisch, um den Wein nachzuschenken. Denn alle Tätigkeiten sollten jeweils von uns gemeinsam vorgenommen werden. Somit beäugten sie mich alle ungeduldig, wann ich wohl endlich mit meiner Reihe zu einem Ende gekommen sei. Ich war mir dessen sicher, dass ich wohl gleich entlassen werde. Auf dem Weg zur Küche sagte ich dem mir gegenüber servierenden Kollegen, dass er meinen Gästen bitte den Wein eingießen möge, sodass man nicht länger auf mich zu warten brauche. In der Küche erklärte mir der Koch brüskiert, dass er genügend Spargel ausgeteilt habe und keiner mehr vorhanden sei. Er könne mir nur noch Erbsen anbieten. Also kehrte ich mit einer Schüssel Erbsen zu meinen noch wartenden Gästen zurück, denen ich erklärte, dass kein Spargel mehr vorhanden sei und ich ihnen nun Erbsen zu servieren hätte. Doch wider Erwarten sagte späterhin keiner der Kellner ein gehässiges Wort zu mir.

Nach dem Abräumen der Teller versammelten wir uns alle wieder in der Küche. Das D' Angleterre Hotel war berühmt für sein Gebäck und andere Süßigkeiten. Hier holte der Zuckerbäcker aus einem großen Gefrierfach wiederum große Silberplatten hervor, auf denen sich eine runde mit Überguss versehene Eisbombe befand. Und am Kopfende war eine aus Zuckerguss gefertigte venezianische Gondel zu sehen, in der sogleich ein Teelicht zum Erleuchten gebracht wurde. Diese Platte war eiskalt, sodass es wieder geboten schien, die Serviette doppelt oder sogar mehrfach zu falten und nach dem Hochheben die Finger sich einander wieder ablösen zu lassen. In die rechte Hand nahmen meine Kollegen ein Messer und einen Löffel. Ich folgte ihrem Beispiel.

Wiederum marschierten wir bei Kerzenlichtschimmer und Pianoklängen dreimal um die Rotariergesellschaft herum und stellten uns hinter unserem ersten Tischgast auf. Jetzt bediente ich von der richtigen Seite. Ich sah, wie mein Gegenüber geschickt mit der Rechten den Löffel nach oben hielt und mit dem herabgesenkten Messer von oben in die Mitte der Eisbombe stach, jeweils ein Stück herausschnitt und es gekonnt mit Messer und Löffel auf den Teller legte. Ich hatte wieder als ersten Gast die nun kleidbesudelte Dame vor mir. Hoffentlich passiert mir nicht wieder ein Missgeschick. Ich stach also kunstvoll wie mein Gegenüber, den Löffel dabei hochhaltend, mit der Messerspitze oben in die eisige Halbkugel, doch – oh Schreck! – ich konnte drücken, wie ich wollte, ich vermochte nicht mit dem Messer einzudringen. Dann übte ich mehr Druck aus, und plötzlich kippte die ganze Herrlichkeit zur Seite, sodass auch die widerspenstige Eismasse zur Seite rutschte. Doch vermochte ich noch rechtzeitig die Platte auf den Tisch zu senken, ohne peinliches Malheur anzurichten, wäre doch sicherlich, wenn ich weiterhin die silberne Unterlage hochgehalten hätte, dieser Dame auch noch die Eisbombe auf ihrem Kleid platziert worden. Also legte ich nun das Messer zur Seite, nahm den Löffel in die

Faust und trennte mit aller Kraft Stücke aus dem widerborstigen Eisgetüm.

Wider Erwarten wurde ich nach Ende dieses Abends nicht entlassen. Doch lernte ich schnell und konnte nach einiger Zeit mit dem Besteck in einer Hand umgehen.

Nachdem ich schon zwei Wochen auf den Terrassen serviert hatte, bat mich ein Gast, dem ich neben dem warmen Hauptgericht auch den gewünschten Salat gebrachte hatte, ihm auch noch Dressing zu bringen. Ich dachte, dass er damit einen heißen Untersetzer für sein warmes Gericht gemeint habe. Wieder in das Restaurant zurückgekehrt, fragte ich den Oberkellner, wo das Dressing sei. „Wissen Sie es denn nicht?", herrschte er mich an und wies in eine Ecke, wo ich nun die verschiedensten mit Ölen oder Essig zu zubereiteten Salatgeschmacksverbesserer fand. Jetzt wusste ich also, was man unter Dressing verstand. Ich hatte also schon zwei Wochen lang im nobelsten Hotelrestaurant alle bestellten Salate ohne diese Zutaten serviert.

Ein Missgeschick will ich hier noch kurz erwähnen. Als ich mit einem warmen Essen auf die Terrassen hinausgehen wollte, stolperte ich, und die ganze Herrlichkeit fiel ausgerechnet dem Oberkellner vor die Füße auf den Teppich. Es war das erste Mal, dass mir ein Missgeschick dieser Art passierte. Und warum musste gerade dann der mich immer kritisch beäugende Oberkellner mit seiner goldenen Uhrkette zugegen sein? Damals wusste ich noch nicht, dass es keine Zufälle gibt. Dieses Wissen darüber sollte ich erst auf meiner Weltreise durch „von oben" gelenkte Lektion erhalten.

In der ersten Juniwoche besuchte mich Jochen, mein Berliner Studienkollege und bester Freund. Soeben war der Sechstagekrieg in Israel ausgebrochen. Ich berichtete ihm, dass ich gestern bei der israelischen Botschaft angerufen hätte, um mich nach Israel fliegen zu lassen, wo ich dem von allen Seiten bedrängten jüdischen Volk nach besten Kräften helfen wollte, jedoch ohne eine Waffe in die Hand zu nehmen, war ich doch ein überzeugter Pazifist. Doch man sagte mir, dass man jetzt niemand nach Israel einfliegen lassen könne, auch hätte ich keine militärische Ausbildung, weshalb ich wohl ohne Nutzen sein würde.

Als sich der Juni seinem Ende zuneigte, hatte ich bereits die 1.000 US$ erspart. Ich sagte also dem Personalchef, dass ich mit Ende des Monats kündigen möchte. Er stellte mir zum Abschied ein Empfehlungsschreiben aus, in welchem er meine Tätigkeit mit höchster Zufriedenheit lobend darstellte.

4. Die letzten Vorbereitungen

Bevor ich meine große Reise antrat, wollte ich mich noch von meiner hochbetagten Großmutter verabschieden. Ich reiste also nach Wilhelmshaven. Der Zeitpunkt dafür war günstig gewählt, denn ihre Haushälterin war in den Ferien, sodass ich ihr in den nötigsten Dingen zur Seite stehen konnte. Sie litt schon lange unter Demenz und Halluzinationen und sah in ihrem Zimmer bunte Lichterkugeln umherschwirren. Eines Tages kniete sie sich vor ihrem Bett nieder und sprach zu einer nicht anwesenden Person, die sich, wie sie zu sehen glaubte, dort unten versteckt hielt. Sie bat diese doch gehen zu wollen, streckte ihr sogar Geld entgegen. Nachdem ihre Haushälterin wieder aus dem Urlaub zurückgekehrt war, reiste ich nach Berlin. Dort ließ ich mir einen Teil meines Bargeldes in US$-Reiseschecks umwandeln, den anderen überwies ich auf die Bank meiner Schwester, die für mich, mit einer Vollmacht ausgestattet, dort ein Konto errichtete. Somit konnte sie mir weiterhin Geld auf ausländische Banken, die ich ihr dann benennen wollte, transferieren, was dann auch öfter geschehen sollte, war es mir doch zu gefährlich, alles Geld, selbst in Schecks umgewandelt, bei mir in einem Brustbeutel zu tragen. Dieses sollte reichen, bis ich nach eineinhalb Jahren Australien erreichte, wo ich erneut Geld verdienen wollte. Doch es konnte nur genügen, wenn ich konsequent per Anhalter fuhr und nach Möglichkeit für keine Übernachtungen zu bezahlen haben würde. Meine Krankenversicherung wurde weiterhin von meiner Großmutter bezahlt.

Ich verließ Berlin nicht ungern, hatte sich doch meine große Liebe, eine Medizinstudentin, vor über einem Jahr von mir getrennt und plötzlich einen Arzt geheiratet. Mein Schmerz war damals noch in mir lebendig. Doch muss ich ihr im Nachhinein für diese Trennung dankbar sein, denn hätten wir geheiratet, wäre ich sicher Familienvater und Studienrat geworden, jedoch meine große Abenteuerreise um die ganze Welt wäre nie zustande gekommen.

Ich packte mir einige Bücher in den Rucksack. Goethes zweiteiliges Faustdrama in der gebundenen Reclam-Ausgabe sollte mich auf meiner ganzen Reise um die Welt begleiteten. Weiterhin waren Kohletabletten für eventuelle Durchfälle mitzunehmen, Tabletten gegen meine übermäßige Magensäure, Zäpfchen gegen die Hämorrhoiden, außerdem Pflaster und eine Mullbinde. Nur die nötigsten Anziehsachen wurden eingepackt, jedoch keinerlei Winterkleidung, hatte ich mir doch vorgenommen, die jeweils kalten Jahreszeiten dieser Erde dadurch zu meiden, indem ich rechtzeitig mich auf der entgegengesetzten Erdhälfte aufzuhalten gedachte. Jedoch nahm ich einen dünnen Schlafsack mit, eine silberfarbige Isolationsmatte, eine Unterlage aus Plastik und einen Regenschirm, und vergaß auch nicht, meinen Rasierapparat, eine japanische Kleinkamera, Nähzeug, Luftballons für Kinder und meine C-Flöte einzupacken. Der Reisepass war noch neu, doch hatte ich keine Visumeintragungen für die aufzusuchenden Länder vornehmen lassen, wollte ich doch in den jeweiligen Botschaften des als nächstes aufzusuchenden Landes das benötige Visum besorgen. Ich ließ mir einige Passfotos herstellen, musste ich diese doch für Visaanträge vorrätig haben. Natürlich hatte ich mich mit einigen Landkarten eingedeckt und steckte auch Fedors Reiseführer für Indien ins Gepäck. Denn in jenem Land beabsichtigte ich, mich länger aufhalten. Meine Englischkenntnisse waren gut und wurden auf dieser Reise immer besser, sodass diese Sprache mir zur zweiten „Muttersprache" werden sollte. Auch auf Französisch konnte ich mich gut verständigen.

Und schließlich stand ich Anfang August 1967 an der Autobahnausfahrt in Berlin. Das große Abenteuer konnte beginnen.

2. Kapitel
Der lange Weg nach Indien

1.   Mein erotisches Abenteuer in Slowenien

Durch Deutschland zu trampen war relativ leicht, hatten doch Fahrer, die eine lange Strecke vor sich hatten, es gern, beim Fahren ein wenig unterhalten zu werden. Mein Weg führte über München Salzburg, durch den Tauernpass nach Klagenfurt, bis ich südlich davon die jugoslawische Grenze nach dem kommunistischen Slowenien überquerte. An der Straße hielt ein PKW mit einer deutschen Frau und ihrer etwa 25-jährigen Tochter an, die ich Sabine nennen möchte. Ich wollte eigentlich auf dem schnellsten Weg über Belgrad und Bulgarien nach Istanbul gelangen, um meinen Weg nach Indien fortzusetzen, hatte ich mir doch als Ziel gesetzt, Weihnachten in Kathmandu zu verbringen. Jedoch muss man als Tramper flexibel sein, denn oft erreicht man sein Ziel erst auf abenteuerlichen Umwegen. Mutter und Tochter wollten ihre Ferien an der kroatischen Adriaküste verbringen, zuerst jedoch auf dem Wege dahin die berühmten Tropfsteinhöhlen von Postojna besuchen. Ich sagte ihnen, so sie bereit wären, mich weiterhin mitzunehmen, dass ich gerne mit an die Adria fahren wolle, um dann an der Küste entlang gen Süden zu trampen. Ich habe in meinem weiteren Leben mehrere Tropfsteinhöhlen besucht – z. B. in den USA und in China – und kann mich deswegen nicht mehr im Einzelnen an jene in Slowenien erinnern, doch weiß ich, dass ich von dieser sehr beeindruckt war. Man konnte sogar mit einer Kleinbahn durch das Höhlenlabyrinth fahren.

   An der kroatischen Adriaküste angekommen, suchten beide einen Campingplatz auf, wo sie mit meiner Mithilfe ihr Zelt aufschlugen. Die Nacht verbrachte ich in meinem Schlafsack am benachbarten Strand. Wir hatten uns verabredet, gemeinsam vor ihrem Zelt zu frühstücken. Danach bat mich Sabine, doch noch einen Tag zu bleiben und mit ihr nach dem benachbarten Badeort zu fahren, um dort am großen Strand den Tag zu verbringen. Meinen Rucksack stellte ich im Zelt unter.

Wir hielten uns bis zum späten Nachmittag in bester Unterhaltung an jenem sehr besuchten Strand auf, als der Himmel sich plötzlich verdunkelte und unter Donner und Blitzen schließlich ein heftiger Regenguss niederprasselte. Am Strand standen aus Segeltuch gefertigte Umkleidekabinen. Wir waren froh, noch in einer von diesen rechtzeitig Unterschlupf zu finden. Und da der Regen anhielt, waren wir genötigt, noch länger in dieser Enge zu verbleiben. Was konnte uns also besseres einfallen, als uns nach und nach ganz auszukleiden und uns ganz den aufgestauten Lustgefühlen hinzugeben, wozu das Stöhnen aus den Nebenkabinen uns zusätzlich animierte. Doch blieb der eigentliche Koitus noch ausgespart. Unwetter haben nicht nur ihre bösen, sondern – wie man sieht – auch ihre guten Seiten. Die Nacht verbrachte ich unter einem regengeschützten Dach auf dem Campingplatz. Ich dachte an die Reize von Sabine und freute mich, dass sie vorgeschlagen hatte, auch den nächsten Tag mit mir gemeinsam zu verbringen. Denn ich hoffte, noch Gelegenheit zu finden, mit ihr, was die Erotik betrifft, aufs Ganze gehen zu können.

Wir unternahmen am folgenden Morgen einen Spaziergang auf den benachbarten steilen Felsen. Von dort oben hatten wir einen wundervollen Blick auf das Meer. Wir küssten uns, und da wir keine weiteren Bergbesteiger erwarteten, entkleideten wir uns gegenseitig. Sabine legte sich auf ihren Rock und zog mich zu sich nieder. Sie hatte sich genauso platziert, dass ihr Kopf kurz vor der steilabfallenden Klippe zu liegen kam. Als ich mich über sie beugte, starrte ich mit Schrecken in den steilen Abgrund hinunter. Meine Manneskraft nahm plötzlich immer mehr ab, was – wie ich bedauerlicherweise an ihren Gesten und ihrer Mimik feststellen konnte – Verdruss bei ihr auslöste. Waren es Höhenängste, die sich bisher nahezu unbemerkt in mir versteckt gehalten hatten? Auf jeden Fall stand ich wieder auf, und im Anziehen sagte ich, dass ich mich jetzt nicht in der Lage fühle, Sex zu haben.

Zum Mittag bereitete sie vor dem Zelt auf einem Kocher ein schmackhaftes Gurkengemüse. Doch bald begann mein Bauch zu revoltieren. Und wenige Stunden später musste ich mich übergeben. Ich bekam Kopfschmerzen, und meine Übelkeit hielt an. Ich lag auf dem Schlafsack neben dem Zelt. Eigentlich hatte sie mir schon am Vortag vorgeschlagen, an diesem Abend in eine Disko zu gehen. Vielleicht war sie noch unausgesprochen ein wenig ungehalten darüber, dass ich mich auf dem Felsen ihren fraulichen Reizen gegenüber ungenügend verhalten hatte. Sie fuhr mit dem Auto allein in die Stadt. Ich nahm es als Zeichen, dass sie kein Interesse mehr an mir hatte und beschloss daher, am folgenden Tag meinen Weg alleine fortzusetzen.

2. Küsse in Bulgarien

Auf dem Küstenweg nach Dubrovnik begegnete ich einem israelischen Tramper. Wir übernachteten außerhalb eines Ortes auf einer Wiese. Er besaß ein kleines Transistorradio. Beim Einschlafen hörten wir uns die Unvollendete von Schubert an. Klassische Musik gehörte zu meinen vier großen Leidenschaften. Die drei anderen waren gute Literatur, Reisen und – man errät es schon – die Frauen. Ebenfalls traf ich an der Adriaküste einen Deutschen aus Meschede im südlichen Sauerland, der mit seinem Fahrrad nach Indien unterwegs war. Jahre später, als ich wieder in Deutschland war, bekam ich von ihm einen Brief, in welchem er seine Reise mit dem Fahrrad beschrieb. Von Indien aus hatte er das Schiff nach Mombasa in Kenia genommen und war von dort auf abenteuerlichste Art wieder nach Deutschland zurückgeradelt. Alle Befürchtungen, dass sein Fahrrad in den armen Ländern dieser Erde abhanden kommen könnte, waren umsonst gewesen. Er schrieb von unterwegs Artikel für seine Lokalzeitung. Am Abend vor seiner Ankunft in Meschede übernachtete er in einer deutschen Jugendherberge. Und ausgerechnet einen Tag vor Beendigung seiner langen Reise wurde dort sein Fahrrad gestohlen.

In Belgrad besorgte ich mir das Visum für Bulgarien. Über Nis reiste ich in das erzkommunistische Land ein. Nur selten wohl hatte ein ausländischer Reisender dieses Land per Anhalter durchquert. Ein Rechtsanwalt nahm mich in seinem Wagen mit und lud mich ein, bei ihm in Plovdiv zu übernachten. Es war, wie er mir sagte, gefährlich, mit Leuten aus dem freien Westen zu verkehren, würde man eventuell der Spionage bezichtigt, was sehr unangenehme Konsequenzen haben könnte. Er berichtete mir über den Einfall der Sowjetarmee in Bulgarien, nachdem sich die deutschen Soldaten zurückgezogen hatten. Alle Kollaborateure mit den Deutschen und der eigenen antisowjetischen Heimatregierung wurden sofort erschossen. Die meisten seiner Studienfreunde und manchmal auch deren Familienmitglieder ereilte dieses Schicksal. Die Wut auf Stalin, der all diese Verbrechen angeordnet hatte, war immer noch in dieser ihrer Freiheit beraubten Bevölkerung zu spüren. Doch wer wagte es, dieser öffentlich Ausdruck zu verleihen? Höchstens ein Selbstmörder. Wie froh war ich, in der freien Welt und nicht in einem kommunistischen Land zu wohnen, wo Meinungsfreiheit und beliebiges Reisen eingeschränkt waren. Der Staat kontrollierte alles, auch die Menschen.

In Plovdiv traf ich Angelina, eine junge Studentin der englischen Literatur. Ich erzählte ihr von meinem Vorhaben, die ganze Welt per Anhalter zu bereisen. Sie sagte mir, dass sie am Wochenende mit ihrem Onkel in dessen Wagen zu Verwandten in der Nähe des Schwarzen Meeres fahren werde und ich mich ihnen anschließen könne. Sie gefiel mir sehr. Und nach einigen Stunden, in denen ich ihr über das Leben in der freien Welt und auch – was sie sehr zu interessieren schien – über die Liebesmoral dort erzählte, fragte ich sie, ob ich sie küssen dürfe. Sie nickte verschämt. Ich ergriff ihren Kopf und drückte ihr einen Kuss auf die Lippen. Sofort handelte ich mir eine deftige Ohrfeige ein. War ich zu stürmisch vorgegangen? Aber sie hatte doch genickt und somit ihr Einverständnis gegeben. Erst später erfuhr ich, dass man hier wie in Griechenland ein Nein durch Nicken und ein Ja durch Kopfschütteln anzeigt. Manches Mal lernt man auf spürbare Art die Sitten und Gebräuche eines Landes kennen.

Am nächsten Tag holte sie mich mit ihrem Onkel bei meinem Rechtsanwalt ab. Dieser Onkel war Polizist und als solcher ein überzeugter Kommunist. Er lobte sein kleines Auto, einen Moskovitsch, und demonstrierte dessen Vorzüge, indem er absichtlich über holprige Wege und durch niedrige Bäche fuhr. Einen eigenen Wagen konnte nur ein Parteigenosse ergebenster Art erhalten. Er stellte mir die vielen Errungenschaften des Kommunismus in aller Herrlichkeit vor, lobte das Vorgehen Stalins und seiner Nachfolger und ließ auch seine Wut über den verkommenen Kapitalismus Westeuropas und Amerikas aus.

Die aufzusuchenden Verwandten waren Bauern. Einen Gast aus dem freien Westen hatte man noch nie in diesem Dorf gesehen. Ich wurde deshalb mit größtem Respekt empfangen. Und der Polizist nahm mich mit zu anderen Verwandten, ebenfalls Bauern. Überall wurde uns Slibowitz angeboten. Es wäre eine Beleidigung gewesen, diesen Pflaumenschnaps auszuschlagen, zumal jeder Bauer von sich sagte, über den besten des Landes zu verfügen. Ich weiß nicht mehr, ob ich nüchtern zurückgekehrt war. Doch Angelina hatte ihr Kopfnicken längst aufgegeben. Wir küssten uns ausgiebig. Und sie schickte mir Liebesbriefe auf die deutschen Botschaften der nächsten beiden Länder, die ich ihr als meine Kontaktadressen angegeben hatte. Wie gerne hätte ich ihr zurückgeschrieben und gesagt: „Komm zu mir und begleite mich auf meinen Reisen."

Am Schwarzen Meer Bulgariens badete ich ausgiebigst, schlief wiederum am Strand, doch so versteckt, dass mich keine Polizei hätte finden können, war es doch verboten, dass Ausländer außerhalb eines Hotels oder Campingplatzes einen unkontrollierten Schlafplatz einnahmen.

3.   Meine Begegnung mit einem Dieb in Istanbul

Mit einem Lastwagen erreichte ich nachts in den frühsten Morgenstunden die Innenstadt von Istanbul. Ich war sehr müde. Wo sollte ich mich jetzt hinlegen? Denn in einer Großstadt im Freien zu schlafen war riskant, da Diebe solch eine Gelegenheit ausnutzen könnten. Ich ging ein Stück eine Straße entlang und entdeckte einen kleinen Park.

Ich vergewisserte mich, dass niemand mir heimlich hinterherge-blickte oder gar hinterher kam. Ich breitete meinen Schlafsack über eine Bank und befestigte meinen Rucksack an den Latten unter mir. Dann schlief ich sogleich ein. Auf einmal wachte ich auf. Ein Mann stand einen Meter vor mir und schaute in den Mond. Sofort sagte eine Stimme in mir: „Das ist ein Dieb!" Und ich antworte im Stillen: „Der soll es nur wagen, mich zu beklauen. Dem werd ich's geben." Und sofort schloss ich meine Augen und befand mich wieder im tiefsten Schlaf.

Doch bei Morgengrauen rüttelte eine Hand an meiner Schulter und eine Stimme rief: „Mister, wake up, thief!" Ich erwiderte schlaftrun-ken: „Let me sleep." Doch dieser wiederholte immer wieder seine Worte. Schließlich setzte ich mich aufrecht hin. Und jener Mann deute mit dem Finger unter meine Bank und sagte: „Look, look!" Tatsächlich lagen dort verschiedene Sachen aus meinem Rucksack ausgebreitet. Sofort stand ich auf den Beinen. Ein Dieb – wohl jener der im Mond-licht neben mir stand – hatte durch eine schmale Öffnung im Rucksack alles, was durch diese hindurchpasste, nach außen befördert. Ich kon-trollierte nun alle meine Habe und entdeckte, dass allein mein Rasier-apparat fehlte. Warum hatte ich eigentlich diesen mitgenommen, konnte ich mich doch seltenst nur elektrisch rasieren. Ich dankte dem Dieb, dass er mich von Unnötigem befreit hatte, und beschloss jetzt, mir den Bart wachsen zu lassen.

Doch hielt ich es für die nächste Nacht ratsam, mir ein billiges Quartier zu suchen.

Ich traf einen Tramper – solche erkennen sich untereinander sehr leicht, tragen sie doch meistens einen Rucksack –, der mir die Adresse einer billigen Unterkunft nannte und andere wertvolle Auskünfte er-teilte. Nun war es seit dem Verlassen Berlins das erste Mal, dass ich für eine Unterkunft zu zahlen hatte. Doch solche Übernachtungen in den Billigquartieren großer Städte haben den Vorteil, dass man hier Tramper findet, die aus der anderen Richtung zurückkehrten und nun alle Informationen über Visumbesorgungen, billige Übernachtungs-möglichkeiten, Grenzschwierigkeiten, Geldumtausch und eventuelle günstige Transportmittel Auskunft erteilen. Ein jeder von ihnen hatte seine abenteuerlichen Erfahrungen zum Besten zu gegen. Doch ließ ich mir auch sagen, was besonders interessant sein könnte, von mir ebenfalls besucht zu werden. Anlässlich einer Trampreise als Student um das halbe Mittelmeer herum hatte ich schon Istanbul besucht und die Hagia Sophia sowie auch den Serail besichtigt. Doch wollte ich nun einmal das Nachtleben dieser Stadt kennenlernen, nicht unbedingt, um sexuellen Gelüsten nachzukommen, sondern einfach, um zu wissen, was auf diesem Sektor hier geboten wurde. Auf meine Fragen hin gelangte ich zu einer in der Innenstadt gelegenen Villa, deren Treppen ich emporstieg. Dort saßen etwa acht Damen im schimmernden Rotlicht auf Sofas und Sesseln nebeneinander. Eine von ihnen erhob sich sogleich und kam auf mich zu. Sie war sehr nett zu mir, und ich überlegte, ob ich mich nicht doch von den Armen einer Schönen umschlingen lassen sollte, war der genannte Liebespreis nicht hoch. Doch dann bemerkte ich, dass sie einen Klumpfuß hatte. Ich war darüber derart erschrocken, dass ich sofort diese Villa der Lüste verließ.

Auf dem Wege nach Ankara saß ich neben einem Lastwagenchauffeur. Solche Fahrer waren oft willig, Tramper kostenlos mitzunehmen. Am besten sprach man sie an Tankstellen an. Meist, wenn sie einen mochten, luden sie zum Essen ein. Da man unterschiedliche Sprachen sprach, musste ich mich mit Händen und anderen Gesten verständlich machen. Kurz vor dem Ende einer ansteigenden Straße, deren Gegenverkehr man nicht zu übersehen vermochte, überholte uns ein vollbesetzter PKW. Und plötzlich kam auf der anderen Seite ein Fahrzeug entgegen. Der PKW-Fahrer konnte nur, um diesem auszuweichen, sein Steuer herumreißen und fuhr schnurgerade die steile Böschung rechts hinunter. Unten im Feld blieb das Gefährt stehen. Es hatte sich nicht überschlagen. Mein Fahrer und ich eilten hinzu, um notfalls erste Hilfe zu leisten. Vor Entsetzen erstarrte und dann heulende Kinder und Frauen stiegen aus dem überladenen Fahrzeug heraus, dessen Fahrer noch über das Lenkrad gelehnt war und wohl Allah dankte, dass nochmals alles gut gegangen war. Hoffentlich werde ich nicht einmal von solch einem Risikofahrer mitgenommen. Möge mich Allah beschützen. In Ankara besorgte ich mir das Visum für den Iran. Da ich die türkische Schwarzmeerküste kennenlernen wollte, wählte ich den Weg über Trapzon nach Erzurum, vorbei am Ararat, auf dem

Noah mit seiner Arche gelandet sein soll. Und schließlich passierte ich die iranische Grenze.

4. Von Teheran nach Kabul

Eines Tages gegen Mitternacht gelangte ich mit einem Laster an das Kaspische Meer. Obwohl ich noch eine weitere Strecke hätte mitfahren können, bat ich den Chauffeur anzuhalten, da ich auszusteigen beabsichtigte. Denn auf keinen Fall wollte ich verpassen, dieses große Binnenmeer gesehen zu haben. Er hielt in einem Dörfchen an und deutete in die Richtung, wo dieses Meer zu finden war. Dann fuhr er davon. Alles war in diesem Ort in Dunkelheit gehüllt. Nur in der Ferne sah ich ein Feuer, um das einige Männer saßen. Sollte ich zu ihnen gehen und um eine Unterkunft bitten? Doch mein Fahrer hatte gesagt, dass das Meer ganz in der Nähe sei. Und plötzlich nahten sich mir fünf bis sechs Hunde mit mörderischem Gebell, die jedoch einen gewissen Abstand wahrten, wussten sie doch nicht, was für ein fremdes Ungetüm in der Nacht dort durch das Dorf spazierte. Ich ging aus dem Ort hinaus in jene Richtung, die mir angedeutet worden war. Die Hunde folgten mir. Im Sternenschimmer erkannte ich das vor mir liegende Meer. Ich kletterte über einen Stacheldrahtzaun und hoffte, dass die Kläffer diesen respektierten und umkehrten. Doch sie waren schon seitlich durchgeschlüpft.

Dann war ich endlich am Wasser angekommen. Ich nahm meinen Rucksack vom Rücken, warf den noch immer aufgeregt Kläffenden einige Steine entgegen, woraufhin sie lautlos zurückwichen, und zog mich ganz aus. Das Wasser war salziger als das des Mittelmeeres, und es trug mich, als ob mich unsichtbare Hände von unten stützten. Ich durfte auf keinen Fall derart salzhaltiges Wasser in meine Augen gelangen lassen, hatte ich doch mit solchem im Toten Meer einst ein schreckliches Erlebnis gehabt. So lag ich also im Wasser, ließ mich von dem leichten Wellengang schaukeln und schaute in den klaren Sternenhimmel. Ich fühlte mich dem Unendlichen so nah. War ich nicht gesegnet, solche erhabenen Momente erleben zu dürfen? Nachdem ich mich abgetrocknet hatte, schlüpfte ich in meinen Schlafsack und schlief ein.

Als ich am Morgen aufwachte, entdeckte ich, dass ich mich wohl am Strand einer Badeanstalt befand. Ich packte meine Sachen zusammen und näherte mich dem Gebäude, hoffend, dort einen schon geöffneten Ausgang zu finden, um nicht nochmals über den Stacheldrahtzaun klettern zu müssen. Ich traf einen Mann, der mich mit Entsetzen ansah und fragte, was ich hier wolle. Ich erklärte ihm mit Gesten, dass ich hier am Kaspischen Meer geschlafen hätte. Er deutete mir mit Worten an, dass das hier absolut verboten sei, denn dies sei der Privatstand des Shahs. Wie gut, dass er kein Polizist oder Militär war, sonst wäre ich als mutmaßlicher Spion festgenommen worden. Unterwegs hatte mir ein Tramper berichtet, dass er auch zur nächtlichen Stunde über einen Stachelgradzaun gestiegen sei, um vor Dieben geschützt zu sein. Als er am Morgen von Fußtritten aufgeweckt wurde, starrte er in Maschinengewehrläufe. Er hatte sich auf einem militärischen Absperrgebiet niedergelegt. Nach etlichen unliebsamen Verhören wurde er wieder freigelassen.

In Teheran besorgte ich mir das Visum für Afghanistan. Ich musste einige Tage auf dieses warten. Wiederum traf ich Tramper, die aus jenem Land zurückgekehrt waren und mir wertvolle Tipps gaben. Ein Tramperpärchen hatte wie ich ein billiges Hotelzimmer gemietet. Während des Tages, als sie in der Stadt weilten, schlichen sich Diebe über das Dach in ihr Zimmer und nahmen alles an Hab und Gut mit. Die preiswerteren Hotels boten keinerlei Sicherheit und übernahmen auch keine Garantie gegen Diebstahl, was auch bei der Einbuchung vermerkt wurde, denn zu viele Einbrüche waren in der Vergangenheit passiert. Wie gut, dass es in Teheran Botschaften aus nahezu jedem Heimatland gab, die einem im Ernstfall aushalfen. Ich verwahrte auf jeden Fall meine Reiseschecks und den Reisepass in einem Brustbeutel, den ich auch nachts nicht von mir legte. Sicher hatte ich in Teheran und anderswo viel erlebt, doch verfüge ich über keinerlei Aufzeichnungen, weshalb nun viele interessante Erlebnisse meiner Vergessenheit anheim gefallen sind. Das hat natürlich den Vorteil, dass nur noch die markantesten Erlebnisse in meinem Gedächtnis verblieben und somit viele andere Eindrücke ausgespart sind, sodass dieses Buch nicht unnötig anschwellen wird.

Die Hauptstraße von Teheran nach Mashhad war damals noch größten Teils nicht asphaltiert. Sie war allerdings mit einer Planierraupe geebnet unter Zurücklassung von oft bis zu sechs, sieben Zentimeter tiefen Querrillen. Fuhr man mit einer Geschwindigkeit von mehr als 80 Stundenkilometer, dann sauste man über diese hinweg, ohne dass der Wagen in ein Zittern geriet. Doch vollbeladene Lastwagen brachten diese Geschwindigkeiten nicht auf und mussten, wegen des durch diese Rillen erzeugten Gerüttels langsam fahren, um nicht die Ladung und auch das Gefährt in Gefahr zu bringen. Ich hatte nun das Pech, einen schwerbeladenen Laster als Mitfahrgelegenheit bestiegen zu haben, der nun die weite Strecke von über 800 Kilometern bis Mashhad mit 15 bis 20 Kilometer pro Stunde zurücklegte. Ich saß neben dem Fahrer, während sein Gehilfe, ein etwa zwölfjähriger Junge, die meiste Zeit auf dem Fahrerdach verbrachte, wo auch mein Rucksack festgeschnallt war. Mein Fahrer schlief oft am Steuer ein, sodass ich hin und wieder das Lenkrad steuern musste. Dennoch war ich froh, diese wenig befahrene Strecke mit einer einzigen Mitfahrgelegenheit bewältigen zu können. Späterhin, als ich meine Fotos entwickeln ließ, stellte ich fest, dass dieser Lausebengel auf dem Fahrerdach meine kleine Kamera aus dem Rucksack hervorgeholt und beim Erforschen dieses für ihn geheimnisvollen Geräts lustig auf den Auslöser gedrückt hatte, sodass ich ein ganzes Dutzend Bilder der langweiligen Piste bestaunen konnte.

An der afghanischen Grenze hielt ein Peugeot. In diesem befanden sich drei Geschwister, eine ältere und eine jüngere Schwester und der etwa 25-jährige Bruder, der den Wagen lenkte. Sie waren Franzosen. Obwohl der Wagen voll Gepäck war, ließ man mich dennoch einsteigen. Ich erfuhr, dass sie bis zu dieser Grenze einen österreichischen Tramper mitgenommen hatten, der allerdings wieder nach Teheran zurückkehren musste, da er sich dort dummerweise kein Einreisevisum für Afghanistan besorgt hatte. Was für ein Glück hatte ich doch! Das gemeinsame Ziel war Kabul, die Hauptstadt von Afghanistan. Wie ich erfuhr, arbeitete die Ältere mit der noch älteren Schwester in Kabul an einem Hilfsprogramm, war aber kurzzeitig nach Hause geflogen und hatte ihre jüngeren Geschwister überredet, mit dem Auto zu dritt den Überlandweg zu wagen. Sie wollten unbedingt noch vor Mitternacht ihr Ziel erreichen. Mir war es recht, schnell vorwärts zu kommen. Doch bei Dunkelheit passierte es, dass unser Wagen voll auf einen doppelfaustgroßen Stein fuhr, den ein Lastwagenfahrer dort liegen gelassen hatte. Sobald einer der Laster irgendwo an einer aufwärtsführenden Straße stehen blieb, wurden sofort Steine unter die Hinterräder gelegt, damit diese nicht zurückrollten, traute man doch den überalterten Bremsen nicht. Und sobald der Laster wieder startklar war, fuhr man weiter, meist ohne sich darum zu kümmern, die dort noch liegenden Steine wieder zu entfernen. Unser Wagen drohte also eine Böschung hinunterzugleiten, doch irgendwie gelang es dem Bruder, die drohende Gefahr abzuwenden. Wir hielten an und mussten erst einmal tief Luft holen. Ich beseitigte die gefährlichen Steine. Nun fuhren wir langsamer, und alle im Auto schauten in das Scheinwerferlicht, ob nochmals solch ein Stein uns in die Quere kommen könnte.

In Kabul konnte ich im Haus der beiden älteren Schwestern unterkommen. Beide schwärmten ihren beiden jüngeren Geschwistern von Bamian und Bandamir vor. Sie sollten diese beiden Sehenswürdigkeiten unbedingt mit dem Auto aufsuchen. Und da ich ebenfalls mein Interesse für solch einen Abstecher in das Innere des Landes bekundete, nahmen wir drei uns vor, an einem der Folgetage diese abenteuerliche Reise anzutreten.

Die Straße nach dem Norden war geteert. Doch dann mussten wir nach links abweichen und von nun ab über holprige Wege und Pisten durch Berglandschaften fahren, ja sogar Bäche und wasserarme Flüsse durchqueren. Wehe, es würde, bevor wir zurückgekehrt waren, zu regnen beginnen. Denn dann wären wir vom Rückweg abgeschnitten. Bamian, in einem fruchtbaren Tal gelegen, zählte zu einem der großen Wunderleistungen der Menschheit und wurde späterhin als Weltkulturerbe deklariert. Es handelt sich dabei um die größte auf Erden je in Stein gehauene Buddhastatue, die eine Höhe von über 80 Meter maß. Vor dem Einfall der Moslems im neunten Jahrhundert war hier der Buddhismus weit verbreitet. Und Bamian wurde zu einer eifrigst besuchten Pilgerstätte. Ich war von der Monumentalität dieser Statue sehr beeindruckt. Wenn ich jetzt an diese Bildhauergroßtat zurückdenke, geschieht es mit einem weinenden Auge. Denn am Ende des 20. Jahrhunderts hatten die fanatischen Taliban, deren Religion vorschreibt, keine gemalten oder gehauenen Menschenabbildungen zu dulden, den gesamten Steinkoloss gesprengt. Was würden sie gesagt haben, hätten die Christen oder die Juden die Kaaba in Mekka in die Luft gesprengt? Solch ein Kunstwerk wird wohl nie wieder von Menschenhand geschaffen werden. Religionsfanatiker sind die Pest der Menschheit, ganz egal welchem Glauben sie huldigen.

Und weiter führte uns die Fahrt nach Bandamir, einem der schönsten Naturwunder der Welt. Der dortige See liegt wie in einer Schale aus dünner felsiger Umrandung. Auf dem Rückweg platzte uns ein Reifen. Es war überhaupt ein Wunder, wie wir bisher unbeschadet über die unwegsamen Pfade gefahren waren. Wir wechselten den Reifen. Hoffentlich passierte uns nicht noch eine Reifenpanne, denn ein zweiter Ersatzreifen war nicht vorhanden. Endlich wieder auf der Teerstraße angelangt, ging etwa 50 Kilometer vor Kabul einem anderen Reifen die Luft aus. Da es Abend zu werden begann, beschloss der Bruder Folgendes. Er würde per Anhalter mit dem ersten der beiden versehrten Reifen nach der Hauptstadt trampen, während seine jünger Schwester und ich über Nacht im Wagen bleiben sollten, bis er am nächsten Morgen mit dem reparierten Reifen zurückkehren würde. Denn einen Wagen unbeaufsichtigt über Nacht an der Straße stehen zu lassen, könnte bedeuten, am nächsten Tag über keines der vier Räder mehr zu verfügen. Wir beide vermochten lange nicht im Auto einzuschlafen, denn wir konnten uns nicht satt genug küssen. Schließlich schliefen wir beide auf unseren Sitzen ein. Hätte ich gewusst, dass diese Küsse die letzten vor Thailand gewesen sein sollten, hätte ich den Schlaf noch länger hinausgezögert.

Auf dem Weg zur pakistanischen Grenze kam ich nach Jalalabad Ich fragte einen bärtigen Mann mit einem rosafarbigen Turban, ob es hier irgendeine Möglichkeit gebe, umsonst wo unterzukommen, benötigte ich doch ein Dach über dem Kopf, da es schon zu regnen begann. Er deutete mir an, ihm zu folgen, wolle er mich zu den „Seaks" bringen. Meinte er damit ein Krankenhaus? Mir war es egal, Hauptsache ich hatte ein Dach über dem Kopf. Aber das vermeintliche Krankenhaus, wie ich bald feststellte, war ein Tempel der Sikhs, Anhänger von Guru Nanak, der diese Religionsbewegung der Nächstenliebe im sechszehnten Jahrhundert gründete. Eine ihrer Regeln besteht darin, Reisenden Unterkunft und Verpflegung kostenlos anzubieten.

Zwei Tage später überquerte ich den Kaiberpass, die Eingangspforte zu Pakistan. Auf der afghanischen Seite hatten Verkäufer ihre Waren ausgelegt. Unter anderem bot man dort auch zu runden tellergroßen Fladen gefügtes Haschisch an, den man in Pakistan, aber noch besser in Indien gewinnbringend verkaufen konnte. Den Zöllnern auf der anderen Seite hatte man nur einige Dollarscheine in den Pass zu legen, damit das Gepäck nicht kontrolliert wurde. Doch sollte man von der Polizei erwischt werden, erwarteten einen Gefängnisstrafen, es sei denn, man wüsste, wie man sich wieder freikaufte. So mancher Tramper hat sich von solch günstigem Kauf verleiten lassen und sicherlich bereut, ihn eingegangen zu sein.

5.   Amöbenruhr in Pakistan

Aus den Bergen und Schluchten Afghanistans war ich nun in die Ebenen Pakistans gelangt, jenes moslemische Land, das vor 1948 Teil der englischen Kronkolonie Indien war und nach der erteilten Unabhängigkeit sich von dem hinduistischen Mutterland trennte. Ich besuchte das antike Taxila, die einstige Hauptstadt eines indogriechischen Reiches, die sich später mit buddhistischen Tempeln schmückte, sodass sich hier Griechentum und Buddhismus in Eintracht vereinigt hatten, weshalb auch die Kleidung Buddhas in griechischer Manier mit eingemeißelten Falten zu sehen ist. Auf dem Wege zurück auf einem Lastwagen unterhielt ich mich mit einem aus Indien kommenden Amerikaner, der mir seine Liebesgeschichte erzählte. Der Grund seiner Reise in die Ferne war die schmerzliche Trennung von seiner langjährigen Freundin namens Faith, die auf eine für ihn unerklärliche Weise einen anderen heiratete. Und sofort stieg in mir wieder der Schmerz

44

hoch, den ich noch in mir trug, hatte sich meine Geliebte sich plötzlich ebenfalls für einen anderen entschieden. Ich wusste, dass ich so weit wie möglich aus Deutschland weg zu reisen hatte, um von meiner zerstörten Liebe zu genesen. Noch war mir nicht bewusst, dass dieser Schicksalsschlag von höherer Hand geplant war, denn in meinem Lebensplan war diese Weltreise vorgesehen. Jim erzählte mir weiter, dass er Lehrer an einer tibetischen Schule in der Nähe von Dharmshala, dem Exilsitz des Dalai Lamas, gewesen sei, an welcher eine deutsche junge Frau namens Gisela unterrichtete. Jim schilderte diese als schönste Frau, mit der er alle Herrlichkeiten erlebte. Sie habe ihn von seinem Leiden an der zerbrochenen Partnerschaft mit Faith befreit. Er wäre gerne noch länger mit ihr als Lehrer dort verblieben, doch wolle er zu Weihnachten wieder zu Hause bei seinen Eltern sein und vorher noch einige wichtige Sehenswürdigkeiten aufsuchen. In mir stieg der Wunsch hoch, dieser jungen Deutschen zu begegnen, vermochte sie mich vielleicht ebenfalls von meinem Liebesschmerz zu befreien. Und da Jim mir berichtete, dass man an jener Schule unentgeltlich bei freier Unterkunft und Verpflegung English unterrichten konnte, war mein Entschluss gefasst, dort ebenfalls als Englischlehrer mein Glück zu versuchen.

Über Peshawar gelangte ich nach Rawalpindi, der alten Garnisonsstadt der Briten, an die 15 Kilometer nördlich die neue Hauptstadt Islamabad, angrenzt. Hier wollte ich der Frau des amerikanischen Botschafters Grüße meiner Tante aus Berlin überbringen, die sie dort im deutsch-amerikanischen Frauenclub kennen gelernt hatte. Als ich dort meinen Besuch abstattete, nahm man mich mit größter Freundlichkeit auf. Ich wurde gebeten, einige Tage bei ihnen als Gast zu verweilen. Zum ersten Mal schlief ich nun in einem mit Klimaanlage versehenen Zimmer und aß von den wohlschmeckenden Speisen, die der Koch nach amerikanischer Weise zuzubereiten gelernt hatte. Auf ihre Empfehlung hin konnte ich in einem der vornehmsten Hotels das Schwimmbecken benutzen und mich auf weichen Liegen ausruhen, was meinen mich immer wieder plagenden Hämorrhoiden zu Gute kam. Meine Kleidungsstücke wurden alle gewaschen, und ich, der verstaubte Tramper, kam mir wie ein verwandelter Prinz im Märchenland vor.

Doch plötzlich bekam ich Bauchkrämpfe, begleitet von Fieber und Durchfall. Der herbeigerufene amerikanische Arzt diagnostizierte alsbald eine Amöbenruhr, weshalb er mir verschiedene Medikamente verschrieb und Bettruhe anordnete. So lag ich denn einige Tage im Bett oder fuhr mit der Riksha zum Schwimmbassin des Hotels. Wie glücklich war ich doch, diese entsetzliche Krankheit nicht in irgendeinem Billighotel auskurieren zu müssen, sondern ausgerechnet dort, wo man mich umsorgte. Das Schicksal hatte es gut gemeint. Ich hatte immer das Gefühl, beschützt zu sein. Dennoch glaubte ich nicht an unsichtbare Einwirkungen. Ich war ausgemachter Nihilist, und meine Examensarbeit in Germanistik befasste sich mit dem Nihilismus der Romantik. Der mich betreuende Arzt war entsetzt, dass ich keine Mittel gegen Malaria eingenommen hatte. Somit verschrieb er mir zusätzliche Tabletten.

Doch sobald die Schmerzen im Bauch nachgelassen hatten und der Durchfall besiegt war, wollte ich wieder weiter. Ich hatte mir vorgenommen, nach Murree hinauf zu trampen, war dieser Ort zur Zeit der Engländer der angenehmen Kühle wegen deren bevorzugter Sommersitz. Da die Landschaft in jenen Bergen so reizvoll anzusehen war, entstieg ich schon einige Kilometer vor der berühmten Hill Station dem Lastwagen und machte mich zu Fuß auf den Weiterweg, indem ich oft pausierte und in die Landschaft blickte. Auch hatte ich mir in meinem Rucksack Thomas Manns Roman Die Betrogene mitgenommen, den ich jetzt zu lesen begann.

Auf dem Weiterweg kam mir ein alter Mann mit Stock entgegen. Er hielt an und fragte mich etwas, das ich aber nicht verstand. Dann entdeckte ich, dass ich einen Blinden vor mir hatte, dessen Augenlider zugewachsen waren. Seine Kleidungsstücke bestanden aus zusammengeflickten Lumpen. Sicherlich lebte er von Almosen, denn wer wollte in diesen armen Ländern einen Blinden unterstützen, gab es doch nicht wie bei uns ein abgesichertes Sozialsystem, das jedem Bedürftigen unter die Arme greift. Ich drückte ihm einen Geldschein in die Hand, und wir verabschiedeten uns. Auf dem Weiterweg nach oben musste ich weiterhin an diesen Blinden denken. Er war schon mit zusammengewachsenen Augenlidern geboren worden, sodass er nie das Tageslicht erblickt hatte. Man hätte damals eine kleine Operation durchführen müssen. Doch seine Eltern hatten sicher nicht die finanziellen Mittel dafür aufbringen können. Damals wusste ich noch wenig über Reinkarnation und überhaupt noch nichts über Karma. Indien sollte darin mein Lehrmeister werden.

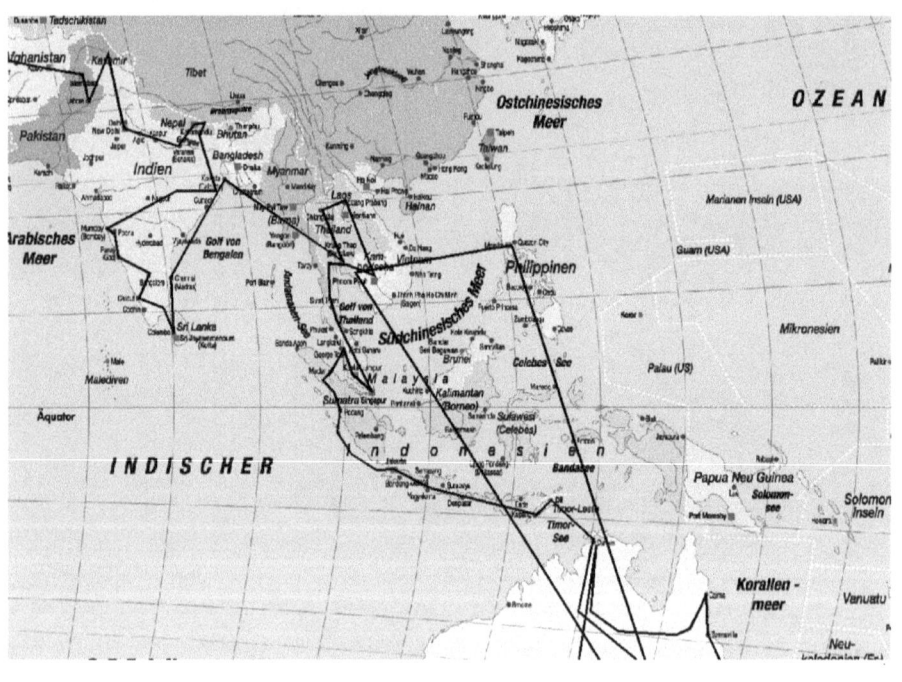

3. Kapitel
Indien, Nepal und Sri Lanka

1.   Als Englischlehrer an einer tibetischen Schule

Nachdem ich die große Moschee in *Lahore* barfuß und mit Kopfbedeckung besucht hatte, passierte ich Anfang Oktober die Grenze nach *Indien*. Dieser riesige Subkontinent war bis 1947 englische Kolonie, wurde dann aufgeteilt in zwei moslemische Staaten mit den Namen Ost- und Westpakistan (seit 1971 Bangladesch und Pakistan), die zu beiden Seiten das zentral gelegene Mutterland mit überwiegender hinduistischer Bevölkerung flankieren. Dieses Kernland von über 3.000 Kilometer Länge und nahezu ebensolcher Breite umfasst über drei Millionen Quadratkilometer und ist damit neunmal so groß wie die heutige Bundesrepublik Deutschland. Um 1970 dürfte dieses subtropische Land 800 Millionen Einwohner gezählt haben, während es schon anfangs des 21. Jahrhunderts die Milliardenmarke überschritten hatte. 80 Prozent der Bevölkerung sind Hindus, etwa 12 Prozent Moslems, während sich der Rest der Bevölkerung in Sikhs, Parsees, Christen, Jains und Buddhisten aufteilt. Bei der Aufteilung des englischen Kronlandes 1947 flohen etwa 10 Millionen Moslems in die beiden abgetrennten Teile, während ebenso viele Hindu-Flüchtlinge aus jenen beiden nun moslemischen Ländern nach Indien mit seinen 28 Staaten überwechselten. Hunderttausende der Flüchtlinge fanden bei diesem Bevölkerungswechsel durch Aggressionen des Mobs und durch andere Ereignisse den Tod.

Unweit der Grenze erreichte ich als erstes Amritsar, der heiligen Stadt der Sikhs. Von hier schrieb ich an meine Großmutter und meinen Bruder Peter folgenden Brief:

„Liebe Oma und lieber Peter! Ich bin jetzt in Amritsar – mein erster Aufenthaltsort in Indien – und wohne bei den Sikhs. Die Sikhs haben alle

ein kunstvoll aufgetürmtes Tuch auf dem Kopf, unter dem sich meist ihre ganze Haartracht befindet, denn der strenggläubige Sikh schert sich nicht. Das heißt auch, dass der Bart oft sehr lang ist. Ich wohne hier im Gästehaus der Sikhs mit zwei Engländern. ... Gleich vor dem Gästehaus befindet sich der heilige Bezirk, dessen Mitte von dem, in einem Teich stehenden, goldenen Tempel gekrönt wird, zu dem ein Steg hinüberführt. Etwa acht Millionen bekennen sich zur Religion der Sikhs. Ihr Gründer Guru Nanak war ein Zeitgenosse Martin Luthers. Die Sikhs sind im Grunde christlicher als die Christen. Sie bekennen sich nur zu einem Gott, der sich ihnen durch seine zehn Gurus offenbarte.

Meine Reise war bisher sehr erlebnisreich. In der Adria, im Schwarzen und im Kaspischen Meer habe ich gebadet. Die letzten vierzehn Tage war ich Gast bei einer amerikanischen Familie in Islamabad. ..."

Ich muss noch ergänzen, dass die meisten Sikhs ihren Bart kunstvoll zu zwirbeln verstehen und oft mit einem Tuch oder Netz versehen, sodass er im Gesicht haften bleibt und nicht nach unten fällt.

Jeder von ihnen hat die fünf „Keys"(Regeln) zu beachten. Sie dürfen den Bart nicht scheren, tragen im Haar einen Kamm, am Arm ein Armband, ein kleines Messer und unter ihrer Kleidung eine Unterhose. Sie dürfen nur dem Guten dienen und zu allen Menschen Nächstenliebe walten lassen. Was sie natürlich nicht hinderte, den Engländern beste Soldaten zu liefern. Die meisten Lastwagenfahrer waren zu dieser Zeit Sikhs, wie ich als Tramper bald herausfand. Diese wurden bevorzugt gesucht, tranken sie doch keinen Alkohol. Sie befolgen das Gebot, jedem Fremden mit Gastfreundlichkeit zu begegnen. Wir Reisenden aus fernen Landen durften in ihrem Tempelbezirk kostenfrei wohnen und wurden sogar zum Essen eingeladen. Und manches Mal hatte ich mich in den folgenden Monaten an den verschiedensten Orten Indiens und auch noch in Singapur und Malaysia von ihrer Gastfreundlichkeit überzeugen können.

Ebenfalls aus *Amritsar* schrieb ich am 6. Oktober einen Brief an meinen Freund Jochen...

„Lieber Jochen! Ich weiß nicht, ob Dich mein kleiner Sendbote, eine Französin namens Christiane, aufgesucht und Dir meine Grüße überbracht hat. Wenn ja, wirst du schon ein wenig über meine Reise erfahren haben. Mein Aufenthalt in Afghanistan ging mehr oder weniger auf Kosten der Geschwister Fauchère, die mich an der Grenze nach Afghanistan mitnahmen anstelle eines Österreichers, der zurück nach Persien musste, da er kein Einreisevisum vorzuweisen hatte. Die ältere Schwester ist in Kabul Lektorin an der juristischen Fakultät und im Besitz einer komfortablen Wohnung, in der ich mich einige Tage verwöhnen lassen durfte. Mit ihnen fuhr ich auch nach Bahmian, wo die größte Buddhastatue zu sehen ist. Jetzt bin ich in Amritsar, der heiligen Stadt der Sikhs. Bestimmt bist Du über Glauben und Gebräuche der Sikhs informiert. Sie sind sehr gastfreundlich und haben organisiert, zweimal am Tag den Armen einen Freitisch zu bescheren. Meine Gesundheit lässt zu wünschen übrig. Meine drei Grundübel – Hämorrhoiden, Gastritis und Lymphknotenschwellungen – pflegen sich bisher immer abzulösen, wobei dem ersteren im Allgemeinen der Vorrang gelassen wurde. Letzte Woche suchten mich alle auf einmal auf. Es war zu viel. Ich hatte mich ins Bett zu legen. Gott sei Dank wohnte eine befreundete amerikanische Familie meiner Tante in Rawalpindi, bei der ich dann stationieren konnte. Selbst jetzt bin ich noch nicht wieder fit und gehe so wenig wie möglich. Die Ruhetage in Rawalpindi brachten mir so viel Muße, dass ich ein paar neue Ideen notierte, die sich, wenn es gelingt, zu einem geplanten Romanwerk, fügen lassen sollten. Zuerst gilt es, einen größeren Sandhaufen aufzuwerfen, das heißt, es ist ein Repertoire, aus dem mit Sorgfalt selektiert werden muss, um eine Sandburg zu bauen. Vieles vom ersten Sandberg wird ignoriert werden müssen, obwohl sich die Leser bestimmt mehr für das, was ich nicht in die Sandburg mit einbaue, interessieren dürften. Aber ich habe nicht eine Sandburg zu bauen, die dem Geschmack des Publikums entspricht, sondern es soll ein Kunstwerk mit tausenderlei Beziehungen und Rätseln werden. Die eine der beiden Hauptpersonen gebe ich selbst, wenn auch in Modifikation zum Besten, die andere Hauptrolle ist einer Dame zugeschrieben, die dem Helden manchen Kummer zufügt. Das letzte Wort soll ein gewisser Franz von Schober haben, der den Romanhelden auf die Osterinsel begleitet und dem Sterbenden seine letzten Worte ablauscht.

Lieber Jochen, grüße mir Herrn Dorn und sei selbst mit den Grüßen Deines Trampfreundes Trutz versehen."

In Kopenhagen arbeitete in der Küche des D'Angleterre Hotels ein befreundeter junger Inder als Tellerwäscher, der mir Folgendes erzählte. Er stammte aus einer Brahmanenfamilie. Sein Vater suchte ihm eine kastengemäße Frau aus. Im Beisein beider Elternpaare saß er mit seiner zu Verlobenden auf dem Sofa, um sich gegenseitig kennenzulernen. Er hatte sie noch nie vorher gesehen. Sie war ihm viel zu groß und zu gewaltig in ihrem Auftreten, sodass er sich eingeschüchtert fühlte. Doch war es nicht möglich, seinen und ihren Eltern eine Absage zu erteilen, was einer ungehörigen Beleidigung gleichgekommen wäre. Es gab nur eines, sich noch vor der Hochzeit aus dem Staube zu machen. Auf vielen Umwegen gelangte er nach Dänemark. Er bat mich, seinen Vater, einen Rechtsanwalt, aufzusuchen und ihm zu sagen, dass es ihm gut gehe, jedoch ja nicht zu erzählen, dass er nur Tellerwäscher sei. Da seine Eltern in der Umgebung von Amritsar wohnten, suchte ich sie auf. Sie waren erfreut, von ihrem Sohn Näheres zu hören. Ich sagte ihnen, dass dieser in einem Hotel gut verdiene. Das schien beide zu freuen, und sie fragten nicht nach Einzelheiten. Der Vater unterhielt sich länger mit mir. Was mir von dieser Unterhaltung noch im Gedächtnis haften geblieben ist, war seine Aussage, dass man alle Bettler einfach umbringen sollte, wäre doch dann das Problem der Armut gelöst. Mich schauderte es.

Der Lastwagen, der mich von *Pathankot* mit nach *Srinagar* nahm, war bis obenhin mit Reissäcken beladen, sodass sich bis zur abdeckenden Plane nur ein 20 Zentimeter freier Raum ergab, in welchem ich ausgestreckt lag. Durch einen Spalt konnte ich nach draußen sehen. Auf den hochgelegenen Straßen war es schon sehr kalt. Doch war ich froh, auf diese Weise nach dem von allen als unbedingtes Muss gelobten Kashmir zu gelangen. Hier wohnte ich auf einem der vielen Hausboote, die mit kleinen Booten auf diesem von Tälern und hohen Bergen umgebenen See zu erreichen waren. Von hier unternahm ich Ausflüge in die malerische Umgebung. Doch hielt ich mich dort nicht lange auf, wollte ich doch sobald wie möglich Gisela in Dharmshala treffen. Also hieß es, die holprigen Straßen zurück nach Pathankot zu nehmen. Doch viele Jahre später kehrte ich nach Srinagar zurück, das des beständigen Kleinkrieges mit Pakistan wegen von vielen indischen Soldaten kontrolliert wurde, und besuchte das *Grab Jesu*. Dieser, so geht die Legende, sei gar nicht am Kreuz auf Golgatha gestorben, vielmehr hätte man ihn aus dem Grab noch lebend befreit, woraufhin er, wieder genesen, seinen langen Weg nach Indien antrat und schließlich nach Kashmir gelangte. Hier vollbrachte er wie anderswo Wunder und starb dann im hohen Alter. Jene Christusgläubigen pilgern nun zu seinem Grab, das sich in einem Haus befindet.

In *Srinagar* wurde ich in einen Laden geführt. Man zeigte mir die kostbarsten Chinchillapelze und versicherte mir, dass diese in Europa 20-mal so teuer seien wie hier, wo ich einen solchen als Damenmantel zu einem einmalig günstigen Preis von nur 100 US$ erstehen könne und somit nach meiner Rückkehr ein gutes Geld erzielen würde. Nur in den Anden Südamerikas und hier in den hohen Regionen des Kashmirs könnten solche Tiere wegen der Kälte ein solch dichtes Fell bekommen. Und tatsächlich fühlte sich dieses überaus zart an, wie ich nie zuvor etwas Ähnliches berührt hatte. Ich zahlte den äußerst günstigen Preis und gab als Adresse jene meiner Schwester in Bremen an. Ich schrieb ihr, dass sie diesen Chinchilla in einem Pelzladen verkaufen und das Geld auf das für mich angelegte Konto legen möge. Das Paket kam auch einige Monate später dort an. Aber als sie dieses kostbare Stück einem Pelzhändler zeigte, erkannte er schnell, dass es sich um ein einfaches Kaninchenfell handelte.

Wieder aus Kashmir zurückgekehrt, war ich bei einem Bauern eingeladen, der mir seine Felder zeigte. Ich entdeckte dort grüne Sträucher, an denen sich wie dünne grüne Bohnen Chillys befanden, aus denen die Gewürzbeilagen, die jedem Essen beigefügt werden, zu sehen waren. Ich pflückte eine solche Schote, öffnete sie, roch daran und warf sie wieder fort. Aus irgendeinem Grund rieb ich anschließend mit dem Finger an einem Auge. Sofort entzündete sich dieses mit großen Schmerzen, sodass Tränen liefen. Zum Glück hatte ich vorher in der Nähe einen kleinen Bach entdeckt. Ich rannte dorthin und spülte immer wieder mein Auge aus, bis es sich wieder beruhigte.

Dharmshala, eine Kleinstadt, liegt am Fuße eines Berges. Weiter oben auf einer Höhe von etwa 1.800 Metern residiert der *Dalai Lama*, das weltliche und *geistige* Oberhaupt der Tibeter, so er zu Hause ist, denn meistens befindet er sich auf Reisen in der weiten Welt. Mit ihm haben sich dort viele seiner Landsleute niedergelassen, nachdem sie von den ihr Land besetzenden Chinesen 1959 und später geflüchtet waren. Ich bezog dort oben ein Mehrbettzimmer in einem kleinen Hotel, in welchem mehrere reisende Tibetverehrer und Tramper untergekommen waren. Einer der letzteren öffnete seinen Rucksack und zeigte uns die tellergroßen Haschischfladen, die er am Kaiberpass billig erstanden und unter Gefahren bis hierher gebracht hatte. Ich hatte bisher noch nie dieses „Zeug" inhaliert, wurde aber überredet, ebenfalls mitzurauchen. Ich wollte ja alles kennenlernen. Warum hatte ich mich in Dänemark noch geweigert, Haschisch zu rauchen, hatten doch alle Tramper, die ich unterwegs traf, schon reichlich davon Gebrauch gemacht. Wir zogen alle an den mit Zeitungspapier gedrehten „joints", aber selbst nach mehreren Zügen wollte sich kein wohliges Gefühl einstellen. Schließlich fanden wir heraus, dass es gar kein Haschisch war. Es waren gepresste Kräuter, die unserem Freund als bester afghanischer Hanf verkauft worden waren. Und er nahm die umsonst bis hierher geschmuggelten Scheiben, öffnete das Fenster und schleuderte sie wütend in den Wald hinein. Wochenlang hatte er Angst gehabt, dass man seine Ware entdecken und ihn Jahre lang in ein Gefängnis stecken könnte. Und all diese Angst war nun umsonst gewesen.

Schließlich fand ich heraus, wo Gisela wohnte. Nur drei Kilometer entfernt von der Residenz des Dalai Lama lag auf etwa gleicher Höhe der Ort *Upper Gansh*. Ich traf sie in ihrer Lehmhütte gleich neben dem Schulgebäude an. Sie trug tibetische Kleidung, was ihr einen besonderen Reiz verlieh, der ihre natürliche Schönheit noch vermehrte. Ich richtete ihr Jims Grüße aus und fragte, ob ich als Englischlehrer hier unterrichten könne. Sie führte mich zu dem Leiter der Schule, der erfreut war, noch einen zusätzlichen Lehrer kostenlos einstellen zu können. Mir wurde ebenfalls eine Hütte zugewiesen, doch bevorzugte ich, bei meinen Tramperfreunden im Ort des Dalai Lamas zu wohnen. Drei Malzeiten am Tag würden mir gebracht werden. Morgen könne ich anfangen. Das einzige Problem bestehe darin, dass er meine Anstellung der indischen Schulbehörde zu melden habe, die darüber verfüge, ob ich hier als Lehrer bleiben dürfe. Gisela hatte eine solche Erlaubnis erhalten. Wie sie mir erklärte, beneideten Inder die Tibetern darum, dass deren Kinder bevorzugt von ausländischen Lehrern unterrichtet würden, weshalb man auch schon Jim Schwierigkeiten bereitet hatte.

Den tibetischen Schülern bringe ich Englisch bei. Bei schönem Wetter sitzen vor dem Schulgebäude. Links steht die Tafel.

Die von mir zu unterrichtenden Schüler und Schülerinnen befanden sich im Alter von acht bis zwölf Jahren. Der Tageshitze wegen wurde auf dem lehmigen Vorhof unterrichtet. Die Kinder saßen mit überkreuzten Beinen auf Matten, während die Tafel an einem Baum lehnte. Einigen von ihnen lief aus der Nase deren gelber Inhalt, den wir gewöhnlich in ein Taschentuch schnäuzen, was die Schüler aber nicht besaßen. Und während ich unterrichtete, leckte so mancher an dieser Substanz. In den Nächten konnte es jetzt schon sehr kalt werden, weshalb sich der Schnupfen als Begleiterscheinung zeigte.

Die Schüler sprachen kein Englisch, und ich sprach kein Tibetisch. Wie sollte ich sie also unterrichten? Ich paukte mit ihnen zuerst das Alphabet, indem ich die Buchstaben an die Tafel zeichnete. Im Chor wurden nun die Buchstaben wiederholt, bis sie, die Schnelllernenden, diese herunterrasselten. Jim hatte anscheinend schon gute Vorarbeit geleistet. Ich stellte nun lautmalerisch einen Lastwagenfahrer vor, indem ich das gedachte Lenkrad drehte, mal den Laster anhielt, dann wieder anfahren ließ. Schließlich hielt der Fahrer sein Gefährt an und ging in ein Restaurant, wo er sich ein Essen und Getränk bestellte. All das führte ich gestikulierend vor und schrieb die Vokabeln an die Tafel. Dann ließ ich nacheinander den einen oder die andere nach vorne kommen, um einen Lastwagenchauffeur darzustellen, der den Wagen lenkte und schließlich begierig sein Essen zu sich nahm. Natürlich gab es viel zu lachen. Aber mit Heiterkeit lernt sich alles spielerisch.

Oft unterhielt ich mich mit *Gisela*. Aber ich merkte, dass bei ihr noch kein Funken von Nähe zu mir übergesprungen war. Vielleicht benötigte sie noch mehr Zeit, bevor ich den ersten Kuss geben konnte. Wir besuchten im heiligen Bezirk des Dalai Lamas die Aufführung einer tibetischen Oper. Seine Heiligkeit reiste zu meinem Bedauern bald nach Ceylon, dem späteren Sri Lanka, sodass ich ihn nie zu Gesicht bekam. Die Aufführung fand in einem mit Zeltplanen überdachten Hof statt. Wir saßen in der zweiten Reihe. Rechts und links hatten sich die in ihren roten Roben gekleideten Mönche mit überkreuzten Beinen niedergelassen, während hinter ihnen Tibeter jeglichen Alters standen. Doch vor uns beiden, in der Mitte der ersten Reihe also, waren zwei etwas erhöhte Plätze freigelassen. Wahrscheinlich würden gleich zwei erlauchte Lamas dort ihre Sitze einnehmen. Aber zu meiner Überraschung kamen zwei Fünf- oder Sechsjährige in Mönchskleidung und einem gelben Hut herein, und setzten sich genau vor uns nieder. Diese beiden Jungen waren, wie ich erfuhr, zwei ganz hohe Inkarnationen von verstorbenen Lamas, die nach manchen Tests als solche wiedergefunden worden waren. Die Oper bestand aus allem, was man bei uns meist nur getrennt zu sehen bekommt. Verschiedene In-

strumente, vor allem Blashörner und Gongs, untermalten das Vorzu-
stellende. Es wurde gesungen, gesprochen, getanzt und viel gelacht,
vor allem, als ein Drachen erschien und wild gestikulierend auf die
Zuschauer zuging. Diese wurden ebenfalls spontan mit in das Stück
einbezogen. Die beiden jungen Lamas vor uns bogen sich vor Lachen.

Am folgenden Tag, dem 19.10., schrieb ich einen Brief an meine
Schwester und ihren Mann. Hier einige Auszüge: *„Heute habe ich
meine ersten vier Stunden als schoolmaster an einer tibetanischen
Schule in Nordindien gegeben. ... Ich wohne jetzt etwa 500 Meter über
Dharmshala in einem kleinen Ort, in dem auch der Dalai Lama sein Domizil aufgeschlagen hat. Vielleicht werde ich ihn mal besuchen, falls er
die Gnade hat, mich zu empfangen. Ich unterrichte hier in fünf verschiedenen Klassen Englisch. Die Schule befindet sich etwa drei Kilometer
von hier, sodass ich jeden Morgen erst einen schönen Weg mit Ausblick
auf weite Ebenen zurücklegen kann. Wir sind hier einige Tramper, die
sich immer wieder ergänzen. Letzte Woche war ich im Kashmir, in Srinagar und Umgebung. Ich habe mir vorgenommen, später dorthin zurückzukehren, denn es ist vielleicht der schönste Platz auf Erden. ... Ich
wohne hier in einem „Hotel" und zahle pro Tag fünfzig Pfennig. Vor diesem Haus befindet sich eine buddhistische Stupa, um die Tag und Nacht
Mönche und andere Tibeter herumgehen, ihre Gebetsmühlen schwen-
ken und O mani padme hum singen. Gestern wohnte ich einem tibetischen Volkstheater bei. Heute ist Wiederholung.*

Es grüßt euch alle recht herzlich euer Tramper Trutz.

*Ich muss mich jetzt noch auf die morgigen Schulstunden vorberei-
ten!"*

In diesem Brief bat ich auch meine Schwester, mir wieder von meinem Konto in Deutschland Geld nach Neu Delhi zu überweisen, wollte
ich doch nicht alles Geld in Reiseschecks mit mir herumtragen.

Überall, wo ich englische Bücher fand, las ich. Besonders interessierte ich mich für die tibetische und hinduistische Kultur und Religion. Nach einer Woche kam der tibetische Schulleiter und bedauerte,
mir mitteilen zu müssen, dass ich keine Erlaubnis bekommen habe,

hier weiterhin zu unterrichten. Und da Gisela ebenfalls ihre Weihnachtsferien in Kathmandu zu verbringen trachtete, wollten wir uns in der zweiten Dezemberwoche in Benares treffen, um dann gemeinsam die Reise über die Berge nach Nepal anzutreten. Trotz meiner Liebestrunkenheit fiel es mir nicht schwer, mich von ihr zu verabschieden, hegte ich doch die Hoffnung, ihre Gunst in einigen Wochen doch noch erringen zu können.

2. Auf dem Weg nach Benares, Indiens heiligster Stadt

Am zehnten November schrieb ich folgendes Aerogramm an meine Großmutter

„Liebe Oma! Es ist wunderschön so zu reisen, wie ich es gerade kann. Es gibt so viel an Abwechslung, so viele neue und interessante Menschen kann man kennenlernen, und man macht so viele und wichtige Erfahrungen. In drei Wochen will ich in Delhi sein, aber immer noch halte ich mich hier am Rande des Himachal-Gebirges auf, denn es scheint hier – vom landschaftlichen Aspekt betrachtet – das Paradies auf Erden zu sein. Nachdem ich von Amritsar aus nach Srinagar gefahren bin, war ich eine Woche lang in Dharmshala Lehrer an einer tibetanischen Schule, habe aber, da keine Erlaubnis von der indischen Regierung kam, diesen Job wieder aufgeben müssen. Von dort bin ich nach Mandi und ins Kullu-Valley gefahren. Peter wird sicherlich alle Stationen auf der Landkarte finden können. Von Kullu bin ich zurück nach Mandi und war zu Gast bei einem deutschen Ehepaar. Wir haben mit einem jungen deutschen Lehrer zusammen die ganze Nacht hindurch Skat gespielt. Es gab wieder deutsches Essen. Dort habe ich mir ein interessantes Flussumleitungsprojekt angesehen. Aus dem Sutley-River wird Wasser durch einen 25 Kilometer langen Tunnel in einen Kanal geleitet, sodass Wasser über viele hundert Kilometer nach Rajasthan zur Bebauung von Wüstengebiet gelangen kann. Von Mandi bin ich nach Shimla, der Hauptstadt von Himachal-Pradesh, gekommen. Sie liegt ca. 2.000 Meter hoch. ... Meine nächste Station war Chandigarh, die Hauptstadt von Haryana. Sie ist eine Stadt aus der Retorte, das heißt, alles ist erst ganz neu

aufgebaut. Die Regierungsgebäude sind von Le Corbusier entworfen worden. Ich werde euch bei meiner Heimkehr Bilder zeigen können. Ich fahre in drei Tagen nach Dehra Dun und dann hoch nach Mussoori und anschließend nach Delhi. Weihnachten will ich in Kathmandu, der Hauptstadt Nepals, sein. Heute befinde ich mich wieder bei einer deutschen Familie in Nahan und lass mich nach Strich und Faden verwöhnen. Morgen beginnt hier in der Nähe ein großes Volksfest mit Tanz, Musik, Theater. Ich werde Aufnahmen machen, damit ihr auch daran teilhaben werdet

Ich hoffe, dass ihr wohlauf seid und grüße euch herzlichst Euer Trutz.“

Deutsche, die bei einem Projekt beschäftigt schon lange im Ausland weilen, sind immer sehr erfreut, jemanden zu treffen, der aus ihrer Heimat kommt. Denn es gibt so viel zu erzählen. Viele wichtige Informationen über das von mir zu bereisende Land erhielt ich von den dort sich schon länger aufhaltenden Deutschen oder Europäern und Amerikanern.

In *Shimla*, ebenfalls wie Murree eine einst von den englischen Kronkolonisten gern der Frische wegen aufgesuchte Hill Station und zugleich Sommersitz der ehemaligen englischen Vizekönige, beobachtete ich auf dem Wochenmarkt, wie zwei Affenbanden um ihr Territorium kämpften. Es herrschte wirklich Krieg zwischen den beiden Clans. Sie bissen sich große Wunden und scheuten sich auch nicht, diese Kämpfe mitten auf dem Markt auszutragen, während sich die Menschen wohlweislich entfernt hielten. Nicht nur Menschen bekriegen sich also bis aufs Blut.

Ich wollte Indien von Norden nach Süden und von Osten nach Westen kennenlernen. Mein Fedor's Reiseführer beschrieb mir die großartigsten Sehenswürdigkeiten. In *Delhi*, wieder im Sikh-Tempel wohnend, besuchte ich das Rote Fort, eins der gigantischen Festungen aus der Zeit der großen Moghuln. Ich tauschte mein Geld auf dem Schwarzen Markt, da man dadurch ein Viertel bis zu einem Drittel mehr als das, was die Banken zum offiziellen Kurs einwechselten, erzielte. Nahezu jeder darum wissender Indienbesucher wechselte sein Geld auf illegale Weise, sodass die staatlichen Banken die Geprellten waren. Umso verwunderter war ich, als ich in der Hauptstadt herausfand, dass auf der Rückseite eines Postamtes ein Beamter durch ein Fenster ebenfalls zum Schwarzmarktkurs Geld tauschte, womit dem Staat nicht allzu viele illegal umgetauschte Dollars entglitten. In Delhi begegnete ich einem deutschen Tramper, der mir folgendes erzählte. Vor einigen Tage sei er auf dem hiesigen Markt gewesen, als vor ihm ein ihm unbekannter Inder auftauchte und sagte, dass sein Freund Uwe in Norwegen erkrankt sei. Dann sei jener plötzlich wieder verschwunden gewesen. Uwe war sein bester Freund. Er nicht wusste, dass er nach Norwegen gefahren war. Er rief bei dessen Eltern in Deutschland an und erfuhr, dass ihr Sohn auf seiner Skandinavienreise erkrankt in einem Krankenhaus liege. Woher konnte jener Inder wissen, dass des deutschen Freund Uwe hieß und in Norwegen erkrankt war? Es gibt noch so viel Verwunderliches in der Welt, deren Rätsel wir noch nicht zu lösen im Stande sind.

Über *Mathura*, der Geburtsstadt des Krishna, des Gottes der Liebe, erreichte ich *Agra*. Neben dem gewaltigen Fort, der Residenz der ehemaligen Moghuls, bestaunte ich den *Taj Mahal*, das berühmteste Bauwerk Indiens, das *Shah Jehan* in Angedenken an seine 1630 verstorbene Frau *Nur Jehan* von 20.000 Arbeitern aus wertvollstem Marmor errichten ließ. Auch trampte ich nach der 40 Kilometer westlich von Agra gelegenen Ruinenstadt *Fatehpur* Sikri, in welcher ein kompletter von *Akbar* dem Großen um 1570 gebauter Palast steht, der das Zentrum seines Reiches zieren sollte. Doch als dieser und andere bedeutende Gebäude fertiggestellt waren und Hunderttausende von Bewohnern sich dort schon niedergelassen hatten, musste man mit Schrecken feststellen, dass diese Großstadt wegen Wassermangels weiterhin nicht existieren könne. Also verließ Akbar 1584 diese Stadt, dessen Palast seitdem als Relikt höchster Baukunst in einem abseits gelegenen Landstrich Indiens zu finden ist.

Ich wollte unbedingt die um 1000 n. Chr. erbauten heiligen 85 Tempel von *Khajuraho* aufsuchen, deren Wände mit Reliefs versehen sind, die in Verehrung der göttlichen Sexualität alle möglichen Stellungen von Liebesspielen wiedergeben.

Von dort schrieb ich folgenden Brief an meinen Studienfreund Jochen:

„Lieber studiosus und amicus!

Dass ich natürlich jetzt ein wenig von oben auf die lieben Studenten herabsehen könnte, wirst Du mir wohl gestatten, denn schließlich habe ich das Ausgangstor universitären Bemühens gefunden – was ich wiederum vom Ausgangstor meines Lebens sicher noch lange nicht behaupten kann. Gibt es doch in diesem meinem Lebensgarten genug verschlungene Pfade, die einmal von Ost nach West und von Nord nach Süd, zum anderen in eine Unzahl Zwischenrichtungen führen, im irgendwann wieder umzukehren, sodass der sich in diesem Lebensgarten Herumtapsende sich wie ein angebundener Blinde-Kuh-Spieler vorkommen muss. Vielleicht dass alles Hin- und Herirren einen bestimmten Zweck hat, wenn auch für mich die Lösung dieses Zwecks wohl immer rätselhaft bleiben wird.

Über Deinen ‚ach so' griesbreisüchtigen Brief habe ich mich natürlich sehr gefreut, da er in mir auch Sehnsucht nach jener Schonkost wachrief, denn was das Essen anbelangt, bin ich mit meinem gastrischen Duodeni in Indien verraten und verkauft. Wenn wir in Deutschland eine Speise als stark gewürzt bezeichnen, so würde ein Inder bei gleicher Zehrung schwören, dass sich kein bisschen Gewürz darin befinde. Berühre ich mit meiner Zungenspitze nur ein Milligramm indischer Tafel, so scheint mir Mund, Hals und Magen mit Salzsäure verätzt zu werden. Dass ich mich trotzdem noch satt kriege und eventuell indische Gastgeber nicht erzürne, scheint mir ein gutes Training meines (eines!) zukünftigen Diplomatenberufes zu sein.

Heute bin ich in Khajuraho. Nur durch Fotos werde ich dich überzeugen können, welche Bedeutung dieser Tempelort in der kunstgeschichtlichen Betrachtung einnehmen wird, wenn nicht schon eingenommen hat. Leider sind meine 72 Fotos, die ich bisher geschossen, hinüber, denn ich öffnete die Kamera, ohne zu wissen, dass alles noch ‚brachlag'. Never mind, but it's a pitty. Übermorgen will ich in Benares sein, wo mich einiges erwarten wird, doch davon später. ... Ich habe bisher seit Abreise in keinem Monat mehr als 100 DM (50 Euro) ausgegeben, obwohl ich mir

hin und wieder Garderobe zulegen muss. Weihnachten bin ich in Kath-
mandu/ Nepal, wo ich hoffentlich wieder von Dir und vielleicht auch von
Deinen ‚relations' hören werde.

Mit herzlichen Grüßen Dein T."

Von Khajuraho nahm mich ein Lastwagen mit. Ich weiß noch, wie ich hinten auf der Ladefläche stand und die mondbeschienene Landschaft bewunderte. Nach Mitternacht erreichten wir *Allahabad*. Ich wurde mitten in der Stadt abgesetzt. Wo sollte ich übernachten? Bettler schliefen allein oder mit ihren Familien auf den Bürgersteigen. Manches Mal erhob sich ein Kopf und schaute nach mir. Ich durfte mich nicht ebenfalls am Straßenrand niederlegen, war man nicht vor Dieben sicher, es sei denn, man besäße nichts wie diese Bettler. Schließlich fand ich ein 30 Zentimeter breites und eineinhalb Meter langes Brett. Dieses legte ich über einen stinkenden Abflusskanal, sodass die Kopfseite an eine Hauswand stieß. Ich lehnte den Rucksack auf der Kopfseite gegen die Wand, breitete meinen dünnen Leinenschlafsack aus und kroch in ihn hinein. Ich durfte mich nicht während des Schlafes bewegen, hätte ich doch dann in die Kloake fallen können. Ich nahm den Gestank in Kauf, vor Dieben beschützt zu sein und endlich einzuschlafen. So dachte ich wenigstens. Denn schon schwirrten Schwärme von Moskitos um mich herum. Und sie stachen selbst durch die Leinenwandung meines in Indien aus zwei blauen Tüchern neu gefertigten Schlafschlupfsacks hindurch. Ich erlebte eine der grässlichsten Nächte meines Lebens. Am nächsten Morgen wiesen viele Stellen am Körper Stichwunden auf, vor allem auf dem Gesicht. Moskitos sind die größten Menschenfeinde dieses Subkontinents, gegen die man sich gewöhnlich durch ein Netz wehren kann. Doch war in meinem Gepäck für ein solches kein Platz mehr zu finden. Auch hatte ich leider kein Mittel zum Einreiben gegen diese nachts im ekelhaft hohen Diskant herum summende Plage, welche einen oft nicht einschlafen ließen. Die Moskitos sind der Fluch Indiens (nicht nur dort!), während die von mir mit Leidenschaft dann ab Spätfrühling bis in den Sommer hinein genossenen Mangos als der Götter größtes Geschenk an die Inder angesehen werden können.

Die Weiterfahrt auf der hochgetürmten Ladung eines Lastwagens war gefährlich. Denn herabhängende Äste könnten einem den Kopf absäbeln, wenn man unvorsichtigerweise diesen nicht rechtzeitig eingezogen hatte. Wir überholten Männer, die auf ihren Schultern ihre aufgebarten toten Verwandten nach Benares trugen, um sie dort vorschriftsmäßig zu verbrennen und ihre Asche in den heiligen Ganges zu werfen, hatte man doch somit dem hinduistischen Glauben gemäß die größte Sicherheit, ein angenehmes Leben nach dem Tod zu finden und eventuell nicht wieder inkarnieren zu müssen.

Endlich erreichte ich mein Zwischenziel *Benares* beziehungsweise *Varanasi*, wie die Inder diese heiligste Stadt der Hindus nennen. Überall entdeckt man Tempel. An den Ghats des heiligen Ganges, zu welchem Stufen hinabführen, reihen sie sich geradezu aneinander. Tausende von Pilgern kommen täglich hierher, nicht nur um die Leichen ihrer Angehörigen zu verbrennen und die Asche in den Fluss zu streuen, sondern vor allem, um bis Bauch- oder Brusthöhe ins Wasser zu steigen, den Kopf auch einige Male dabei unterzutauchen, um sich somit von allen Sünden zu befreien. Ist es für einen Moslem Pflicht, nach Möglichkeit einmal im Leben nach Mekka zu pilgern, so ist es für viele Millionen Inder eine innere Verpflichtung, nach Benares zu reisen oder zu wandern, um eine Seelenreinigung vorzunehmen. Auch trinkt man, im Fluss stehend, von diesem geheiligten Wasser, in welchem ich auch Leichen schwimmen sah, hatten die Armen oft nicht das Geld, sich das überall am Ghat zu kaufende Brennholz zu erstehen samt den für diese Verbrennungszeremonie benötigten Priester zu bezahlen, oder – wie ich vermutete – hatten die Leichenträger, denen man auf dem oft weiten Weg den Leichnam samt Geld für Holz und Zeremonie anvertraute, dieses selbst eingesackt, nachdem sie den Toten vielleicht schon vor Erreichen der heiligen Stadt in den Ganga warfen.

In Benares hatte ich in dem Schlafsaal eines Wohnheims für Ausländer Unterkunft gefunden, in welchem ich drei Wochen lang logierte, unterbrochen von Kurzreisen in die nähere Umgebung. In diesem Tourist Lodge traf ich Tramper und andere Billigreisende inklusive Hippies. Einige waren Amerikaner. Mit einem von ihnen freundete ich mich an. Er hieß *Bob* und kam aus Kalifornien. Bob war zwei

Meter zehn groß und hätte zu Hause sicherlich manchen Basketball-trainer herausgefordert, ihn für seine Mannschaft anzuwerben. Während der Zeit meines dortigen Aufenthaltes gab es unter den Studenten großen Aufruhr. In Massen zogen sie mit Spruchbändern durch die Stadt und forderten die Regierung auf, Hindi und nicht Englisch als Beamtensprache für ganz Indien einzuführen. Viele junge Männer schlossen sich diesem Aufstand an, und einige vermeinten, dass dieser Streik allgemein gegen Ausländer aus dem Westen gerichtet sei, sodass sie sich vor dem Touristen Lodge versammelten und an dem vergitterten Tor rüttelten, um die Ausländer zu vertreiben oder in ihrer Wut auch zu verprügeln. Wir beobachteten dieses Treiben von den Fenstern aus und erblickten manche Faust, die sich uns entgegen-reckte. Polizisten vertrieben schließlich die aufgeputschten Massen. Und als in den nächsten Tagen immer noch kleinere Gruppen von Protestierenden durch die Straßen zogen, schlossen wir uns ihnen an. Bob, der nun alle um zwei bis drei Kopflängen übertraf, wurde zum Blickfang. Viele mussten nun lachen, und der ganze Demonstrationszug löste sich in Wohlgefallen auf. Dennoch sahen wir, dass jenen Läden, die ihr Gewerbe oder ihre Waren auf Englisch angepriesen hatten, die Fensterscheiben eingeschlagen oder Schilder heruntergerissen oder mit Schriftzügen auf Hindi übermalt waren. In Indien gibt es außer Englisch 14 Hauptsprachen und zirka 250 Dialekte. Hindi, was hauptsächlich im Norden des Landes die weiteste Verbreitung findet, sollte als Pflichtschulfach in ganz Indien eingeführt werden, doch weigerten sich die Menschen anderer großer Sprachgruppen, dieses als Amtssprache überall einzuführen. Hätte die Regierung in Delhi ihr Vorhaben erzwungen, wäre sicherlich Krieg im eigenen Land ausgebrochen.

Damals hatte sich die indische Regierung vorgenommen, die Bevölkerungsexplosion in den Griff zu bekommen, indem jedem Ehepaar nur zwei Kinder erlaubt wurden. Auf den Rikshas, jenen Dreirädern mit breitem Rücksitz für die Fahrgäste, prangte auf der Rückseite die Abbildung eines Ehepaares mit nur zwei Kindern. Auch anderswo waren diese Plakatanzeigen zu sehen. Männer, die sich freiwillig sterilisieren ließen, bekamen als Gegenleistung ein kleines

Transistorradio. Die Ironie dieses ganzen Unterfangens bestand darin, dass der Familienminister in den Zeitungen – die ich einsehen konnte – die Geburt seines 13. Kindes verkündete.

Jede Nacht gegen ein Uhr war ich auf dem Bahnhof. Gisela hatte mir ja zugesagt, in der ersten oder zweiten Dezemberwoche nach *Benares* zu kommen. Ich hatte ihr geschrieben, dass ich sie dann auf dem Bahnhof abholen wollte. Sie musste den Pathankotexpress nehmen, der nach Mitternacht oft mit großer Verspätung in Varanasi ankam und nach Kalkutta weiterfuhr. Doch oft nach langem Warten kehrte ich jedes Mal enttäuscht und ermüdet in meine Tourist Lodge zurück.

Ich hatte immer genug zu lesen, konnte ich mir doch von den Mitreisenden deren Bücher ausleihen oder preiswerte Literatur in Läden besorgen. Indien war für mich sehr billig. Ich lebte trotz Übernachtung für weniger als einen halben Dollar pro Tag. Ich gestattete mir mit einem Deutschen, in ein nobles Hotelrestaurant zu gehen, wo man von den schmackhaftesten Speisen für einen Dollar so viel essen konnte, wie man wollte. Ich sammelte, wo immer, Rupeemünzen, um, wenn möglich, an keinem Bettler vorbeizugehen, ohne ihm etwas in die Hand zu drücken oder in die Büchse zu werfen. Doch manchmal waren selbst 10 oder 20 Münzen schnell verteilt, sodass ich mit Bedauern an ausgestreckten Händen vorbeigehen musste. Ich war selbst in der Nachkriegszeit als Flüchtlingsjunge Bettler gewesen und wusste, dass sich wohl kaum eine Hand ohne dringende Bedürftigkeit ausstreckte. Für die Kinder verwahrte ich in der anderen Hosentasche Bonbons. Aber oft erging es mir mit diesen wie mit den Münzen.

In der Umgebung von Benares liegt *Sarnath*, wo Buddha seine erste öffentliche Rede hielt. Viele in ihre heimatliche Tracht gekleidete Tibeter kommen in Verehrung Buddhas hierher und werfen sich oft in voller Körperlänge vor seinen heiligen Standbildern nieder. In den Händen halten sie Gebetsketten und Gebetsmühlen. Wie sehr habe ich diese Flüchtlinge, die ihre Heimat vor den Chinesen verlassen mussten, in ihrer Hingebung an ihre Religion lieben gelernt. Sie scheinen immer zu lächeln, selbst wenn ihre nächsten Angehörigen auf der Flucht den Tod gefunden hatten, wissen sie doch, dass diese irgendwann wiedergeboren werden und ihnen eventuell in einem erneuten Erdenleben wiederbegegnen.

Nahezu alle Reisenden, die in meiner Lodge in Benares untergebracht waren, wollten Weihnachten in Kathmandu verbringen. Es war wie ein aufforderndes Zauberwort: „Weihnachten in Kathmandu!". Auch ich wollte nicht länger auf Gisela warten, vielleicht war sie ja im Nachtexpress schlafend vorbeigefahren bis Pathna, wo man umzusteigen hatte, um an die Grenze von Nepal zu gelangen. Also machte ich mich wieder auf den Weg und gelangte per Anhalter nach *Bodhgaya*, dem neben Sarnath, Kushinagar (Sterbeort Buddhas) und Lumbini (dessen Geburtsrot) berühmtesten Heiligtum der Buddhisten. Wieder begegnete ich tibetischen Pilgern. Ich wurde von einem in Tracht gekleideten Mann angesprochen, der sich als ein hoher Minister aus Buthan entpuppte, mit dem ich ein längeres Gespräch über den Buddhismus führte. Er lud mich ein, nach Buthan zu kommen, jenem unabhängigen Königreich zwischen Indien und Tibet. Er schrieb mir seinen Namen und seine Adresse auf und fügte ein kurzes Begleitschreiben hinzu, sodass ich an der Grenze keinerlei Schwierigkeiten zu befürchten hätte, da man in dieses Land ansonsten nur mit einem in Delhi zu erwerbenden Visum einreisen durfte. Leider war ich dieser Einladung nicht nachgekommen, führten meine Wege in andere Richtungen. In unmittelbarer Nähe Bodhgayas breitet sich die heilige Stadt *Gaya* mit ihren vielen Tempeln und Ghats aus, zu welcher jährlich Hunderttausende von Hindus pilgern. Sie glauben, dass sie an diesem heiligen Ort durch Opferung von Pindas, den heiligen Kuchen, ihre Verstorbenen aus dem ewigen Rad der Wiedergeburten befreien könnten.

Unweit von Gaya befand sich vor vielen hundert Jahren die größte Universität des Hindureiches, jenem berühmten Nalanda, wo einst Tausenden von Studenten die Lehren Buddhas von weisen Lehrern nahegebracht wurden.

Am 15.12.1967 schrieb ich aus Nalanda einen Brief an meine Großmutter und Geschwister. *„Ihr Lieben! In 9 Tagen werdet ihr Weihnachten feiern, aber diesmal – und zwar seit vielen Jahren zum ersten Mal – ohne mich. Trotzdem werde ich wenigstens in meinen Gedanken bei* euch sein, und ich bin gewiss, dass ihr auch an mich viel denken werdet, wenn ich Weihnachten in Kathmandu feiern werde. Dort werden sich etwa fünfhundert junge Leute aus Europa und Amerika einfinden. Ich werde am 25.12. einmal ganz nobel essen gehen und in Gedanken wenigstens an eurem Puter teilhaben. Anrufen kann ich euch nicht, aber ich werde eure Post lesen können. Ich habe vor einigen Wochen ein Päckchen an Oma schicken lassen und hoffe, dass sie es am Weihnachtstag auspacken kann. Es ist ein aus purer Seite gewebtes Tuch aus Benares, wo ich die letzten drei Wochen verweilte. Heute bin ich zu Gast in einem Pali-Institut in Nalanda. Dieser Ort beherbergte einst die berühmteste Universität Asiens. Als die Moslems zu Beginn des dreizehnten Jahrhunderts nach Indien kamen, unterbanden sie nach und nach jeglichen buddhistischen und hinduistischen Einfluss auf die Bevölkerung, zerstörten gar ihre Tempel und errichteten oft an gleicher Stelle eine Moschee. Nalanda war das Zentrum des wissenschaftlichen Buddhismus. Heute stehen hier noch einige bemerkenswerte Tempel- und Klosteranlagen, sodass man eine gute Vorstellung bekommen kann, wo und wie die zehntausend und mehr Studenten damals unterrichtet wurden. Gestern war ich in Rajgir, einige Meilen südlich von hier, wo es warme Quellen gibt, in die ich leider nur meine Zehen tauchen konnte, weil jeder Zentimeter schon von anderen Badenden in Beschlag genommen war. Ich wohnte in einer Health-Schule, wo amerikanische Peacecorps-Mitglieder für ihre zukünftigen Aufgaben in Indien ausgebildet werden. Tags zuvor war ich in Bodhgaya, wo Buddha unter dem Bodhi-Baum (der heute noch an derselben Stelle steht) die Erleuchtung erfuhr. Ich schlief in einem Ashram unentgeltlich. In Bodhgaya befindet sich ein heiliger mit Lotusblumen ausgestatteter See. Ich bedauere, keinen Farbfilm zu haben. Die Bilder, die ich mitschicke, kann Peter entwickeln lassen. Dir, liebe Oma, und Euch allen wünsche ich recht frohe Weihnachten und ein gutes Neues Jahr.

Euer Trutz."

Mit meinen beiden Sikhs, den Lastwagenfahrern,
auf dem Wege nach Kathmandu.

3.   Weihnachten in Kathmandu

Über Pathna gelangte ich an die nepalesische Grenze, wo viele Lastwagen an der Zollstation warteten. Ein Sikhfahrer bot mir den Platz
neben sich an, sodass ich auf der erst ansteigenden, dann ins Kath-
mandutal hinabführenden Straße den besten Blick genießen konnte.
Oben auf dem beschneiten Gipfel angekommen, blickte ich gebannt
auf den sich bei klarster Sicht vor mir erstreckenden *Himalaya* mit
den höchsten Bergen der Welt. Selbst der *Mount Everest* war gut zu
erkennen. Wir bewarfen uns mit Schneebällen. Unter uns breitete sich
das lang dahingestreckte *Kathmandu Valley* aus, in dessen Mitte die

nepalesische Hauptstadt, zugleich die Residenz des regierenden Königs, hineingestreut zu sein schien.

In der Mitte dieser Stadt mit ihren etwa 100.000-200.000 Einwohnern sind mächtige Tempel zu besichtigen, die sich in pyramidenförmigen Holzetagen nach oben recken. Obwohl die Bevölkerung zum größten Teil dem Hinduglauben angehört, scheint dieses Bergvolk dennoch den eigenen Göttern zu huldigen. Die Tibeter – alles Flüchtlinge – kann man mit ihrer andersartigen Bekleidung leicht unter den Einheimischen erkennen, denn die Frauen tragen meistens ihre Haare als Zopf um den Kopf gewunden, während sich die Männer durch ihre besonderen Hutformen von den Nepali unterscheiden, die meistens nur ein schiffförmiges Käppchen tragen. Und immer wieder trifft man Ausländer, die zur Hälfte aus Hippies bestehen. *Kathmandu* ist so eine Art Mekka für Hippies geworden. In der Innenstadt suchte ich nach einer preisgünstigen Unterkunft.

Diese fand ich in einem zumeist aus Holz gefertigten Privathaus, in welchem man die obersten zwei Stockwerke zu Schlafräumen für ausländische Gäste eingerichtet hatte. Ich teilte dort ein Zimmer mit drei anderen, die alle Hasch und Ganja rauchten und mir wie selbstverständlich den Chillum, jene aus Ton gefertigte Pfeife, reichten. Abends wurde es sehr kalt. Ich musste mir drei Pullover übereinander anziehen, um in meinem dünnen Schlafsack nicht zu frieren. Doch, oh weh! Bald hatten sich darin Läuse niedergelassen, die ein geregeltes Schlafen verhinderten. Manches Mal saßen wir lange auf unseren Matratzen und suchten unsere Kleidungsstücke nach diesen kleinen Freudverleidern ab, deren Leib und Leben man zwischen den Fingernägeln zerknackte. Im Waschraum gab es eine Dusche. Ich legte mein Handtuch über die oben angebrachte, gebogene Halterung einer Glühbirne, drehte den Hahn auf und ließ mich vom kalten Wasser berieseln. Als ich jedoch meinen Körper eingeseift und wieder abgespült hatte, fasste ich das Handtuch an und erhielt einen furchtbaren elektrischen Schlag, der mir Todesschrecken einjagte. Ich schaltete mit zitternder Hand den Lichtschalter aus, nahm dann im Dunkeln das Handtuch herunter und musste mich, auf meiner Matratze angekommen, erst einmal von diesem schrecklichen Geschehen erholen.

Abends saßen wir gewöhnlich im *Blue Tibetan*, dem uns liebsten Ess- und Rauchlokal. Dort gab es nicht nur die besten dicken Pfannkuchen mit Honig, sondern hier wurde beständig ein Chillum nach dem andern geraucht, den man nach kräftigem Inhalieren dem nächsten weiterreichte. Und – was uns Rauchende am meisten erfreute, war die Musik der Beatles. Jemand hatte ihre neueste Platte aus Europa mitgebracht. Somit hörten wir wieder und wieder *Seargent Pepper's Lonly Heart's Band* Und bei den Worten *„Lucy in the Sky with Diamonds"* sangen alle mit, denn jeder wusste, was die Anfangsbuchstaben der Substantive bedeutete: LSD. Dieses war schon seit einigen Jahren zur Hippiedroge Nummer eins geworden und hatte die Hippiegeneration eigentlich erst entstehen lassen. Jeder der Anwesenden hatte schon oft diese Droge genommen. Ich war noch ein richtiges Greenhorn. Ein Leichtes wäre es für mich dort gewesen, mir diese meist auf einem Löschblatteckchen von einem halben Quadratzentimeter eingetropfte Wunderdroge zu erstehen. Aber noch zögerte ich, diesen Schritt in halluzinative Abenteuer zu gehen. In Benares hatte ich schon Ganja geraucht, ein dem Hanf ähnliches Rauschmittel. Mein Ohr konnte damals aus dem Zimmer des *Tourist Lodge* Stimmen der Inder in 200 Meter Entfernung vernehmen und, obwohl ich bis auf wenige Wörter kein Hindi sprach, vermochte deren Inhalte verstehen. Bald dröhnte im *Blue Tibetan* mein Kopf. Überall schaute ich mich um, ob ich irgendwo Gisela entdeckte.

Ich traf sie auf der Straße, wiederum in ihrem tibetischen Kostüm mit der besonderen an den Ohren herunterzuklappenden Mütze. Sie freute sich, mir zu begegnen. Sie wohnte in einem anderen Haus, etwas außerhalb der Stadtmitte gelegen. Sie war, wie ich vermutet hatte, im Zug nach Benares eingeschlafen und dann auch gleich weiter nach Kathmandu gereist. Sie bedauerte, mich umsonst auf sie warten gelassen zu haben. Für sie sah ich noch viel zu spießbürgerlich aus. Deshalb staffierte ich mich bald mit Halsketten und sogar Ringen aus, um von ihr akzeptiert zu werden. Sie hatte schon diverse Erfahrungen mit Drogen gemacht, und – wie sie mir später gestand – sich auch von einem Arzt eine Morphiumspritze geben lassen, die ihr ein besonderes Wohlgefühl beschert hatte. War ich denn wirklich Spießbürger? Solch eine Bezeichnung glaubte ich für mich völlig unzutreffend. Um ihr zu beweisen, dass ich kein solcher sei, ging ich ebenfalls zu dem von ihr genannten Arzt und bat ihn um eine Morphiumspritze. Dieser fragte mich, ob ich eine solche schon vorher bekommen hätte, was ich verneinte. Dann, Achsel zuckend, bedauerte er, meinem Wunsch nicht nachzukommen. Doch legte ich ihm einen Zehndollarschein hin, woraufhin er nicht zögerte, mir diese Spritze intravenös zu verpassen. Als ich auf die Straße kam, musste ich mich erst einmal an einer Wand festhalten. Dann taumelte ich zu meiner Behausung zurück. Mir kam es so vor, als ob die Straße mir entgegenkäme und nicht umgekehrt.

Und dann befiel mich die Angst. Was wäre, wenn ich jetzt durchdrehen, niederfallen oder gar sterben würde? Ich beschloss, mir nie wieder solch eine Spritze geben zu lassen. Ich erzählte Gisela von meinem Erlebnis. Wegen meines Mutes, mich in eine Hölle gewagt zu haben, schien ich in ihrer Achtung gestiegen zu sein. Was hätte ich nicht noch alles unternommen, um sie in mich verliebt zu machen?

Am Heiligen Abend musste man sich rechtzeitig im *Blue Tibetan* eingefunden haben, um einen Platz zu erhalten. Einige erzählten, dass sie die vier *Beatles*, die angeblich schon in diesem Winter bei ihrem Guru *Maharishi Mahesh* in Nordindien sein sollten, nach Kathmandu eingeladen hätten, aber leider seien sie nun doch nicht erschienen. Und während wir uns Happy Christmas zuprosteten, stellten wir uns vor, dass *The Beatles*, die berühmteste Musikgruppe unserer Zeit, bei uns wären und ein Life Concert gäben. Sie kamen, wie ich nachträglich erfuhr, erst zwei Monate später nach Rishikesh.

Am Tag sah man die Hippiemädchen in ihren langen weißen Gewändern mit Blumen und Ketten geschmückt durch die Stadt wandern. Sie lächelten den Menschen zu, und wir grüßten uns alle mit einem „High", was von doppelter Bedeutung war, lief man oft doch schlafwandlerisch einher, vollgedröhnt mit „dope". Aber Drogen verschafften nicht nur angenehme Gefühle. Denn wer diese nicht vertrug oder einfach zu viel einnahm, konnte auf abschüssige Ebenen geraten, die Höllenerlebnissen gleichkommen und Panikzustände auslösen konnten. So sah ich manches Mädchen irgendwo vereinsamt weinend sitzen, das nicht mehr wusste, wo es war. Auch war so mancher von den jungen Männern, die zu viel Hanf zu sich genommen hatte, plötzlich nicht mehr Herr seiner Gefühle. Einer schrie wütend, schlug um sich und trampelte, da man ihm nicht die Tür öffnete, fluchend gegen diese, wie man solches Betragen sonst nur bei Betrunkenen finden mag. Auch wurde der ein oder die andere in ärztliche Betreuung gebracht. Ich lieh mir ein Fahrrad und radelte in die benachbarten sehenswerten Orte. Ich stieg auf so manchen Hügel, um die Himalayariesen zu bestaunen. Und wie oft musste ich die Kamera zücken, waren doch die auf einem Hügel gebauten Hütten mit ihren sie beschattenden roten Weihnachtssternbäumen, hinter denen sich in der Ferne die schneebedeckten Berge hochreckten, ein allzu verlockendes Bild.

Einer meiner Mitbewohner erzählte mir, dass er allein durch die Reisfelder spazieren gegangen sei und ihn eine Nepalesin unbeobachtet dort angesprochen habe, ihn dann auf ein trockenes Fleckchen unter freiem Himmel führte, sich unten frei machte und ihn zu sich herabzog. Doch meine Gedanken waren ganz bei *Gisela*. Wann würde sie mir den Mund für ihre Küsse reichen, die mir Jim in Pakistan so anschaulich geschildert hatte? Doch wenn ich ihr gegenüber eine Umarmung andeutete, entzog sie sich. Wenn ich ihr also nicht zusagte, warum hatte sie sich dann hier noch keinem anderen jungen, prächtig aussehenden Hippie, von denen es genügend gab, zugewandt?

Zum Jahresende schrieb ich an meine Schwester und ihren Ehemann folgenden Brief. Hier einige Auszüge: *„Die Weihnachtstage sind wie alle Tage in Kathmandu sehr lustig. Vielleicht halten mich einige von „uns" auch für einen Hippie, was das Rauchen, Barttragen, die Kleidung usw. betrifft. Im Augenblick glaube ich für täglich 1 DM die gemütlichste Bude zu besitzen, welche jeden Abend vollgepfropft ist und man zu den Klängen von Gitarren und Trommel kifft. Sicherlich habe ich schon alles ausprobiert, könnte aber nie von all dem Zeug abhängig werden. Ein nettes kameradschaftliches Verhältnis habe ich zu einem überaus schönen und interessanten Mädchen, das aus seinem deutsch-französischen Elternhaus getürmt ist. Sie war mit mir in Dharmshala English teacher. Sie ist das Juwel in dieser Stadt und wird von uns wie wohl von den Einheimischen ihrer Ausstrahlung wegen für ein solches gehalten. Sie wollte erst mit mir durch Thailand trampen, doch unsere Reisevorstellungen sind doch zu unterschiedlich. ... Die Achttausender* *sind gerade in diesen Tagen ungeheuer plastisch zu sehen und lassen mich gestehen, dass dieses Land für mich bisher das wohl Prachtvollste dieser Erde ist. In Benares bekam ich so stark Hämorrhoiden, dass ich für zwölf Tage bewegungsunfähig war. Die übrige Zeit verbrachte ich damit, Touristen in Seidengeschäfte zu führen und damit meine Prozente einzustreichen. ....:"*

Am 1. Januar folgte ein Brief an meinen Rechtsanwaltonkel und seine Frau in Wilhelmshaven:

„Endlich ist die Vollmacht unterzeichnet. Sie kostete mich das Geld für eine Woche Lebensunterhalt. ... Heute fahre ich von Kathmandu aus ein wenig in die Berge, die sich im Norden wie riesige Ungetüme ausbreiten. Nepal scheint mir bisher das schönste Land zu sein, und gerne würde ich mich hier später häuslich niederlassen. Die Tage sind wunderbar warm, nur in den Nächten wird es sehr kalt, sodass ich trotz Schlafsack mindestens drei Pullover tragen muss In Kathmandu und in zwei Nachbarorten gibt es die schönsten Holztempel, die von oben bis unten mit Schnitzwerken verziert sind. Leider erweist sich meine Kamera als Fehlanschaffung, denn ich bin mit den Buntfotos unzufrieden, und selbst die Schwarzweißbilder werden nicht scharf genug. In Japan muss ich mir einen anderen Apparat anschaffen. Aber bis dahin werden noch gut eineinhalb Jahre vergehen, denn vorher besuche ich noch Thailand, Indonesien und Australien und schließlich Tahiti, die Philippinen, Formosa und Korea.

Gesundheitlich gesehen habe ich manche Nöte, aber ich werde schon aushalten. In Australien möchte ich in einem Bergwerk arbeiten, da man dort 2,5 US$ die Stunde verdienen kann.

Für das Neue Jahr wünsche ich Euch und der Verwandtschaft, dass alles zu eurer Zufriedenheit gelingen möge. Recht herzliche Grüße Euer Trutz."

Das Losungswort ging unter den Hippies um: „Ostern in Goa!" Ja, auch ich wollte nun anfangs Januar Kathmandu verlassen, jedoch vor meiner Rückkehr nach Indien mit dem Flieger noch Pokhara, einige hundert Kilometer westlich gelegen, aufsuchen, war doch dieser Ort im Winter wegen der schneebedeckten Pässe nicht mit einem Lastwagen zu erreichen. Nachdem ich aufgegeben hatte, um Gisela zu werben, verabschiedete ich mich von ihr. Doch sie sagte plötzlich, dass sie mitfliegen wolle.

4.   Von einem Panther überrascht

Der Flug nach Pokhara und von dort weiter in den Süden Nepals war für mich natürlich sehr teuer. Aber ich wusste, dass ich für den Lebensunterhalt nur wenig zu zahlen brauchte, und auch das Übernachten in den indischen Städten war erschwinglich. Doch nahm ich mir vor, selbst dort in Tempeln zu schlafen. Von einigen Reisenden erfuhr ich, dass man auch mit den Zügen umsonst reisen könne, da man sich nur in die Wagen der ersten Klasse zu setzen hatte. Denn die Ticketkontrolleure wagten nicht, die Gäste der noblen und reichen Schicht nach ihren Fahrkarten zu fragen – eine noch aus der Kolonialzeit beibehaltene Tradition, würde doch ein Engländer keinem indischen Kontrolleur seine Fahrkarte gezeigt haben. Auch sollte man in den Schlafsälen erster Klasse umsonst auf den Bänken und Holzliegen schlafen können, gebe es dort auch Duschen. Auch würde man nie nach einem mitgeführten Fahrausweis gefragt werden. Das waren für mich alles wichtige Informationen, die mir auf meiner Weiterreise von Bedeutung sein sollten.

An der nördlichen Seite eines großen Sees ist Pokhara gelegen. Hinter ihr ragt der Anapurna in die eisigen Lüfte. Was für ein malerischer Anblick! Schon am folgenden Tag brachen Gisela und ich auf, um ein tibetisches Camp, etwa einen Tagesmarsch nördlich gelegen, aufzusuchen. Sie sprach schon einigermaßen gut Tibetisch und könnte auf die Distanz ihrer Kleidung wegen für eine Tibeterin gehalten werden. Vielleicht war sie ja im früheren Leben eine solche gewesen, weshalb ihr alles Tibetische so vertraut zu sein schien. Aber noch glaubte ich nicht an die Wiedergeburt, schrieb ich diese dem Wunschdenken zu, möchte doch ein jeder unsterblich sein, indem er sich nach einer neuer Verkörperungen sehnt.

Auf einem großen Stein im Tal nach Mustang stehen die heiligen buddhistischen Schriftzeichen: „O mani patme hum".

Der Weg dorthin war ein aus holprigen Steinen bestehender Pfad, der immer weiter in die Höhe führte. Oftmals mussten Bäche durchschritten werden. Und hin und wieder kam uns ein Bergtaxi entgegen. Diese besteht aus einem kräftigen Mann, der auf dem Buckel eine über die Schulter befestigte Sitzvorrichtung trägt, auf welcher eine Person sitzt. Und manches Mal erschien es mir, als ob die auf diese Art getragene Person ein größeres Gewicht hätte als das des Trägers.

Das mühsam erreichte Camp bestand aus notdürftig erbauten Lehm- und Steinhütten. Für Gäste und Pilger stand nur ein Raum zur Verfügung, in welchem jeder von uns ein Bettgestell mir Matratze vorfand. Endlich war ich mit meiner geliebten Gisela in einem Zimmer. Heute musste ich ihr meine Liebe gestehen. Doch was wäre, wenn sie meine Liebe erwiderte und wir uns dermaßen verliebten, dass wir weiterhin zusammenbleiben wollten? Wäre nicht dann meine ganze Weltreise aufs Spiel gesetzt? Würde ich dann nicht mit ihr irgendwann wieder nach Deutschland zurückkehren und einen gewöhnlichen Lehrer abgeben?

Als wir bei Kerzenlicht abends nebeneinander saßen, erklärte ich ihr meine Liebe. Sie sagte, dass sie sich über meine Gefühle für sie sehr geehrt fühle, doch interessiere sie sich nicht für Männer. Mit allem anderen hatte ich gerechnet. Doch nicht mit dieser Aussage. So war also mein ganzes Liebesgefühl umsonst gewesen. Aber Jim hatte doch mit ihr geschlafen. Hatte er etwa gelogen und mir Wunschvorstellungen als Wahrheit vermittelt? Komischerweise genierte ich mich, Gisela nach ihrer Beziehung mit Jim zu fragen, hatte sie doch, als ich ihr in Dharmshala die Grüße von ihm bestellte, kein besonderes Interesse für ihn gezeigt. Jetzt auf einmal war die Gefahr gebannt, dass ich wegen einer Frau meine Reisen irgendwann abzubrechen hatte. Himmel, ich danke dir!

Nach *Pokhara* zurückgekehrt, nahm ich das nächste Flugzeug in den *Süden Nepals.* Ich trampte von dort zu einem von einem Reisenden mir empfohlenen Elefanten Camp. Ich wollte auf solch einem Großtier durch den Dschungel reiten. Ich fand auch eine ganze Anzahl am Fuß befestigter Elefanten vor. Auf ihnen drei Stunden durch den Dschungel zu reiten kostete einen Dollar. Doch das bedeutete, dass ich das, was ich in Indien in einer Woche an Geld ausgab, in drei Stunden auf einem Elefantenbuckel verschleuderte. Ich verzichtete also auf dieses Vergnügen und machte mich auf den Weg in den Dschungel hinein. Denn einen solchen zu betreten war ein lang gehegter Wunsch, hatte ich doch *Jim Corbetts Man-Eaters of Kumaon* gelesen, in welchem der bekannteste Tigerjäger nur jene dieser Wildkatzen erlegte, die bereits Menschen angefallen hatten.

Ich ging mit meinem afghanischen Dolch am Gürtel einen etwa zwei Meter breiten Pfad in diesen Dschungel hinein. Und auf einmal stand etwa zehn Meter vor mir ein schwarzer Panther. Ich bekam einen riesigen Schreck und griff unwillkürlich nach meinem Dolch. Doch einen ähnlich großen Schrecken mochte wohl dieses Tier bekommen haben, weshalb es schnell wieder im Gestrüpp verschwand.

Für mich war es jetzt geboten, so schnell, aber auch so vorsichtig wie möglich in das Camp zurückzukehren. Aus *Jim Corbetts* Buch hatte ich entnommen, dass solche Raubkatzen aus einem günstigen Hinterhalt auf einen springen, jedoch nur bei Gefahr von vorn sich nahen. Also musste ich teilweise rückwärts gehen, um diesem Tier, so es die Absicht hegte, mich anzugreifen, nicht den Rücken zuzukehren. Doch ich gelangte unversehrt, da unverzehrt, wieder ins Camp zurück.

5.   Bei den Ureinwohnern Indiens

Am 31. Januar betrat ich wieder indischen Boden, nachdem ich mich noch in Pokara von zwei meiner drei Pullover getrennt hatte. Ich wollte nun über *Rourkela* nach dem Bundesstaat Orissa, dessen Tempel mein Reisführer anpries.

Anfang der zweiten Februarwoche schrieb ich folgenden Brief:

„Liebe Oma!

100 km südlich von Rourkela Die Sonne ist noch nicht aufgegangen. Ich nütze also die frühe Stunde, bevor ich weiter in Richtung Süden fahre, um dir von mir zu berichten. Welches Datum wir haben, weiß ich offen gestanden nicht. Ich müsste es ausrechnen. Ich konnte Dir nicht früher schreiben, denn dort, wo ich mich in den letzten Tagen aufhielt, gab es keine Briefkästen, und wenn ja, so wäre kein Verlass darauf, ob sie in den nächsten Wochen überhaupt geleert würden. Man darf hier in Indien nur Aerogramme verschicken, denn schickt man gewöhnliche Luftpostbriefe, die mit 1,40 Rupees frankiert sind, so werden diese nie abgeschickt, weil die Postbeamten heimlich die Briefmarken wieder abtrennen, denn die ungestempelten Briefmarken eines Luftpostbriefes, die er wieder weiter verkaufen wird, entsprechen dem Tageslohn eines gewöhnlichen Arbeiters. Gestern bin ich fast 40 Kilometer zu Fuß mit schwerem Gepäck gegangen. Dass man nur solche Strapazen unternehmen kann, wenn man kerngesund ist, versteht sich. Ich fühle mich sehr, sehr wohl, und es gab auf meiner bisherigen Reise nichts, was meine Stimmung getrübt haben könnte. – Der Himmel vor mir wird jetzt ganz rot. Die Erde ist noch sehr nass, denn der gestrige Tag endete mit einem Gewitter, welches dem ausgetrockneten Boden ein wenig Erquickung brachte. Hier endlich ist es nicht nur am Tage (28°), sondern auch in der Nacht (15°) warm, das heißt, dass ich nicht mehr zu frieren brauche wie in Nepal. ... Dort traf ich viele junge Reisende, meist solche, die nach Australien gehen oder von dort kamen. Jeder hatte viele Abenteuer erlebt und wusste meist interessant zu berichten. – Jetzt ist die Sonne schon voll aufgegangen. Sie bestrahlt einige weißgekleidete Frauen, die schwere Säcke oder Wasserkrüge auf dem Kopf tragen. 50 Meter hinter mir befindet sich ein sehr großer Fluss, der Brahmani, über den eine ca. 800 Meter lange Brücke führt. Vor drei Tagen war ich in Rourkela oder Ruhrkela, wo sich zurzeit 130 Deutsche mit ihren Familien befinden. Ich habe mich im Swimmingpool erholt, habe auf Einladungen hin wieder deutsche Küche gekostet, und einige Ingenieure schleusten mich heimlich – denn für Nichtangehörige ist der Zutritt strengstens verboten – in das riesige Hüttenwerk, wo ich die neuen Walzwerke sehen und mir erklären lassen konnte.

In zwei Tagen hoffe ich in Bhubaneshwar, der Hauptstadt Orissas zu sein, wo etwa fünfhundert wertvolle Tempel und vieles andere mehr zu besichtigen sind. Danach fahre ich nach Puri (100 km), um ein wenig riviera-like zu leben. ... Liebe Oma, ich hoffe, dass Du meinen Brief noch am 13.2. erhalten wirst, damit er Dir meine herzlichen Geburtstagswünsche überbringen kann.

Ich hoffe, Dir geht es wieder ein wenig besser, und was ich dir vor allem wünsche, ist gute Gesundheit und viele freudige Erlebnisse.

Alles Liebe Dein Trutz ."

Übrigens war das große Eisenwalzwerk ganz von Deutschen aufgebaut worden. Im benachbarten *Tatanagar* wurden die indischen Lastwagen mit Mercedesmotoren ausgestattet. Doch die spannendsten Begebenheiten hatte ich nicht in diesem Brief geschildert. Denn als ich *Rourkela* verließ, gab es einige Kilometer weiter kein Fortkommen mehr, wurde doch die Straße repariert. Wann diese wieder dem Busverkehr freigegeben würde, war nicht festzustellen. Also machte ich mich zu Fuß auf den Weg. Am Abend gelangte ich in ein Dorf, wo ich im Schulgebäude übernachtete. Da ich Gast des dortigen Lehrers war, bat er mich, seinen Schülern am nächsten Tag von meinen Reisen zu erzählen, wozu er eine Weltkarte an der Wand befestigte. Auch in anderen Ländern war ich ein gern gesehener Gast in Schulen, wo ich den begeistert zuhörenden Kindern von meinen Weltreisen berichtete. Am nächsten Tag setzte ich meine Fußwanderung auf dem ungepflasterten staubigen Weg durch den Dschungel fort. Und plötzlich – ich traute meinen Augen nicht – standen drei dunkelbraune, mit einem Lendenschurz bekleidete Männer mit Pfeil und Bogen vor mir. Sie bestaunten mich aus einiger Entfernung, da sie anscheinend noch nie einen Weißen gesehen hatten. Diese Ureinwohner Indiens, die in kleiner Anzahl noch versteckt in den Wäldern anzutreffen sind, leben noch genauso wie vor Tausenden von Jahren. Ihre Körpergröße ist noch kleiner als die der meisten Inder des Nordens, die hatten sich anscheinend nie mit Indern aus den Dörfern vermischt. Ich wagte nicht, meine Kamera hervorzukramen, um sie nicht zu belästigen, war ich mir doch auch nicht im Klaren, ob sie mich in freundlicher oder gar feindlicher Absicht betrachteten. Ich hob grüßend meine Hand und setzte nach einigen Momenten meinen Fußmarsch fort.

Einige Kilometer weiter befand sich eine Herde wilder Elefanten direkt auf meinem Weg. Durfte ich einfach zwischen ihnen hindurchgehen? Ich setzte mich auf einen Baumstamm und wartete, bis sie wieder im Wald verschwunden waren. Wie gut, dass ich nicht an ihnen vorbeigegangen war, denn später in Kerala hetzte ein junger Bulle hinter mir her, da er seine noch kleinen Geschwister wohl im Auftrag seiner Mutter beschützen sollte.

Ich hörte Motorengeräusch. Dem Himmel sei Dank! Die Straße hinter mir schien wieder freigegeben worden zu sein. Und schon nahte der erste Bus. Doch auf mein Zeichen hin, mitgenommen zu werden, fuhr er an mir, überfüllt mit Menschen, vorbei, und der Kondukteur rief mir mit begleitenden Gesten zu, dass ein nächster Bus bald folgen werde. Sollte ich mich auf seine Andeutungen verlassen und einfach auf den nächsten Bus warten? Dieser konnte in Stunden oder auch gar nicht kommen. Also ging ich weiter. Als ich mich auf der nun steil nach oben führenden Straße befand, hörte ich jenen zweiten Bus nahen. Ich winkte ihm zu, doch der Fahrer wusste, dass er diesen Berg nur mit

Schwung hochfahren konnte, denn hielte er hier an, würde er vielleicht zurückrollen, traute man doch oft den Bremsen nicht. Er fuhr also wie der erste an mir vorbei und blieb, da der Anstieg noch länger währte, auch oben nicht stehen. Ich marschierte also, müde geworden, weiter.

Als ich an eine Brücke kam, die in etwa zweieinhalb Meter Höhe über ein ausgetrocknetes Flussbett führte, legte ich mich auf die etwa 30 Zentimeter breite Randmauer. Ich schlief sofort ein. Doch mitten im Schlaf vernahm ich ein Brummen. Ich richtete mich auf, sah noch, wie sich mir ein Lastwagen nahte, verlor aber beim aufgeschreckten Hochfahren meine Balance und fiel in das Flussbett hinunter. Mit blutenden Schrammen versehen lief ich schnell wieder hoch, hoffend, dass der LKW angehalten hatte. Und tatsächlich, der Fahrer hatte mich hinabstürzen sehen, war ausgestiegen und freute sich, dass mir nichts Schlimmeres passiert war. Als ich endlich wieder Räder unter mir rollen hörte, war ich froh, noch am selben Abend in den nächsten Ort zu gelangen. Doch auf einmal brach ein furchtbares Unwetter aus. Der Himmel meinte es wieder gut mit mir, dass er mich noch rechtzeitig vor seinen von Bauern lang ersehnten Regengüssen beschützt hielt.

6.   Als Lord Krishna verehrt

In Indien selbst trifft man kaum ausländische Tramper, sind doch die Transportmittel sehr billig. Doch für einen Abenteurer wie mich war das voraussehbare Reisen, bei welchem man die geplante Ankunftszeit schon im Voraus wusste, zu uninteressant, blieb man meist von Abenteuern ausgespart, weshalb ich den mühevolleren Weg durch Mitfahrgelegenheiten wählte, traf man doch auf diese Weise oft sehr interessante Leute oder geriet in kuriose oder spannungsgeladene unvorhersehbare Situationen. Dennoch wählte ich manchmal auch den einfacheren Weg einer vorausbezahlten Reise, wenn ich zum Beispiel zu einer bestimmten Zeit irgendwo eintreffen wollte. Doch mein meist bestiegenes Transportmittel waren die Lastwagen. Häufig wurde ich auch von Personenwagen, von denen es damals relativ wenige gab, mitgenommen. Die Inder sind sehr gastfreundlich, sodass ich oft bei Familien eingeladen wurde, wo man mich mit herrlichsten Speisen verwöhnte. Ich hatte mich schon lange daran gewöhnt, nur mit den Fingern zu essen, wie es dort allgemeiner Brauch ist.

So wurde ich einmal von einem Arzt eingeladen, der über die Ferne heilte. Davon hatte ich noch nie etwas gehört. Er zeigte mir in seiner Praxis eine große Vitrine, in der ich viele Fotos aufgestellt fand, an welchen ein oder zwei Haare klebten. Er erklärte mir, dass Heilung mit Vibration zusammenhinge. Auf jedem dieser Fotos befinde sich die Abbildung eines seiner Patienten. Bild und Haar stellten eine bestimmte Schwingung dieser betreffenden Person dar. Er stelle sich nun mehrmals am Tag vor die Vitrine, und mit erhobenen Händen energetisiere er jene Fotos und Haare mit seinen besonderen Heilschwingungen, die sich dann direkt zu den betreffenden Personen, wo immer sie sich aufhielten, in Resonanz träten und bei diesen Heilung bewirkten. Als ich ihm von meinen Amöben berichtete, die sich manches Mal noch bemerkbar machten, forderte er mich auf, ihm ebenfalls ein Passfoto zu geben, von denen ich noch einige ohne Bart besaß. Dann zupfte ich auf sein Verlangen zwei Haare aus, die er auf die untere Seite des Bildes klebte und dieses in seine Vitrine stellte. „Ich werde", so sagte er, „dafür sorgen, dass Sie während Ihrer weiteren Reise keinerlei Schwierigkeiten mehr mit Ihrer Amöbenruhr haben werden." Und er sollte Recht behalten. Denn erst nach meinen Weltreisen machten sich die Probleme mit dieser tückischen Krankheit erst wieder bemerkbar, die dann viele Jahre später in Brasilien durch Geisterchirurgie gänzlich geheilt werden konnte. Für mich war jedoch dies alles Hokuspokus, glaubte ich doch nicht an Übersinnliches. Erst auf meiner Trampreise durch Afrika sollte ich eines Besseren belehrt werden

Nachdem ich *Bhubaneswar* mit seinen eigenartig geformten Tempeln besucht hatte, wollte ich nach *Puri* weiter, um von dort aus den berühmten am nahen Meer gelegenen Hindutempel in Konarak mit seinen eingemeißelten Steinrädern zu bewundern. Ich stand an einer Straße im Schatten eines großen Baumes und wartete schon längere Zeit auf eine Mitfahrgelegenheit, die sich aber nicht einstellen wollte.

Nachdem ich über zwei Stunden meist lesend verbracht hatte, holte ich meine Holzflöte hervor und blies einige Melodien wie zum Beispiel jene berühmte aus *Beethovens Neunter „Freude schöner Götterfunken"*, eine andere aus dem langsamen Satz von Dvoraks *„Aus der Neuen Welt"* oder jene des Hirten aus *Wagners Tristan „Noch ist kein Schiff zu sehn"*.

Es nahte sich mir ein etwa zwölfjähriger Junge, der das vielen Jugendlichen eigene weiße nachthemdartige Gewand trug. In gebrochenem Englisch, sodass ich mehr erraten als wirklich verstehen konnte, begrüßte er mich mit auf der Brust hoch gefalteten Händen bei gebeugtem Kopf und sagte, dass sein Guru ihn schicke mit der Bitte, ihn mit meinem Besuch zu beehren. Da es bereits zu dämmern begann und ich nicht damit rechnete, noch in einen Laster einsteigen zu können, begleitete ich ihn zu dem kleinen Ashram seines Gurus. Dieser in ein weißes Gewand gehüllte alte Mann mit einem langen Bart begrüßte mich noch demutsvoller als sein Schüler, indem er sich geradezu vor mir hinkniete. Er sprach noch weniger English als sein Jünger. Er bot mir einen Stuhl neben sich an und gab dem Jungen ein Zeichen, mir einen Becher mit Wasser zu reichen. Während jener sich anschickte, das Gewünschte zu holen, berührte mich dieser Alte, ließ seine Hand über mein Knie gleiten und zwickte mich sogar in den Arm. Ich erschrak. War ich hier bei einem Homosexuellen eingekehrt, der mehr mit mir im Sinn hatte, als mir einen Becher Wasser reichen zu lassen? Dieser wurde mir soeben von dem Jüngling gebracht, der wohl des Alten Beischläfer sein mochte. Ich stand auf und lehnte das dargebotene Getränk ab, indem ich dem verblüfft über meine abwehrende Haltung Dreinschauenden zu verstehen gab, dass ich kein körperliches Interesse an seinem Guru habe. Nun erklärte er aufgeregt und sich dabei für seinen Meister entschuldigend, dass dieser ein Verehrer des Lord Krishna sei. Dieser habe ihm in einem Traum gesagt, dass er ihn einst besuchen wolle. Als er nun gesehen hatte, wie ich unter dem Baum die Flöte blies, was als Kennzeichen für diesen Gott der Liebe galt, dachte er, dass ich nun dieser Himmelsbewohner sei, der sich nur als Fremder verkleidet habe, damit nur er und kein anderer ihn erkennen und zu sich bitten dürfe. Indem dieser Guru mich nun berührte, wollte er feststellen, ob ich aus Fleisch und Blut oder nur eine nicht wirklich vorhandene köperlose Erscheinung sei. Ich atmete erleichtert auf und erklärte, dass ich nicht der Göttliche sei, aus Germany käme und mich auf einer Durchreise zum heiligen Tempel bei Puri befände. Schade, dass ich nicht jener von ihm Vermutete aus Himmelshöh war, um ihm diese von ihm ersehnte Ehre erwiesen zu haben. Anschließend wurde ich mit einem vegetarischen Standardessen, aus Reis und Gemüse bestehend, bewirtet und konnte auf einer Liege übernachten. Und ich dachte bei mir: Wenn die indischen Mädchen mich ebenfalls mit dem Liebesgott verwechselten, so hätte das Trampen wohl schnell ein Ende gefunden. Und mit einem Lächeln schlief ich ein.

Am 14.2. schrieb ich einen Brief an meine Schwester und meinen Schwager, der vor seinem Juraendexamen stand. Hier einige Auszüge:

„Mir geht es verdammt gut. Hier in Puri (300 km südlich von Kalkutta) befindet sich die Riviera Indiens. Wunderbarer Strand, Kilometer lang, keine (oder kaum) Touristen, jedoch indische Fischer, die ihre Netze flicken und ihren Fang einbringen – Bettler, die sehen, dass sie bei jedem Fang etwas stehlen können – Sadhus (indische Eremiten), die ihren Dreizack in den Sand stecken und meditieren – Tausende von Pilgern (denn Puri ist eine der vier heiligsten Kultplätze Indiens), die ihre Wäsche (oft sechs Meter lange Gewänder) waschen und dann an beiden Enden in die Höhe heben und sie somit in einigen Minuten trocknen lassen, denn es ist angenehm windig. Ohne Wind könnten wir uns (ich habe hier einen Schweizer Traveller als Freund gefunden) hier gar nicht bewegen, denn es würde bei Windstille sicher schon 32 Grad im Schatten sein. Selbst nachts (obwohl die heißere Zeit noch bevorsteht) schlafe ich hier in einer Jugendherberge (Hotel!) nur von einem Moskitonetz bedeckt (die Moskitos sind die schlimmsten Genossen in Indien), während der Ventilator seine Kreise zieht. Ich habe beschlossen, in drei Tagen noch einen Abstecher nach Kalkutta zu machen, bevor ich in etwa zwanzig Tagen in Bombay sein werde. ...“

Ich trampte nach *Kalkutta* (der heutige Name ist Kalkota), wo ich im botanischen Garten den wohl größten – nicht höchsten – Baum der Welt bestaunte, der eine Spannweite von ungefähr 50 Metern maß.

Auch besuchte ich den berühmten *Jain-Tempel*, der wegen seiner viel-fältigen Farbenpracht zu den Prunkstücken dieser zehn Millionen-stadt zählt. Hier herrschte noch größere Armut als in den von mir bis-her aufgesuchten indischen Städten. Leider hatte ich damals nichts von Mutter Theresa gehört, sonst hätte ich sie aufgesucht.

7.   Barfuß mit den Jain-Mönchen unterwegs

Mit dem Zug fuhr ich von Kalkutta ein ganzes Stück nach dem Westen bis *Bhopal*, bevor ich mich wieder an die Straße stellte. In *Sanchi* ließ ich mich von der Schönheit des Buddhistenheiligtums gefangen neh-men. Ich trampte dann weiter über *Ujjain* und *Indore* nach der auf ei-nem Hügel liegenden Geisterstadt *Mandu*, die noch unter *Jahangir*, dem Nachfolger von *Akbar*, zu einer Prachtmetropole mit vielen Pal-ästen ausgebaut worden war. Weiter ging es mit angehaltenen Last-wagen nach *Aurangabad* wo *Aurangzep* (1658-1707), der Sohn des großen *Shahjahan*, eine Kopie des Taj Mahal erbauen ließ, und – Indi-enkenner werden es erraten – natürlich musste ich auf dem Wege dorthin *Ajanta* mit seinen Felsmalereien aus der Hochblüte des Bud-dhismus und dann auch in *Ellora* die Tempel bestaunen, die man aus den Felsen herausgeschlagen hatte. Ja, wie Sie, liebe Leser sehen, war ich von der Neugier gepackt, möglichst alle großartigen Sehenswür-digkeiten Indiens aufzusuchen. Unterwegs las ich so manches Buch über Geschichte und Religionen Indiens. Woher kam eigentlich mein Interesse an diesem geschichts- und religionsträchtigen Land? Wenn ich damals an die Reinkarnation geglaubt hätte, wäre mir eine diesbe-zügliche Antwort plausibel gewesen.

In der heiligen Stadt *Nashik* lernte ich einige Sadhus kennen. Unter ihnen befanden sich studierte Leute und ehemalige Beamte, die nun im Alter in der Entsagung ihr Heil suchten. Sadhus sind solche Männer – nur wenige Frauen führen ein gleiches Dasein –, die bestrebt sind, mit Beendigung dieses Lebens dem Rad der ewigen Wiedergeburt zu entsteigen. Dies – so will es der Glaube – gelingt jedoch nur, wenn man absolut keine neuen Wünsche hegt. Denn Wünsche fordern ihre Erfüllung in einem weiteren Leben heraus. So saßen sie an irgendwelchen Straßenecken. Vor ihnen steht ein Blechnapf. Sie strecken nie ihre Hand aus, denn das würde bedeuten, dass sie etwas wünschen. Mit Gleichmut nehmen sie Gaben oder Geld, ohne zu danken, an, würde ein Sichbedanken eine Bestätigung einer Erwartung gewesen sein. Sie besitzen nur wenige Kleidungsstücke. Auch weigern sich einige, solche überhaupt zu tragen, und beschmieren sich, um nicht zu erfrieren, in den manchmal sehr kalten Winternächten mit Erde oder Lehm. Trotzdem fordert ein jedes Jahr seine Opfer, denen es meist wegen der Trockenheit nicht gelang, Schlamm zu finden, um mit diesem eine vor Kälte schützende Schicht auf der Haut zu verteilen. Oft sind diese Sadhus sehr gebildete Leute. Mit einigen konnte ich mich auf Englisch bestens verständigen. Einer war ein hoher Beamter gewesen. Doch nach dem Tod seiner Frau begann er seinen Lebenswandel zu bereuen und wollte nun durch dieses bedürfnislose Leben seine Sünden ausgleichen und sich auf das Nirwana, die ewige Befreiung von jeglicher Wiedergeburt samt allem Erdenleid, vorbereiten.

In *Bombay* ging ich zum deutschen Konsulat, um meine Post abzuholen. Die jeweiligen deutschen Konsulate oder Botschaften waren immer meine Adressen, wenn ich nicht länger an einem Ort verweilte. Bei einer Familie war ich eingeladen. Ich bedauerte, damals nicht die Elephanta-Tempel auf einer *Bombay*, dem heutigen *Mumbai*, vorgelagerten Insel besucht zu haben. Doch holte ich viele Jahre später das Versäumnis nach. Diese Tempelanlagen sind tief in die Felsen hineingemeißelt – eine erstaunliche Tat.

Schließlich stand ich südlich von *Poona* an der Straße, denn ich wollte ja zu Ostern in Goa sein, um dort einige Freunde aus dem weihnachtlichen Kathmandu wieder zu treffen. Ich fand mich meist schon kurz vor Sonnenaufgang an der Straße ein, musste ich doch versuchen, einen der ersten Lastwagen, welche die Stadt früh verließen, anzuhalten. Während ich also auf eine Mitfahrgelegenheit wartete, kamen fünf, in lange weiße Gewänder gekleidete, barfüßige Männer an mir vorbei. Ihr Mund war mit einem weißen, mit Bändern zu den Ohren hin befestigten Tuch bedeckt. In Hüfthöhe befand sich ein Hand-

feger, und in ihrer rechten Hand trugen sie in einem zusammenge-
schnürten Tuch Gegenstände. Kurz darauf folgte ihnen eine zweite
Gruppe ebensolcher Männer. Dann einige Minuten später kam eine
ebenso gekleidete Fünfergruppe von Frauen an mir vorbei. Gehörten
sie, wie ich anfangs vermutete, zu einem Team, das irgendwo die Pest
bekämpfen sollte? Aber warum trugen sie hier schon einen Mundschutz? Und wiederum erschien eine neue Gruppe von weiß gekleideten Männern. Ich war neugierig, wer sie wohl wirklich sein könnten.
Damals zeichneten sich viele vornehme Inder dadurch aus, dass sie
eine Krawatte trugen. Von diesen wusste ich aus Erfahrung, dass sie
fließend Englisch sprachen. Einen solchen fragte ich, wer diese weiß-
bekleideten Männer und Frauen seien. Und er erklärte mir, dass es
sich um Mönche und Nonnen der Jains handele, die durch ganz Indien
zu Fuß marschierten und überall als Heilige empfangen und verehrt
würden. „Kommen Sie, ich führe Sie zu Seiner Heiligkeit *Acharya Sri
Tulsi*, dem Oberhaupt der Shvetambara-Jains." Und er führte mich zu
einem nahegelegenen Schulgebäude, wo Menschen dicht gedrängt
vor einem Klassenzimmer warteten, um einen Blick des Anführers
dieser heiligen Männer beim Herauskommen erhaschen zu können.
Wir bahnten uns einen Weg durch die Wartenden, und dann stand ich
in dem Klassenraum.

Vor mir auf vier zusammengestellten Schultischen saß auf einer
überdeckten Matte Seine Heiligkeit in der Lotusstellung mit überkreuzten Beinen. Vor ihm verneigten sich einige Frauen und Männer
mit senkrecht gefalteten Händen, bedankten sich für die ihnen erwie-
sene Ehre, in ihrem Ort eingekehrt zu sein, und empfingen von diesem
Heiligen den Segen. Mit gleichfalls gefalteten Händen verneigte ich
mich dann vor ihm und sprach meinen Wunsch aus, mehr von ihm
und seinen Mönchen zu erfahren. Da er kaum Englisch sprach, übersetzte der neben ihm stehende Mönch, der, wie ich später erfuhr, Professor für Sanskrit war. Der Heilige bedauerte, mir jetzt nicht im Einzelnen alles erklären zu können, da er nun aufzubrechen habe. Er bot
mir aber an, mit ihm zu wandern, währenddessen er gerne auf alle
meine Fragen eingehen wolle. Ich nahm dankend sein Angebot an.

Die Mönche liefen alle barfuß. Ich zog meine Schuhe aus und
steckte sie in den Rucksack. Ich schritt nun neben Seiner Heiligkeit

über die wärmer werdenden Teerstraßen, während ich an diese Fragen stellte, die der uns begleitende Professor übersetzte. Überall an den Straßen standen die Leute und verneigten sich mit gefalteten Händen vor dem Heiligen und seinen Mönchen und Nonnen. Ich erfuhr nun Folgendes: Ihr oberstes Gebot sei Ahimsha, die absolute Vermeidung jeglicher Gewaltanwendung gegenüber Menschen oder Tieren. Sie würden auch kein Fleisch essen, noch irgendetwas aus Leder am Körper tragen, hatte man doch der Ledergewinnung wegen die Tiere in den meisten Fällen vorher getötet. Alle Tiere sind ihnen heilig. Nie würde einer seiner Mönche ein Moskito töten, sondern sich lieber stechen lassen. Der Besen, über den jeder der Mönche und jede der Nonnen verfügte, sei mitzuführen, um vor einem Sichniedersetzen den jeweiligen Platz reinzufegen, damit nicht aus Versehen eine Ameise erdrückt werde. Sie gingen auch nie bei Dunkelheit nach draußen, denn allzu leicht könne man auf ein kleines Tierchen treten. Der weiße Mundschutz verhindert, dass man bei geöffnetem Mund – also auch beim Essen und Trinken – kein Tierchen zufällig mit verschluckt.

Alles erschien mir so interessant, dass ich beschloss, längere Zeit mit diesen Mönchen über den Dekkan, das Hochland Zentralindiens, nach Süden hin zu wandern. Doch bald schon taten meine Füße weh, denn an meinen Sohlen hatten sich durch den heißen Teerbelag und den harten Boden Blasen gebildet, sodass ich zu humpeln begann. Aber ich wollte den Mönchen keine Blöße zeigen, ich musste durchhalten. Nach etwa 15 Kilometern, als die Mittagshitze sich einstellte, hatte man das Tagesziel erreicht. Wiederum war eine Schule für Aufenthalt und Unterkunft für die heilige Schar bereitgestellt, und die Oberen des Dorfes kamen, um den Asharya und seine Mönche und Nonnen ehrfürchtig zu begrüßen und sie alle zu bewirten. Zu diesem Zweck waren auf dem Schulhof Matten ausgelegt, auf denen sich die schätzungsweise 20 Nonnen und 60 Mönche – selbstverständlich voneinander getrennt – zum Essen niederließen.

Ebenso wurden jene die heilige Schar begleitenden Jains in der Schule untergebracht, wo sie sich auf eine mitgebrachte dünne Matte legten. Auch ich breitete dort meinen dünnen Schlafsack aus, war ich es doch gewohnt, auf hartem Boden zu schlafen. Zum Essen wurde ich von ihnen eingeladen. Manchmal saß ich auch neben den Mönchen und durfte an ihrem Mahl teilnehmen. Die Mahlzeiten, die auf einem Bananenblatt oder auf Blechtellern serviert wurden, bestanden aus Reis und Gemüse mit kleinen Geschmacksverbesserern wie Jogurt, Chutney und Chili. Letzteren vermied ich immer, wollte ich diesen wegen seiner Schärfe nicht meinem empfindlichen Magen aufnötigen. Ich glaube, dass ich in jenem Monat, in welchem ich mit den Mönchen wanderte, nahezu kein Geld ausgegeben habe.

Von den Jains dürfte es wohl heute noch vier Millionen geben. Diese Religionsgemeinschaft wurde noch vor der Zeit Buddhas *Mahavira* um 600 v. Chr. gegründet und erfuhr in der Zeit vor und nach Christus eine weite Verbreitung, wovon viele Tempel und Statuen über ganz Indien noch reichlich Zeugnis ablegen. Das verstärkte Wiederaufleben des Hinduismus ab dem 8. Jahrhundert und dann die mit dem Schwert vollzogene Bekehrungswelle durch die Moslems hatten die Anzahl der Jains als auch jene der Buddhisten drastisch verringert. In ihren Ferien begleiten viele Jains ihre heiligen Mönche, um durch den Umgang mit ihnen sich selbst seelisch zu reinigen und sich wieder mit guten Energien für ihren weiteren Lebensweg zu versehen, bevor man nach einigen Tagen oder Wochen des Mitwanderns wieder nach Hause kehrt. Diese Laien halten, wenn sie mit den Mönchen sprechen, ihre Hand vor den Mund, um ebenfalls zu verdeutlichen, dass sie bei geöffnetem Mund keiner Fliege die Möglichkeit geben wollen, verschluckt zu werden. Ich fand diese Gesten überflüssig, hatte ich doch in meinem Leben noch nie eine Fliege verschluckt.

Ich besorgte mir aus Gummi gefertigte weiche Sandaletten, um ohne Schmerzen weiterhin mit den Mönchen über die Straßen des Hochlandes gehen zu können. Die Nonnen leben von den Mönchen getrennt. Kein Mann darf eine Nonne berühren. Wenn ich einer Nonne etwas geben wollte, durfte ich ihr zum Beispiel kein Buch in die Hand drücken, wäre dann doch eine direkte Berührung hergestellt worden. Ich musste es entweder hinlegen oder in ihre aufgehaltene Schürze hineinfallen lassen, ohne das Tuch dabei anzufassen. Eines der Gebote dieser Mönche und Nonnen ist die völlige sexuelle Enthaltsamkeit. Neben Ahimsha und der Aufrichtigkeit gilt sie als eine der dringlichsten Voraussetzungen, um nach dem Ableben Moksa, das heißt die ewige Befreiung aus dem Rad der Wiedergeburt zu bewirken.

Eine kleine Gruppe von vier barfuß laufenden Jain-Mönchen, begleitet von zwei Mitwandernden. Vorne ist ihre Heiligkeit Acharya Sri Tulsi zu sehen, das Oberhaupt der Jainas.

Die Mönche sind zumeist sehr gelehrige Leute. Sie besitzen keinen Tempel, sodass sie ihre ganze Bibliothek in jenen weißen Leinenbündeln mit sich herumtragen. Doch wie war es möglich, Hunderte, Tausende von Büchern mit sich herumzuschleppen? Alle ihre Schriften befinden sich auf Palmblättern, deren Buchstaben derart klein sind, sodass man eine Lupe benötigt, um sie lesen zu können. Ich beobachtete die Mönche bei der Niederschrift neuer Texte. Zuerst musste der Schreiber einen ganzen Abschnitt aus dem zu kopierenden Buch auswendig lernen. Dann nahm er eine spitze Feder, setzte diese oben auf die linke Seite, schloss seine Augen und begann in Meditation die auswendig gelernte Passage niederzuschreiben. Wenn man ihn beim Schreiben beobachtete, vermeinte man, dass er gar nicht schriebe, bewegte sich seine Hand doch nur ganz langsam nach rechts. In einer einzigen Zeile, wie ich mich später durch das Vergrößerungsglas blickend überzeugte, hatte er eine halbe Buchseite niedergeschrieben, und zwar gestochen scharf. Auf eine Vor- und Rückseite eines einzigen Palmblattes befand sich die Kopie eines ganzen Buches.

Die Jain-Mönche beim Einzug in die Stadt

Ich hatte jeweils genügend Zeit, die auf Englisch erschienenen Schriften des Asharya Sri Tulsi und Bücher über den Jainismus zu lesen. Nach einigen Tagen bat mich Seine Heiligkeit, ob ich nicht bereit sei, ein Buch von ihm aus dem Englischen ins Deutsche zu übersetzen. Ich erklärte ihm meine Bereitwilligkeit, sei es mir doch eine Ehre, ihm in irgendeiner Form zu dienen. Doch benötige ich einen Tisch, ein

Englischlexikon und einen Platz, an welchem ich ungestört arbeiten könnte. Er antwortete, dass er in Poona einen Devotee (Anhänger) habe, der in jeglicher Hinsicht mir alles Benötigte zur Verfügung stellen würde. Es wurde mir wenig später das zu übersetzende Buch samt einem Empfehlungsschreiben mit der Anschrift jenes Mannes überreicht. Dann trampte ich zurück nach *Poona*.

Dieser Devotee war der Inhaber einer großen Fabrik für Ventilatoren. Er rechnete es sich als Ehre an, für seinen von ihm so sehr verehrten Acharya etwas tun zu dürfen. Mir wurde samt Schreibtisch, Leselampe und Schreibmaschine ein Raum zur Verfügung gestellt. Dreimal am Tag brachte man mir Essen. Und während an den Wänden die Ameisen spazierten, bewältigte ich in nur einer Woche die erbetene Übersetzungsarbeit, woraufhin ich wieder zu den Mönchen zurückkehrte, um an ihrem Leben teilzunehmen. Asharya Sri Tulsi bedankte sich für meine Übersetzung und meinte einen seiner Anhänger in Kalkutta zu kennen, der eine Drückerei besaß. Diese Mönche haben kein Geld, doch brauchen sie nicht zu betteln, denn sie sind so bekannt wie damals *Mahatma Gandhi*, der ebenfalls mit seinen ihm Folgenden durch das Land zog, um den passiven Widerstand gegen die Engländer zu propagieren. Auch *Gandhi* war ein Jaina. In manchem erinnerten mich diese Wandermönche an das uns vermittelte Bild von Jesus, der ebenfalls mit seinen Jüngern von Ort zu Ort gegangen war und seine Ansprachen über die Nächstenliebe gehalten hatte. Und wenn Asharya eine Rede hielt, dann waren die Zuhörenden – ob Jains, Hindus oder Moslems – derart beeindruckt, dass viele das Versprechen ablegten, niemals zu lügen, zu stehlen oder rücksichtslos zu handeln, und einen Tag in der Woche zu fasten, um sich selbst zu beweisen, dass ihr Wille stärker ist als ihr Körper.

Am 17. März schrieb ich einen Brief an meine Schwester und ihren Mann, woraus ich nun Folgendes zitiere: *„Natürlich habe ich einen Vollbart, obwohl ich ihn in Puri vor fünf Wochen bis auf einen Schnauzer scheren ließ. Doch jetzt befinde ich mich in Gesellschaft von Mönchen und pilgere mit ihnen per pedes in Richtung Süden. Die Mönche sind alle weiß gekleidet und tragen einen weißen Mundschutzlappen, damit nicht aus Versehen ein Tierchen verschluckt werde. Ich habe in den letzten Tagen von ihrem Oberhaupt, ihrer „Heiligkeit", ein Buch übersetzt.*

Dieses Oberhaupt der „Anuvrata"-Bewegung heißt Acharya Sri Tulsi und ist unbestritten, was die Religion betrifft, der erste Mann Indiens. Er will die Menschen wieder zum Guten führen und ihnen seine fünf Gebote anbieten: Gewaltlosigkeit, Wahrheit, sexuelle Genügsamkeit, keine Aneignung fremden Eigentums und Maßhalten in den Wünschen nach Reichtum. Zehntausende legten den Eid ab, dieser fünf Gebote gemäß zu leben. Sie werden „anuvrati" genannt. Überall, wo dieser Wundermann hinkommt, stauen sich die Massen, Journalisten und Radioreporter umdrängen sie, und das Volk blökt Begrüßungs- und Hochrufe. Und unser einer ist mit von der Partie und hat täglich Dutzenden zu sagen, woher er kommt, wie lange und wo er sich aufzuhalten gedenkt. Ich sollte mir eine automatische Sprechanlage anschaffen, die alle Fragen höflich beantwortet. Ich werde hier wie ein Prinz aus fernen Landen im Gefolge des Königs betrachtet. Alle kümmern sich um mich, wollen mich einladen, sodass ich all den Freundlichkeiten gar nicht nachkommen kann. Natürlich gebe ich so gut wie nichts aus, was auch nicht zu verachten ist. Gestern wurde eine Nonne gekürt, was unter den Blicken Tausender geschah. Voraus ging ein Umzug mit Prachtelefant, Schmuckkutsche und Blaskapelle. Übermorgen werden wir wieder weiterpilgern, sodass wir in gut zehn Tagen die Grenze von Mysore State passiert haben müssten."

Als wir die Staatsgrenze von *Mysore*, dem heutigen *Karnataka* überschritten, wurden wir von den Staatsministern empfangen. Für sie wie für ihr ganzes Land war es eine Ehre, die Mönche willkommen zu heißen. Und bevor wir in die nächste Stadt einwanderten, wartete schon ein Festzug mit Elefanten, um uns von Musikanten begleitet in die Innenstadt zu führen. Ich hatte mich schon daran gewöhnt, als besondere Attraktion zu gelten, wurde ich als einziger Europäer nicht nur den Ministern vorgestellt, sondern kam auch mit diesen in der ersten Reihe unter aufgespannten Schattenspendern aus Leinentüchern zu sitzen.

Nachdem der Premierminister Seine Heiligkeit und die Mönche und Nonnen begrüßt hatte, hielt der Acharya auf der Empore mit überkreuzten Beinen eine längere Ansprache. Die Jains wie auch die

Buddhisten missionieren nicht, indem sie wie die christlichen Missionare und die islamischen Imams jemanden zu ihrem Glauben bekehren. Doch sie wollen den Menschen zu größerer Spiritualität aufrufen, Liebe, Toleranz, Gewaltlosigkeit und Barmherzigkeit zu üben.

Unter weit ausgebreiteten Zeltdächern lauschen Hunderte den Mönchen.

Und dann trat ein Mönch nach vorne, stellte sich neben eine Tafel, auf der schon zehnmal zehn Felder quadratisch markiert waren. Durch den Lautsprecher wurde nun gebeten, dass jemand eine Zahl zwischen 1.000 und 10.000 nennen möge. Jemand rief 5.025. Der vorne stehende Mönch schloss nun die Augen und diktiere einem andern Zahlen, die dieser Reihe für Reihe aufschrieb, bis alle Felder ausgefüllt waren. Dann bat man zwei Mathematiklehrer hervorzutreten. Einer musste nun die waagerecht aufgereihten Zahlen addieren, während der andere mit den senkrechten ein gleiches vornahm. Erstaunlicherweise ergab jede waagrechte als auch jede senkrechte Zeile in ihrer Summe 5.025. Nun mussten beide noch die Diagonalen addieren. Auch diese ergaben genau 5.025. Ich staunte über die großartige Gedächtnisleistung dieses Rechenkünstlers. Aber es sollte noch erstaunlicher werden.

Auf der Bühne sitzt Acharya Sri Tulsi im Lotussitz.
Rechts daneben einige der Nonnen, links einige Mönche.

Jetzt wurden zehn Personen aus den verschiedensten Gegenden Indiens mit unterschiedlicher Muttersprache gesucht. Nachdem man neun gefunden hatte, wurde ich gebeten, mich ebenfalls auf die Bühne zu begeben. Wir wurden nun einer nach dem anderen aufgefordert, ein Gedicht oder eine Liedstrophe aufzusagen. Ich sagte die erste Strophe von *Goethes Heidenröslein* auf. Und dann – liebe Leser, Sie werden es nicht für möglich halten – wiederholte dieser mit geschlossenen Augen dastehende Mönch hintereinander alle zehn Gedichte, wenn es auch mit der Aussprache ein wenig holpern mochte. Er hatte das Heidenröslein fehlerfrei nachgesprochen. Wie hatte er dies geschafft? Ich wusste, dass diese Mönche sehr früh aufstehen und lange, bevor sie sich auf den Marsch begaben, meditieren.

Am nächsten Tag suchte ich diesen Mönch mit dem Mammutgedächtnis auf und fragte ihn, ob er mir das Heidenröslein nochmals aufsagen könne, was er mühelos bewältigte. Dieser Mann, so dachte ich, könnte das größte Schachgenie aller Zeiten werden. Welcher Schachweltmeister würde ihn zu schlagen vermögen? Ich erklärte ihm, dass es ein Brettspiel gebe, bei welchem jener gewinnt, der die meisten Züge schon im Voraus planen könne. Ich wolle ihm dieses Spiel beibringen. Er zeigte sich sehr interessiert daran, doch entgegnete er, dass er ohne die Erlaubnis seines Acharya nie etwas Eigenwilliges unternehmen werde. Ich möge doch bitte erst dessen Genehmigung einholen. Also begab ich mich zu Seiner Heiligkeit und erklärte ihm und seinem Dolmetscher meinen Plan, diesen Mönch zum Schachweltmeister zu trainieren. Der Acharya fragte mich, ob das Spiel darin bestünde, einen anderen zu besiegen. Ich bejahte. Und er unterwies mich, dass es sinnlos sei, seinem „Bruder" dieses Spiel beizubringen, würden sie doch niemand besiegen wollen. Ich hatte wieder eine große Lektion an Demut und Nächstenliebe gelernt.

8. Mein erster LSD-Trip in Goa

Ich hatte mir schon längst den Namen Tom zugelegt, denn für Inder – und nicht nur für diese – ist das richtige Aussprechen meines Vornamens viel zu schwer, sodass ich diesen immer wiederholen oder gar buchstabieren musste, wonach immer noch ein „Truth" oder „Trutt" zu hören war. Doch Tom brauchte ich nicht mehr zu repetieren, denn dieser Vorname ist als solcher international bekannt. Somit hat sich dieser Name bis auf den heutigen Tag bei allen meinen Freunden und Bekannten eingebürgert, während mich nur meine Geschwister und Verwandten noch bei meinem Geburtsnamen nennen.

Nun war es aber höchste Zeit, nach *Goa* ans Meer zu trampen. Näherte sich doch bald Ostern.

In Goa treffe ich einige der Freunde aus Kathmandu wieder.
Rechts im Bild bin ich.

Und tatsächlich traf ich dort, in der bis 1961 noch unabhängigen portugiesischen Kolonie mit ihren vielen Kirchen, einige der mir aus Kathmandu Bekannten wieder. Ich legte meine Ketten wieder um, die ich bei den Mönchen abgenommen hatte. Wir schliefen unter den Palmen, in der Hoffnung, nicht von einer herabfallenden Kokosnuss getroffen zu werden, denn wenn eine solche mit dumpfem Aufprall herabfällt, lässt sie den Boden etwas erschüttern, was man bei leichtem Schlaf wahrzunehmen vermag. Seit dem Kaspischen Meer und der Bengalischen Bucht bei Konarak badete ich endlich wieder im Salzwasser. Wie sehr hatte ich mich oft, wenn ich wartend auf eine Mitfahrgelegenheit bei Hitze und viel Staub an der Straße stand, gewünscht, im Meer baden zu können. Sah ich manchmal jedoch einen Bach, so legte ich mich samt der Kleidungsstücke hinein, verschafften diese doch beim weiteren Stehen noch eine Weile angenehme Kühlung. Auch meinen Regenschirm benutzte ich manches Mal als Duschvorrichtung, indem ich mit dessen aufgespannter Innenseite das Wasser schöpfte und dann in gebückter Haltung das erfrischende Nass über mich stülpte. Meine wenigen Kleidungsstücke wusch ich, wo immer es dafür eine Gelegenheit gab. Doch oft, wenn ich irgendwo eingeladen war, steckte man alles in die Waschmaschine oder übergab es einer Hausgehilfen.

Ende März schrieb ich aus Goa einen Brief an meine Großmutter und meinen Bruder:

„Liebe Oma und lieber Peter!

Wie glücklich ich bin, könnt Ihr euch gar nicht vorstellen, Ich singe aus lauter Freude ein Volksliedchen nach dem anderen, wenn ich am Palmenstrand von Goa herumspaziere. Ich kann es einfach nicht fassen, dass die Welt so schön ist und das Leben so interessant, abwechslungsreich und voller Überraschungen. Ich liebe das Leben, wie nur sonst etwas, und wünschte mir, ewig so leben zu können. Was sind schon ein paar Wehwehchen oder Schmerzen gegen die tobende Farbenpracht des Lebens. Mir ist es fast unbegreiflich, wie jemand unglücklich sein kann. Nur jener scheint mir unglücklich, der seinen jetzigen Standpunkt mit einem erwünschten oder erträumten vergleicht. Wer aber das Leben akzeptiert, wie es sich darbietet, ja, der muss glücklich sein. Ist es

doch egal, ob man Straßenfeger oder Ministerpräsident ist, die Haupt-
sache man ist glücklich. –

Die letzten zwanzig Tage bin ich mit einem „Heiligen" und seiner
Schar Nonnen, Mönche, Novizinnen und Laienanhängern gewandert
und habe auch ein Buch dieses Heiligen ins Deutsche übersetzt. Ich weiß
nicht, ob sich ein deutscher Verlag dafür interessieren wird.

Gestern Abend bin ich in Goa angekommen, um mein Visum verlän-
gern zu lassen. Ich traf heute Morgen Freunde aus Kathmandu, was na-
türlich sehr erfreulich ist, da man sich gegenseitig viel zu erzählen hat.
Ich bin von Puri über Bombay nach Goa gefahren. Hier werde ich einige
Zeit bleiben und fahre dann nach Ceylon (Sri Lanka).

Wann wir Ostern haben, weiß ich nicht. Doch könnte ich mir denken,
dass es bald soweit ist, und sende euch somit herzliche Ostergrüße.

In der Hoffnung, dass es euch allen sehr gut geht, grüße ich euch viel-
mals.

Euer Trutz"

Wie es sich verstand, wurde hier wieder viel „Pott" geraucht, doch
musste man sich vorsehen, nicht der indischen Polizei aufzufallen, da
Marihuana zu konsumieren verboten war. Ein Kalifornier hatte aus
seinem Land ein ganzes Fläschchen mit bestem LSD mitgebracht. Er
träufelte jeweils einen einzigen Tropfen auf ein Stück Würfelzucker.
Diese Menge war ausreichend für einen etwa sechs bis acht Stunden
anhaltenden Trip. Am Abend unter den Palmen bekam jeder der zehn
bis zwölf Frauen und Männer ein solches Stück angereicherten Zu-
cker, das uns mit einem Segensspruch auf die Zunge gelegt wurde.
Dann ließen wir die Süßigkeit im Munde zergehen. Ich wusste, dass
LSD von dem Schweizer Chemiker *Albert Hoffmann* 1943 zufällig entdeckt und ausprobiert wurde. Doch erst zehn Jahre später wurde
diese Droge in Amerika erneut hergestellt und fand immer größere
Verbreitung. Berühmte Leute wie *Aldous Huxley (The Doors of Percep-*
tion), Allan Ginsberg, Timothy Leary und *Arthur Koestler* schrieben
über ihre Erfahrungen mit dieser Wunderdroge.

Wir schlafen in Bambushütten unter Palmen

Nach etwa 20 Minuten begann sie zu wirken, bis sie nach etwa 40 Minuten ihre ganze Wirkung erreicht hatte, die etwa drei bis vier Stunden anhielt, wonach sich ein allmähliches Abklingen einstellte. Nach acht Stunden hatte ich meine normalen Sinneswahrnehmungen wieder eingenommen. Die Gefühle, die ich bei diesem „acid trip" verspürte, sind wohl mit Worten kaum wiederzugeben. Sie gehörten mit zu dem Erhabensten und Überwältigendsten, was ich je erlebte. Das normale Zeitgefühl war außer Kraft gesetzt. Die Zeit hörte eigentlich ganz auf, und wenn man auf eine Uhr schaute, wusste man fast gar nicht mehr, was die Zeiger eigentlich andeuteten. Man lachte darüber. Das Lachen war auf den Gesichtern zu sehen. Alle Gefühle hatten sich dimensioniert. Wohl dem, der nur schöne Gefühle hatte, wie ich sie erleben durfte. Dachte man an eine geliebte Person, so wollte das Herz vor Liebe überschäumen. Doch nicht nur die Gefühle, sondern auch die fünf Sinne schienen fünffach gesteigert zu sein. Sah man sich eine Muschel oder eine Pflanze an, so schien sie fünf bis zehnmal schöner. Und schaute man sich einander in die Augen, dann leuchteten diese einem entgegen, und die Seele des anderen schien sich in ihrer ganzen

Pracht offenbaren zu wollen. So hielten sich manche von uns umarmt. Leider war keine der jungen Frauen für mich übrig, hatten diese doch schon ihre eigenen Partner. Sich auf solch einem Trip liebend körperlich und seelisch zu entfalten, muss, wie mir geschildert wurde, das Berauschendste sein, das man sich nur vorzustellen vermag. Doch wehe, wenn jemand diese Droge nicht verträgt, was bei einer Überdosis leicht der Fall ist, dann können Angstzustände eintreten, die schrecklichste Wahnvorstellungen produzieren und eine Psychose auszulösen vermögen, die oftmals in der Psychiatrie behandelt werden muss. Deshalb rate ich allen, vorsichtig mit solchen psychedelischen Schlittenfahrten zu sein, denn mit der Einnahme dieser Droge setzt man sich gleichfalls in eine Achterbahn der Gefühle, aus der es während der achtstündigen Fahrt kein Anhalten und Aussteigen gibt. Ich hatte also eines der großartigsten Erlebnisse meines Lebens, das ich nie missen möchte.

9.   Eine persönliche Begegnung mit Sai Baba

In Goa lernte ich *Marion* kennen, eine junge und sehr anmutige Frau. Sie kam aus Neuseeland und hatte nun schon ein Jahr in Indien bei einer Familie in Delhi als au pair gearbeitet und außer Delhi, Bangalore und Goa noch nicht viel von Indien gesehen. Doch bevor sie nach England weiterreiste, wollte sie noch ein wenig von diesem großen Land kennenlernen. Ich bot ihr an, mit mir zu reisen. Sie willigte erfreut ein. Ich will hier vorausschicken, dass wir nie ein Liebespaar wurden, obwohl wir auf der Weiterreise manches Mal ein Bett teilten. Da ich Marion erzählt hatte, dass ich vornehmlich als hitch-hiker (dies ist der englische Name für einen, der per Anhalter reist) durch Indien fuhr, wobei man abenteuerlichste Begebenheiten erleben konnte, war sie bereit, einige Tage mit mir diese Art des Reisens auszuprobieren. Sie hatte nur eine Reisetasche dabei. Wir trampten nach *Hampi*.

Hampi, um 1500 die Hauptstadt des größten südindischen Hindureiches, ist wegen seiner alten Tempel zu einem heiligen Pilgerort der

Hindus geworden. Die erste Vollmondnacht des Frühlings ist für Hunderttausende von Frommen ein zu besuchendes Großereignis. Priester gehen einem Festzug voran, gefolgt von jungen Männern, die einen großen Wagen ziehen, während andere schwergewichtige Heiligtümer tragen. Wie die meisten Pilger suchten wir uns einen der großen Steinquader aus, auf dem wir uns erst in den frühsten Morgenstunden hinlegten, da die ganze Nacht hindurch mit viel Musik gefeiert wurde. Dutzende Fakire, die man nur noch selten in Indien antrifft, waren zu bestaunen. Einer zum Beispiel stand in der prallen Hitze unbeweglich auf einem Nagelbrett. Einen etwa 20 Zentimeter langen angespitzten Eisenstab hatte er sich durch beide Backen gestochen, ohne dass Blut geflossen war. Viele Männer oder Kinder mit verkrüppelten Gliedern hielten ihre Hand aus.

Auf einem Berg erhebt sich, alles überblickend, die 20 Meter große Jainstatue des Heiligen Gomateswara in Sravanabelgola.

Mein *Fedors Guide to India* pries noch viel Sehenswertes im Süden des Landes an, das ich mir noch aufzusuchen vornahm. Wir beide trampten in Richtung *Mysore*, besuchten die hoch aufgerichtete und aus einem einzigen Fels gemeißelte 20 Meter große Jainstatue des Heiligen *Gomateswara* in *Sravanabelgola*.

In *Mysore City* angekommen, bestaunten wir den *Maharajapalast* der noch von dem dort residierenden Großfürsten und dessen Familie bewohnt wird. Und da ich von den berühmten Gärten gelesen hatte, welche die Vorfahren dieses noch Scheinmächtigen außerhalb der Stadt angelegt hatten, trampte ich dorthin, während Marion sich noch weiterhin die Stadt ansah. Auf der Straße kam mir ein Rolls-Royce entgegen. Ich streckte meine Hand aus, doch ein Knabe drehte die

Scheibe herunter und rief mir im Vorbeifahren zu: „No Taxi, Sir!" Wie ich später erfuhr, war das die Limousine des Maharajas, aus welcher einer seiner Söhne mir zugerufen hatte. Das wäre doch noch etwas für mein Abenteurerherz gewesen, mitgenommen und dann im Palast eingeladen worden zu sein. –

Dieser Bettler hat sein Bein bunt angemalt, um die Blicke auf seine Körperverstümmlung zu lenken. Seine Frau fordert die Passanten auf, Mitleid mit ihm zu haben und Münzen in den Topf zu werfen.

In unserem Hotel, das wir gemeinsam bezogen, trafen wir einen griechischen, in Alexandria lebenden Ägypter. Er hatte, wie er uns berichtete, einen angeborenen Herzfehler, weshalb die Ärzte ihm geraten hatten, diesen durch eine Operation beheben zu lassen. Nun hatte er sich allerdings in den Kopf gesetzt, dieses Problem auf eine alternative Art zu kurieren. In Ägypten erfuhr er von dem in Indien lebenden Wundermann Sai Baba, weshalb er sich nun aufgemacht hatte, diesen in Whitefield, in unmittelbarer Nähe von *Bangalore*, aufzusuchen. Von dort war er an diesem Tag mit dem Bus zurückgekehrt und berichtete, dass dieser Heilige aus der rechten Hand Asche materialisierte und in die aufgehaltenen Hände rieseln ließ. Dieser Avatar sagte ihm, jeden Tag einen Teelöffel voll von diesem in einem Glas Wasser zu verrührenden „Vibhuti" einzunehmen, damit er nach einer Woche von seinem Herzleiden befreit sei.

Auf dem großen Fest in Hampi sieht man viele verkrüppelte Bettler.

Ich hatte gelegentlich auf meiner Reise von diesem angeblich inkarnierten Gott viel Positives, aber auch einiges Negative vernommen, sodass in mir der Wunsch entstand, diesem Mann zu begegnen. Ich ließ mir genau beschreiben, wie ich zu diesem Heiligen gelangen konnte, und fuhr am nächsten Tag in aller Früh mit dem Bus nach *Whitefield*, wo ich gegen ein Uhr ankam. Ich hatte Marion, die nicht mitkommen wollte, gesagt, am Abend wieder zurückzukehren. In *Whitefield* fragte ich mich nach dem Sitz *Sai Babas* durch. Dieser bestand damals aus einer prächtigen Villa inmitten eines großzügigen Gartens, der von einer hohen bewachsenen Gebüschmauer umgeben war. An dem großen schmiedeeisernen Tor angekommen, sagte ich den beiden davor sitzenden Wärtern, dass ich gerne *Sai Baba* aufsuchen wolle. Sie belehrten mich, dass er erst wieder um vier Uhr nachmittags ein Darshan gebe, bei welchem er sich seinen Devotees zeige und Briefe entgegennehme sowie Vibhuti und Gegenstände materialisiere. Ich gab den beiden jedoch zu verstehen, dass um halb Vier mein Bus nach *Mysore* zurückführe und ich sie ausnahmsweise bitte, mich zu ihm zu führen. Sie bedauerten, mir nicht dienlich sein zu können, da sie ihre Anweisungen hätten und Seine Heiligkeit nicht gestört sein möchte.

Doch nun geschah das für mich Unfassbare. Ich ging an dem hohen bebuschten Zaun entlang und erblickte eine Öffnung. Wie von unsichtbarer Hand geleitet, schlüpfte ich hindurch und befand mich auf einmal in einem großen Garten. Ich würde nie ohne Erlaubnis ein fremdes Grundstück betreten. Wie magnetisch angezogen ging ich über die Wiese auf das Gebäude zu. Die Wärter hatten ihre Blicke nach draußen gerichtet, sodass sie mich nicht bemerkten. Die Villa lag in absoluter Stille. Kein geöffnetes Fenster, kein Zeichen von irgendeinem dort Wohnenden. Ich ging um das Gebäude herum. Dort entdeckte ich eine offene Hintertür, über die von oben Plastikstreifen nach unten hing, wie man sie gegen Fliegen gern verwendet. Auf einmal wurden diese Streifen auseinandergebreitet, und in dem Türrahmen stand mir *Sai Baba* mit seinem schwarzen wuchtigen Kraushaar gegenüber. Ich faltete meine Hände vor der Brust und verneigte mich. „Who are you looking for?", fragte er mich. Ich erklärte ihm, dass ich seinetwegen heute aus Mysore gekommen sei. „Come back at four o'clock." Ich entgegnete ihm, was ich schon seinen Wärtern mitgeteilt hatte. „Sorry, I have now my rest." Ich entschuldigte mich, dass ich ihn in seiner Mittagspause gestört hatte, verneigte mich wieder mit gefalteten Händen und ging auf das Tor zu. Dieses öffneten mir die verdutzt dreinschauenden Pförtner und wollten eine Erklärung für mein Eindringen. Sie gaben sich mit meinem stummen Verhalten zufrieden, wussten sie doch, dass mit und um *Sai Baba* so manch Unerklärliches passierte. Am Abend war ich wieder bei Marion, der ich nun alles berichten musste.

10.   Auf einer Kaffeeplantage in Südindien

Dann standen wir eines Tages südlich von *Mysore City* an der Straße. Es hielt ein roter Sportwagen mit einem sehr gut aussehenden, etwa 40 Jahre zählenden Mann am Steuer. Er fragte uns, wohin wir wollten, und ich gab ihm als Ziel Cochin in Kerala an. Er bedauerte, uns nur eine relativ kurze Strecke mitnehmen zu können, sei er doch oben in den *Nil Giris* (Blaue Berge) Manager einer Kaffeeplantage. Falls es uns jedoch gefalle, könnten wir mit ihm dort hinauffahren, wobei er uns seine Plantage zeigen wolle. Marion und ich witterten ein Abenteuer der unverhofften Art und stimmten freudig zu. Wir blieben schließlich eine ganze Woche bei dem um einen Kopf mir kleineren Mann namens *Kaosi*. Er war früher Jockey in Kalkutta gewesen, hatte aber nach dem Verlust seiner Braut die Einsamkeit vorgezogen und verdingte sich einige Jahre in den nördlichen Bergen Indiens als Manager auf einer Teeplantage, bevor er nun diese neue Stelle im Süden des Landes angenommen hatte. Er verfügte über einen ausgezeichneten Koch. Ich konnte gar nicht genug von dessen wohlschmeckenden Speisen bekommen. Jeder von uns bekam ein Zimmer zugewiesen. Kaosi war Parsi, also Abkömmling jener Glaubensgemeinschaft, die von Zarathustra vor über 2.500 Jahren im persischen Reich gegründet worden war. Die *Parsis* waren vor über 1.000 Jahren vor den Moslems nach Indien geflüchtet und brachten es in diesem Land oft zum Neid der Hindus und Moslems zu Wohlstand, sodass viele reiche und superreiche Familien nach Abstammung und Glauben ehemalige persische Flüchtlinge sind. Diese Menschen zeichnen sich nicht nur durch höhere Bildung aus, sondern sind auch in ihrem Aussehen meist von auffallender Schönheit, weshalb über Jahre hin immer eines der Parsi-Mädchen zur Miss India gekürt wurde. Und Kaosi war ebenfalls von – wenn ich ein Mädchen wäre, würde ich sagen – umwerfender Schönheit, wozu sich ein besonderes Feingefühl und eine Vornehmheit in Ausdruck der Sprache und der Gestik gesellte, sodass man meinen könnte, in ihm eine Persönlichkeit aus höheren Regionen zu erkennen. Ich hoffte, dass Marion sich in ihn und er sich in sie verliebte. Mit Kaosi beobachteten wir aus unserem Versteck heraus Elefantenherden. Er erzählte uns, dass er schon öfter einen Tiger gesehen habe.

Wenn wir Glück hätten, könnten wir einen solchen erspähen. Er nahm sein Gewehr sicherheitshalber mit, und wir gingen durch die Wälder immer weiter in die Höhen hinauf. Dann zeigte er uns die frischen Tatzenspuren jenes Raubtieres, das wir aber leider nicht zu sehen bekamen. Kaosi war ein sehr gebildeter Mann, und wir hielten bis in die Nacht hinein anregende Gespräche.

Mit Kaosi auf seiner Kaffeeplantage in den Nilgiris

Doch Marion musste zurück nach Bangalore um von dort über Delhi, wo sie noch ihren Koffer abzuholen hatte, nach England zu fliegen. Diesen Flug hatte sie schon gebucht. Ich trampte mit ihr nach Bangalore. Dort verabschiedeten wir uns. Sie hatte mir noch die Adresse ihrer Mutter in Neuseeland und diejenige einer Freundin in Sydney gegeben, denen ich, so ich in deren Nähe sein sollte, ihre Grüße bestellen möge. Diese richtete ich auch späterhin an beiden Orten persönlich aus. Ich hoffte, dass unser gemeinsamer Freund Kaosi mit Marion in Kontakt blieb und sie sich gegebenenfalls wieder begegneten.

11. Als Assistent eines Salzsäure schluckenden Yogis

Ich hatte schon seit Benares eine wissenschaftliche Idee. Als ich den langen Bob, jenen Kalifornier, dort fragte, welche Körpergröße sein Vater habe und welchen Beruf dieser ausübe, antwortete er, dass er Pilot und einen Kopf kleiner als er sei. Wie kommt es eigentlich, so dachte ich, dass es so große Menschen wie Bob gibt? Dann fiel mir ein, dass die Pygmäen wiederum zu den kleinsten Menschen gehören, die Masai jedoch zu den körperlich größten. Könnte es sein, dass die täglich im Durchschnitt zurückgelegte Strecke sich genetisch auf die Folgegeneration auswirken wird? Waren wir doch im Mittelalter, als wir noch über keine modernen Beförderungsmittel verfügten, auch von kleinerer Statur. Die Massai, in der Steppe Kenias und Tansanias lebend, mögen, da kaum Hindernisse sie in ihrer Bewegungsfreiheit aufhält, pro Tag 30 Kilometer mit einer durchschnittlichen Geschwindigkeit von sechs Stundenkilometern zurücklegen, während ein Pygmäe, da er durch Buschwerk zu kriechen hat, eine Durchschnittsgeschwindigkeit von – sagen wir – einem Kilometer pro Stunde erreicht und vielleicht zwei Kilometer täglich abschreitet. Wäre es nicht möglich, an sich schnell vermehrenden Säugetieren wie Mäusen, Ratten oder Meerschweinchen solch eine Theorie überprüfen zu lassen, indem man Käfige mit diesen Tieren einfach wochenlang im Flugzeug mitfliegen lässt und dann nach Monaten bei der Nachkommenschaft feststellt, dass alle Tiere in ihrer Körpergröße beträchtlich zugenommen haben? Oder könnte man nicht diese kleinen Nager auf einer sich immer drehenden Töpferscheibe mit einer bestimmten Geschwindigkeit ebenfalls genetisch untersuchen, wo hingegen man jedoch durch das Mitführen dieser Tiere im Flugzeug zu schnellerem Ergebnis gelangen würde? Ich musste diese Gedanken einem Biologen mitteilen, damit dieser vielleicht derlei Versuche dazu einleitete. Ich begab mich zur Universität von *Bangalore* und unterhielt mich mit dem Professor über meine Theorie und der möglichen Beweisführung. Dieser erklärte mir, dass die Amerikaner schon ähnliche Untersuchungen durchgeführt hätten und zu keinem markanten Ergebnis gekommen seien. Trotzdem war ich weiterhin der Meinung, dass meine Theorie ihre Berechtigung habe und nochmals mit Flugzeugen überprüft werden müsste.

In *Bangalore* erfuhr ich, dass ein Yogi, der von sich behauptete, über Wasser gehen zu können, an einem Abend in der Festhalle einen Vortrag halten würde, wobei er übernatürliche Fähigkeiten zu demonstrieren ankündigte. Ich begab mich vorzeitig zu diesem Veranstaltungsort, um einen Sitz möglichst in der ersten Reihe einnehmen zu können, was mir gelang. Vor dem Gebäude war ein etwa drei Meter langer Bezirk abgesteckt, auf dem Kohlestücke ausgebreitet waren. Ich erfuhr, dass der Yogi am heutigen Abend über feurige Kohlen zu laufen beabsichtige, doch hatte es schon zu regnen begonnen, sodass ich glaubte – wie es dann auch so kommen musste –, dass diese Demonstration wohl Opfer des Monsunregens werden würde. Ich bin in späteren Jahren selbst mehrere Male über glühende Kohlen gelaufen, ohne mich verbrannt zu haben. Es ist Sache der mentalen Einstellung.

Der ganze Saal hatte sich bereits gefüllt, als der mit langem Bart und Turban ausgestattete Yogi Rao auf die Bühne trat. Er berichtete von seiner vor kurzem beendeten Reise durch Amerika. Und als ein Journalist ihn fragte, warum er bei seinem Versuch, vor einigen Tagen in Bombay über das Wasser eines Schwimmbeckens zu gehen, hineingefallen sei, sagte er, dass er sich nicht genügend tief in den erforderlichen Meditationszustand hineinversetzt habe. Aber er würde in Kürze diesen Versuch erneut durchführen, und dann müsste er auch gelingen. Sein Vortrag befasste sich damit, wie der Geist den Körper beherrschen kann. Dies wollte er auch an diesem Abend beweisen. Für seine Demonstrationen benötigte er einen Assistenten. Und da er mich als einzigen Europäer erblickte, bat er mich, auf die Bühne zu kommen, um ihm zu assistieren.

Er forderte mich auf, ihm die schon bereitliegenden Reißzwecken zu geben, die er in die Hand nahm und dann herunterschluckte. Danach reichte ich ihm kleinere Nägel, mit denen er das Gleiche tat. Schließlich legte ich ihm auf sein Verlangen Rasierklingen, die ich erst auf ihre Schärfe hin zu kontrollieren hatte, auf die Zunge, die er dann in seinem Schlund verschwinden ließ. Alsdann reichte ich ihm ein Glas, in das er hineinbiss und die Scherben ebenfalls verschlang. Ich musste daraufhin in seinen Hals hineinschauen und den Zuschauern bestätigen, dass er wirklich alles hinuntergeschluckt hatte. Schließlich sollte ich ein Fläschchen mit Salzsäure öffnen. Es war, wie ich erkennen konnte, noch versiegelt und aus Deutschland importiert. Ich wurde daraufhin aufgefordert, einige Tropfen davon in ein Glas zu gießen, worauf er aus der Zuschauermenge jemanden bat, ihm eine Kupfermünze zu reichen, die ich dann in das Glas hineinfallen zu lassen hatte. Diese Münze oxidierte Bläschen aufwirbelnd. Ich behandelte dieses Fläschchen sehr sorgfältig, denn ein einziger Tropfen auf meiner Hand würde ein Loch brennen. Als Höhepunkt des Abends forderte er mich auf, 20 Tropfen dieser ätzenden Säure auf den mir überreichten Teelöffel abzuzählen und diesen in seinen Mund zu schieben. Er leckte den Löffel sogar noch ab. Schließlich bedankte er sich Hände schüttelnd für meine Assistenz, und ich stieg wieder von der Bühne herunter und setzte mich auf meinen Platz in der ersten Reihe.

Yogis verfügen oft über erstaunliche Fähigkeiten (Sidhis). Sie vermögen zum Beispiel innerhalb einer Minute ihren Herzschlag anzuhalten. Jahre später sollte ich einen solchen auf dem Mount Abu kennenlernen, der drei Monate lang in einem Sarg unter der Erde lag, während oben Polizisten standen, um zu kontrollieren, dass alles vorschriftsmäßig verlief. Mind over Matter (Der Geist besiegt die Materie). Uns Europäern fehlen meist für solche Phänomene die Erklärungen, weshalb wir geneigt sind, solcherlei Dinge als Zauberkunststücke oder Betrug abzutun.

12. Vom Elefanten gejagt

Dann kehrte ich zu *Kaosi* zurück. Auf dem privaten Höhenweg zu seiner Kaffeeplantage saß in dem Kleinbus eine junge Inderin. Ich vermochte kaum meine Augen von ihr zu wenden, denn solch eine schöne Frau hatte ich in ganz Indien noch nicht entdeckt. Dabei war sie von einer Anmut und liebevollen Art wie eine göttliche Wesenheit. Als ich Kaosi von ihr berichtete, kannte er diese Frau schon, denn sie sei die Tochter seines Oberaufsehers. Ich sagte, dass diese genau die richtige Frau für ihn wäre, denn sie beide würden das ideale Brautpaar abgeben. Doch er entgegnete, dass er dafür nie die Bewilligung ihres sehr orthodoxen Vaters bekommen würde. Und ein Übertritt zum Hinduglauben sei überhaupt nicht möglich, denn ein Hindu muss schon als Hindu geboren sein. Bei Kaosi verbrachte ich noch einige wunderschöne Tage, und wir hörten klassische Musik und streiften durch die Wälder und Höhen.

In mir war die Idee entstanden, einen Hippieroman zu schreiben, nachdem ich mit den Anhängern dieses freien Lebenswandels in Kathmandu und in Goa zusammengetroffen war. Dazu benötigte ich aber einen ruhigen Platz, an welchem ich ungestört arbeiten konnte. So trampte ich also, nachdem ich die sehenswerte alte einst portugiesische Stadt *Cochin* bewundert hatte, nach dem Naturpark (Wild Life Sanctuary) *Periyar Lake*, um eventuell eine Hütte zu mieten, in der ich mein erstes schriftstellerisches Werk verfassen wollte, waren doch bisher nur Gedichte entstanden, die sich mir wie von allein aufgedrängt hatten.

Der *Periyar See* ist künstlich inmitten eines großen Dschungels angelegt. Ich hatte Glück, auf einer Anhöhe über dem See ein kleines Haus, welches von einem tiefen Graben wegen der wilden Tiere umgeben worden war, für nur wenige Rupees pro Tag beziehen zu dürfen, war ich doch der erste Gast in dem gerade erst fertiggestellten einsamen Domizil, zu dem man nur mit einem Motorboot gelangte. Ein Hausdiener gehörte gratis dazu, der mir mein Essen zubereitete. Ich setzte mich an den Tisch und begann mit der Niederschrift meines Romans, in welchen ich alle Erfahrungen in spannende Handlung packte, die ich entweder selbst erlebt oder von anderen berichtet bekommen hatte, sodass die Schilderung im Wesentlichen den Tatsachen entsprachen. Abends musste ich eine Petroleumlampe anzünden. Über mir auf dem Dachboden rannten irgendwelche Tiere hin und her. Waren es großen Ratten, Siebenschläfer oder dachsähnliche Tiere? Ich habe es nie herausfinden können. Den Betreuer dieses verlassenen Häuschens schickte ich weg, da er mich bei meinem Schreiben nur ablenkte. Somit kam er nur alle vier bis fünf Tage und brachte mir aus dem Dorf Mehl oder Gemüse, das ich mir selbst zubereitete. Ich wusste, wie man köstlich schmeckende Chapattis herstellte. Er warnte mich davor, bei Dunkelheit nach draußen zu geben, da Tiger und Leoparden oft hier herumstrichen. Affen und Elefanten bekam ich genug zu sehen.

In einem Bungalow im Periyar Naturpark sitze ich am Tisch und schreibe an meinem Hippie-Roman.

An einem Tag, als mein Hausdiener wieder bei mir weilte, ging ich zum See hinunter und betrachtete auf der anderen Seite die Elefantenmütter mit ihren Jungen. Auf einmal schrie mein Hausboy aufgeregt: „Elefant! Elefant!" Was will er eigentlich? Ich sehe doch die Elefanten auf der anderen Seite und bin doch hier in Sicherheit. Doch linker Hand von mir befand sich ebenfalls eine Herde mit Jungtieren.

Und einer der jungen Bullen, der seine Familie durch mich bedroht glaubte, kam im stürmischen Galopp auf mich zu gerannt. Ich hatte gelesen, dass Elefanten auf gerader Strecke schneller rennen können als Menschen. Ich drehte mich panisch erschrocken um und eilte den staubigen Berg hinauf, um schnellstens meine Hütte zu erreichen. Würde ich jetzt abrutschen, müsste ich damit rechnen, von einem Elefantenbein zertreten zu werden. Doch einen rutschigen Berg hinaufzurennen ist für solch einen Vierbeiner kaum möglich. Trotzdem musste ich, als ich über dem Graben meine Behausung erreichte, erst einmal kräftig durchatmen.

Nach zwei Wochen hatte ich den in ein dickes Buch handgeschrieben Roman beendet. Doch an welchen Verlag sollte ich ihn schicken? Als ich später nach Colombo zur deutschem Botschaft ging, um meine Post abzuholen, las ich dort auch den SPIEGEL, jene deutsche Wochenzeitschrift. In dieser waren auch die belletristischen Erfolgsbücher mit ihren jeweiligen Verlagen aufgezeigt. Somit schickte ich das Manuskript an den *Molden Verlag* und gab als Kontaktadresse jene meiner Schwester an. Für mich stand damals fest, dass ich Schriftsteller werden würde. Doch zuvor wollte ich die Welt bereisen, wollte noch Intimitäten mit Frauen in den verschiedensten Ländern erleben, die Schicksale vieler Menschen kennenlernen und die Lebensweisen so mancher Völker aus nächster Nähe studieren.

Bild links: *Unterhalb der Hütte befindet sich ein See, auf welchem ich auf meinem selbstgebauten Floß paddle.* Bild rechts: *Von diesem Floß aus kann ich oft die Elefantenherden beobachten*

Als ich an einem Tag in dem kleinen Haus mitten im Urwald abgeholt wurde und wir mit dem Motorboot über den künstlichen See zurückfuhren, gelangten wir an vielen kahlen und nun weißen Baumstämmen vorbei zum Endhalteplatz, wo ich vor 14 Tagen dieses Boot bestiegen hatte. Nun war es schon dunkel geworden. Ein Parkwächter erzählte mir, dass seit einigen Tagen ein Schweizer zwei Kilometer von hier entfernt in einer Baumhütte lebte. Ich drückte meinen lebhaften Wunsch aus, diesen heute noch aufzusuchen, da ich ja am nächsten Tag weitertrampen wollte. Er befahl drei Parkdienern, mich zu ihm zu führen. Man sah es den drei Männern an, dass sie dieser Anweisung nur ungern Folge leisteten. Jeder von ihnen nahm eine Fackel in die Hand. Sobald wir den dunklen Dschungel betraten, zündeten sie diese an. Sie sagten, dass es wegen der wilden Tiere, vor allem der Elefanten wegen, von Wichtigkeit sei, da diese sich dann zurückzogen. Und als wir die Dickhäuter in der Nähe trompeten hörten, begannen meine Begleiter sogar abgehackte Laute auszustoßen, um durch ihr Geschrei zusätzlichen und angstbereitenden Lärm zu verursachen.

Schließlich waren wir bei jener Baumhütte angekommen, welche etwa fünf bis sechs Meter hoch in die Gabelungen eines Baumes hineingesetzt war, zu der eine schräg angelehnte Leiter hinaufführte. Ich rief nun in die dunkle Höhe auf Deutsch hinauf: „Hallo! Hallo! Hier ist ein Besucher aus Deutschland!" Oben, wie ich erblickte, wurde ein Licht entzündet. Dann öffnete sich eine Tür, und im Fackellicht erkannte ich einen Bärtigen, der zu mir hinunterrief und mich fragte, wer ich sei und warum ich ihn aufsuchte. Ich rief zurück, dass ich von ihm heute erst vernommen hätte und mich für seine Baumhütte und ihn interessiere, müsse er doch hier ein sehr abenteuerliches Leben führen. Und als ich fragte, ob ich nach oben kommen dürfe, willigte er ein. Ich bedeutete den drei Fackelträgern, auf mich zu warten. Nachdem ich die Leiter hochgestiegen war, schüttelten wir uns die Hände. Ich nannte meinen Namen, er stellte sich mir als *Beat* vor. Seine kleine Hütte war mit zwei Matratzen, zwei Stühlen, einem Tisch und einem kleinen Gaskocher samt auf dem Boden ausgebreitetem Ess- und Kochgeschirr ausgestattet. Er lebte hier oben in der Wildnis seit über einer Woche. Und er berichtete mir, dass er froh sei, dass ich nun gekommen sei, wolle er doch gleich seine Sachen zusammenpacken und mit mir zurück ins Camp marschieren. Seine Stimme zitterte, und er erzählte, dass vor etwa einer halben Stunde ein schnaufendes Tier die Leiter hochgestiegen sei und mit aller Kraft versucht habe, seine Tür zu öffnen. Nach allem, was er dem wilden und dann wütendem Geschnaufe und Gebrumm entnehmen konnte, musste es sich um einen Bären gehandelt haben, der wohl in ihm einen wohlschmeckenden Leckerbissen gefunden zu haben vermeinte. Beat hielt sein scharfes Küchenmesser in der Hand, um im Falle, dass die Tür nachgab, sich in irgendeiner Weise wehren zu können. Doch Gott sei Dank hielt diese Tür dem eifrigen Drücken des Tieres stand. Und als es die Stimmen meiner Fackelbegleiter vernommen hätte, habe es sich schnell nach unten hin zurückgezogen. Ich entgegnete ihm, dass ich mir nicht bewusst gewesen sei, dass es hier auch Bären gab. Doch er versichere mir, dass es sich nur um solch einen gehandelt haben konnte. Ich überredete ihn, noch eine Nacht hier verbleiben zu wollen, würde ich ihm doch auf der zweiten Matratze Gesellschaft leisten. Auch könnten wir uns eine Fackel von meinen unten auf mich Wartenden geben lassen, um im Notfall damit das eventuell wieder zurückkehrende Tier vertreiben zu können. Doch er widersprach und meinte, dass er sich nicht wieder solch einer möglichen Gefahr aussetzen wolle, weshalb er seine Sachen in einem Rucksack zusammenpackte und wir uns schließlich bei den drei Indern unten einfanden, worauf wir den Weg zurück in unser Camp nahmen.

Dort angekommen, wurde uns ein Schlafraum zugewiesen. Doch fanden wir lange keinen Schlaf, da wir uns sehr viel zu erzählen hatten. Beat hatte seinen Leihwagen in jenem Camp stehen. Und obgleich ich am nächsten Tag weiter in den Süden Keralas mir zu reisen vorgenommen hatte, wollte er mit seinem Auto über die Berge nach dem Osten fahren. Auf die Frage, ob er mich mitnehmen wolle, gab er erfreut sein Einverständnis. Erst viele Jahre später sollte ich die Backwaters, dann Keralas größte Stadt Trivandrum samt dem weiter südlich gelegenen herrlichen Strand von Kovalam besuchen und schließlich sogar bis zu Indiens südlichster Landspitze gelangen, die zu einer Gedenkstätte jenes berühmten Inders *Sri Vivekananda* (1863-1902) touristisch umfunktioniert worden war.

13. Begegnung in Sri Lanka mit einer drei Meter langen Echse

Nachdem Beat und ich in östlicher Richtung auf Dschungelpfaden *Kerala* verlassen hatten, gelangten wir durch eine Berglandschaft mit saftigen Wiesen, auf denen ich fette europäische Milchkühe entdeckte, die sich natürlich sehr von den abgemagerten indischen und wegen ihrer Friedfertigkeit als heilig verehrten Artgenossen unterscheiden. Diese laufen überall in den Straßen der Städte frei herum und leben von vegetarischem Unrat, wobei – wie ich sah – manchmal auch menschliche Exkremente auf ihrem Speisezettel stehen, was übrigens auch für viele Hunde die einzige Mahlzeit zu sein scheint. Kinder der Unberührbaren laufen oft hinter diesen heiligen Kühen her, und sobald diese ihre grüne Notdurft fallen gelassen haben, stürzen sie sich darauf und sammeln diese in einem Korb ein. Daraufhin wird eine Handvoll von dieser breiartigen Masse gegen eine Lehmwand geworfen, wo sie antrocknet. Die so entstandenen Kuhfladen dienen bestens als Brennmaterial und werden dann meist verkauft. Dies ist ein Recycling der indischen Art. Ich war nun neugierig, wie diese Almkühe hierher transportiert worden waren. Beat erklärte mir, dass hier Schweizer als Entwicklungshelfer tätig seien, die den Indern eine ertragreiche Milchwirtschaft näher bringen wollten, schienen doch diese hohen Bergwiesen wegen des kühleren Wetters dafür bestens geeignet. Von diesen netten Schweizern eingeladen, wurden wir beide mit Rösti, Milch und Käse verwöhnt, also Delikatessen, von denen man im übrigen Indien meist nur träumen kann.

Ich hatte mich schon in Pakistan daran gewöhnt, mit den Fingern meiner rechten Hand zu essen. In Pakistan wie auch in ganz Indien bietet man nur in vornehmen Restaurants Ausländern Essbesteck an. Das Essen wird meistens auf einer einfachen tellerartigen Metallunterlage serviert, während man in Südindien meist als Tellerersatz ein großes Stück eines Bananenblattes benutzt. Das normale Essen besteht aus Reis oder aus flachen Brotfladen, den Chapatis bzw. Rotis. Die Mitte des „Tellers" nimmt der Reis ein, auf den oft ein bis zwei Löffel Ghee, ein wohlschmeckendes Flüssigfett, gekippt wird. Um den weißen Reis herum sind die Zutaten aufgereiht, bestehend aus Jogurt, Linsen (Dahl), oft in einem Näpfchen serviert, Gemüsesorten, Chutnee und dem unentbehrlichen Chilly, von dem anscheinend die Inder nicht genug verzehren können. Eine Teelöffelspitze von diesem höllisch auf der Zunge brennenden Gewürz würde mich veranlasst haben, das zum Essen in einem Metallbecher mit servierte Wasser sofort hinterher zu kippen. Quasi mit den Fingern schmeckt man schon das Gericht vor, das man nach gusto knetend zusammenstellt, bevor man es geballt mit den Fingern zum Mund befördert und dann mit dem unter diesen sich versteckt befindlichen Daumen in den Mund schiebt. Auf diese Art kann man viel besser als mit dem uns bekannten Besteck oder gar mit den chinesischen Stäbchen köstlichste Esskombinationen erstellen. Nach dem Essen reinigt man seine Finger in einem herbeigebrachten Schüsselchen Wasser. Zum Abschluss bestellt man sich gerne noch einen süßen Milchtee oder, wie in Südindien meist üblich, einen gezuckerten Milchkaffe.

In einem südindischen Restaurant beobachtete ich, als ich durch den Hinterausgang die Toilette aufsuchen wollte, dass man die Bananenblätter von den abgeräumten Tischen samt den oft sich noch darauf befindlichen Essensresten in einen stinkigen Kübel warf. Sofort stürzten wie Ratten aus einigen Ecken die dort sich versteckt gehaltenen Ärmsten der Armen herbei. Sie stopften gierig die Speisereste in ihren Mund und leckten auch noch die eingefetteten Bananenblätter ab. Diese Armen gehören der großen Bevölkerung der *Harijans* – der geläufigere Namen für uns ist Parias – an und sind oft nur mit den wenigsten Kleidungsfetzen angetan. Sie befinden sich außerhalb der vier Kasten. Sie schlafen im Freien, an Straßenrändern und in der Regenzeit unter Brücken. Sie sind die sogenannten Unberührbaren. Kein Inder der vier anerkannten Kasten darf einen von diesen berühren. Ja selbst der Schattenwurf eines solchen ist eine Verunreinigung für die Zugehörigen der Kasten. Einigen dieser Bedauernswerten gelang es, in den Slums der Großstädte aus Stöcken, Ästen, Pappen, Blechresten, Säcken, Plastikplanen eine Notunterkunft zu gestalten, während sie am Tage ihre Hand aufhaltend durch die Straßen gehen oder vor einer leeren Blechbüchse auf dem Bürgersteig sitzen. Meistens gelingt es ihnen erst durch hartnäckige Aufdringlichkeit jemanden zu bewegen, einen Rupee aus der Tasche hervorzukramen, nur um einen dieser Lästigen loszuwerden. Nur Ausländer wagen diese Bettler und Bettlerinnen am Arm zu berühren, wobei die bettelnden Frauen meistens noch ein Kleinkind auf dem Arm tragen oder von ihren ebenfalls handaufhaltenden Kindern begleitet werden. Nur allmählich gelingt es dieser Bevölkerungsschicht der Unberührbaren im Parlament Vertreter ihrer Belange zu finden, die sich für ihre Gleichberechtigung einsetzen trotz aller Widerstände, die sie von den traditionsgebundenen und religiös eingestellten Parlamentariern erfahren. Denn dem indischen Glauben gemäß sind diese Unberührbaren solche Seelen, die in einem früheren Leben Mörder, Diebe, Verbrecher, Prostituierte und andere sehr böse Menschen gewesen sein sollten, die nun aus karmischen Gründen für ihr damaliges Handeln bestraft wiedergeboren wurden.

In vielen Städten Südindiens erhebt sich in ihrer Mitte ein mit bunten Steinfiguren geschmückter Tempel, zu welchem immer ein großes Becken gehört, angefüllt mit heiligem Wasser.

Restaurants verfügen meistens über eine Toilette, deren hygienische Ausstattung – wie wir sagen würden – oft zum Himmel schreit. Toilettenpapier oder anderes Papier ist außer in Nobelhotels selbst in Privathäusern nirgends zu finden. Aus einem neben der Kauertoilette befindlichen Wasserhahn oder mittels einer gefüllten Schale benetzt man die Finger der linken Hand und reinigt mit diesen den Anusausgang. Die Inder auf den Dörfern begeben sich schon bei Morgendämmerung mit einem Töpfchen Wasser ein wenig außerhalb der Lehmhütten und kauern sich nieder. Die linke Hand gilt als unrein. Man darf niemand mit solcher berühren, da dies als sittenwidrig gilt oder gar als große Beleidigung angesehen werden kann. Auch ist das bei uns bekannte Händeschütteln beim Begrüßen oder beim Abschiednehmen selten, faltet man doch lieber seine senkrecht zusammen gefügten und vor die Brust gelegten Hände und verneigt sich ein wenig dabei.

Auf einem solchen Boot fuhren wir zum Fischen hinaus

Am östlichen Meeresstrand angekommen, lebte ich einige Tage mit Fischern zusammen, bevor ich nach Ceylon, dem heutigen (ab 1972) Sri Lanka, übersetzte. Diese wegen ihres Tees so sehr berühmte Insel gehörte wie Indien bis 1948 dem einstigen englischen Kolonialreich an. Obwohl die Engländer als Herrenmenschen bei den Einheimischen nicht gerade beliebt waren, wirkten sie dennoch in den von ihnen regierten Ländern sehr segensreich. Sie bauten das Verwaltungssystem auf, verlegten Eisenbahnschienen, gründeten das ganze Bahn-, Transport-, Post-, Telekommunikations-, Polizei-, Militär-, Straßenbau-, Sport-, Schul-, und Universitäts-, und Gesundheitswesen, sodass dadurch den Landesregierungen nach der in den Jahren nach dem Zweiten Weltkrieg gewonnen Unabhängigkeit ein immenses Geschenk bereitet worden war.

In *Colombo*, der Hauptstadt, begab ich mich auf die Deutsche Botschaft, um meine Post entgegenzunehmen. Aus einem Brief meiner Schwester erfuhr ich, dass meine Großmutter mit 89 Jahren verstorben war. Sie war für mich zu einer Ersatzmutter geworden. Sie kannte viele Opernarien auswendig, hatte sie doch in ihrer Jugend viel gesungen, war aber nie öffentlich aufgetreten. Sie verfügte über einen köstlichen Humor, vor allem, wenn sie auf Plattdeutsch jene Witze zum Besten gab, die in ihrer Jugend in vieler Munde waren. Wir Geschwister sind ihr sehr zu Dank verbunden, hatte unser Vater, der Dichter Molar, doch eine neue Familie gegründet, sodass unsere Großmutter für unser Wohl und unsere schulische Ausbildung allein aufkommen musste. Ich habe sie immer sehr verehrt und geliebt.

Aus Colombo schrieb ich am 11. 6. 68 folgenden Brief an meinen Bruder:

„Lieber Peter!

Von Uta habe ich über Omas Tod erfahren. Sie hat sich ihren Tod lange gewünscht. Nun ist er ihr vergönnt worden. ...

Seit Bombay habe ich viel erlebt. Von den Heiligen, deren Negative Du nun erhältst, habe ich schon berichtet. Ich trampte ab Goa mit einer Neuseeländerin zusammen. Mit ihr habe ich mir alle Sehenswürdigkeiten im Mysore-State angesehen: Hampi, Halebid, Bellur, Swarangabelgola, Srirangam, Mysore-City. Dann wurden wir von einem Kaffeeplantagenmanager eingeladen, der in den Bergen seine Plantagen betreibt. Dieser besaß klassische Musik, und so hörten wir Chopin, Beethovens Violinkonzert und anderes. Ich habe ihn allein, nachdem ich meine Hübsche nach Bangalore gebracht hatte, wieder besucht. Wir sind auf den Bergen herumgeklettert, haben Wild aufgestöbert usw. Dann trampte ich nach Süden. In Trichur kam ich gerade in der Nacht zum 7. Mai an, um an dem größten indischen Fest teilzunehmen. Vielleicht waren über eine Viertel Millionen Menschen dort. Dann kam ich nach Periyar, wo ich mir im Wild-Natur-Schutzpark ein Haus für 25 Pfennige pro Tag mietete. Den Koch, den ich zwar nicht benötigte, gab es gratis. Du siehst mich auf einem Floß auf dem See rudern. Auf dem nächsten Negativ, das ich Dir in 6-8 Wochen schicken werde, siehst du Elefanten, die ich aus allernächster Nähe aufgenommen habe. Sie alle leben wild und hassen

Menschen. *Ein Elefant kam hinter mir hergerannt, und ich hatte Glück, einen steilen Abhang emporlaufen und zu meiner mit einem Graben versehenen Hütte kommen zu können. Große Bisons und Wildschweine gab es in Überzahl. Dort habe ich auch einen Hippie-Roman geschrieben, der vielleicht gedruckt wird...*

Von Periyar trampte ich für gut acht Tage mit einem Schweizer in seinem Wagen. Wir besuchten eine Indo-Swiss-Farm und ließen uns dort von den Schweizern verwöhnen. Dann besuchten wir einen jungen amerikanischen Lehrer in Kodaikanal, der ein riesiges Internat leitete, das aber wegen der Ferien leer war, sodass wir den ganzen Tag Tennis spielen konnten. Dann trampte ich allein nach Madurai weiter, wo die mächtigsten indischen Tempel stehen und wo mich der erste mächtige Monsunregenguss begrüßte, der in zehn Minuten die Straßen bis zu den Knien hoch mit Wasser anfüllte.

In Rameswaram fuhr ich mit den Fischern über Nacht auf See. Wir warfen die Netze aus und holten sie am frühen Morgen wieder ein. Dann nahm ich das Fährboot nach Ceylon. Hier in Colombo regnet es den ganzen Tag. Ein Regenguss löst den anderen ab. In zwei Wochen will ich wieder in Indien sein und bald das Schiff nach Malaysia nehmen. Von Bangkok hörst Du wieder von mir.

Grüße mir bitte alle recht herzlich.

Dein Trutz"

Ich reiste in die mit Teebüschen bedeckten Berge dieses buddhistischen Landes und ließ mir auf einer Großplantage die Teegewinnung erklären. Wie erstaunt war ich zu hören, dass von dem Pflücken der Teeblätter am Morgen bis zum Trocknen über Mittag und der anschließenden Verpackung am Abend nur ein einziger Tag benötigt wird. In Kandy wollte ich mir den Botanischen Garten und die Glashäuser mit den berühmten Orchideen nicht entgehen lassen. Der Orchideenzüchter, ein Professor der Botanik, zeigte mir stolz seine neuste Züchtung, eine wunderbare Orchidee, die den Namen Mrs. Kiesinger trug. Denn unser Bundespräsident weilte vor einigen Wochen in diesem Land, weshalb seiner Gattin zu Ehren diese Blume als neuste Züchtung mit ihrem Namen benannt wurde. Es gibt, wie er mir erklärte, etwa achthundert verschiedene Orchideenarten, wovon allein 70 liebliche Düfte verströmen.

Auf dem Wege nach *Trincomalee* besuchte ich eine große Papierfabrik. Als ich auf der Straße zurück nach *Polonnaruwa* stand, kroch unmittelbar vor mir eine Echse über den Weg, die mit Schwanz bestimmt drei Meter lang sein mochte. In jenem berühmten Pilgerort ist eine mit Gold überzogene liegende große Buddhastatue zu bestaunen. Doch der beeindruckende Höhepunkt auf dieser von Palmen umrandeten Insel ist zweifellos *Sigiriya*, ein aus der Landschaft 180 Meter hochragender Felsen, in welchem Wandmalereien zu sehen sind, während man oben die Grundfesten eines ehemaligen Palastes und nachmaligen Klosters erkennt. Die Aussicht von dort oben nach allen Seiten gehört mit zu den landschaftlich erhabensten Eindrücken meiner vielen Reisen. Auch hierher sollte ich viel später nochmals zurückkehren. Viele andre interessante Erlebnisse werde ich auf dieser Insel gehabt haben, die jedoch leider meinem Gedächtnis entfallen sind.

In Polonnaruwa liegt ein aus dem Felsen herausgemeißelter Buddha,
vor dem sich Gläubige zum Gebet verneigen

14. Im Ashram von Sri Aurobindo

Nach zwei Wochen reiste ich wieder per Anhalter durch das südliche Indien.

Schließlich hatte ich *Pondicherry* erreicht, eine Stadt, die mit dem sie umgebenen Land bis 1962 noch französische Kolonie war. Östlich zum Meer hin liegt ausgebreitet der Ashram des leider schon bei meiner Ankunft längst verstorben Philosophen *Sri Aurobindo* Bei der Schweizer Familie Berger, die dort ein eigenes Haus bezog, wohnte ich die ganze Zeit meines Aufenthaltes. Essen gab es in der Kantine für all die vielen Verehrer Aurobindos, die dort für längere oder kürzere Zeit sich niedergelassen hatten und auch fleißig mithalfen, eine internationale Stadt für Menschen aus aller Welt zu erbauen, die sich mit diesem größten indischen Philosophen des 20. Jahrhunderts geistig verbunden fühlten. Geleitet wurde dieser Ashram von dessen langjähriger und nun hochbetagten französischen Lebensgefährten, die alltäglich von einem Balkon durch ein Mikrophon eine Ansprache hielt oder aus dem Werk ihres erleuchteten Geliebten zitierte. In der Ashrams Bibliothek entdeckte ich manches mich interessierende Buch. Dort las ich zum Beispiel *Franz Kafkas* Roman *Amerika.*

Wenn ich in die benachbarte, mit französischen Flair ausgestattete Stadt ging, kam mir immer eine ganze Schar von Bettlerkindern entgegen, denen ich aus meiner Tasche Bonbons gab. Und wenn diese vergeben waren, gingen wir alle zum Kiosk, um erneut diese Kinderleckereien zu kaufen. Unter diesen nur mit Lumpen oder dürftigen Kleidungsstücken Versehenen befand sich ein etwa drei- bis vierjähriges Mädchen mit langem schwarzem Haar. Jedes Mal ergriff die Kleine meine Hand und schaute mich lächelnd mit ihren großen braunen Augen an. Allein ihretwegen ging ich jeden Tag diesen langen Weg in die Stadt, denn ich wollte ihr immer wieder begegnen. Und einmal führte ich sie in ein Café. Die Kellner rümpften die Nase, denn ein Bettlerkind hat natürlich dort nichts zu suchen. Aber da ich nun ein Weißer war, wagte man meiner Ungehörigkeit nicht zu widersprechen. Wir setzten uns am Tisch gegenüber. Der Keller brache uns zwei Eisbecher. Die Kleine wusste nicht, wie sie mit dem Löffel umzugehen hatte, versuchte aber meine Bewegungen mit der Hand zu imitieren. Der Eisbecher stand ihr fast in Kopfhöhe. Es war zu niedlich zu sehen, wie es ihr dennoch gelang, das Eis, das sie wahrscheinlich noch nie im Leben gekostet hatte, in den Mund zu befördern, wobei manches vom Löffel herunterglitt. Ich setzte sie schließlich auf meinen Schoß und half ihr beim Einlöffeln der kalten und so wohlschmeckenden Süßspeise. Sie war sehr stolz und genoss diese Augenblicke. Vor der großen Fensterscheibe standen wohl ein Dutzend ihrer Spielfreunde und lachten und freuten sich, dass eine von ihnen ein so großes Erlebnis haben durfte. Am liebsten hätte ich sie alle eingeladen. Doch das hätten die Kellner nie geduldet.

Ich dachte, dieses Kind als meine Tochter zu adoptieren, der ich ihr ein fürsorglicher Vater sein würde. Wenn ich ihren Eltern, – die als Sudras, das heißt, als nicht anzufassende Aussätzige galten, denen man auch kaum eine Arbeit anvertraute, da ihr Schattenwurf schon als verunreinigend galt – 100 US$ geben würde, sie mir wahrscheinlich ihr Töchterchen gern überließen. Denn so viel Geld würde der Vater nicht in zehn Jahren verdient haben können. Diese Gedanken veranlassten mich, einige Tage später bei meinem Aufenthalt in *Madras* den deutschen Konsul aufzusuchen und ihn zu fragen, ob die Möglichkeit für mich bestünde, dieses Mädchen zu adoptieren und als Begleiterin auf meiner weiteren Weltreise mitzuführen. Wie er mir darlegte, sei es erstens verboten, Kinder zu adoptieren, besonders wenn man nicht als verheiratetes Ehepaar auftrete, und zweitens könne er mir für das Kind keinen Ausweis oder Reisepass ausstellen. Ich musste also mein herzerwünschtes Vorhaben aufgeben. Jedoch hätten solche Mehrkosten mein knappes Budget strapaziert. Im Notfall könnte ich mit der finanziellen Unterstützung meines Bruders rechnen. Dieses Geld würde ich ihm wieder zurückerstatten. Damals wusste ich noch nicht, dass diese Kleine in meinem Roman *T & F* mit dem Namen *Luana* Eingang finden sollte.

Aus *Pondicherry* ist folgender Brief vom 2.7.1968 an meinen Bruder erhalten:

„Lieber Peter! Deinem Geburtstagsbrief lege ich wieder einige Foto-negative bei. Ich weiß nicht, ob du sie alle entwickeln lässt oder als Ne-gative bei Seite legst. Doch auf jeden Fall lass immer eine Fotosendung beieinander, damit ich mich später durchfinde. In einem Monat will ich mal einen Buntfilm ausprobieren. Jetzt bin ich schon zehn Tage in Pon-dicherry (170 km südlich von Madras) im Ashram von Sri Aurobindo (1872-1950), das von einer neunzigjährigen Französin und Freundin ih-res Meisters, die der göttlichen Erleuchtung teilhaftig geworden ist, ge-leitet wird. Es ist der größte Ashram der Welt und beherbergt fast zwei-tausend Mitglieder.

Unweit von hier soll die internationale Stadt Auroville entstehen. Der Grundstein wurde im Februar gelegt. Eine Fußverletzung und meine Hämorrhoiden halten mich wohl noch einige Tage hier auf, bevor ich nach Madras reise, um bei dem deutschen Konsulat nachzufragen, ob ich Post habe. Ich bin natürlich neugierig, ob mein Hippie-Roman über-haupt nach Europa gelangt ist. Ich schrieb dem Verleger, dass er umge-hend das Eintreffen des Buches Uta bestätigen sollte. Von Madras werde ich wohl oder übel nach Kalkutta zurück müssen, da das Schiff von Mad-ras nach Malaysia ausgebucht sein dürfte. Von Kalkutta aus werde ich das Flugzeug nehmen müssen, denn, obwohl es sehr teuer ist, habe ich keine andere Wahl, um nach Thailand zu kommen. Aber so kann ich mir wenigstens noch Rangoon (Burma) ansehen, was voller Reize sein soll. Schreibe mir bitte nach Bangkok (West-German Embassy), was alles jetzt bei euch vorfällt...

Recht herzliche Grüße Dein Hippie-Bruder Trutz"

In *Tiruchchirappalli* beeindruckten mich die riesigen, mit vielen bunt angemalten Figuren versehenen hohen Tempel. *Fedors Guide* pries auch die Felsreliefs in *Mahabalipuram* als ein unbedingtes Muss. Ich konnte dieses zu bestaunende Prachtwerk samt seinem Tempel am Meer nicht übergehen. Ich durfte mich glücklich schätzen, solch einen Reiseführer zur Hand zu haben, wäre ich doch sonst an so vielen Meisterwerken der Weltkultur vorbeigereist.

15. Mein Abschied von Seiner Heiligkeit

In *Madras*, dem heutigen *Chennai*, versuchte ich, obwohl das Schiff nach Malaysia schon Monate vorher ausgebucht war, trotzdem noch einen Platz zu erhalten. Aber alle Bemühungen, wie ich schon vermutet hatte, waren vergeblich. Ich musste also den Zug nach Kalkutta nehmen, um von dort über Rangoon nach Bangkok zu fliegen. Insgesamt hatte ich einschließlich Nepal und Ceylon zehn Monate voller Wunder und Überraschungen in Indien verbracht. Noch wusste ich nicht, dass ich in späteren Jahren ausgerechnet in Indien einige meiner Bücher schreiben würde. Doch das größte Wunder stand mir noch vor meiner Abreise als Abschiedsgeschenk bevor.

Ich entdeckte mitten in der Stadt eine Gruppe von meinen Jain-Mönchen. Ich erinnerte mich, dass sie sich während der großen Regenzeit irgendwo bei *Madras* niederlassen wollten. Ich ließ mir von ihnen ihren jetzigen Aufenthaltsort nennen und begab mich dorthin. Schließlich wollte ich mich von Seiner Heiligkeit noch verabschieden und auch Dank sagen, dass er mir die große Freude vergönnt hatte, längere Zeit mit ihm und seinen Mönchen wandern zu dürfen. In einem Vorort dieser großen Stadt begrüßten mich einige der mir bekannten Mönche, und ich unterhielt mich mit ihnen, ohne – wie es ihnen gegenüber eigentlich Brauch ist – die Hand dabei vor den Mund zu halten, hatte ich doch, wie ich schon berichtete, nie in meinem Leben eine Fliege bei geöffnetem Mund hinuntergeschluckt.

Schließlich wurde ich zu Seiner Heiligkeit *Asharya Sri Tulsi* geführt. Er saß mit gekreuzten Beinen auf einer Matte. Er war erfreut mich zu sehen und erkundigte sich, was ich seit unserem Abschied erlebt hatte. Dieser Heilige war für mich die Personifizierung von Verstehen und Verzeihen, von Liebe und Güte. Als ich mich vor ihm mit gefalteten Händen niederkniete, klebte auf einmal eine Fliege auf meiner Zunge. Ich bekam einen Schrecken. Holte ich sie jetzt heraus, hätte er es sehen müssen. In meinem Stolz schluckte ich das Insekt hinunter. Bis dahin hatte ich noch an Zufälle geglaubt. Jetzt geriet dieser Glaube ins Wanken. Allerdings bedurfte es auf meiner Reise noch weiterer so genannter „Zufälle", bis ich begriff, wer diese für mich bereitet hatte. Auf jeden Fall gab mir dieses Zufallserlebnis viel zu denken.

Aber hatte ich vor, als ein Heiliger durch die Welt zu reisen? Nein! Ich wollte das Leben von möglichst vielen Seiten kennenlernen, ohne meinem Gewissen untreu zu werden. Eines der Gebote der Jains ist die Forderung nach sexueller Enthaltsamkeit, es sei denn, man beabsichtige ein Kind zu zeugen. In dieser Hinsicht hatte ich nun ein Jahr lang wie ein heiliger Mönch gelebt. Doch das sollte in Thailand anders werden.

Dieser bisherige Teil des Buches wurde im Juli 2005 auf der Insel Santa Margarita in Venezuela abgefasst.

Auf der Insel Santa Margarita in Venezuela abgefasst

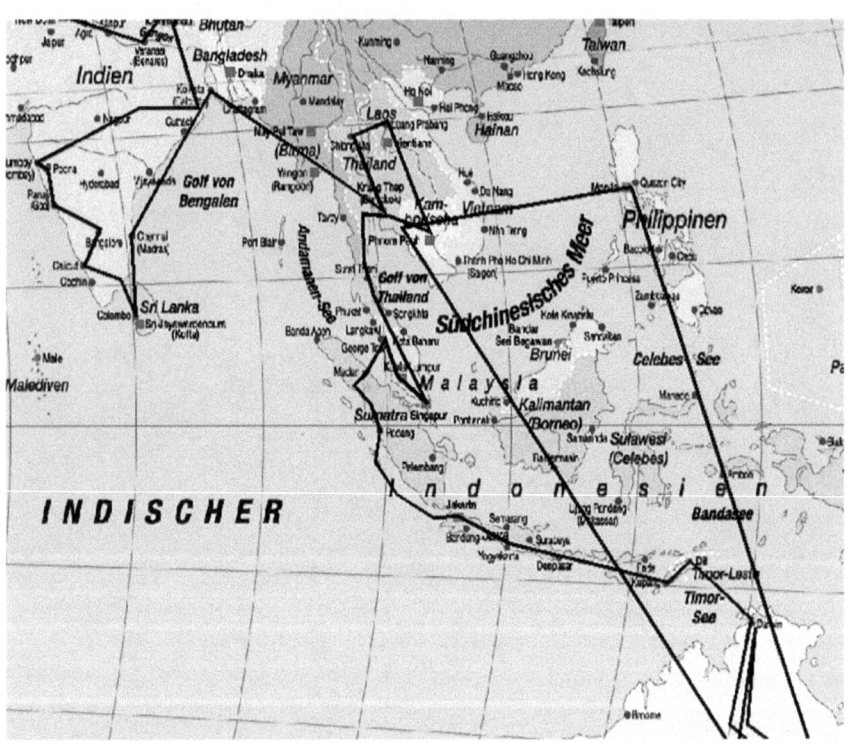

4. Kapitel
Südostasien

1. Von einem Mafioso in Thailand beinahe erschossen

Am Morgen, bevor ich in Kalkutta ins Flugzeug stieg, ließ ich mir bei einem Barbier den Bart abnehmen. Es war aus meinen bisherigen Erfahrungen heraus geboten, vor Austritt und Wiedereintritt in ein neues Land bartlos zu sein, damit das Gesicht mit dem Foto im Reisepass übereinstimmte. Auf meinem Weg nach Bangkok wollte ich unbedingt die Gelegenheit ausnutzen, in der burmesischen Hauptstadt (heutiger Name *Yangon*) zwischenzulanden. Als Tourist durfte man sich damals nur drei Tage in diesem seit 1962 militärdiktatorisch regierten Land, das 1989 den Namen *Myanmar* annehmen sollte, aufhalten. Ich kann mich nur noch daran erinnern, dass ich in Rangoon die vergoldete und mit 5.000 Diamanten und 2.000 Edelsteinen verzierte große und 98 Meter hohe *Shwedagon-Pagode Rangoon* bewunderte.

Doch dann erreichte ich *Bangkok*. Was hatten mir all die Tramper, die von dort gekommen waren, an Märchenhaftem über dieses Land und besonders über seine Hauptstadt erzählt. Es sei das sexuellste El Dorado der Welt. Hunderttausende von jungen Mädchen böten sich für wenig Geld an. Sie liebten vor allem die großen Männer aus Europa und Amerika, ja man könne sich besonders als blonder Mann ihrer kaum er erwehren. Und ein Tramper erzählt mir in Indien, dass ihn eine sehr schöne Prostituierte eingeladen hätte, bei ihr und ihrem Kind zu bleiben. Sie wohnte in einer schlichten Hütte in der Nähe des Hafens. Sie wurde zu seiner Geliebten, die zwar jede Nacht ihrem Gewerbe in einem Hotel nachging, tagsüber jedoch, sobald sie ausgeschlafen war, ganz für ihn und dem Kind zur Verfügung stand, für alle kochte und ihm willig ihre körperlichen Reize anbot. Seine Aufgabe bestand darin, ihren Sohn auch des Nachts zu betreuen, sodass er nicht alleine sein musste. Würde ich, der ich seit Jugoslawien mit keiner Frau sexuell verkehrt hatte, vielleicht ebenfalls Glück haben, bei einer thailändischen Schönen für einige Zeit wohnen zu können, ohne dafür bezahlen zu müssen? War es doch für mich geboten, mit den knappen finanziellen Mitteln meine Reise bis Australien fortsetzen. Als mein Flugzeug in *Thailand* landete, muss mein Herz vor Aufregung heftig geklopft haben. Welche erotischen Abenteuer würden mir, dem Rucksacktramper, der in Indien in sexueller Hinsicht wie ein Asket gelebt hatte, bevorstehen? Haben wir Menschen doch alle erotische Phantasien, die meistens im Leben unerfüllt bleiben. Und wir trauern im Alter hinterher, dass wir sie nicht ausgelebt hatten.

In Myanmars Hauptstadt Rangoon, dem heutigen Yangon, bewunderte ich die vergoldete und mit 5.000 Diamanten und 2.000 Edelsteinen verzierte große und 98 Meter hohe Shwedagon-Pagode.

Verschiedene Tramper hatten mir immer wieder als Quartier das von Chinesen geführte Hotel *Thai Song Krit* genannt. Dieses liege direkt in der Stadt, sei preisgünstig, verfüge über einige sehr schöne

Mädchen und würde hauptsächlich von Rucksackreisenden aufgesucht. Auch hatte man mir beschrieben, mit welchem Bus ich vom Flughafen zu diesem Hotel gelangte. Die ausgetauschten Informationen waren äußerst hilfreich. Kaum hatte ich dort mein kleines Zimmer bezogen, wollte ich zuerst eine warme Dusche nehmen. Als ich schon halb ausgezogen war, klopfte es an der Tür. Ich öffnete, und ein Thaimädchen, mich liebevoll anblickend, sagte: „Hollo mister, me come in?" Ich entgegnete ihr in einfachstem Englisch, dass sie später wiederkommen möge, möchte ich mich doch zuerst duschen. „Me shower have with you." Hätte ich solch einem überraschenden Angebot widerstehen sollen? Und schon war sie durch die Tür zu mir hereingeschlüpft, nannte mir ihren Namen und fragte nach dem meinen und woher ich sei. „I like German man. Very strong." Sie zog sich ganz aus, entkleidete mich von meiner Unterwäsche, und wir standen alsbald unter der Dusche. Sie seifte mich ein und wusste kunstvoll meine erotische Erregung zu steigern, die sich dann im Bett entluden.

Wie ich später erfuhr, wurden Töchter von den Eltern, besonders von ihren Vätern, oft dazu angehalten, für einige Jahre in den Städten dem horizontalen Gewerbe nachzugehen, um ihnen mit dem schnell zu verdienenden Geld in ihre Bambushütte einen Fernseher, einen Kühlschrank und andere sonst für den Bauern unerschwingliche Luxusgüter zu kaufen. Einige Familien lebten in größten Armut und waren froh, wenn die Tochter sie vor Hunger bewahrte. Nahezu aus jedem Dorf waren einige der jungen Schönheiten in die Städte gezogen, vor allem aber nach Bangkok. Durch die vielen amerikanischen Soldaten, die in Vietnam kämpften, erhielt die Prostitution einen florierenden Aufschwung. In ihrem Kurzurlaub flogen die GIs bevorzugt nach Bangkok, um hier den sexuellen Lüsten freien Lauf zu lassen. Sobald diese Mädchen altersbedingt mit den Jüngeren nicht mehr konkurrieren konnten oder genug erspart hatten, gingen sie in ihr Dorf zurück und heirateten. Sie brachten in die Ehe meist ein gutes Bankkonto mit. Späterhin in den Dörfern begegnete ich hin und wieder einer dieser nun verheirateten Frauen, waren sie doch die einzigen, die, wenn auch gebrochen, mir auf Englisch Auskünfte zu erteilten vermochten. Die Mädchen „arbeiteten" ohne Präservative, war doch AIDS noch unbekannt, und gegen die anderen geschlechtlichen Krankheiten gab es

Penicillin. Schwangerschaften verhüteten sie durch monatliche vom Arzt verabreichte Spritzen. Doch, wie ich feststellte, sogen einige von ihnen heimlich durch die Nase ein braunes Pulver ein. Und so manches Mädchen verfing sich in die Abhängigkeit von Drogen und Alkohol oder geriet in die Machenschaften der Bordellbesitzer und Zuhälter. Doch die meisten arbeiteten auf eigene Faust mit dem Bestreben, so viel Geld wie möglich zu verdienen. Viele von ihnen, die am Abend noch keinen Freier gefunden hatten, kamen dann ins Nana-Hotel, wo sich Hunderte von ihnen einfanden, um doch noch einen Mann für die verbleibende Nacht zu gewinnen, auch wenn dann die Bezahlung geringer ausfiel. Die meisten Mädchen, die ich näher kennen lernte, waren ausgesprochen nett, natürlich, lachten und küssten gern und ausgiebig und erfüllten jeden erotischen Männertraum. Sie entsprachen überhaupt nicht dem Klischee, das wir von europäischen Prostituierten kennen, die meist mit Unlust und Männer verachtend ihre Beine breit machen.

Eine besondere Attraktion waren die so genannten „türkischen Bäder", die mit jenen in der Türkei gar nichts zu tun haben. Kommt man in solche einen Salon, entdeckt man hinter einer langen breiten Glasscheibe zwei bis drei Dutzend im Bikini sitzende Schönheiten, auf deren Büstenhalter eine Nummer zu erkennen ist. Der Inhaber bietet dem Besucher oft einen Drink an und fordert ihn auf, in einem Sessel Platz zu nehmen und sich in aller Ruhe die einem Gefallende auszusuchen. Manche winken oder blinzeln einem zu, während andere meist gelangweilt dazusitzen scheinen. Von Trampern hatte ich mir berichten lassen, dass auch einige Studentinnen dort zu finden seien, die sich ihr Studium durch Teilzeitarbeit in solchen Etablissements verdienen. Wenn man Glück habe, könne man dort eine solche auffinden und sich dann privat mit ihr verabreden, woraus sich vorzügliche Freundschaften ergeben könnten, die weit über Bettfreuden hinausgingen. Nachdem ich mich bei solch einem Besuch nach ausgiebiger Betrachtung für ein Mädchen entschieden hatte, nannte ich die Nummer. Der Chef rief diese nun durchs Mikrophon auf. Die betreffende Schönheit erhob sich, kam seitlich beim Tresen hervor, nahm sich, ohne mich eines Blickes zu würdigen, von dort ein bereitliegendes Handtuch samt Seife, und ihr Boss, dem ich den Tribut für eine vollen

Stunde schon bezahlt hatte, forderte mich auf, ihr die Stufen hinauf zu folgen. Dort in einem kleinen Zimmer mit Badewanne und Liege angekommen, veränderte sich ihr gleichgültiges Verhalten. Sie sprach nur ein dürftiges Englisch, war aber keine Studentin, wie ich gehofft hatte, mit der ich mich eventuell fließend hätte verständigen können, um sich dann auch privat zu verabreden. Diese Frau war etwa Anfang Zwanzig, ließ das Badewasser einlaufen und badete mich. Nachher legte ich mich auf die Liege, und sie massierte mit Geschick meinen ganzen Körper. Alles war im höchsten Maß erotisch stimulierend. Oft lassen sich diese Mädchen, was eigentlich nicht vorgesehen ist, noch für eine zusätzliche Bezahlung beschlafen, während andere dies verweigern, fühlen sie sich doch nicht als Prostituierte, sondern als Masseurinnen. Ich wollte meiner Masseurin zu verstehen geben, sie am Tage irgendwo wiederzusehen, um mit ihr auszugehen. Doch sie sprach zu wenig Englisch und gab vor, mich nicht verstehen zu können.

Im verkehrstrubelreichen Bangkok hatte ich nun genügend Zeit, diese mit vergoldeten Tempeln samt ihren sie beschützenden und bewachenden Dämonenstatuen reich ausgestattete Stadt zu bewundern. In diesen Tempeln, deren Dächer sogar mit goldener Farbe bestrichen waren und im reflektierten Sonnenlicht weithin strahlten, standen Dutzende vergoldeter Buddhas. Und die Menschen kamen in ihren Festtagskleidern und knieten betend davor. Besonders interessant und farbenprächtig war der *floating market*. Denn auf dem Fluss kamen die Händler auf ihren kleinen Booten herbeigepaddelt, vollgeladen mit Gemüse, Früchten und anderem, und auch die Käufer waren manches Mal mit ihren Kleinboten zur Stelle oder kamen zu einem der zahlreichen Anlegeplätze, um dort die Waren zu erstehen. Als ich 35 Jahre später diesen Markt wieder aufsuchen wollte, gab es ihn nicht mehr. Über den meisten Läden und Restaurants sah man chinesische Schriftzeichen, waren doch die schon seit Generationen dort eingewanderten Chinesen die alles zu betreiben scheinenden Wirtschaftmotoren des Landes.

Im Hotel hatte ich mich mit einem bärtigen Schweizer meines Alters, dem ich kurz in Indien begegnet war, angefreundet. Ich will ihn

Urs nennen, weil mir sein richtiger Name entfallen ist. Da er ein Abenteurer wie ich war, planten wir eine Trampreise in den Norden des Landes, wollten dann über Laos hinab nach Kambodscha, wo wir unbedingt Angkor Wat zu besuchen uns vornahmen, bevor wir nach Bangkok zurückkehren würden. Und da er wie ich nur über spärliche Finanzen verfügte, war es auch für ihn klar, diese Reise per Anhalter, oder, wenn dies nicht möglich sein sollte, mit den billigsten Transportmitteln zurückzulegen. Doch wollte er unbedingt noch am ersten August, dem Schweizer Nationalfeiertag, in der Stadt bleiben, um mit seinen Landsleuten in ihrer Botschaft feiern zu können.

Am folgenden Tag standen wir an der Ausgangsstraße nach dem Norden hin, war unser nächstes Ziel die über vierhundert Kilometer weiter nördlich gelegene Stadt *Chiang Mai*. Und wann immer uns Last- oder Personenwagen mitnahmen und deren Fahrer uns auf besondere Sehenswürdigkeiten aufmerksam machten, stiegen wir wie zum Beispiel in *Ayudhia*, der ehemaligen Hauptstadt eines großen Reiches, versehen mit den prächtigsten religiösen Gebäuden, aus, sodass wir manchen Tempel mit den vielen Buddhastatuen zu sehen bekamen. Oft holte Urs seine Querflöte hervor oder spielte auf seiner Gitarre, was sofort viele Passanten anzog, weshalb wir öfter eingeladen worden waren.

So gelangten wir eines Nachmittags zu einem vergoldeten Tempel. Opfergaben meist in Form von Blumen wurden vor die Buddhastatuen gelegt, vor denen man sich mit gefalteten Händen verbeugte und dabei Gebete in Gedanken oder flüsternd sprach.

Mein Schweizer Tramperkollege Urs mit vier Freudenmädchen vor dem lachenden Buddha

Und wir beobachteten sieben anmutige junge Frauen, die sich vor einer sitzenden goldglänzenden Buddhastatue im Gebet verneigt hatten. Ich fragte die Mädchen, ob ich von ihnen ein Foto machen durfte, und Urs und ich ließen es uns nicht nehmen, mit einigen von ihnen uns in Positur zu setzen, sodass dieser Buddha auf uns herablächeln konnte.

Als wir beide vor den Tempel zurückgekehrt waren und unsere Rucksäcke wieder aufgesetzt hatten, sprach uns ein Chinese an, woher wir seien und wohin wir wollten. Und da wir ihm sagten, dass wir in Richtung Norden per Anhalter zu reisen beabsichtigten, bot er uns an, etwa 100 Kilometer mit ihm fahren zu können. Er führte uns zu seinem Auto mit überdachter und verlängerter Ladefläche, wo wir zu beiden Seiten Sitzbänke entdeckten, zwischen denen wir unsere Rucksäcke stellten. Und als wir uns dort niedersetzen wollten, kamen die sieben Thaimädchen aus dem Tempel auf unseren Wagen zu. Der Fahrer gab ihnen zu verstehen, dass noch zwei Ausländer mitreisen würden. Und plötzlich waren wir von fünf uns anlächelnden Schönheiten umgeben, während zwei von ihnen neben dem Fahrer vorne Platz genommen hatten. Und während der oft holprigen Fahrt versuchten wir, ihre neugierigen Fragen zu beantworten, was unter vielem Gelächter so einiger Maßen gelingen mochte. Sie waren auch nicht scheu, uns zu berühren und zu sagen, dass wir schön aussehen, während wir es unsererseits an Komplimenten nicht fehlen ließen. Jede wollte wissen, wer die Schönste von ihnen sei und welche wir am meisten begehrten. Jetzt hieß es diplomatisch vorzugehen, um niemand zu verletzen. Und die neben mir saß, fragte mich mehr mit Gesten als mit verständlichen Worten: „Do you like me?" Als ich bejahte, hakte sie sich unter meinen Arm ein.

Schließlich waren wir in einer kleinen Stadt angekommen und hielten vor einem von einem Garten eingegrenzten Gebäude. Der Fahrer kam zu uns, nannte nun uns die Hand schüttelnd seinen Namen und fragte nach dem unseren. Dann sagte er, dass wir bei ihm übernachten könnten, und wies eines der Mädchen an, uns ein Zimmer zuzuweisen. Uns wurde nun immer klarer, dass der Fahrer der Besitzer eines Bordells war, der mit seinen sieben Mitbewohnerinnen einen eintägigen Wallfahrtsausflug unternommen hatte. Und als er uns zum gemeinsamen Abendbrot auf Matten sitzend einlud und er, der mehr Englisch als seine Mädchen sprach, anscheinend Gefallen an uns gefunden hatte, machte er uns als seinen Gäste das Angebot, dass jeder von uns beiden eine von seinen Liebesdienerinnen für die Nacht auswählen dürfe. Sicherlich waren auf den ersten Blick alle sieben sehr reizvoll. Doch eine unter ihnen übertraf an Schönheit alle anderen. Diese musste ich unbedingt für mich erobern. Somit wies ich auch jene ab, die sich schon im Auto bei mir eingehakt hatte, gab sie mir doch wiederholt zu verstehen, dass sie mit mir die Nacht verbringen wolle. Ich versuchte also mit Gesten jener Schönen versteckt zu signalisieren, dass ich sie als meine Bettgenossin erwählen möchte. Doch sie lächelte nur, was ich als Zeichen ihres Zugeständnisses deutete. Als wir zur späten Stunde den Speiseraum verließen, folgte ich ihr. Doch Urs kam zu meinem Schrecken ebenfalls hinter uns her, sodass wir, an ihrer Zimmertür angekommen, sie beide praktisch zu gleichen Zeit fragten, bei ihr über Nacht zu bleiben. Sie jedoch schlüpfte in ihr Zimmer und verschloss die Tür von innen. Da standen wir nun wie zwei begossene Pudel. Und da sich all die anderen Mädchen schon ebenfalls zurückgezogen hatten, verfügten wir uns in unser gemeinsames Zimmer und schliefen in diesem goldenen Käfig der Lüste enttäuscht ein.

An einem der nächsten Tage standen wir an einem späten Nachmittag, als es schon zu dämmern begann, an einer einsamen staubigen Straße und gaben den auf uns zukommenden Fahrzeugen durch Handzeichen zu verstehen, mitgenommen zu werden. Ein überdachter Kombiwagen hielt an. Vorne saßen zwei Chinesen, und der Beifahrer fragte uns, wohin wir wollten. Wir nannten unser Ziel, und er sagte, dass er uns bis zur nächsten Stadt mitnehmen könne. Er stieg aus und öffnete die seitliche Tür des fensterlosen Hinterteils. Dort entdeckten wir eine Frau, die auf der Ladung von Kartoffeln und Gemüse saß. Wir wurden aufgefordert, unsere Rucksäcke und den Gitarrenkasten von Urs dort abzulegen und uns ebenfalls auf die Kartoffelladung zu setzen. Wir waren froh, diese unbequeme Mitfahrgelegenheit wenn auch mit eingezogenen Köpfen annehmen zu können, war es doch schon bald dunkel und Regenwolken drohten, ihre nassen Lasten niederprasseln zu lassen.

Und wo hätten wir jetzt in der baldigen Dunkelheit, wenn es auch noch regnen sollte, draußen übernachten sollen? Durch die uns von den vorne Sitzenden trennende Glasscheibe erkannte ich, dass hinter ihrem Rücken ein Gewehr befestigt war. Nach etwa zwei Stunden Fahrt hielt das Auto plötzlich mit Vollbremsung, und die Scheinwerfer erloschen. Die beiden Männer sprangen raus, das Gewehr in der Hand. Wir wussten nicht, was geschehen war. Aber irgendetwas Wichtiges musste passiert sein. Wir blieben klopfenden Herzens im Wagen weiterhin geduckt sitzen, nicht wissend, ob wir ebenfalls hätten aussteigen sollen. Nach etwa zehn Minuten kehrten beide zum Wagen zurück. Sie setzen sich wieder vorne nieder, und die Fahrt ging mit verzögertem Tempo bei Regen weiter. Der Beifahrer, er schien der Besitzer dieses Autos zu sein, öffnete das Schiebefenster nach hinten und sagte in seinem gebrochenen Englisch, dass sie vor sich auf der Straße etwas Verdächtiges bemerkt hätten. Denn es gebe viele Feinde, die ihnen nach dem Leben trachteten. Sie müssten immer damit rechnen, dass man ihnen auflauere und sie erschießen wolle. Ich fragte ihn, wer ihre Feinde seien. Er erklärte, dass seine Familie in dieser Gegend das Busunternehmen in festen Händen hielte, es aber Neider gebe, die dieses ihnen wegzunehmen trachteten. Es kämen auch wegen anderer Dinge öfters Schießereien vor.

Spät kamen wir zu seinem von zwei Männern bewachten Haus, wo uns seine Frau das Essen bereitete. Er betrachtete es als Ehre, uns als seine Gäste bewirten und bei ihm übernachten lassen zu dürfen. Wir waren froh, auf einer Liege unter einem regensicheren Dach schlafen zu können, wenn auch unsere Gedanken sich noch weiterhin mit der Tatsache beschäftigten, im Hause eines Mafiosos untergekommen zu sein. Doch nahmen wir uns vor, diese Stadt am nächsten Morgen so schnell wie möglich wieder zu verlassen.

Als wir am nächsten Morgen gefrühstückt hatten – es gab auch morgens immer Reis –, wollten wir unsere Rucksäcke wieder aufschnallen. Doch unser Chinese sagte, dass wir als seine Gäste einige Tage bei ihm bleiben sollten. Er wolle uns sogleich zu einer Spazierfahrt einladen. In seinem japanischen Personenwagen, in welchem außer uns zwei noch zwei andere seiner Gefolgsleute saßen, fuhr er, nachdem die Stadt verlassen worden war, auf aufgeweichten Wegen in den Wald. Dort hielt er an. Wir stiegen alle aus. Was wollte er uns eigentlich in diesem Wald an Sehenswertem zeigen? Plötzlich nahmen alle drei aus ihren Hosentaschen Pistolen hervor. Wollten sie uns nun in dieser abgeschiedenen Gegend umbringen, um uns zu berauben, die wir unser Geld in einem Brustbeutel versteckt hielten? Dann deutete unser Gastgeber, der anscheinend selbst der Mafiaboss war, auf einen herunterhängenden Zweig, an welchem ein Blatt hing, und schon zielten sie mit ihren Pistolen darauf und drückten mehrmals ab, bis dies herabgefallen war. Dann deutete er auf ein anderes Zielobjekt. Und wiederum ging die Schießerei los. Er drückte auch mir seine Pistole in die Hand und forderte mich auf, ebenfalls zu schießen. Schließlich drückte ich auch ab und spürte den Rückschlag in meiner Hand. Er erklärte uns, dass er mit seinen neu eingestellten Männern öfter zu Schießübungen hierher fahre, damit sie lernten, gut mit dieser Waffe umzugehen und somit ihn und seine Familie vor Angreifern erfolgreich beschützen zu können.

Am Abend lud er uns zu einem ausgiebigen Essen in einem Restaurant ein. Er trank viel Bier. Nachdem wir gegessen hatten, forderte er uns auf, ihm zu folgen. Er führte uns in einen Puff. Dort saßen etwa zehn Mädchen, von denen einige schon auf Männerschößen Platz genommen hatten. Man lachte und trank Alkohol. Überall wurde unser Chinese mit Respekt begrüßt. Schließlich forderte er uns auf, eines der Mädchen auszuwählen und mit auf ihr Zimmer zu gehen. Als ich schließlich auf meiner Auserwählten liegend im Koitus vereint war, deutete sie erschreckt mit dem Finger nach oben. Dort über dem Rand der dünnen Holzwand schaute grinsend uns unser Mafioso zu. Ich erhob mich, und schubste des Betrunkenen Gesicht mit meiner Hand zurück. Er brüllte mir etwas Fürchterliches entgegen, was ich nicht verstand. Ich wusste damals nicht, dass ich jetzt eines der schlimmsten Vergehen begangen hatte, die gegen thailändisches Anstandsverhalten verstieß. Zwei Dinge sollte jeder ausländische Besucher dieses Landes wissen. Man darf nicht bei überkreuzten Beinen mit der Fußspitze auf sein Gegenüber deuten. Und zweitens: Man darf niemals einen Mann im Gesicht berühren. Beides kommt einer schweren persönlichen Beleidigung gleich. Meine Thailänderin erhob sich verängstigt und zog sich schnell an, mich auffordernd, ein Gleiches zu tun.

Als ich zu unserem Auto zurückkehrte, wartete Urs ungeduldig auf mich. Er war ganz aufgeregt und fragte, was denn passiert sei. Unser Gastgeber sei wütend zum Auto geeilt und habe gesagt, dass er mich erschießen werde. Er habe seine Pistole aus dem Handschuhfach geholt. Doch beim Entsichern seiner Waffe habe sich ein Schuss gelöst. Ein Polizist, der zufällig in seiner Nähe stand, habe ihm die Waffe abgenommen und ihn in einem Polizeiwagen abgeführt. Was sollten wir jetzt tun? Es war bald Mitternacht. Unsere Rucksäcke befanden sich noch im Haus unseres Chinesen. Da wir den Weg dorthin wussten, kehrten wir zu Fuß zurück. Wir beschlossen, uns wieder schlafen zu legen, glaubten wir doch vor unserem betrunkenen Hausherren sicher zu sein, schlief dieser nun seinen Rausch im Gefängnis aus. Doch schon ging unsere Schlafzimmertür auf. Er stand im Türrahmen und lallte: „Morgen ganz früh seid ihr weg. Wenn ich euch dann noch hier sehe, erschieße ich euch." Noch vor Dämmerung schlichen wir uns aus dem Haus, liefen zur Busstation und nahmen den ersten Bus, der in den Norden fuhr, ganz egal wohin, Hauptsache schnell weg aus dieser Stadt. Ja, wenn der Polizist ihm die Waffe nicht weggenommen hätte, ... dann würden Sie, liebe Leserin und lieber Leser, auch nicht dieses Buch in den Händen halten. Ich hatte auch immer das Gefühl, als ob eine schützende Hand über mir waltete. Warum? Was hatte sie noch mit vor?

Chiang Mai ging unter den Reisenden der Ruf voraus, dass es dort die schönsten Thailänderinnen gebe. Tatsächlich wurden wir nicht enttäuscht. Doch hat diese Stadt noch viele andere Attraktionen neben seinen vergoldeten Tempeln zu bieten, treffen sich doch hier die Bergvölker und bieten ihre Waren an. Der Verkauf von Opium ist ihr lukrativster Verdienst, der allerdings nur heimlich getätigt werden darf. Mitte August 1968 kamen wir in dieser Stadt an. Im Hotel lernte ich einen Malaien kennen, der außer Thailändisch auch einigermaßen Englisch sprach. Er reiste in jene Dörfer, in welchen gerade Wochenmarkt abgehalten wurde und verkaufte dort seine Gesundheitsmittel. Er fragte mich, ob ich nicht für eine Weile mit ihm in die Dörfer reisen möchte, würde er mir doch Unterkunft und Verpflegung und jede Nacht ein Mädchen bezahlen und obendrein mir auch noch pro Tag

5 US$ zahlen. Auf meine Frage, warum er mir dieses großzügigige Angebot mache, antwortete er, dass, wenn er einen Europäer neben sich an seinem Stand habe, zehnmal mehr Leute sich aus Neugier dort einfinden würden und er deshalb auch zehnmal so viel Geld verdienen könnte. Diese Erklärung leuchtete mir ein. Und ich nahm gerne sein Angebot an. Wie hätte ich sonst so viele Dörfer und Gegenden aufsuchen und dabei die interessantesten Begegnungen mit Einheimischen erleben können? Urs wollte jedoch in Chiang Mai bleiben, kehrten wir doch fast jeden Abend in diese Stadt zum Übernachten zurück und tauschten miteinander dann das Erlebte aus. Er setzte sich oft vor Tempeln oder in Restaurants nieder und spielte auf einem seiner zwei Instrumente.

Auf jenen Wochenmärkten stand ich nun neben Chang, der mich einen etwa 30 Zentimeter großen aus Plastik hergestellten nackten Menschenkörper hochhalten ließ, während er erklärte, für was seine Medizin alles tauglich sei.

In Nordthailand half ich Chang auf Wochenmärkten
beim Verkauf seiner Medikamente

Jeden Abend war er mit dem Verkaufserlös zufrieden und lud mich zum ausgiebigen Abendessen ein. Doch Urs wollte unbedingt weiter nach Laos reisen, wurde ihm der verlängerte Aufenthalt in dieser reizvollen Stadt nun doch langweilig. Ich stand nun vor der Wahl, ihn allein weiterreisen zu lassen oder noch einige Wochen länger mit Chang Dorfmärkte zu besuchen. Meine Unentschlossenheit, die dennoch für ersteres ausgefallen wäre, wurde jedoch auf eine andere Weise entschieden. Als ich eines Morgens aufwachte, hatte ich beim Urinlassen brennende Schmerzen, und auch Blut kam heraus. Um Gottes willen! Hatte ich einen Tripper? Sicherlich, denn das war die häufigste Geschlechtskrankheit dieses Landes. Ich ließ mich mit einer Riksha zur ambulanten Abteilung des städtischen Krankenhauses bringen und wurde nach längerer Wartezeit untersucht. Mein Verdacht fand sich bestätigt. Mir wurden eine Spritze verpasst und Medikamente verschrieben, die ich in der Apotheke zu besorgen hatte. Doch als ich gerade aus dem Krankenhaus heraustrat, sah ich voller Überraschung Urs auf dieses zukommen. Auch er hatte sich einen Tripper eingefangen. Wir mussten lachen. Als wir vereint wieder im Hotel zusammensaßen, gingen wir alle unsere Freudenmädchen durch, um festzustellen, welche von ihnen wir zu etwa der gleichen Zeit beschlafen haben mussten. Wir kamen zu dem Ergebnis, dass es sich um jene chinesische Prostituierte handeln müsse, die im *Thai Song Krit Hotel* in Bangkok arbeitete. Jetzt hieß es, für einige Tage keinerlei sexuellen Verkehr mehr zu haben, bis mittels der besorgten Medikamente die Krankheit vollkommen ausgeheilt war. Und nun war es auch klar, dass wir unsere Reise nach Laos am nächsten Tag fortsetzen würden.

Die Frauen der nordthailändischen Berge zeigen sich gerne in ihren Trachten.

2.   In einer laotischen Opiumhöhle

Die Straße nach dem Norden nehmend erreichten wir über *Chiang Rai* schließlich den *Mekong*, der für Südostasien etwa die Bedeutung hat wie für Ägypten der Nil. Da wir uns in Bangkok schon das jeweilige Visum für Laos und Kambodscha besorgt hatten, wurde uns die Einreise gestattet mit dem Hinweis, dass es in diesem Land gefährlich geworden sei zu reisen, habe doch der Krieg im benachbarten Vietnam seinen Schatten auch auf Laos geworfen. Der kommunistische Bazillus hatte auch viele Laoten bereits angesteckt, die auch die Regierung in *Vientiane* zu stürzen beabsichtigten, um, dem Beispiel Nordvietnams folgend, den Wohlhabenden ihren Besitz abzunehmen und ihn gerecht der ganzen Bevölkerung zu gute kommen zu lassen. Es sei geboten, den Wasserweg auf dem Mekong als Reiseroute vorzuziehen, da schon einige Straßen besonders jene südlich Vientianes wegen plötzlicher Überfälle unsicher geworden waren. Mit einem Bus erreichten wir die alte Hauptstadt *Long Prabang*. Auch diese Stadt war mit goldbedeckten Tempeln ausgestattet. Woher hatte man aber in diesem noch ärmeren Land als Thailand die Ressourcen, um sich Gold zu kaufen, womit man die Tempeldächer, so manche Säule und vor allem die vielen hundert Buddhas erstrahlen ließ? Es kann nur mit der religiösen Verehrung dieser Menschen zu tun haben, die trotz ihrer Armut ihren gelborangefarbig gewandeten Mönchen alles zu Erübrigende zukommen lassen. Die Mönche gehen schon zur frühen Morgenstunde mit einer Schale und einem Beutel durch die Straßen, und nahezu für jede Hausfrau ist es eine Ehre, etwas Essbares in die aufgehaltene Schale zu legen oder gar etwas Brauchbares in den Beutel zu stecken.

Ab *Long Prabang* war es nun geboten, mit den etwa 20 Meter langen Motor betriebenen und überdachten Booten, jenen nach chinesischem Vorbild gebauten Kleinschiffen, den Mekong Fluss abwärts zu wählen. Wir fanden auch einen Fährmann, der gegen eine moderate Bezahlung bereit war, uns mitzunehmen, wurden aber darauf hingewiesen, an besonders gefährlichen Stellen unseren vollbärtigen Kopf nicht über die Reling zu heben. Denn wir könnten von kommunistischen Freischärlern, die ihre Waffen aus China und Vietnam bezogen hatten, für amerikanische Spione gehalten werden, die es vor allem aufzuspüren und zu töten galt. An eine für mich verwunderliche Überraschung kann ich mich noch gut erinnern. Als wir am Ufer Rast machten, nahm ich im Mekong ein Bad. Ich entdeckte, dass es auf dem sandigen Boden des Wassers glitzerte. Ich hob diesen Sand mit dem schimmernden Glanz empor und entdeckte kleine Blättchen aus purem Gold. Hatte man also aus dem Mekong das Gold für die vergoldeten Dächer der Tempel gewonnen? Später erfuhr ich, dass es viele Menschen gab, die aus diesem Fluss Gold heraussiebten.

Auf dem Mekong in Laos wohnte ich einem Bootsrennen bei.

Nach vier Tagen erreichten wir die größte Stadt des Landes – *Vientiane*, in welcher man noch an den Bauten und der Straßenplanung den Einfluss früherer französischer Kolonialherren erkennen konnte. Wir fanden Unterkunft in einem der billigen Hotels, waren Touristen doch Mangelware wegen des benachbarten Krieges in Vietnam. Doch begegneten wir dort einigen europäischen Abenteurern und vor allem amerikanischen Deserteuren, denen es gelungen war, sich in das bisher noch neutrale Laos durchzuschlagen. Sie durften wohl nie wieder in ihre Heimat zurückkehren, ständen ihnen doch dort wegen Kriegsverweigerung und Desertierung hohe Gefängnisstrafen bevor. Einerseits waren sie glücklich, dem Mordenmüssen und dem möglichen Verwundet- oder gar Ermordetwerden entkommen zu sein, auf der anderen Seite fühlten sie sich hier fern ihres Landes heimatlos. Und von was sollten sie leben? Einigen gelang es, aus der Heimat sich über Umwege Geld überweisen zu lassen. Andere mussten versuchen, durch Drogenhandel sich solches zu beschaffen. Denn *Vientiane* war nun zur Hochburg des Heroin- und Opiumkonsums geworden.

Ich lernte dort eine allein reisende junge Französin namens *Ariane* kennen, die mich in eine der von ihr häufiger besuchten Opiumhöhlen führte. In einem schummrigen Hinterzimmer waren mehrere Matten ausgebreitet, auf denen schon einige Männer lagen und an einer etwa halben Meter langen dicken braunen Pfeife sogen. Ariane und ich legten uns jeweils auf eine Matte. Ein alter Mann mit blassem, ausgezehrtem Gesicht kam zu uns, drückte jedem von uns eine dieser Pfeifen in die Hand, schmierte am unteren Ende etwas von der schwarzen klebrigen Masse auf ein vor einem Loch befindliches Rundholz und hielt sein brennendes Feuerzeug an dieses zu brodeln beginnendes und Dampf entwickelndes Opium. Und ich, wie Ariane es mir demonstrierte, inhalierte diesen süßlichen Dampf in meine Lungen. Schon nach einigen Zügen, nachdem die schwarze Masse erneut von der Flamme einer Kerze erhitzt worden war, stellte sich ein benebelndes, jedoch angenehmes Gefühl ein. Einige Süchtige verbrachten oft den halben Tag in solch einer die Sinne berauschenden Höhle, waren sie doch noch kaum in der Lage, sich vor Schwäche zu erheben, sodass Schlaf sie überkam. Ich wollte dieses Narkotikum ausprobiert haben, um zu wissen, was es mit diesem auf sich habe. Keine Depressionen, Sorgen oder irgendwelche Süchte veranlassten mich zu diesem Drogenabenteuer. Es war einfach Neugier. Nachdem ich wohl eine halbe Stunde diese Dämpfe eingesogen hatte, gelang es mir, mich zu erheben und ohne große Schwankungen nach draußen zu gelangen. Ariane folgte mir. Wir lachten uns an und umarmten uns. Und in ihrem mit einem starken französischen Akzent gesprochenen Englisch fragte sie:

„How do you like it?"

„It's an interesting experience", antwortete ich und fügte hinzu, dass ich von Opium nie süchtig werden könne. Noch einige Male begleitete ich sie, die sich schon länger in *Vientiane* aufhielt, in solche Opiumhöhlen. Und tatsächlich hatte dieses Narkotikum eine entgegengesetzte Wirkung auf mich. Es widerte mich direkt an, diesen süßlichen Rauch, der auch aus mancher offnen Tür hervorkam, riechen zu müssen. Es war mir, als ob ich mich übergeben müsste. Doch inzwischen hatte ich mich in Ariane heimlich verliebt, wagte ihr aber diese Liebe nicht zu gestehen. Sie wohnte in einem anderen Hotel, doch trafen wir uns immer wieder in Restaurants.

Auf den Zimmern in meinem Hotel hatte ich mehrere Male zugesehen, wie einige der Ausländer Heroin inhalierten. Und ich hatte das Bedürfnis, dieses ebenfalls wenigstens einmal ausprobiert zu haben. Ich erstand mir ein sonnenblumenkerngroßes weißes Klümpchen davon, das, wie mir der Händler sagte, für drei Male ausreichen sollte. Als Urs ausgegangen war, schloss ich mich in unserem Zimmer ein. Aus einer Zigarettenschachtel hatte ich mir das Silberpapier besorgt. Aus diesem formte ich, wie ich es bei anderen beobachtet hatte, ein an einem dünnen Holzstiel befestigtes zwei bis drei Zentimeter großes Schächtelchen und legte dann klopfenden Herzens – da ich mich ja in ungewisse, gerüchteumwobene Gefahren begab – das Klümpchen hinein. Alsdann nahm ich ein Stück Zeitungspapier und formte in Ermangelung eines Strohhalms ein ähnlich langes Papierrohr. Daraufhin hielt ich dieses silberne Schächtelchen über die Kerzenflamme, sodass die Hitze den Inhalt darin zum Dampfen brachte, beugte mich darüber und inhalierte nun durch diesen dünnen Papiertrichter die aufsteigenden Dämpfe. Immer wieder sog ich nun an dieser Papierrundung, die am Mundende bald nass wurde, sodass ich immer wieder etwas von diesem abbeißen musste, damit die Öffnung oben groß genug blieb. Doch so oft ich auch inhalierte, ich merkte keinerlei Wirkung, die, wie man mir gesagt hatte, sich sofort einstellen sollte. Schließlich war das ganze Klümpchen verdampft, das ja für drei Hochgefühle ausreichen sollte. War ich einem Betrüger auf den Leim gegangen, und war dieses Zeugs gar kein Heroin? Aber nein, von diesem Händler hatten alle meine süchtigen Hotelgenossen und auch Ariane ihren Stoff bezogen. Warum hatte ich keinerlei Wirkung erfahren, der ich doch unbedingt auch diese Droge ausprobiert haben wollte, um meinen Erfahrungsschatz auch in dieser Hinsicht erweitert zu haben? Und dann entdeckte ich, dass dieser Papiertrichter von innen verstopft war und deswegen keinen der einzusaugenden Dämpfe in meinen Mund gelangen ließ. Zuerst war ich enttäuscht und auch etwas wütend über meine Dummheit, den künstlichen Halm nicht sorgfältiger geformt zu haben. Aber schon bald darauf begann in mir die Ahnung aufzusteigen, dass wieder eine unsichtbare Hand mich beschützen und daran hindern wollte, mich in solch eine Suchtgefahr zu begeben. Und mich überkamen auf einmal ein Glücksgefühl und eine Dankbarkeit. Wer war es eigentlich, der sich unsichtbar um mich besorgte und mich schützend begleitete? Und ich nahm dieses höhere Einwirken als innere Verpflichtung, nie wieder abhängig machende Drogen einzunehmen.

Urs hatte auch Opiumdämpfe inhaliert, doch wollte er bald weiter nach dem Süden des Landes. Ich fragte Ariane, ob sie nicht mit uns kommen wolle, war Australien doch auch ihr Reiseziel. Doch sie entgegnete, dass sie sich um einen desertierten Amerikaner zu kümmern habe, der heroinsüchtig sei. Nach unserem zehntägigen Aufenthalt in der Drogenmetropole fanden wir wieder kleine überdachte Langboote, die uns weiter den Mekong hinabbrachten. Und wiederum wurden wir, wenn wir zu nahe an das Ufer kamen, ermahnt, unseren Kopf nicht vom Land aus sehen zu lassen, denn war es doch schon häufiger passiert, dass Schüsse auf Ausländer abgegeben worden waren, die man für Spione des amerikanischen Geheimdienstes hielt. Alle Brücken, die im Süden des Landes über den Mekong führten, waren schon von Vietkongs gesprengt worden. Im Nordosten hatten die amerikanischen Flugzeuge, um den Nordvietnamesen den Zugang nach Südvietnam über Laos zu unterbinden, auf und um den *Ho-Chi-Minh-Pfad* herum mehr Bomben abgeworfen, als sie im Zweiten Weltkrieg auf Deutschland und auf Japan fallen ließen. Jedoch ein Drittel der Millionen Bomben detonierten nicht. Diese liegen selbst heute noch als Blindgänger oft im Boden versteckt herum und fordern jährlich ihre Toten, vor allem Kinder, die von den Pfaden abweichen.

Von Pakse aus konnten wir wieder per Anhalter bis zur kambodschanischen Grenze gelangen, von wo wir mit Lastwagen gefahrlos nach der Hauptstadt *Phnom Penh* trampten.

3.   Die überwurzelten Gesichter Angkor Wats

Während 1968 in dem benachbarten *Vietnam* zwischen dem kommunistischen Norden und dem kapitalistisch ausgerichteten Süden der Krieg tobte, der Millionen von Toten und Verwundeten auf beiden Seiten noch fordern wird und der selbst Laos schon indirekt verwickelt hatte – durchzogen doch schon nordvietnamesische Soldaten auf dem Weg nach dem mit Hunderttausenden von amerikanischen Soldaten vollgestopften Süden auf dem so genannten *Ho-Chi-Minh-Pfad* laotisches Gebiet –, herrschte in diesem wundervollen Land Kambodscha noch der Frieden. 90 Jahre lang *Kambodscha* französische Kolonie, bis es 1953 seine Unabhängigkeit bekam und *König Sihanouk* als Oberhaupt dieses erneuten Königreiches eingesetzt wurde. Doch was schon zwei Jahre später mit diesem paradiesischen Land geschah, rührt zu Tränen. Nachdem *König Sihanouk* von einem Militärregime entthront worden war, drangen immer mehr vietnamesische Truppen in das Land ein und unterstützten die Guerillas der Khmer Rouge, die schnell an Territorium gewannen. Deshalb fanden sich die Amerikaner genötigt, mit ihren Bombern kommunistische Militärbasen anzugreifen und das kambodschanische Militärregime mit Waffen auszurüsten, sodass sich mit der zunehmenden Macht der Khmer Rouge bald das ganze Land im Kriegszustand befand. 1975 wurde die Hauptstadt *Phnom Penh* von den Roten Khmer eingenommen und schon ein Jahr später das ganze Land unter ihre Gewalt gebracht. Ihr Anführer *Pol Pot* war einer der grausamsten Herrscher Südostasiens. Jeder, der mit der vorhergehenden Regierung nachweislich sympathisiert hatte, wurde umgebracht, was vor allem alle Beamten, Lehrer und einen Großenteil der städtischen Bevölkerung betraf. Die Städte wurden größtenteils entleert und deren Bevölkerung, so sie nicht dem anfänglichen Terror schon zum Opfer gefallen war, zwang man als Arbeiter, die wie Sklaven gehalten wurden, auf dem Land Entwässerungsgräben auszuschachten und andere für sie ungewohnte Tätigkeiten zu verrichten. Über eine Millionen ihrer eigenen Landsleute fanden durch die Hände der Roten Khmer den Tod.

Was für ein Glück hatten Urs und ich gehabt, dieses prächtige Land noch vor den blutigen Umwälzungen besucht haben zu können. So war es uns noch vergönnt, die Pracht dieser nach französischem Kolonialmuster angelegten Hauptstadt mit ihren vielen Restaurants und Cafés, dem bunten und unbeschwerten Treiben der Bevölkerung wahrzunehmen, wobei unsere französischen Sprachkenntnisse uns zugute kamen. Jeder Gebildete beherrsche diese Sprache, war sie doch auch in der gehobeneren Gesellschaft wie eine Muttersprache integriert. Nahezu jeder, der französisch sprach, wurde einige Jahre später von der Pol-Pot-Regierung ermordet, und oft mussten die Kinder ihre eigenen Eltern denunzieren.

Wir beide trampten nun nach *Siem Reap*, einer Stadt unweit der alten Khmermetropole Angkor. Dort kamen wir in einem buddhistischen Kloster unter. Da einige Mönche gut französisch sprachen, wurde uns viel über den Buddhismus, aber auch über die Geschichte des Landes und seine Kultur berichtet. Unser beider Geschlechtskrankheit war schon in Vientiane längst ausgeheilt, sodass wir wieder den Reizen so mancher käuflichen Schönheit erlagen. Von *Siem Reap* trampten wir nach *Angkor*, heute für Ausländer unter dem Namen *Angkor Wat* bekannt. Wat bedeutet Tempel. Angkor ist also die Stadt der Tempel.

Dort mietete jeder von uns ein Fahrrad, war doch das Areal dieser ehemaligen Hauptstadt der Khmer so weit ausgebreitet, dass man gar nicht alles zu Fuß hätte bewältigen können. Selbst mit einem Fahrrad benötigten wir einige Tage, bis wir uns an den vielen Gebäuden, Tempeln und Statuen sattgesehen hatten. Die Ausmaße dieser Stadt, deren Blüte bis 1231 bestand, als es von Soldaten des thailändischen

Ayudhia-Reiches erobert und zerstört worden war und damit auch zugleich der Buddhismus den aus Indien vor langer Zeit importierten Hinduismus allmählich verdrängte, grenzten ans Gigantische.

Im Dschungel Kambodschas kann man die gigantischen Ruinen Angkor Wats bewundern. Angkor war bis 1231 die Hauptstadt des größten Staates Südostasiens.

Diese einstige Stadt mit einer Bevölkerungszahl von weit über eine Millionen Einwohnern, war das Zentrum eines Großreiches, dessen Grenzen bis an das Chinesische Meer im Osten, das Bengalische Meer im Westen, das chinesische Yünnan im Norden und das Südchinesische Meer im Süden reichten. Die Bedeutung, die Rom im Römischen Reich zukam, nahm vergleichsweise Angkor in dem südostasiatischen Reich ein. Damals war der Hinduismus hier weitverbreitet, der sich sogar bis auf das indonesische Inselreich erstreckte. *Vishnu* war der meist verehrte Gott, dessen Gesicht an vielen Tempeln eingemeißelt wurde. In der Mitte dieser Stadt erhebt sich prächtig die gigantische

Tempelanlage mit einem Relief von 800 Metern. Sie wird umgeben von einem Wassergraben von über fünf Kilometern. Man bezeichnet dieses steinerne Heiligtum als den größten Sakralbau der Erde. Die Metropole Angkor war schon seit Hunderten von Jahren verwaist, und der Urwald nahm von ihr Besitz. Wurzeln überzogen die Göttergesichter, ja Teile von diesen Tempelmauern und Gesichtern wurden von Wurzeln und Ästen der mächtigen Bäume in die Höhe gehoben oder zur Seite gedrängt, sodass man glauben konnte, in eine irreale Gespensterstadt hineinversetzt zu sein. So mussten wir immer wieder unsere Kamera betätigen.

Am 25. September kamen wir an die Grenze Kambodschas, die von einem kleineren Fluss markiert wurde. Darüber führte eine Brücke. Und mitten darauf war ein Bretterverschlag angebracht, sodass kein Fahrzeug hinüberfahren konnte. In dem Verschlag befand sich eine etwa 50 Zentimeter hohe und breite Luke. Durch sie mussten wir hindurchkriechen, um wieder auf das Gebiet des thailändischen Königreiches zu gelangen.

Viele gigantische Statuen sind von den Wurzeln überwuchert

4.   Auf dem Weg nach Singapur

In *Bangkok* nach sechs Wochen verstaubt angekommen, wohnten wir wieder im *Thai Song Krit Hotel*. Unser schöner chinesischer Butterfly, der uns diese brenzlige Angelegenheit zwischen den Beinen beschert hatte, war ausgeflogen. Hier in diesem erotischen Paradies wollte ich mich gerne länger aufhalten, doch wäre mein Geld bei diesen erotisierenden Versuchungen bald zur Neige gegangen. Ich musste sehen, wie und wo ich Geld verdienen konnte. Da ich ja mein Staatsexamen in Deutsch und Geschichte abgelegt hatte, wollte ich versuchen, eine Anstellung als Lehrer zu finden. Sofort kam mir das Goethe-Institut, welches Deutschunterricht für Ausländer anbot, in den Sinn. Ich rief dort an und fragte, ob zufällig eine Stellung als Lehrer offen sei. Tatsächlich verließe sie in November ein Lehrer, sodass sie einen Nachfolger suchten. Ich sollte mich am nächsten Tag vorstellen. Jetzt kam ich in größte Not. Denn ich hatte keine Anzugshose, keinen Schlips, kein weißes Hemd. Im Hotel hatte ich mich mit einem Reisenden von etwa meiner Statur befreundet, der über alle diese Sachen verfügte und sie mir bereitwilligst ausborgte. Ich würde mir diese erst dann selbst kaufen, wenn ich eine sichere Anstellung hätte. Nach einem Gespräch mit dem Institutsdirektor am 29. September wurde ich jenem Lehrer, der im November in seine Heimat zurückkehren wollte, zugeteilt, um von ihm vorläufig schon einmal in seine Didaktik eingewiesen zu werden. Hier waren nicht nur Thailänder als Schüler und Schülerinnen verschiedensten Alters zu entdecken, sondern auch ausländisches Botschaftspersonal samt Angehörigen, die nun die Gelegenheit nutzen wollten, Deutsch zu lernen, um es vielleicht später einmal anwenden zu können. Der Lehrer ließ ein Tonband ablaufen und brachte mir bei, dieses zu bedienen, sei dieses doch das von ihm am häufigsten eingesetzte Lehrmittel. Er war mir sehr zugeneigt und sicher, in mir den richtigen Nachfolger gefunden zu haben. Ich malte mir schon in Gedanken aus, mir in dieser Stadt der Lust im November ein Apartment zu nehmen, einige Monate dort zu verbleiben, um dann genug Geld verdient zu haben, um meine Weltreise wieder per Anhalter fortzusetzen. Doch da ich bei meinem Einstellungsgespräch freimütig erzählt hatte, nur für einige Monate bleiben zu wollen und mein billiges

Hotel als vorläufigen Wohnsitz angab, wusste ich nicht, ob man mir diese Stelle nun anbieten würde. Ich möge, so war der letzte Bescheid, in zwei Wochen wieder anrufen.

Um sicher zu gehen, dass ich doch noch eine Tätigkeit als Lehrer in Bangkok erhalten konnte, forschte ich im Schulministerium nach, ob man dort einen Deutschlehrer benötige. Mit dem angebotenen Gehalt wäre ich sehr zufrieden gewesen. Doch wolle man erst nachfragen, an welcher höheren Schule im Lande ein Deutschlehrer gebraucht werde, weshalb ich wieder anrufen möge. Da mir jedoch alles zu unsicher war, suchte ich die Australische Botschaft auf und stellte einen Antrag auf ein Arbeitsvisum, das ich dann in Djakarta abholen könnte. Denn wenn sich alle Pläne in Thailand zerschlagen sollten, müsste ich schnellstens nach Australien gelangen, da meine Geldreserven immer knapper wurden, hatte ich mir doch in den Kopf gesetzt, nach Möglichkeit nie von anderen Geld zu leihen, sondern die ganze Weltreise mit eigenen Mitteln zu finanzieren. In Australien, so wusste ich, würde ich wieder gut verdienen, um dann nach einigen Monaten meine Reise fortsetzen zu können.

Ich erhielt in Bangkok einen Brief meiner Schwester, die mir mitteilte, dass der *Molden Verlag* mein Manuskript zurückgeschickt habe. In einem Artikel im SPIEGEL wurde über einen Darmstädter Verleger berichtet, der einen Hippieroman herausgegeben hatte. Ich schrieb nun an meine Schwester, die genaue Adresse dieses Verlages ausfindig zu machen und ihm mein Buch zuzusenden. Ich verabschiedete mich von Urs, der wieder in seine Heimat zurückzukehren gedachte. Obwohl, was das Trampen anging, ich lieber alleine unterwegs war, um nicht so viele Kompromisse einzugehen war ich doch oft genügsamer und wagemutiger mit allem, was mir begegnete –, war es für mich eine Freude gewesen, mit solch einem netten Rucksackreisenden diese nicht unbedenklichen sechs Wochen zusammen durch jene drei Länder per Anhalter, mit Bussen oder Booten gefahren zu sein.

Aus *Bangkok* schrieb ich Ende September einen Brief an meinen Bruder, in welchem ich ihm, der mit dem weiblichen Geschlecht seine liebe Not hatte, in dem ich ihn aufforderte, seinen nächsten Urlaub in eben dieser Stadt zu verbringen: *„Bangkok, so musst Du wissen, ist der* *größte Puff der Welt mit den schönsten Mädchen. Für 10 bis 20 Mark kannst du eine ganze Nacht mit einem film star like girl schlafen. Die Thai-Mädchen sind nicht ordinär wie deutsche Prostituierte, im Gegenteil, sie sind sehr charmant, freundlich und fast immer lächelnd. Viele Europäer verlieben sich hier und heiraten eventuell eine Schönheitsprinzessin, die sie nie in Europa bekommen würden, und sie werden von allen Freunden darum zu Haus bestaunt, beglückwünscht oder beneidet. Hier in Bangkok mag es vielleicht hunderttausend butterflies geben, und wenn du ihnen gefällst, kannst du mit ihnen umsonst schlafen."*

Ja, ich wünschte ihm von Herzen, dass er auch seine sexuellen Wünsche ausleben könnte, kann man sich dann doch weitgehendst von allen sexuellen Komplexen befreien und als sexuell normaler Mann nach Europa zurückkehren. Damals wusste ich noch nicht, dass ich einmal *Das Große Handbuch der Sexualität* schreiben würde, das die eigentlichen Ursachen sexueller Probleme aufzeigen sollte. Und zwar schrieb ich den größten Teil dieses Buches auf den Inseln Ko Chang und Ko Samui, während ich auf Ko Phi, der schönsten mir bisher bekannten Insel dieser Welt, *Das Große Handbuch der Reinkarnation* verfassen sollte.

An meinen Freund Jochen schrieb ich noch vor meine Abreise aus Bangkok einen Brief, daraus ich Folgendes zitiere: *„Du wirst meinen, dass ich viel Zeit habe. Doch aufrichtig gesagt, bin ich dauernd beschäftigt. Z. B. verbrachte ich drei volle Tage, um einen durch Drogen Irren vor weiteren Zerstörungsanfällen abzuhalten. Heute ist er per Botschaftsunterstützung nach Hause geflogen. 10 US$ habe ich einem der hunderttausend Butterflies geliehen, weil sie ihrer zwei kranken Kinder wegen in großer Not war. Jetzt muss ich sie überall suchen, um mein Geld zurückzubekommen. ... Ein Butterfly wollte mich bei sich wohnen lassen, denn mir lag viel daran, nicht mehr für Unterkünfte zahlen zu müssen. Die Zimmerpreise belaufen sich auf 4 bis 5 Mark. Jetzt teile ich einen großen Raum mit mehreren. Über sechs Wochen habe ich für Unterkünfte nichts zahlen müssen. (In Indien zahlte ich so gut wie nie dafür.) Ich schlief auf meiner Laos-Kambodscha-Reise immer in Tempeln. Die Moskitos sind hier eine Plage, trotzdem habe ich mein Moskitonetz wieder verkauft, denn es ist oft darunter zu heiß. Fast jeden Tag regnet es mindestens einmal. ..."*

Nun stand ich wieder an einer Ausgangsstraße von Bangkok und hielt meinen Arm ausgestreckt. Vielleicht erhielt ich ja doch noch eine Anstellung und würde wieder hierher zurückkehren. Doch zuvor wollte ich noch Singapur einen Besuch abstatten.

Im Süden Thailands, dessen schöne Strände und Inseln ich erst viel später für mich entdecken sollte – ich denke dabei zuerst an Phi Island und Krabi Beach, dann Ko Samui, Ko Tao und Ko Pangan –, übernachtete ich wie schon öfter in einem buddhistischen Kloster. Die Mönche waren von einer geradezu umwerfenden Höflichkeit und zeigten sich bereit, jedem Wunsch eines ausländischen Reisenden nachzukommen. In diesem Kloster fand ich ein Buch vor, das mir schon einige Male von Hippies zu lesen empfohlen worden war. Es handelt sich um *Paul Bruntons „A Search in Secret India"* (Von Yogis, Magiern und Fakieren, Zürich 1967). [Späterhin machte ich es mir zum Gebot, jedes Buch zu kaufen, wenn ich wenigstens dreimal auf dieses von verschiedenen Seiten hingewiesen worden war.] Ich blieb den ganzen folgenden Tag und – wie man so sagt – verschlang dieses Buch von der ersten bis zur letzten Seite. Auf seiner Reise nach Indien legte der Autor in Ägypten eine Zwischenstation ein. Ihm gelang es, sich allein in die Cheopspyramide zu begeben und sich für einige Stunden in den steinernen Sarkophag zu legen. Und dann geschah es. Mit seinem Astralkörper trennte er sich von seinem irdischen Körper, flog durch die dicken Wände hindurch und vermochte die drei Pyramiden von außerhalb wahrzunehmen. Ja, solch ein außerkörperliches Abenteuer mochte ich gerne selbst einmal erleben. Und ich nahm mir vor, wenn ich irgendwann wieder einmal nach Ägypten kommen sollte, was schon auf einer sommerlichen Semestertrampreise geschehen war, dann würde ich mich ebenfalls in diesen Sarkophag legen, um gleichfalls für einige Zeit aus dem Körper steigen zu können. Denn was andere an erstaunlichen Erlebnissen beschreiben, möchte ich selbst nach Möglichkeit nachvollziehen, um durch eigene Erfahrungen zu wissen und nicht nur glauben zu müssen, was andere erfahren haben. Viele Jahre später gelangte ich wieder nach Ägypten, wo ich nachts mit einem Führer die Cheopspyramide bestieg, wobei wir, da es inzwischen verboten war, dort hinaufzuklettern, die Wächter zu bestechen hatten, damit sie uns nicht von meinem Vorhaben abhielten. Und tatsächlich gelang es mir, in der Grabkammer, als der dortige Wächter den schmalen Gang nach oben ging, mich in jenen Sarkophag zu legen. Ich schloss meine Augen und versenkte mich in einen meditativen Zustand, um mittels dieser Pyramidenenergie aus dem Köper zu steigen. Doch plötzlich wurde ich durch einen erschreckten Aufschrei jäh herausgerissen. Denn ein Tourist hatte den Raum betreten, sich über den offenen steinernen Sarg gebeugt und mich als nicht mumifizierte Leiche dort liegen gesehen. Paul Brunton berichtet weiterhin in seinem für jeden Sucher nach Wahrheit wichtigen Buch über seine Erlebnisse mit indischen Fakiren, Gurus und den wahren Yogis. Hätte ich dieses Buch schon in Indien gelesen, wäre ich auch zu dem Weisen von Arunchala per Anhalter gepilgert.

An der Grenze zu Malaysia beobachtete ich, dass mehrere Reisende Waren aus Thailand bei sich führten, die eigentlich zu verzollen gewesen wären. Doch als sie den kontrollierenden Beamten ihren Pass hinhielten, entdeckten diese beim Aufschlagen, dass dort Dollars hineingelegt waren, die sie in ihre Tasche beförderten und, den Pass ihnen retournierend, ein Zeichen gaben, dass sie unkontrolliert die Grenze passieren können. Diese Art von Bestechung war in unserem Land unvorstellbar. Malaysia gehörte lange Zeit zum britischen Kolonialreich, weshalb es im Gegensatz zu Thailand, was Bahn-, Post- und Verwaltungswesen anging, bestens organisiert war.

Am Strand von Penang ließ ich mich mit einer Giftschlange, der die Zähne gezogen waren, fotografieren.

In Penang angekommen, rief ich beim Goethe-Institut in Bangkok an, wo man mir eine Absage mit der Begründung erteilte, dass schon von der Zentrale in Deutschland ein Nachfolger für jenen sich verabschiedenden Lehrer vorgesehen worden sei. Auch zerschlug sich nach einem weiteren Anruf eine mögliche Anstellung als Lehrer an einer Oberschule in Thailand.

Ich schrieb an meinen Bruder folgenden Brief: *„Ich habe meinen German teacher job in Bangkok (2.000 DM) nicht bekommen, ebenso zerschlug sich die Aussicht für 1.300 Mark am Goethe-Institut unterzukommen. Ich erhielt nur für Chiang Mai ein Angebot. Da ich nur stundenweise bezahlt würde (pro Stunde 15 Mark) und man mir nur zehn Wochenstunden geben wollte, entschied ich mich, schnellstens nach Australien zu kommen. Wahrscheinlich werde ich mich während der „Sommersaison" (sprich Winter) an der Ostküste als Kellner verdingen. Mal sehen. ... Ich bin jetzt in Penang, wo nun der vierte Feiertag hintereinander stattfindet. Erst Moslem (Freitag), dann Bankholiday (Samstag), dann Sonntag und schließlich Montag das indische Neujahrsfest. Hier sind alle mixt up. 3,5 Millionen Malaien, 3 Millionen Chinesen, 2 Millionen Inder usw. Davon sind 50% Moslems. Malaysia ist der kultivierteste und fortschrittlichste Staat. Alles ist sehr sauber und adrett.*

Morgen fahre ich (trampen, versteht sich) in Richtung Singapur, kehre aber nächste Woche nach Penang zurück und nehme von hier das Boot nach Sumatra."

Auf meiner Trampreise in Richtung *Singapur* wurde ich mehrere Male von den Autofahrern entweder zum Essen irgendwo unterwegs eingeladen oder durfte bei ihnen zu Hause übernachten. Hier war es auch, als ich zum ersten Mal den neuen Song *„Hey Jude"* der *Beatles* hörte, der mir auch auf meinem Weg durch Indonesien immer wieder aus Radios entgegenschallte. Diese Musikgruppe dürfte die erste gewesen sein, welche die Radiohörer der ganzen Welt eroberte.

In *Singapur*, dem Dreh- und Angelpunkt des südostasiatischen Schiffshandels war alles noch organisierter als in Malaysia, war doch diese Banken- und Handelsmetropole mehrheitlich von Chinesen bewohnt, welche die Engländer, die ehemaligen Herren dieser Stadt, als

Arbeitskräfte aus China importiert hatten. Noch prangten die englischen Kolonialbauten als Wahrzeichen. Als ich 38 Jahre später dieser Stadt wieder einen Besuch abstatte, waren sie in dem Gewirr von Beinahe-Wolkenkratzern des Bank- und Hotelgewerbes praktisch kaum noch zu entdecken.

Während ich nun durch manche dieser Straßen ging, roch ich aus dem einen oder anderen Fenster diese süßlichen Opiumdämpfe, die in mir ein widerliches Gefühl erzeugten.

In Singapur besuchte ich eine chinesische Theateraufführung.

In einem Freudenhaus lernte ich ein etwa 22-jähriges Mädchen namens *Ashna* kennen, die alles daran setzte, dieses zu verlassen. Sie zog mit mir in ein billiges Hotelzimmer und erzählte mir in ihrem dürftigen Englisch Folgendes: Ihre Pflegemutter hatte sie als uneheliches achtjähriges Kind an eine Mama San verkauft. Dies ist der Name für eine Puffmutter. Mit elf Jahren musste sie schon den sexuellen Wünschen der Herren in allem nachkommen. Sie hasste diesen Beruf immer mehr und sehnte sich nach einem Leben als verheiratete Frau, die Kinder bekommen wollte. Sie verliebte sich in mich und bat mich eindringlich, sie mit nach Australien zu nehmen. Mich rührte sie sehr. Aber wie sollte ich sie mitnehmen können? Sie würde für Australien kein Visum erhalten, auch hatte sie so gut wie nichts Erspartes, um mit mir reisen zu können, vermochte ich doch auch nicht für ihren Unterhalt während einer Mitreise aufzukommen. Unter vielen ihrer Tränen trennten wir uns schließlich. Wie gerne hätte ich ihr geholfen. Viel später besuchte ich Singapur und Malaysia erneut und schrieb 2005 auf der herrliche Insel Tioman, wo ich beim Schnorcheln richtige Goldfische erblickte, meine Komödie *Liebe auf den Ersten Blick*.

5. Als Blinder Passagier von Sumatra nach Java

Wieder nach *Penang* zurückgetrampt, gelang es mir, ein sogenanntes vegetable boat zu besteigen, das von *Sumatra* aus Gemüse über die Seestraße von *Mallaca* nach Malaysia brachte. So gelangte ich nach *Medan*, der Handelsmetropole von Sumatra, einer der größten Inseln dieser Erde. Ich betrat somit zum ersten Mal das sich am Äquator befindliche Territorium *Indonesiens*, ein Land, das aus 13.670 Inseln besteht, von denen nur die Hälfte unbewohnt sind. Jede der drei größten unter ihnen ist in ihrer Ausdehnung weitflächiger als Deutschland. Dieses Inselreich erstreckt sich von der Westküste Sumatras bis zur Ostgrenze Irian Jayas über eine Länge von über fünftausend Kilometern. Es war holländische Kolonie bis zu seiner Besetzung durch die Japaner 1942 bis 1945. Danach erklärte dieses Land seine Unabhängigkeit. Den Begriff Vaterland oder Mutterland kennt man nicht. Dafür sagt man Tena-Air, Wasser-Land.

Von Sumatra ist mir der inmitten des Landes gelegene große *Toba See* wegen seiner überwältigenden Schönheit in guter Erinnerung geblieben. Viele der dortigen Bewohner sind Christen, während die Mehrheit der Bevölkerung sich zum Islam bekennt. Die aus Holz schmuckvoll errichteten Häuser mit ihren steilen Giebeln sind eine Sehenswürdigkeit für sich.

Häuser am Toba See im nördlichen Bergland Sumatras

Da ich nur per Anhalter diese Insel bereiste, kam ich oft in engsten Kontakt mit der Bevölkerung, wobei ich über Kultur, Religion und vor allem auch Politik bestens informiert wurde. Eines Abends gelangte ich an die *Medan* entgegengesetzte Seite der Insel nach der Stadt *Sibolga*. Es regnete, und es war schon nach Mitternacht. Wo sollte ich jetzt unterkommen? Mir war es bisher geglückt, noch für keine Übernachtung gezahlt zu haben. Durch die Straßen schreitend entdeckte ich in dem Polizeigebäude noch Licht. Ich ging hinein und erklärte den beiden Polizisten, dass ich nicht wüsste, wo ich noch unterkommen könnte. Sie boten mir in einem Nebenraum einen großen Tisch an, auf dem ich nun meinen Schlafsack als Unterlage ausbreitete und alsbald einschlief.

Am nächsten Tag gelang es mir, da es immer noch regnete, von einem Lastwagen mitgenommen zu werden, wobei ich unter der Bedachung hinten auf der Ladung mit anderen Reisenden den in seiner Höhe nun eingeschränkten Raum zu teilen hatte. Da ich ja vor allem von der Landschaft viel zu sehen hoffte, vermochte ich nur durch eine Luke nach draußen zu blicken. Die nur teilweise geteerte Straße war an viele Stellen aufgeweicht. Wir gelangten zu einem Baum, der durch einen Erdrutsch der Länge nach über die Straße gefallen war, wobei die Krone mit ihren vielen Ästen in den die Straße begleitenden Fluss ragte. Der Baumstamm vor uns mochte eine Dicke von 1,60 Meter messen.

Vor unserem Lastwagen stürzte ein mächtiger Baum
über die Straße

Auf der anderen Seite standen schon andere Lastwagen, deren Insassen ratlos wie wir selbst vor diesem uns den Weg sperrenden Ungetüm standen. Immer mehr Lastwagen kamen auf beiden Seiten zu stehen. Jemand brachte eine breite Säge. Ich schlug vor, mit dem Sägen am Straßenrand zum Abhang hin zu beginnen, war ich doch der

Meinung, dass dann der Großteil des schon im Fluss befindlichen Teiles den abgesägten Teil hochhob und in die Fluten mit hineinziehen könnte. Man hielt meinen Vorschlag für logisch und begann nun etwa eine Stunde lang mit dem mühevollen Sägen, bis man diesen dicken Stamm von seinem noch verwurzelten Hinterteil getrennt hatte. Doch leider, entgegen unseren Hoffnungen, kippte dieser Stamm nicht in den Fluss, sodass wir erneut am anderen Ende der Straßenseite mit dem Sägen begannen. Schließlich war auch dieser Teil durchschnitten, und Lastwagen zogen nun den abgesägten Teil an die Seite. Nach etwa vier Stunden Wartezeit konnte die Fahrt fortgesetzt werden.

Auf dieser Strecke überquerte ich zum ersten Mal den Äquator und gelangte somit auf die südliche Hälfte unserer Erde. In der idyllischen Bergstadt *Bukit Tinggi* angekommen, erfuhr ich, dass in einigen Tagen von der Hafenstadt *Padang* ein Schiff nach Djakarta auf Java führe und dass nur alle drei Wochen diese Möglichkeit nach Java zu gelangen bestünde. Dieses Schiff sei allerdings Monate vorher schon ausgebucht, aber Freunde eines in *Padang* lebenden Arztes gaben mir dessen Adresse, da sie meinten, dass ich mit dessen Beziehung vielleicht doch noch Glück haben könnte, mitgenommen zu werden. In jener Hafenstadt angekommen, lud mich dieser Arzt ein, bei ihm bis zur Abreise zu wohnen und versprach mir, sein Bestes zu tun, damit ich mit diesem am übernächsten Tag ablegenden Schiff mitfahren könne. Er ging zur Schiffsagentur und zur Polizei um eine Ausnahmegenehmigung für mich zu erhalten. Doch alles vergeblich. Die Anzahl der mitzunehmenden Passagiere durfte auf keinen Fall überschritten werden, achtete man doch besonders darauf, da es schon häufiger vorgekommen war, dass überfüllte Schiffe bei Sturm sanken. Außerdem sei die Warteliste der noch Mitfahrenwollenden sehr lang. Enttäuscht kehrte dieser wundervolle Arzt zu mir zurück. Es gab also keine Möglichkeit, noch ein Reisebillet zu erhalten. Was sollte ich jetzt tun? Drei Wochen auf das nächste Schiff warten, das ebenfalls schon ausgebucht war? Oder sollte ich durch den Urwald zu der südöstlichen Spitze dieser großen Insel trampen in der Hoffnung, von dort eine Überfahrt zu finden?

Ich hatte die Idee, den Kapitän dieses Schiffes kurz vor dem Ablegen an Bord aufzusuchen. Ich verabschiedete mich von meinem Doktor, der mir viel Glück wünschte. Am Kai hatte sich schon eine lange Schlage von Reisenden mit ihrem Gepäck gebildet. Ich ging mit aufgeschnalltem Rucksack an diesen vorbei bis vorne zu den die Billets kontrollierenden Polizisten und sagte, dass ich mit dem Kapitän zu sprechen hätte. Sie ließen mich passieren, ohne nach einem Billet zu fragen. Ich hielt mich vorerst zurückgezogen, bis das Schiff ausgelaufen war. Nun musste ich ja auch meine Zusage, den Kapitän zu fragen, einhalten. Ich ging also auf das Kommandodeck, von wo aus ich unter mir auf den übrigen Decks die vielen Menschen sah, die sich dort auf ihren Matten ausgebreitet hatten. Ich klopfte an der Tür an, hinter welcher der Kapitän am Ruder stand. Er übergab dieses einem anderen Schiffsoffizier und kam zu mir heraus. Ich fragte ihn, ob ich wegen der Überfüllung unten mich hier auf das Kommandodeck legen könne. Er willigte sofort ein und fragte mich, ob ich schon gegessen hätte. Ich verneinte und fragte, wo ich denn was zu essen bekommen könnte. „Kommen Sie mit!", war seine Antwort. Ich folgte ihm. Wir betraten den schon vollbesetzten Speiseraum. Doch ein Platz war noch frei geblieben. Er sagte, dass dies nun für die gesamte Reise mein Stammplatz sei und rief den Kellner herbei, mir sogleich das Essen zu servieren. Auf diese Weise schlief ich auf dem Kommandodeck und bekam dreimal am Tag das Essen serviert. Und niemand wusste, dass sich an Bord ein blinder Passagier befand.

Diese Schiffsreise dauerte zwei bis drei Tage. Sie führte an den Kraterresten des berühmten *Krakatau* vorbei, der 1883 explodiert war und dadurch einen Tsunami auslöste, der vielen Tausenden von Menschen das Leben kostete und dessen Asche weite Landstriche bedeckte. Die hochgeschleuderten Staubpartikel verfärbten oder verminderten auf Monate hin in vielen Teilen der Welt die Sonneneinstrahlung. Während dieser Fahrt hatte ich ein europäisches Ehepaar kennen gelernt und mich mit diesem ausgiebig unterhalten. Als wir nun in Djakarta anlegten, sah ich, wie man auch beim Aussteigen von jedem der Mitreisenden das Reisebillet nochmals kontrollierte. Was würde nun geschehen, wenn man mich nun noch nachträglich als blinden Passagier ertappte? Käme ich vielleicht ins Gefängnis? Oder müsste ich mit einer hohen Geldstrafe rechnen, die ich sowieso nicht bezahlen könnte? Ich bekam wiederum eine Idee. Wer gab mir eigentlich solche ein? Ich beobachtete, wie jenes Ehepaar den Polizisten ihre Reisebillets vorweisen mussten. Nun stellte ich mich auch in die Reihe der Aussteigenden. Als man mich nun aufforderte, mein Ticket zu zeigen, sagte ich: „My friends have ticket." Somit ließen sie mich passieren. Ich war jetzt also in der Hauptstadt Indonesiens angekommen.

6.   Auf der Insel der großen Vulkane

Ich hielt mich einige Tage in *Djakarta* auf, wo auf der australischen Botschaft meine Arbeitsgenehmigung schon auf mich wartete. Außerdem kaufte ich mir dort schon ein offenes Flugticket von Osttimor nach Darwin in Australien für 80 AU$, war dies doch die billigste Möglichkeit, diesen Kontinent von Indonesien aus zu erreichen. Dieses Land nahm damals noch bereitwilligst vor allem Europäer auf, um sich durch vermehrte Bevölkerung zu stärken, damit es gegen mögliche Angriffe von China besser geschützt sein würde, waren doch die Japaner im Zweiten Weltkrieg schon vor Darwin im Norden mit Schiffen erschienen und hätten, so der Krieg zu ihren Gunsten ausgefallen wäre, Australien zu ihrem Großjapanischen Reich hinzugewonnen. Solches war ihnen drei Jahre lang mit Indonesien geglückt. Erst vor drei Jahren mit Beginn des Vietnamkrieges und der allgemeinen Befürchtung, dass der Kommunismus aus China auch dieses Inselreich überrollen könnte, verbreitete sich eine antikommunistische Hysterie, die, wie mir unterwegs einige Einheimische anvertrauten, dazu führte, dass man viele tausend Kommunisten durch die Armee und einige hunderttausend Chinesen, welche die Wirtschaft dieses Landes weitgehendst in den Händen hielten, in einem Pogrom durch den aufgestachelten Mob niedermetzelte. Ebenso wie es in der Türkei geboten ist, nicht offiziell über das Pogrom an über einer Millionen Armenier zu sprechen, so darf man auch hier nur unter der Hand von jenem Grauenvollen und meist selbst Miterlebten erzählen.

In Indonesien herrschte *Ramadan*, dieses alljährliche religiöse Fest im neunten Monat des islamischen Kalenders, bei welchem man einen Monat lang am Tage keinen Bissen und keinen Schluck zu sich nehmen darf. Erst wenn es dunkel geworden ist, wird gegessen und getrunken. Und religiöse Ordnungshüter achten streng auf diese Vorschriften. Für mich war es ein Vergnügen, nachts durch die belebten Straßen zu gehen. Alles schien sich dort ob Kinder oder Erwachsene in bester Laune zu versammeln. In den Familien gab es erst nach Mitternacht das eigentliche große Festessen, zu dem ich hier und dort eingeladen worden war. Doch aß ich am liebsten die in Öl gebackenen Bananen, die von Straßenverkäufern überall angeboten wurden. Bananen standen auf meinen Reisen der Sparsamkeit wegen schon längst an oberster Stelle meiner Speisekarte, waren sie doch nahrhaft, schmeckten meist gut, und man bekam für zehn Cent so viele, dass man den ganzen Tag davon zehren konnte. Fleischspeisen nahm ich eigentlich nur dann zu mir, wenn ich dazu eingeladen wurde, was häufiger vorkam.

Ich erinnerte mich noch an das Treiben einiger Prostituierter. Um den *Merdeka-Platz* (Platz der Freiheit) herum lief ein mit Steinplatten überdeckter kleiner Kanal, auf dessen beiden Seiten sich innen ein etwa 50 Zentimeter breiter Betonrand entlang zog. Zwischen diesem und den sich darüber befindlichen Betonplatten entstand nur ein Zwischenraum von vielleicht 60 bis 70 Zentimetern. Etwa alle 20 Meter gab es ein Schlupfloch, das zu diesem stinkigen Kanal hineinführte. Und eines dieser Mädchen lud mich ein, ihr durch solch ein Loch zu folgen. Hier entdeckte ich mehrere auf dem schmalen Seitenrand ausgebreitete Matten, neben denen ein Kerzenlicht brannte. Und vor mir und in der dunkelschimmernden Ferne sah oder hörte man die sich am Liebesakt Beteiligten. Und während ich mich nun in dieser Enge über meine Schöne beugte, erblickte ich Ratten, die in diesem Kanal und an den inneren Seiten herumliefen. Warum wollte ich eigentlich dieses Leben in den unterschiedlichsten Situationen und in den verschiedensten Ländern dieser Welt kennenlernen?

In *Bandung* lernte ich einen Ingenieur kennen, dessen Gesicht von einer dicken blutroten Haut entstellt war. Alles passierte, wie er mir berichtete, vor ungefähr zehn Jahren. Er habe eine Schwester namens

Grace gehabt, die wie ein Engel auf Erden gewesen sei. Ihre Schönheit und Anmut habe alles übertroffen, was es wohl in diesem Lande an weiblicher Würde und Ausstrahlung geben könnte. Er habe seine Schwester wie ein überirdisches Wesen verehrt und geliebt. Bei einem Piknickausflug, als er das Auto steuerte, sei er einem entgegenkommenden Auto ruckartig zur Seite ausgewichen, wobei sich die Hintertür von allein aufriss und Grace auf die Straße geschleudert wurde, während der ihnen folgende Wagen sie tödlich verletzte. Er habe sich seitdem bitterste Vorwürfe gemacht und sei mit Schuldzuweisungen von Freundes Seite und seitens der Familie wegen seines zu schnellen Fahrens überhäuft worden. Und dann nach einigen Tagen rötete sich sein Gesicht immer mehr, bis es diese abschreckende Färbung annahm, sodass er sich gar nicht mehr unter die Menschen traue, sehe man doch in ihm einen von Gott bestraften Mann. Damals war ich noch nicht der Therapeut, der ihn höchstwahrscheinlich von dieser Schuldbelastung hätte befreien können.

Eines Tages setzte mich ein ausrangierter Armeewagen des russischen Militärs, der nebst anderen seines gleichen dem indonesischen Staat als Geschenk offeriert worden war, in einem Dorf Zentraljavas ab. Und schon war ich von neugierigen Kindern umrundet, die wohl in ihrem Umkreis noch nie einen Ausländer mit Bart und Rucksack erblickt hatten. Ich führte immer Luftballons bei mir, um, so es sich ergeben sollte, mit Kindern gemeinsamen Spaß zu haben. Ich ließ einige von ihnen ein, zwei Ballons aufblasen, und schon begannen alle hinter den in der Luft schwebenden Buntbällen unter größten Ausrufen der Freude und des Gelächters hinterherzurennen. Auch Erwachsene, die diesem Treiben bald zusahen, lachten mit. Einer von ihnen lud mich zu sich und seiner Familie in seine Hütte ein. Er war ein armer Reisbauer, denn mehr als die halbe kultivierbare Fläche dieses Landes ist dem Reisanbau vorbehalten. Wir konnten uns mit Worten kaum verständigen, obgleich ich mir schon einige Brocken der malaiischen Sprache, die auch in Indonesien gesprochen wird, angeeignet hatte. Und dann schlachtete er mir zu Ehren, obwohl er Moslem war, denen Schweinefleisch eigentlich zu essen verboten ist, sein einziges Schwein. Überall begegnete ich dieser für uns Europäer ungewohnten Gastfreundlichkeit Fremden gegenüber. Aber auch diese ist ein Gebot

Mohameds, der im Koran immer wieder seine Gläubigen aufruft, Reisenden, Waisen und Armen gegenüber hilfreich zur Seite zu stehen.

Dieses Dorf lehnt sich an einen über dreitausend Meter hohen Vulkan an. Ich äußerte meinen Wunsch, einen solchen Giganten einmal zu besteigen. Mein Gastgeber besorgte mir zwei bergkundige Männer, die anscheinend schon häufiger diesen Vulkan bestiegen hatten. Zusammen forderten sie nur einen einzigen Dollar, wiesen sie doch mein Angebot ab, noch mehr zu zahlen. Um drei Uhr morgens klopften sie an meine Tür. Mit Taschenlampen machten wir uns auf den steilen Bergpfad. Als es zu dämmern begann, erreichten wir dschungelartiges Dickicht. Beide waren mit Macheten versehen, sodass sie manches Mal den Weg erst freizubahnen hatten. Ich staunte über deren Ausdauer, musste ich mich doch immer wieder ausruhen, obwohl sie mahnten, ohne große Verschnaufpausen weiterzugehen, um noch vor Nachmittag den Kraterrand zu erreichen. Doch die letzten 300 Meter schaffte ich nicht mehr. Ich war eine solche Strapaze nicht gewohnt. Von hier oben war der Ausblick in die Weite, über die Täler hin zu den anderen Vulkanen von unbeschreiblicher Pracht.

Bei einer Bergbesteigung genoss ich den Blick über
die Kette der vielen Vulkane Javas.

Ganz Java wird in seiner Mitte der Länge nach von Vulkanen der unterschiedlichsten Höhe durchzogen. Ich ließ mich auf einem Felsen nieder und bat einen meiner Führer, ein Foto von mir aufzunehmen. Erst viele Jahre später gelangte ich auf Java nachts zu einem Kraterrand, um in der Tiefe die rot aufspritzenden Lavafontänen gebannt zu bestaunen.

Meine Fahrroute lenkte ich so, dass ich auch dem berühmten *Borobudur*, das ebenso wie Angkor Wat in den nächsten Jahren zu einem zu bewahrenden und also zu beschützenden Weltkulturerbe der UNESCO erhoben werden sollte, einen Besuch abstatten konnte. Dieses größte buddhistische Heiligtum Javas wurde um 800 unserer Zeit erbaut und wohl schon ab dem Jahr 1000 von Vulkanasche verschüttet. Erst vor 100 Jahren hatte man es wieder ausgegraben. Alljährlich wird es anlässlich eines Festes von buddhistischen Mönchen aus allen Richtungen aufgesucht. Es gibt drei übereinander auf dem Hügel sich abzeichnende Ebenen mit den verschiedensten oft nur erahnbaren, ehemals mit Reliefs versehenen Gebäuderesten und glockenförmig aufgestellten 72 Stupas, in denen man noch ganz oder teilweise die Gestalt Gautama Buddhas erkennen kann.

In der benachbarten Stadt *Yogjakarta* erstand ich mir auf dem Markt einen buntbemalten Schirm, war doch mein Regenschirm schon längst unbrauchbar geworden. Und weiter ging die Trampreise zu dem östlichsten Zipfel von Javas, wo ich das Fährboot nach Bali bestieg.

7. Bei den schönen balinesischen Tänzerinnen

Bali ist eine von etwa zweieinhalb Millionen Menschen bewohnte Insel, die von Ost nach West 140 km lang und 90 km breit sein dürfte. Beherrscht wird diese Insel von dem bei klarem Wetter überall sichtbaren *Gunung Agung*, dem 3100 Meter hohen Vulkan, der oft noch eine Rauchwolke aufsteigen lässt und auch gelegentlich aktiv werden kann. Nachdem er sich über 120 Jahre lang ruhig verhaltene hatte, begann er 1963 zu eruptieren. Gase strömten aus, die langsam den Berg hinabkrochen und viele Menschen töteten. Durch Gas, Asche, Steinschlag, Lava und Geröll kamen 1.600 Menschen ums Leben und 85.000 Menschen verloren ihre Hütten. Wo immer der Dschungel Platz gelassen hatte, breiteten sich die Reisfelder aus, die sogar oft an Hängen terrassenförmig angelegt waren. Auf den bunten Märkten bekommt man nicht nur tropische Früchte und Gemüse zu kaufen, sondern – man höher und staune – auch alles europäische Gemüse und sogar Äpfel und Birnen. Denn in den Höhenlagen des großen Vulkans, wo die Temperatur nachts sogar unter 5 Grad sinken kann, hat man Tomaten, Paprika, Zucchini, Auberginen, Gurken, Bohnen, Erbsen, Kartoffeln, Kohl und Salat und anderes angepflanzt, sodass man hier in den Restaurants essen konnte wie zu Hause in Europa. Bali wurde 1906 in einem Kurzkrieg, in welchem 3.600 Einwohner den Tod fanden, von den Holländern eingenommen. Sicherlich waren sie es, die das europäische Gemüse dort einführten.

In *Denpasar* teilte ich mir das Zimmer mit Jacques, einem blondschöpfigen Franzosen meines Alters. Von dort unternahmen wir oder ich auch allein Ausflüge mit Bus oder Fahrrad in die Umgebung. Ich hatte mir in Ostjava meine indonesische Schiffchenmütze gegen einen aus Bambusspänen geflochtenen breiten Rundhut von einem auf dem Feld arbeiteten Bauern eingetauscht, da diese Kopfbedeckung mich noch mehr von der Sonneneinstrahlung schützte. Mit diesem auf dem Kopf, Perlenketten um den Hals und, mit einem Sarong um Hüften und Beine bekleidet, fiel ich natürlich mit meinem dunklen Bart überall auf. Die Mädchen winkten mir zu und riefen lächelnd: „Hallo mister. I love you." Überall wurden wir eingeladen. Jeder Balinese schien künstlerisch engagiert zu sein. Man malte, schnitze, spielte Gamelanmusik, oder man sang. Nach einem arbeitsreichen Tag auf den Reisfeldern versammelte man sich auf dem Dorfplatz neben dem prachtvoll verzierten Tempel, der meist von einem großen vielwurzeligen Banjanbaum beschattet wurde. Ein kleines Gamelanorchster begann auf Xylophons zu spielen, begleitet von Trommeln, einem zweisaitigen Streich- und einem oboenartigen Blasinstrument. Die Mädchen bildeten mehrere Reihen hintereinander. Vorne in der ersten Reihe stellten sich die Vier- bis Sechsjährigen nebeneinander auf, während in der hintersten zwei Reihen die noch nicht verheirateten Großen zu stehen kamen. Mit den ersten Tönen der mit Klöppeln gehämmerten Musik, begleitet von Trommelklang traten die Kleinen der vordersten Reihe einen Schritt nach vorn und tanzten mit der den größeren Mädchen abgeschauten und einstudierten Bein-, Hand- und Gesichtsgestik ihre traditionellen Tänze. Danach traten sie nach vorn in das nächste durch einen Strich markierte Feld, worauf die folgende Reihe der Sechs- bis Achtjährigen aufrückte. So dauerte es gut zwei Stunden, bis alle Mädchen ihre Tänze vollführt hatten. Jeder der heiratswilligen Männer konnte den älteren Mädchen zusehen und in sich spüren, welche der Tänzerinnen wohl als Braut heimzuführen wäre. Doch die meisten von ihnen interessierten sich während dieser alltäglichen Darbietungen nicht für das weibliche Geschlecht, waren sie doch passionierte Zuschauer von Hahnenkämpfen, die gleich neben den Tanzvorführungen stattfanden. Viele brachten einen ihrer zum Kampf ausersehenen Hähne mit, der vor Kampfesbeginn mit einem scharfen Messer an einem Fuß versehen wurde und der ihnen, so er Sieger gegen einen Rivalen blieb, viel Geld bei den Wetten einbringen konnte. Doch mich bannten mehr jene Tänzerinnen in den letzten Reihen, die mit Grazie bei voller Konzentration der Körperhaltung sich immer

mehr zu verbessern suchten, war doch jede Bewegung genau vorgeschrieben. Denn nur die allerbesten unter ihnen durften in den herrlichsten Garderoben bei den Festen vor einheimischem Publikum ihr Können demonstrieren.

Auf Bali konnte man alle paar Tage an einem farbenfreudigen Fest teilnehmen. Hier bringen Frauen Opfergaben zum Tempel.

Jacques und mir war es wiederholt vergönnt, als einzige Gäste solchen festlichen Aufführungen aus erster Reihe beizuwohnen. Szenen aus den indischen Epen *Ramayana* und *Mahabharata* wurden präsentiert. Ich könnte hier in aller Breite noch vieles zu diesen Tänzen und pantomimischen Darbietungen sagen, aber all das ist auch in Büchern nachzulesen. Und da Jacques noch über einige Blättchen LSD verfügte, erschienen uns diese Aufführungen wie ein Schauspiel aus einer irrealen höheren Welt der vollendeten Kunst und Schönheit. Die Bevölkerung ist wie alle Inder des hinduistischen Glaubens von der Tatsache der Reinkarnation überzeugt. Mir standen derlei Gedanken noch sehr fern, und ich hielt solche Glaubensvorstellung für simples Wunschdenken, dass sich ein ewiges wiederholtes Erdenleben vorgaukelt, um einer endgültigen Vernichtung mit dem irdischen Tod auszuweichen. Noch wusste ich nicht, dass ich hier einst mein Buch schreiben würde mit dem Titel *Wiedergeburt – die Beweise*.

Ubud ist die Stadt der Künstler – und ist es auch heute noch. In einigen Läden kann man ihre Bilder und Holz- und Hornschnitzerein bewundern, oder man besucht sie direkt in Werkstätten und beobachtet sie bei ihrer Tätigkeit. Einige Künstler aus Europa und Amerika haben Bali zu ihrer Wahlheimat erkoren und sich ebenfalls dort ihr Atelier eingerichtet, um sich durch die allgemeine künstlerische Atmosphäre in ihrem Wirken mitreißen und inspirieren zu lassen. Und manch einer von ihnen hat sich den Reizen einer Balinesin ergeben und geheiratet. So besuchte ich eines Tages das Atelier des damals dort bekanntesten amerikanischen Malers. Er war mit einer Balinesin verheiratet, und beide hatten eine Tochter gezeugt, die nun schon im heiratsfähigen Alter war und durch den Unterricht ihrer Mutter, einer ehemaligen Tanzberühmtheit, ebenfalls schon zu einer der ersten Tänzerinnen des Landes emporgestiegen war, die auch schon auf Tournee mit einer Gamelangruppe in Übersee aufgetreten war. Sie wurde mir ebenfalls vorgestellt, und ich erinnerte mich nicht daran, eine schönere junge Frau in Indonesien gesehen zu haben. Ich wurde nun in den Salon zum Tee mit Gebäck eingeladen, und diese junge Schönheit wies mir einen bequemen Sessel an, während sich ihr Vater mir gegenübersetzte. Die Tochter servierte uns den Tee und zog sich dann zurück, während wir beide uns angeregt über Bali, meine Welt-reisen, über Kunst und manch anderes Thema unterhielten. Doch plötzlich vernahm ich links von mir ein Plätschern, das von einer Du-sche herrührte. Ich wandte meinen Kopf in jene Richtung und sah durch die etwas geöffnete Seitentür in einen im Duschraum befindli-chen großen Spiegel, wie sich die Tochter ganz nackt duschte. Sie massierte immer wieder ihre Brüste und dreht sich so, dass ich diese im Auge behalten musste. Ihr Gesicht konnte ich zwar nicht sehen. Ich war froh, dass ihr Vater gerade aufgestanden war, um einen Bildband herbeizuholen, den er mir zeigen wollte. Dieses himmlische junge Lu-der von Tänzerin wusste genau, dass ich sie beobachten würde, hatte sie mir doch mit Berechnung diesen Sessel angeboten und wohl auch die Seitentür absichtlich offen gelassen. Wie gerne hätte ich dieses Himmelsmädchen in meine Arme geschlossen. Oder hatte sie sich in mich „verguckt" und wollte mich gar gewinnen, dass ich sie als Aus-länder ehliche und ihr, wie ihr Vater es mit ihrer Mutter getan, die westliche Welt zeigte?

Etwa zwei Wochen vor Weihnachten schrieb ich ein überschwäng-liches Aerogramm an meinen Bruder: *„An Dich geht nun mein erster Weihnachtsbrief. Viel werde ich nicht schreiben. Ich habe nur noch 30 US$ und muss noch bis Sydney damit auskommen. Bali ist einfach ein Paradies-Märchen. Hier wie auch anderswo in Indonesien leben glück-liche und darum auch ahnungslose und kindliche Menschen. Ich kann hier von Denpasar aus in irgendein beliebiges Dorf fahren, und ein jeder bietet mir an, bei ihm zu wohnen – und das nicht nur für eine Woche sondern gleich für Jahre. Ich möchte am liebsten alle hier umarmen, denn es sind die nettesten Menschen dieser Erde. Sie brauchen in Bali nicht zu hungern, obwohl sie arm sind. Ein Gemälde, an dem drei Mo-nate lang gearbeitet worden ist, kann man hier für 125 US$ bekommen. Leider kann ich mir keines leisten, aber ich werde Tante Lissi und Tante Helga begreiflich machen, dass sie sich ein Bild auf Probe zuschicken lassen. Es sind Bilder der berühmtesten Maler Indonesiens. Ich bin si-cher, dass ich sie in Europa für 4.000 DM verkaufen könnte. Die Mäd-chen hier sind oft unerhört schön. In jedem Dorf gibt es etwa einmal in der Woche einen klassischen Tanz, was zum Schönsten gehört, was ich je gesehen habe. Alles ist sehr billig. Ich kann ein Hotelzimmer für eine*

Mark mieten, ein Mädchen für 5 DM (wovon ich leider keinen Gebrauch machen kann, da arm wie eine Kirchenmaus). Mehrere Freunde, die ich von Bangkok, Singapur oder anderswoher kannte, habe ich in Bali wiedergetroffen. Ich wohne mit einem Franzosen zusammen, der auch nach Sydney will. Jeden Tag gibt es hier auf der Hindu-Insel (das übrige Indonesien ist größtenteils moslemisch) irgendetwas Interessantes. Hahnenkämpfe, Prozessionen, Tänze. Bali ist wirklich etwas Einmaliges. ... Wenn Du zufällig nach Wilhelmshaven kommen solltest, dann suche mir bitte den schwarzen Anzug mit den grauen Streifen und die Weste aus einem Koffer hervor und bringe ihn zu Uta, denn ich werde ihn mir wahrscheinlich nach Australien schicken lassen. Frage Onkel Enno, ob meine Krankenkasse auch bezahlt wird. Bis auf meine Hämorrhoiden und das Sodbrennen geht es mir ganz gut. In 3 bis 4 Wochen werde ich in Sydney sein. Mein Roman ist wohl nicht mehr auf den Weihnachtsmarkt gekommen? Bali ist das ideale Touristenland. Es gibt so viel schöne Sachen (und sehr gute) hier zu kaufen. Lieber Peter, verlebe Weihnachten sehr schön und lass Deinen Travel-Bruder mal wieder bald über Dich wissen. Frohe Weihnachten Dein T."

Und aus einem Brief an Schwester und Schwager: *„Ich bedauere, dass mein Buch nicht oder wohl nie in Deutschland gedruckt werden wird. Deutschland ist zu weit hinten in vielem, was die Welt bewegt. Ich begegne immer wieder Kaliforniern, die in allem viel weiter (vielleicht 15 Jahre) sind. Viele Studenten und Professoren haben schon einen LSD-Trip hinter sich, während in Deutschland vielleicht noch keine hundert Leute diese Wunderdroge eingenommen haben. .... Bali ist natürlich einmalig, ein richtiges Paradies. Überall Volkstanz und Hahnenkämpfe. Es ist das originellste Touristenland, doch fehlen Gott sei Dank die Touristen, von wenigen abgesehen. Gestern lag ich zum ersten Mal seit Benares auf der Nase, denn mein Hals schwoll an, der Magen sagte mir ebenfalls den Kampf an, und mein Gemüt ergab sich den Schwären. Heute fühle ich mich wie immer, das heißt, frohgemut und bester Laune. Vielleicht bin ich in 3 bis 4 Wochen in Sydney. Mein Geld beträgt keine 30 AU$ mehr, doch es wird schon bis Sydney reichen. Wir wollen sehen. ... Ich hätte euch gerne irgendeine Kleinigkeit zu Weihnachten geschickt, aber meine finanziellen Vorräte erlauben keine Extraspesen ..."*

Auch an meinen Freund Jochen in Berlin schrieb ich einen Weihnachtsbrief:

„Vielleicht wird es auch Dir in Deinem Leben einmal beschieden sein, Bali besuchen zu können, das heißt, zur Lebenszeit noch dem Paradies einen Besuch abstatten zu dürfen. Leider muss ich jetzt schon wieder an Abschied denken, denn mein Geld ist knapp und dürfte gerade bis Australien reichen, wo ich dann bis Sydney mich durchvagabundieren muss. In Sydney hoffe ich einen guten Job (vielleicht wieder als Kellner) zu bekommen. Hier in Bali spielen meine Gedanken damit, mich nach einem Arbeitsjahr in Australien hierher zurückzukehren und mich häuslich mit Bali-Gemahlin einzurichten. Übrigens wäre ich damit nicht auf mich allein verwiesen, denn es gibt eine ganze Reihe von Malern, die hier schon Dezennien lang wohnen und mit meist einheimischen Tänzerinnen glücklich verheiratet sind, Aber schließlich werde ich doch erst einmal meinen Trip around the world beenden und mich dann für die beste Möglichkeit entscheiden. Übrigens traf ich mehrere indonesische Schönheiten, die, so bin ich überzeugt, bestimmt in eine Heirat einwilligen würden. Aber nichts steht mir im Augenblick ferner, als mich an einen Baum – und sei es selbst nur an einen kleinen abgesägten Ast – zu ketten. Ersteres macht unfrei, und das Zweite hindert mich in meiner Beweglichkeit.

Indonesien ist das gastfreundlichste Land dieser Erde. Für jeden scheint es eine Ehre zu sein, einen fremden Gast unter sein Dach aufnehmen zu können. ... Hier in Indonesien fühlt man sich nicht in der Fremde, man ist mehr zu Hause als selbst in Deutschland.

..."

Schließlich verabschiedete ich mich von Jacques. Er wollte noch auf seinen Freund Gilbert warten, um hier mit ihm Weihnachten zu feiern, hatte er für ihn doch noch seine beiden letzten LSD-Trips bewahrt. Anschließend würde er mit Gilbert ebenfalls nach Australien kommen.

Ich durfte *Bali* noch in einem paradiesischen Zustand erleben. Hin und wieder habe ich später diese Insel aufgesucht und auch hier mich in den Wintermonaten als Schriftsteller betätigt. Erst vor einem Jahr, im Winter 2004, war ich zum letzten Mal dort. McDonalds und Supermärkte, amerikanische Filme auf DVDs und Hotels für den Massentourismus beherrschen das Land. Überall ist die Jagd nach Geld zu spüren. Man wird kaum noch von Leuten eingeladen, denn entweder ziehen sie sich vor dem sie überwältigenden Tourismus in ihre Dörfer zurück, oder sie wetteifern darum, aus diesem so viel Geld wie möglich herauszuschlagen, wozu sich vor allem die jungen Leute hinreißen lassen. Legte man damals die Wege meistens zu Fuß oder mit dem Fahrrad zurück, besitzt heute fast jeder schon ein Motorrad, und bald wird es das Auto sein. Die Jugend zieht in die touristischen Ballungszentren, und die sonst wöchentlich abgehaltenen Dorftänze kann man dort nur noch an einem der vielen Feiertage zu sehen bekommen, es sei denn, die großen Strandhotels haben für den einen oder anderen Abend eine Gamelan-Truppe mit Tänzerinnen engagiert. *Ubud* ist nach allem dennoch das Zentrum des klassischen Tanzes geblieben, wo jeden Tag in und um diese Stadt herum irgendeine Tanzgruppe auftritt. Doch unter den Zuschauern entdeckt man leider meist nur Touristen, die oft in großen Bussen herbeigebracht werden.

8.   Wie Allah uns das Leben rettete

Im Osten Balis bestieg ich in einem kleinen Hafen ein Fährboot nach *Lombok*. Diese Insel wird ebenfalls von einem solchen Vulkanriesen wie auf Bali beherrscht. Hier sind nur noch wenige Hindugläubige zu finden, setzt sich der überwiegende Teil der Bevölkerung aus Moslems zusammen. Und da ich wegen Geldmangels in Eile war, diese Insel per Anhalter zu durchqueren, habe ich mir erst auf zwei viel späteren Reisen diese prachtvolle Insel etwas näher angesehen. Auf der im Westen gelegenen Insel *Gili* entdeckte ich meinen ersten sich noch in Freiheit befindenden Waran, eine Echse von etwa drei Meter Länge. Doch als ich dann im Januar 2005 dorthin zurückkehrte, befand sich das letzte Tier seiner Gattung in einem Gehege. Wenn dieses dann sein Leben ausgehaucht haben wird, gibt es dort keines dieser auch auf *Lombok* einst beheimateten Exemplare mehr, denn der Mensch verdrängt die Tierwelt, wo diese seine zu bewohnenden und zu bestellenden Territorien zu beschneiden scheint. Die Meeresstraße zwischen Bali und Lombok ist, wie der bekannte Forscher *Alfred Russel Wallace* schon im 19. Jahrhundert erkannte, eine Trennlinie vieler Tiergattungen zu Lande, zu Wasser und in der Luft. Denn ab hier gibt es bis nach Australien und Neuseeland hin viele andere Tiere, die auf den sich nach dem Westen erstreckenden Erdteilen nicht vorzufinden sind, man denke nur an die Kängurus, Koalabären und die Emus Australiens.

Und bald schon war ich auf die sich nach dem Osten hinter Lombok anschließende Insel *Sumbawa* gelangt. Hier war das Trampen viel schwieriger, bestanden die Straßen teilweise aus Pisten, die nur von wenigen Fahrzeugen befahren wurden. Doch in meiner Erinnerung hat sich ein wunderbares farbiges Wolkenspektakel bis heute eingeprägt. Schließlich erreichte ich Sape, ein kleines Hafenstädtchen im Osten dieser Insel. Wie man mir sagte, wäre dies der einzige Ort, um möglicherweise ein nur selten dort anlegendes Schiff besteigen zu können, das auch die Inseln *Flores* und *Timor* anfahren würde. Vielleicht hätte ich aber das Glück, dass ein Segelschiff mich mitnehme. Ich wartete dort einige Tage auf ein meerestüchtiges Transportmittel. Tatsächlich legte dort ein etwa 15 Meter langes und bis oben mit Balken und Brettern aus frischestem Holz vollgeladenes Segelfrachtschiff an. Aus der Mitte ragte ein großer Segelmast empor. Ich fragte die hantierenden Männer, ob zufällig ihr Boot nach Timor oder wenigstens bis *Flores* segeln würde. Sie verwiesen mich an dessen Besitzer, der zugleich der Kapitän war. Mit ihm wurde ich handelseinig und zahlte ihm, wenn ich mich recht erinnere, nur 5 AU$ für den weiten Weg bis zu der über Australien gelegenen Insel Timor. Ich fragte ihn, wie lange wir wohl unterwegs sein würden, und er antwortete, dass dies ganz vom Wind abhinge. Es könne ein bis zwei Wochen oder aber auch vier Wochen dauern.

Die Besatzung bestand zusätzlich noch aus drei weiteren Moslems, die meistens ihr schwarzes Schiffsmützchen auf dem Kopf trugen. Endlich segelten wir los. Wir saßen auf diesen hochgetürmten Holzstößen, die von der weit entfernten gigantischen Insel Kalimantan, welche uns unter dem Namen Borneo eher bekannt ist, nach Timor über die vielen Wasserwege transportiert werden. Wie lange waren wohl diese Männer schon unterwegs? Einen Monat, zwei Monate? War dieses Holzfrachtschiff überhaupt gegen Stürme gefeit? Von einer Reling war nichts mehr zu sehen, da die Ladung höher als diese und über diese ragend ausgebreitet war. Nur an gespannten Seilen vermochte ich mich festzuhalten, wenn die Wellen unser Gefährt ins Schaukeln brachten. Hoffentlich gerieten wir nicht in einen Sturm. Die Mahlzeiten, die man unter Deck auf einem Gaskocher zubereitete, bestanden aus Reis und gebratenen Fischen. Letztere wurden mit ins Wasser gelassenen und mit einem Fanghaken versehenen Leinen gefangen. Dazu trank man einen in kleinen Tassen dargereichten starken und ordentlich gezuckerten Kaffee. Ich trank schon seit Jahren keinen Kaffee mehr, denn er verursachte mir Sodbrennen, weshalb ich immer für Notfälle Antisäuretabletten bei mir führte. Ich ließ mir stattdessen ein Glas Wasser reichen.

Wir segelten nördlich an der sagenumwobenen Insel *Komodo* vorbei, auf der nur wenige Menschen auf Pfahlbauten wohnen. Diese Insel wird von Hunderten der größten Echsen dieser Erde bewohnt, deren Länge bis zu drei Metern beträgt. Die Muttertiere legen einige Meter tief in den Sand ihre Eier, damit kein anderer dieser Großwarane sie ausgraben und verzehren kann. Diese Tiere fressen sich auch untereinander, weshalb die Jungtiere bis sie stark genug sind, Zuflucht auf Bäumen finden. Trotz ihrer relativen Schwere sind sie sehr beweglich, und so mancher kühne Besucher, der ihnen zu nahe kam, musste es mit dem Leben bezahlen. Wie gerne hätte ich mir diese Tiere aus nächster Nähe betrachtet, doch nutzten wir den Wind, der uns weiterhin nach dem Osten brachte. Am 24. Dezember, dem Heiligen Abend, legten wir, die wir weitere Wasservorräte benötigten, in einem kleinen Ort an der Westküste von *Flores* an. Und da der Wind nicht stark genug schien, beschloss der Kapitän, über Nacht hier vor Anker zu gehen. Mir war es recht, diese mit Vulkanen reich ausgestattete Insel, wenn auch nur für kurze Zeit, betreten zu können.

In diesem Ort lebten Christen, die von einem italienischen Missionar betreut wurden. Man stellte mich ihm vor. Er war erfreut, einen

Europäer begrüßen zu dürfen, schien er doch mit seinen Inselbewohnern recht abgeschieden von der Welt zu leben. Er war mit den Vorbereitungen der Mitternachtsmesse beschäftigt, zu der er mich einlud. Natürlich wollte ich mir diese einmal im Jahr nur stattfindende Besonderheit nicht entgehen lassen. Mit Kerzenlicht war die kleine Kirche zur Mitternachtsstunde beleuchtet. Einen Tannenbaum entdeckte ich nicht, wohl aber holzgeschnitzte Figuren, die Josef und Maria darstellten, die sich um das soeben geborene Christuskind beugten, während andächtig Hirten neben der Krippe in kniender Haltung beteten. Von der eigentlichen Weihnachtsandacht verstand ich nichts, wurde diese doch in der lokalen Sprache von dem italienischen Priester gehalten. Ich schlief nun wieder einmal in einer Hütte.

Am Morgen bereitete man das große Festmahl zu, das am Weihnachtstag um die Mittagsstunde auf dem Dorfplatz gemeinsam eingenommen werden sollte. Ich freute mich schon, endlich wieder einmal andere Zutaten zum Fisch zu mir nehmen zu können als den faden Reis auf meinem Holzlader. Doch kurz vor dem gemeinsamen Mahl, zu dem mich der Italiener wieder herzlich eingeladen hatte, stürmte einer der Bootsmannschaft auf mich zu und schrie: „Wind! Wind!" und deutete an, sofort an Bord zurückzukehren, dürfe man doch einen günstigen Wind nicht ungenützt wehen lassen. Ich verabschiedete mich sehr schnell von dem Pater, drückte auch in Eile noch die ein oder andere Hand der überaus freundlichen Leute, mit denen ich mich schon unterhalten hatte, und eilte dem bei seinem Ruderboot schon auf mich Wartenden entgegen, der mich sofort zurück zu unserem Segelschiff brachte. Schade, dass ich mir auf diese Weise ein leckeres Festmahl entgehen lassen musste.

Nun galt es, eine Strecke von über 400 Kilometern über das Savu-Meer bis nach Westtimor zu überqueren. Ja der Wind blies voll in unser Segel, sodass wir, wenn dieser uns weiterhin so wohlgesonnen war, in vier Tagen unser Ziel erreichen müssten. Immer wieder schaute ich aus der Entfernung auf Flores zurück mit dem Wunsch, diese Insel einmal ausgiebig zu durchqueren. Doch sollte es bei diesem Wunsch bleiben. Was trieb mich eigentlich dazu, die Welt zu bereisen, immer neugierig auf Neues zu sein und weitere Länder, Völker und deren Sitten kennenlernen zu wollen?

Als wir uns mitten auf dem Meer befanden, hörte plötzlich der Wind zu wehen auf. Ich fragte den Kapitän, wann wohl mit einer Weiterfahrt zu rechnen sei. Doch jener zuckte die Achseln, nur Allah wisse dies. Sie spielten an Deck Karten, und ihr Spiel wurde nur unterbrochen, wenn eine der Gebetsstunden gekommen war, wobei sie sich nach Mekka hin auf einem kleinen Teppich mehrere Male verbeugten. Nachdem wir schon drei Tage bei Windstille auf ein und derselben Stelle verharrten, wurde das Trinkwasser rationiert. Es durfte nur noch für den Reis und den Kaffee ausgegeben werden. Ich hatte meine Not zu erklären, dass ich doch auch noch Trinkwasser benötigte, was mir dann in kleinsten Mengen zugestanden wurde. Wie lange würden wir hier wohl noch auf Wind und Regen, der uns Trinkwasser bescherte, warten müssen?

Am vierten Tag zogen mit dem sich einstellenden Wind schwere Wolken auf. Die Mannschaft, gemäß der damals noch im ganzen Land unschönen Männersitte, spuckte öfter vor sich hin, und die Planken der Holzladung waren schon dadurch öfter benetzt worden. Und da es erfreulicherweise nun zu regnen begann, hatte man mitten auf der Holzfläche aus Leisten ein Karree geformt, während man an einer Öffnung einen Kessel unterschob, um das Regenwasser dort hineinzuleiten und somit die Wasservorräte wieder zu ergänzen. Mir schauderte, nun dieses eingesammelte Wasser trinken zu müssen, würde doch auch die vertrocknete Spucke der letzten Wochen in diesem, wenn auch in homöopathischer Verdünnung, mit aufgenommen worden sein. Aber was macht man nicht, um seinen Durst zu stillen? Ich habe späterhin in der Sahelzone und anderswo noch verschmutzteres Wasser zu mir genommen, weil der Durst größer war als alle zu bedenkenden Vorsichtsmaßnahmen.

Und dann deutete einer der Mannschaft mit Erschrecken auf zwei Windhosen, die in einem Wirbel Wassermassen in die Luft zogen. Würde eine dieser beiden, die mit hoher Geschwindigkeit auf unser Boot zukamen, uns erfassen, wäre das sicherlich unser aller Ende, und auch die kleine Kajüte unter den Holzplanken hätte uns keine Sicherheit mehr geboten, denn alles Holz würde mit uns zusammen in die Luft gewirbelt worden sein. Und tatsächlich kamen diese beiden Kleintornados immer näher. Doch meine vier Schicksalsgefährten, die schon manch ähnlicher Gefahr ins Auge gesehen haben mochten, wussten, was als einziges helfen könnte. Sie knieten nieder, berührten mit ihren Köpfen die Holzplanken und riefen immer wieder Allah um Hilfe an. Und das Wunder geschah. Die beiden Wirbelstürme lenkten seitwärts ab. Wir waren gerettet. Ich hatte seit meinem 14. Lebensjahr nicht mehr gebetet, da ich zu einem Nihilisten geworden war. Sollte ich Gott jetzt ebenfalls für unsere Rettung danken? Aber dann hätte ich meine nihilistische Position in Frage stellen müssen. Doch diese durfte nicht angezweifelt werden, war sie doch für mich die logischste Erklärung für unser ganzes Dasein. Deshalb war ich davon überzeugt, dass diese beiden Wirbelwinde sowieso auch ohne Gebete seitlich abgewichen wären.

Endlich erreichten wir am frühen Morgen des ersten Tages des neuen Jahres 1969 *Timor*. Und da der Kapitän befürchtete, er könne zur Rechenschaft gezogen werden, dass er einen Touristen auf seiner gefährlichen und wohl deshalb auch unerlaubten Überfahrt befördert habe, ließ er mich im Beiboot an einer einsamen Stelle absetzen. Ich hatte mich bei allen recht herzlich für diese erlebnisreiche Fahrt bedankt. Hoffentlich gelangen sie nie in einen Wirbelsturm hinein.

Möge Allah auch in Zukunft immer ihre Gebete erhören.

9.   Als Ehrengast auf der Geburtstagsfeier des
      Königs von Timor

Die Insel *Timor*, 450 Kilometer vor Australiens Nordküste gelegen, wurde um 1530 von den Portugiesen eingenommen, doch schon 1613 von den Holländern in den östlichen Teil vertrieben. Zu einer endgültigen Aufteilung der Insel kam es 1914, als zwischen ihnen die Grenzziehung endgültig festgesetzt worden war. Während des Zweiten Weltkrieges besetzten die Japaner die Insel. Und 1950 wurde *Westtimor* Teil der Republik Indonesien. Dem Staatspräsidenten *Suharto* war das portugiesische *Osttimor* ein Dorn im Auge, denn warum sollte dieses von Portugal noch betreute Staatsgefüge nicht ebenfalls zum indonesischen Großreich gehören, hatte man doch in den ersten Jahren nach dem Rückzug der Japaner auch Java und schließlich ganz Indonesien von der holländischen Kolonialherrschaft befreit? Er schickte seine Truppen 1975 nach Osttimor, wo die sich anfangs noch wehrende Bevölkerung teilweise schlimmsten Massakern ausgesetzt war. Das Volk, oft portugiesisch sprechend, litt unter dieser Annexion. Durch das Eingreifen der UNO sollte Osttimor erst 1999 wieder unabhängig werden und drei Jahre später die volle Souveränität eines eigenen international anerkannten Staates erhalten.

Da ich auf dem westlichen Teil der Insel unweit der Hauptstadt *Kupang* abgesetzt worden war, begab ich mich in diese Stadt, um mich nach Transportmöglichkeiten nach Osttimor zu erkundigen, gab es doch nur von dort die Möglichkeit, nach dem australischen Darwin zu fliegen. Schon seit Tagen hatte es auf dieser Insel heftig zu regnen begonnen, und so erfuhr ich mit Schrecken, dass die Straße nach Osttimor unpassierbar geworden sei, da die Furt des Flusses, der beide Länder voneinander trennte, wegen Hochwassers für den öffentlichen Verkehr nicht mehr zu durchqueren war. Wie sollte ich jetzt dorthin gelangen? Ich besaß vielleicht noch fünf Dollar. Während ich über dieses Problem nachgrübelte, wurde ich von einem Mann angesprochen, der mich zu seines Vaters Geburtstagsparty einlud. Er erklärte mir, sein Vater sei der frühere 1950 abgesetzte König des Landes. Natürlich nahm ich die Einladung gerne an. Was würde mich erwarten? Ein großes Fest mit Hunderten oder gar Tausenden von Leuten? Ein gigantisches Bankett mit viel Musik und Tanzaufführungen in einem Palast?

Ich folgte ihm durch die regennassen Straßen, und wir gelangten zu einem gutbürgerlichen Steinhaus. Doch wo war der Palast? Ich wurde dem ehemaligen König dieses westlichen Teils der Insel, einem alten Mann, vorgestellt, der mich herzlich willkommen hieß, während ich ihm beste Gesundheit und ein langes Leben zu seinem Festtag wünschte. Er erklärte mich zu seinem speziellen Gast, über dessen Kommen er sich besonders freue. So setzten wir uns in seinem großen Wohnzimmer in die Sessel. Mit der Integrierung Westtimors in die Republik Indonesien habe er seine unter den Holländern noch anerkannten königlichen, wenn auch eingeschränkten Rechte wie auch das meiste seiner Besitztümer verloren. Die junge Bevölkerung respektiere ihn gar nicht mehr, nur von der älteren Bevölkerung wird er noch respektvoll gegrüßt. Und tatsächlich kamen auch einige und brachten ihm Geschenke. Das Festessen für diesen Tag war eher ein ausgiebiges Familienessen. Ich ließ es mir gut schmecken und berichtete dem neugierig nach allem Fragenden über meine bisherigen Reisen und mein weiteres Vorhaben, zu dem er mir viel Glück wünschte. Bei ihm verweilte ich einige Tage.

Doch dann stellte ich mich wieder an die nun durch den Regen teilweise aufgeweichten Straßen. Aber es gab kaum ein Transportmittel, sodass ich und einige andere Rucksackreisende, die ich in *Kupang* und dann unterwegs antraf, mit mir die 60 Kilometer bis zur Grenze meist zu Fuß zurücklegen mussten. Wir gelangten an den Grenzfluss zwischen beiden Inselteilen. Hier erkannte ich, weshalb die Furt durch den sonst anscheinend nur geringfügige Wassermengen führenden Fluss unpassierbar für Busse und Lastwagen geworden war. Das Wasser hatte etwa eine Höhe von über anderthalb Meter erreicht. Boote gab es nicht. Wie also jetzt dort hinübergelangen? Das fragten sich mit uns auch zwei Engländer, die mit ihrem schweren Motorrad vor dem gleichen Problem standen. Einheimische Bauern, die uns beratend zu Hilfe kamen, meinten, dass man ein Floss bauen müsse, wie es schon einige Reisende in gleichen Situationen getan hätten. Sie waren uns mit ihrem Werkzeug behilflich, Äste von Bäumen zu sägen und diese mit Stricken zu verbinden. Dann packten wir alle an und legten ihr Motorrad samt Reisegepäck auf die schwimmende Unterlage. Nun schoben die zwei, während manchmal nur noch ihre Köpfe aus dem Wasser ragten, ihre kostbare Fracht vorsichtig, damit die Flut diese nicht mit sich fortriss, glücklich zum anderen Ufer hinüber. Meine übrigen Reisekollegen wie auch ich nahmen unsere Rucksäcke auf den Kopf und durchschritten die braunen Fluten. Ein einziger Fehltritt, und ich wäre umgerissen worden, wobei ich meines Rucksackes verlustig gegangen sein könnte. Meinen Brustbeutel mit dem Reisepass hatte ich mir wasserdicht verpackt an den Hinterkopf befestigt. Denn wenn mein Pass verloren gegangenen sein würde, wie hätte ich dann wohl weiterreisen können?

Doch schließlich hatten wir Osttimor und dann auch seine Hauptstadt *Dili* erreicht. Hier kam ich mir wie im indischen Goa vor, sah man doch überall die zwischen Palmen hervorragenden weißgestrichenen Kirchengebäude. Endlich hatte ich nach einigen Tagen des Wartens das langersehnte Flugzeug bestiegen, wo wir nach dem Abheben über uns ein von der Stewardess ausgesprühtes Pestizid ergehen lassen mussten. Wie gut, dass ich mir das Flugticket schon in Djakarta besorgt hatte, denn ich verfügte jetzt nur noch über einen einzigen US$. Im wahrsten Sinne des Wortes: Auf Wiedersehen Indonesien! Ich habe dich sehr liebgewonnen. Ich werde bestimmt wiederkommen.

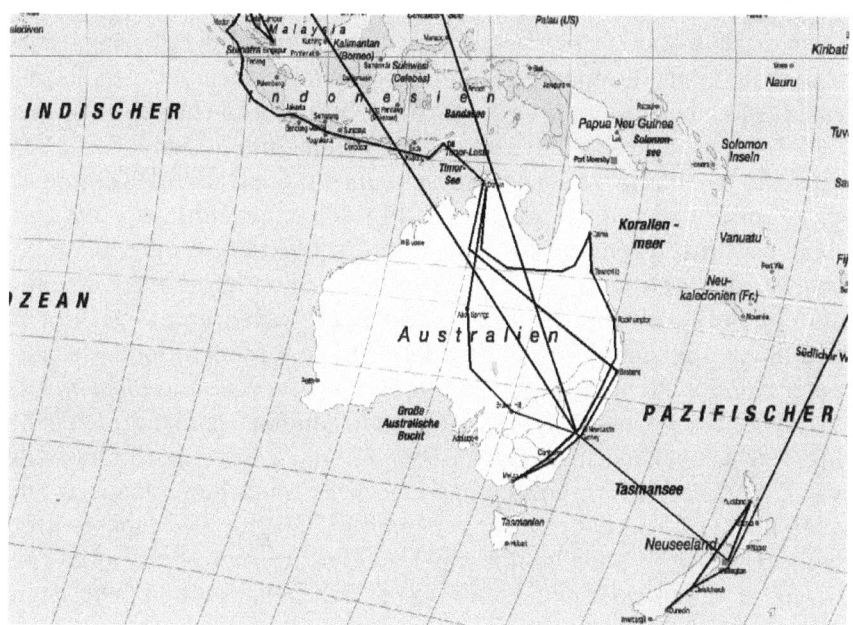

5. Kapitel
Australien, Neuseeland, Tahiti

1.   Als Baggerfahrer im australischen Busch

Als der kleinste Kontinent unserer Welt ist *Australien* dennoch etwa 4.000 Kilometer lang und an seiner östlichsten Seite 3.200 Kilometer von Nord nach Süd breit und nimmt beinahe die Gesamtfläche der Vereinigten Staaten von Amerika ein. Als ich in *Darwin*, der Hauptstadt des Nördlichen Territoriums, ankam, atmete ich auf. Ich hatte es also trotz aller Knappheit des Geldes geschafft, nach anderthalb Jahren des Reisens mit meinen ersparten 1.000 US$ hierher zu gelangen. Jetzt hieß es schnell eine bezahlte Tätigkeit finden. Den letzten US$ tauschte ich nun in australisches Geld um, da Australien 1966 eine eigene Dollarwährung[1] eingeführt hatte. Als ich mich umhörte, wo man denn umsonst irgendwo schlafen könne, schickte man mich zu einem verlassenen und wohl vor dem Abbruch stehenden Haus, wo schon andere Rucksackreisende untergekommen waren und wo ich auch den einen oder anderen aus dem Flugzeug oder aus Indonesien wiedertraf. Jeder suchte Arbeit, aber die Prognosen waren in *Darwin*, dieser der Hitze wegen wohl etwas träge wirkenden Kleinstadt, schlecht. Ich weiß noch, wie ich am ersten Abend hungrig vor einer Imbissbude stand und einen Hamburger bestellte. Der mich Bedienende fragte auch noch, ob ich diesen mit oder ohne Ei belegt haben möchte. Und ich sagte „mit Ei". Als er mir das Gewünschte nun überreiche, verlangte er einen Dollar und zehn Cents. Ich bekam einen Schrecken, denn über diesen Betrag verfügte ich nicht mehr. Ich entschuldigte mich und sagte, dass ich nur noch 80 Cents besäße, was mein letztes Geld sei. Möge er doch bitte das Ei wieder vom Hamburger nehmen. Doch ein Mann, der neben mir stand, bezahlte die fehlenden

---

[1] Australischer Dollar = Abk. AU$

30 Cents. Hier kostete also ein einziger Hamburger so viel, wie ich Indien in einer Woche nur selten ausgegeben hatte.

Am nächsten Tag suchte ich das Postamt auf, erwartete ich doch hier postlagernde Briefe von meiner Schwester und meinem Bruder. Und tatsächlich lagen hier zwei Briefe von ihnen für mich vor. Und in jenem meiner Schwester befand sich ein beigefügter Brief von meinem Freund Kurt Börss, mit dem ich durch seinen Bruder in Deutschland in Kontakt geblieben war. Jener war schon vor einiger Zeit nach Australien geflogen, und wie ich nun seinem Schreiben entnahm, arbeitete er in einer Uranmine in *Batchelor*, einem kleinen Ort etwa 80 Kilometer südlich von Darwin gelegen. Ich nahm mir vor, sogleich zu ihm zu trampen. Ich freute mich, ihn schon so bald wiedersehen zu können. Ich holte aus dem kostenlosen Quartier meinen Rucksack und lief zu der Ausgangsstraße, die nach Süden führte.

Als ich nun dort stand und meinen Arm mit dem erhobenen Daumen ausstreckte, kam ein zerlumpt aussehender, sehr dunkelhäutiger, breit- und flachnasiger Eingeborener jener Völkerrasse auf mich zu, die man hier „aboriginals" nennt und fragte mich, indem er mir einen Dollar hinstreckte, ob ich für ihn zu jenem Kiosk, den er mir mit dem Finger wies, gehen könne, um „spirits" zu kaufen.

„Aber gerne. Doch warum gehen Sie nicht selber hin?"

"Der Weiße dort mag mich nicht."

Ich ließ also meinen Rucksack bei ihm stehen und begab mich zu jenem Kiosk, nicht wissend, was er mit „spirits" meinte. Dort angekommen, sagte ich dem Verkäufer, indem ich den Dollar hinlegte, dass ich dafür „spirits" haben wolle, ich aber nicht wisse, was damit gemeint sei.

„Du willst „spirits" haben und weißt nicht, was das ist? Für wen holst du es denn?" (Hier duzen sich alle, denn das „You" steht für du und Sie.)

„Für jemand anderen."

„Ist es ein „Abo"?"

„Ja", entgegnete ich.

„Die bekommen keinen Alkohol von mir. Sie trinken nur und faulenzen herum. Sie sind ein verkommenes Volk. Nein, ‚mait' (= mate = Freund), gib ihm diesen Dollar zurück...", „and tell him to piss off."

Ich ging nun zu dem auf mich Wartenden zurück, der sich hinter einem Baum versteckt gehalten hatte, um von dem Kioskverkäufer nicht gesehen zu werden. Ich gab ihm den Dollar zurück und sagte ihm, dass jener keinen Alkohol an Ureinwohner verkaufe.

„Warum hast du ihm nicht gesagt, dass es für dich selbst ist?" Er nahm sein Geld zurück, und mit einem „fuck you" entfernte er sich. Anscheinend musste ich mich in diesem Land an einen anderen Ton gewöhnen.

Ein Auto brachte mich an die einige Dutzend Kilometer weiter südlich gelegene Straßenkreuzung, die nach *Batchelor* führte. Ich mochte wohl eine halbe Stunde dort vergeblich auf eine Mitfahrgelegenheit wartend gestanden haben, als ein fürchterlicher Regenguss herniederging, ein Überschüttetwerden mit Wassermassen, wie wir es in Europa nicht kennen, mir aber von dem Monsunregen in Indien und manchen Regengüssen auf den indonesischen Inseln bestens bekannt war. Da mein Regenschirm schon in Java das Zeitliche gesegnet hatte und ich noch über kein Geld verfügte, um mir in Darwin dieses für mich unentbehrliche Reiserequisit zu erstehen, war ich nun diesem geradezu kübelweise auf mich herniederfallenden Nass vollkommen schutzlos ausgeliefert, obwohl ich mich eng zusammenkauerte. Im Nu waren meine Kleidungsstücke derart durchtränkt, als ob ich ins Wasser gefallen wäre. Doch nach etwa zehn Minuten war der ganze feuchte Himmelsschrecken wieder vorbei, und die Sonne lachte mir heiter zu. Und schon hielt auch ein Wagen, der mich nassen, unausgeschüttelten Pudel nach *Batchelor* brachte, wo ich meinen Freund Kurt in der Kantine vorfand.

Wir hatten uns jetzt gut zweieinhalb Jahre nicht gesehen. Er war noch vor dem Aufbau der Berliner Mauer von Ost- nach Westdeutschland gekommen und hatte eine Assistenzarztstelle an einem niedersächsischen Krankenhaus angenommen. Doch war er von der Gerätemedizin und vor allem von seinem Chefarzt derart angewidert, dass er seinen Arztberuf aufgab und sich anschließend durch Gelegenheitsarbeit und als Nachtwächter in Berlin verdingte. Er litt lange unter einer zerbrochenen Studentenliebe, deren Erinnerungen er oft mit Alkohol zu vergessen suchte. Seine Person sollte später als Friedrich in meinem Roman *T & F* Gestalt annehmen, hatte er doch auch das ganze Herzensleid meiner großen Liebe zu F., meiner Medizinstudentin in Berlin, mitbekommen. Kurt war schon über ein halbes Jahr in dieser Uranmine beschäftigt, hatte mich aber wissen lassen, dass es für mich schwer sein würde, hier zu dieser Zeit einen Job zu bekommen, da die Regenzeit begonnen hatte, weshalb man keine neuen Arbeiter einstellte. Ich wollte aber sowieso so schnell wie möglich nach Sydney, hatten mir so viele Tramper überschwänglich von dieser Stadt erzählt. Kurt lieh mir 150 AU$, und schon am übernächsten Tag stand ich wieder an der Stelle, wo mich jener Regenguss überfallen hatte.

Ein Pick-up-Truck, also ein Kleinwagen mit offener Ladefläche, hielt. Ich setzte mich neben den Fahrer, der sich John nannte, aber eigentlich, wie er gleich hinzufügte, Giovanni hieß, und willens war, mich einige hundert Kilometer bis zu der Kreuzung meiner Straße, die dann nach dem Osten in Richtung *Mount Isa* führt, mitzunehmen. Ich stellte mich als Tom vor, behielt ich doch diesen Namen anstelle von Trutz auch auf allen meinen späteren Reisen, ja sogar im eigenen Land. Er war begeistert von meinen Reiseabenteuern zu hören und auch, dass ich sein Heimatland bella Italia schon öfter besucht hatte, wobei ich die wenigen Brocken italienisch, die ich gelernt hatte, mit einbrachte. Er verwunderte sich darüber, dass ich ein so gutes Englisch sprach, während ich doch nie außer einem Kurzurlaub in England in einem englisch sprechenden Land wohnte, er jedoch selbst nach vielen Jahren immer noch mit dieser Sprache manche liebe Not hatte. Er befand sich schon seit über zehn Jahren mit seiner Familie in Australien und war zurzeit Manager einer im Busch gelegenen einsamen Baustelle, wo er mit zwei anderen Arbeitern für eine Firma Kies für den Straßenbau aus der steinreichen Erdoberfläche gewann. Sofort war ich hellhörig und fragte, ob er einen zusätzlichen Arbeiter benötigte. Er bejahte, fügte aber hinzu, dass man in der abgelegenen Einöde nur 1,40 Aus$ die Stunde verdiene und zwölf Stunden mit abwechselnder Tag- und Nachtschicht arbeite. Was für ein himmlischer Zufall, so dachte ich. Ich sagte ihm, dass ich bereit sei, mich von ihm einstellen zu lassen. „Aber", so entgegnete er, „kannst du auch einen „loader" fahren?" Ich wusste nicht, was dieses Wort bedeutete, und fragte deshalb nach. Ich erfuhr, dass es sich dabei um einen Schaufelbagger handelte. Warum sollte ich diesen nicht fahren können, obwohl ich noch keinen Führerschein besaß? Man brauchte mir sicherlich nur einige Handgriffe zu zeigen. Deshalb sagte ich: „Natürlich werde ich ihn fahren können." Hiermit gab er sich zufrieden. Weiterhin erklärte er, dass es ab der achten Arbeitsstunde „over pay", also Mehrbezahlung um die Hälfte gebe, wie auch Sonn- und Feiertagsarbeit mit „douple pay", mit doppelter Bezahlung also, belohnt würde. Das waren für mich traumhafte Gehälter. Aber, so fuhr er fort, es könnte auch bald der Regen zu ihnen kommen, weshalb er mir nicht garantieren könne, wie lange meine Anstellung dauern würde. Für mich waren diese finanziellen Angebote märchenhaft. Endlich verdiente ich wieder Geld, um dann nach ein, zwei Jahren wieder nach Bali zurückzukehren, anschließend über die Philippinen, Taiwan und Japan nach Alaska zu gelangen, von wo ich trampend Nord-, Mittel- und Südamerika zu durchreisen mir vorgenommen hatte.

Ich stieg also nicht an jener Kreuzung aus, sondern fuhr mit ihm weiter bis nach *Tennant Creek*, wo wir tankten. Dieses Dorf ist ein kleiner verschlafener Ort mitten im australischen Busch, der aus Gestrüpp, kleineren Bäumen, die meist schon blätterlos absterbend oder abgestorben wie gespenstische Gerippe von einstigem Grün noch träumen mochten. Vor den halbverfallenen Häusern lagen, saßen oder standen einige der Ureinwohner, denen man ansah, dass sie wohl Alkohol zu sich genommen hatten. Unter ihnen entdeckte ich auch einige der eingeborenen Frauen. Und Giovanni meinte, dass diese, ebenfalls alkoholsüchtig, für 5 „bucks" (Dollar) zu haben seien. Manches Mal kam uns auf den Straßen ein „road train" entgegen. Dieser besteht aus einem großen Lastwagen, an welchen noch fünf bis sechs vollbeladene Anhänger gekoppelt sind. Sie preschen über die schnurgeraden, oftmals noch nicht völlig asphaltierten Straßen mit Geschwindigkeiten von über 100 Stundenkilometern. Obwohl nur selten mit Gegenverkehr in diesen Einsamkeiten zu rechnen ist, wagt es kein Personenwagen, diese zu überholen, denn der durch deren Reifen aufgewirbelte Staub lässt es nicht zu, den Gegenverkehr überblicken zu können. Außerdem könnten die mit den Hinterrädern aufgeworfenen Kieselsteine die Windschutzscheiben des ihnen zu nahe folgenden Wagens zerschmettern. Doch die meisten Autos waren vierrädrige Land Rover mit einem wie auch bei den Lastwagen kräftigen Gittergestänge vor der Kühlerhaube. Denn bei nächtlicher Fernbeleuchtung haben die Kängurus die Eigenschaft, sich solch einem Licht zu nähern, weshalb ich auch später noch manches dieser großen Sprungtiere verendet am Wegesrand zu sehen bekam.

Irgendwo südwestlich von *Tennant Creek* erreichten wir im Busch versteckt das Arbeitscamp. Hier traf ich einen Australier und einen Österreicher meines Alters während ihrer Arbeit an. Der eine saß oben auf dem „crusher", einer etwa drei Meter hohen Maschine, in welche mit dem Schaufelbagger steinernes Erdreich oben hinein gekippt wurde, das durch die Förderschale zwischen zwei sich hin und her bewegende Zertrümmerer geriet, wobei das Gestein durch die Wucht der auf sie prallenden Eisen in Stücke zerfiel. Ich wurde den beiden Männern vorgestellt. Meine Arbeit begann am nächsten Morgen um sechs Uhr. Werde ich wohl morgen schon den Bagger, jenen großen Caterpillar, lenken?

Giovanni hieß mich auf den Crusher steigen, und reichte mir einen dort des Staubes wegen notwendigen Mund- und Nasenschutz, während die große Schaufel des Caterpillars Steine und Erde oben hineinkippte. Waren die sich nahenden Steine zu groß, als dass sie von den gerillten Eisenwänden, die sich mit Macht bis auf fünf Zentimeter aufeinander zu bewegten, zerkleinert wurden, oder blieben sie gar zwischen diesen stecken, so hatte ich diese schnell, bevor die alles zertrümmernden Wände mit Getöse wieder aufeinander zukamen, herauszuheben oder sie so zu legen, dass sie wieder zerstückelten. Und waren die Steine allzu groß, so hatte ich diese herunterzuwerfen. Doch wenn Steine zerplatzten, flogen oft kleine Teile davon empor, und ich musste aufpassen, dass sie mich nicht verletzten. Doch vor allem musste ich rechtzeitig meine Hände wieder schnell zurückziehen, damit sie nicht in diese alles zerkrachenden Eisen gerieten. Es war also volle Konzentration geboten. Doch verband sich diese Tätigkeit außer ihrer Gefährlichkeit mit zwei lästigen Nebeneinwirkungen. Erstens war der aufgewühlte Staub durch das Hereinkippen der mit trockenem Erdboden vermischten neuen Steinladungen derart scheußlich, dass ich ohne den Mundschutz kaum genügend Atem hätte bekommen können. Aber das noch größere zweite Übel waren die grässlichen Fliegen. Trotz des Staubes befanden sie sich dauernd im Gesicht und sahen es besonders auf die Augenflüssigkeiten ab, hatte ich doch keine Schutzbrille, weshalb bedingt durch den Staub diese oft als schützende Gegenmaßnahme zu fließen begannen. Hielt ich die Moskitos in den Tropenländern dort für die ärgsten Feinde der Menschen, so waren es hier im Busch die Fliegen. Überall belästigten sie besonders unsere Gesichter, ob staubig oder nicht. Es war eine reine Plage. Wie ich späterhin bei den Eingeborenen sah, störten diese sich überhaupt nicht an jenen fliegenden Schmarotzern. Diese krabbelten ungestört über deren Gesichter, waren oft um die Augen in ganzer Anzahl gruppiert, ja sie liefen sogar in die oft geöffneten Münder hinein. Jemand erklärte mir später, dass sie sogar den Ureinwohnern willkommen seien, da sie das Gesicht und auch den Mund von Schmutz reinhielten und sogar von kleineren Schmarotzern säuberten.

Wir schliefen alle in einem Zelt. Da wir nun vier Mann waren, arbeiteten wir in zwei Schichten von je zwölf Stunden. Diejenigen, die nach ihrem Schlaf noch freie Zeit hatten, fuhren mit dem Wagen nach *Tennant Creek* und vertrieben sich in der Bar mit Bier, Pfeilspiel oder Billard die Zeit. Hier trafen sich viele Männer, die im Ort oder irgendwo im Busch arbeiteten. In jedem ihrer Sätze, so schien es mir wenigstens, kam das unschöne Wort „fuck" oder „fuck'n" vor und in jedem dritten Satz „cunt". Das war also die im Busch gewöhnliche Redeweise. Und manch eine der Eingeborenenfrauen, die sich vor der Tür sich aufhielten, verdiente sich von einem dieser Trunkenbolde ihre 5 Dollar.

Der erste Tag, an welchem ich begann, war ein Sonntag. Nach acht Stunden wurde der Stundenlohn um 70 Cent erhöht. Und heute, des Feiertages wegen, gab es den doppelten Lohn. Und am nächsten Tag zu meiner großen Freude erfuhr ich, dass es wiederum einen Feiertag gab, nämlich *Australia Day* in Erinnerung an *Arthur Phillip*, der 1788 in der Bucht von *Sydney* die britische Flagge hisste, womit dieser Kontinent dem britischen Kolonialreich unterstellt wurde. Wie ich dann nachrechnete, hatte ich allein an diesen beiden Tagen 44,80 Aus$ verdient, also beinahe die Hälfte von dem, was ich während meines etwa achtmonatigen Indienaufenthaltes (meine Reisen nach Nepal und Sri Lanka nicht mitgezählt) für Essen, Reisen und Unterkunft ausgegeben hatte. Und schon bald durfte ich auch nachts den Caterpillar in Bewegung setzen, indem ich mich mit meinem oben auf dem Crusher sitzenden Arbeitskollegen ablöste. Wehe, er wäre oben eingeschlafen und mit der Hand in die alles zermalmenden Eisenwände geraten. Am Tage war es übermäßig heiß, und 40 Grad im Schatten waren keine Seltenheit. Kaltes Bier oder auch Softgetränke waren unsere Kehlenkühler. Doch am zehnten Tag kam auch der schon befürchtete Regen hierher. Die Erde war nun zu einer Schlammmasse geworden, sodass diese den Crusher samt seinen Sieben, welche die unterschiedlichen Steingrößen auszusortieren hatten, verstopf hätten. Wir bauten das Zelt ab. In einigen Wochen sollte es wieder für die neue Trockensaison aufgebaut werden.

2. Als Rausschmeißer in Sydney

Nun stand ich wieder an der Straße, die mich über *Mount Isa* nach Brisbane an die Ostküste und von dort der Küste entlang nach Süden bis Sydney führen sollte. Ich fragte an einer Tankstelle einen Lastwagenfahrer, ob er mich mitnehmen könne. Er sagte, wenn ich mit dem hermetisch abgeschlossenen Kühlwagenanhänger vorliebnehmen möchte, dann gerne, säßen doch vorne bei ihm schon Leute. Und da er hinzufügte, dass die Kühlanlage ausgeschaltet sei, stimmte ich willig ein, wartete ich doch schon längere Zeit auf eine Mitfahrgelegenheit. Außerdem drohten Wolken mich wieder total wegen der Hitze mit zwar erfrischendem, aber doch lästigem Nass zu übergießen. Und da der Laster auch die ganze Nacht durchfuhr, konnte ich dort im Laderaum meinen Schlafsack ausbreiten und ausgeschlafen in Mount Isa aufwachen. In dieser Stadt mit Australiens ergiebigsten Silber-, Blei-,

Zink- und Kupferminen hielt ich mich nicht länger auf, weswegen ich schon bald an der Ausgangsstraße nach Brisbane stand. Auf der Fahrt dorthin entdeckte ich zu beiden Seiten der Straße nicht nur gelegentlich ein verwesendes Känguru, sondern überall leere Cola- und Bierdosen oder Falschen, welche die Fahrer in den letzten Dutzend Jahren einfach aus dem Fenster geworfen hatten. An *Brisbane*, der nach Sydney und Melbourne drittgrößten Stadt, kann ich mich nicht mehr erinnern, jedoch an den weiter südlich gelegenen Paradestrand von *Queensland* an *Surfers Paradise*. Hier breitete ich meinen Schlafsack aus und schlief bei Meeresrauschen wunderbar ein, nahm am nächsten Tag noch ein Bad in den Wellen, und wieder ging es weiter nach dem so viel gepriesenen Sydney, das noch zu Beginn des 19. Jahrhunderts ein großes Gefangenenlager für aus England verbannte Verbrecher gewesen war.

Am Strand von Surfers Paradise in Queensland überraschte mich ein Fotograf, als ich aufwachte, der überließ mir dieses Bild.

Wo ich die erste Nacht unterkam, weiß ich nicht mehr. Wahrscheinlich hatte mich derjenige bei sich untergebracht, der als letzter mich mitnahm. Da es auf der Küstenstraße des Ostens genügend Personenwagen gab, hatte ich ab Brisbane keine Lastwagen mehr angehalten. Ein jeder, der mich einsteigen ließ, war von meinen Reiseerzählungen derart begeistert, dass ich fast immer zum Essen eingeladen wurde. Schon bald hatte ich mir in der *Bayswater Road Kings Cross* ein Zimmer mit Bad gemietet. Nun galt es, eine Arbeit zu finden, um möglichst viel Geld für meine weiteren Reisen zu verdienen. Ich fragte beim Schulamt wegen einer Stelle als Deutschlehrer nach, doch hier wurde ich auf unbestimmte Zeit vertröstet. Auch suchte ich *Professor Hesse* auf, den Leiter des deutschen Seminars an der Universität, um dort nach einer möglichen Stelle als Assistent für deutsche Sprache unterzukommen, war doch zufällig, wie ich erfahren hatte, gerade eine solche ausgeschrieben worden. Doch nach einigen Tagen hatte man diese einem Doktor phil. anvertraut. Später begegnete ich einer Germanistikstudentin, die eben bei diesem ein Seminar belegt hatte und über die Langweiligkeit seines Unterrichts klagte. Ich hatte eigentlich auch vorgehabt, in Berlin meinen Doktortitel zu erwerben, war doch der Geschichtsprofessor Dietrich von mir angetan, ließ aber durchblicken, dass ich drei Jahre neben meiner Doktorarbeit gleichzeitig sein unbezahlter Assistent für Sonderaufträge zu sein hätte. Das erschien mir damals zu müßig und zeitaufwendig. Ich fragte danach meinen Germanistikprofessor Emrich, ob er mich als Doktorand annehmen wolle. Doch er entgegnete, dass er bereits so viele Doktorranden zu betreuen hätte, deren Namen ihm schon nicht mehr geläufig seien, weshalb er mich bäte, zu einem anderen Professor zu gehen. Und auch bei diesem bekam ich zur Antwort, dass er wegen Überlastung in den nächsten zwei Jahren keinen neuen Doktoranden mehr annehmen wolle. Gott sei Dank wurde mir durch diese direkten oder indirekten Absagen ein weiteres Interesse an einer Doktorarbeit vergrault. Hätte ich mich weitere zwei bis drei Jahre an der Universität aufgehalten, hätte ich mich vielleicht wieder in eine junge Frau verliebt oder mir wäre irgendeine lukrative Stelle angeboten worden, weshalb ich wohl nie mehr den Willen aufgebracht hätte, meine mir schon als Student erträumte Trampreise um die Welt durchzuführen. Damals war mir noch nicht bewusst, dass die Lebensbahnen eines

Menschen schon mit in seine Wiege gelegt worden sind. Deswegen musste auch meine große Liebe zu meiner Medizinstudentin scheitern, denn diese Weltreise war vorprogrammiert.

Schon in den ersten Tagen begegnete ich einer Österreicherin *Annemarie*, mit der ich für einige Wochen eine enge Beziehung einging. Doch an was ich mich noch gut erinnern kann, ist Folgendes. Sie lebte in einem Wohnblock, in welchem mehrere Kleinappartements vermietet waren. Unter den dort Wohnenden befanden sich auch ihre neuseeländische Freundin Jennifer und auch ein Österreicher, den ich Erwin nennen möchte. Dieser hatte beiden erzählt, dass er eine wunderschöne Verlobte in Österreich habe, deren Foto er ihnen zeigte und die bald nachkommen würde, worauf er sich schon sehr freue. Nun hatte sich Jennifer, wie mir Annemarie berichtete, in den Kopf gesetzt, Erwin in sich verliebt zu machen mit der Absicht, dass er schließlich seiner Verlobten schreiben sollte, nicht mehr zu kommen. Tatsächlich gelang es ihr mit all ihren verführerischen Künsten, ihn derart in Liebesleidenschaft zu verstricken, dass er schließlich auf ihr Geheiß hin seiner Verlobten einen Abschiedsbrief schrieb. Nachdem dies geschehen war, trennte Jennifer sich von ihm, denn ihr satanisches Ziel war erreicht. War es möglich, dass jemand so gemein sein konnte? Was trieb nun dieses Teufelsweib dazu, eine Liebe mutwillig zu zerstören? Hier bedürfte es psychologischer Erklärung. Doch noch war ich nicht der Rückführungstherapeut, der wahrscheinlich die Ursachen eines solchen Verhaltens aufzudecken in der Lage gewesen wäre.

Während ich auf Antworten seitens der Schulbehörde und der Universität wartete, hatte ich am Freitag- und Samstagabend eine Anstellung als Kellner im *Deutschen Club* angenommen. Und ich dachte, wenn alle meine Lehrerpläne scheitern sollten, warum bewerbe ich mich nicht als Kellner in einem der großen Hotels, besaß ich doch jenes ausgezeichnete Zeugnis aus dem D'Angleterre Hotel in Kopenhagen. In einem Lokal am *Kings Cross* lernte ich den 29-jährigen *Dieter* kennen, der sich hier *Jerry* nannte. Wir wurden bald enge Freunde und waren bei anderen als Tom und Jerry bekannt. Er war Türsteher vor einem Transvestitennachtclub Kings Cross. Der damalige berühmteste Bühnenstar hieß Carlotta. Er hatte sich ausgerechnet in

Jerry, einen gut aussehenden breitschultrigen Blondschopf, „unsterblich" verliebt und versuchte mit allen Verführungs- und Überredungsreizen ihn für sich zu gewinnen. Doch Jerry war nicht homosexuell, sodass er immer den Umwerbungen dieser überaus attraktiven „Frau" auswich. Sie war wohl der Traum vieler Homosexueller, die sich gerne eine Nacht mit diesem Musterexemplar erotischer Ausstrahlung gewünscht hätten. Warum musste sie sich ausgerechnet in einen Hetero verlieben? Wie eigenartig sind doch die Wege der Liebe. Viel später als Rückführungstherapeut sollte ich auch die Ursachen homosexuellen Verhaltens und seiner Irrungen und Wirrungen aufzudecken versuchen.

Jerry, der schon vor mehreren Jahren nach Australien ausgewandert war, hatte in der Zwischenzeit eine siebenjährige Lehrertätigkeit auf einer Dorfschule in Neu Guinea absolviert, sich jetzt aber eine halbjährige Auszeit gegönnt, die er hier in *Sydney* verbrachte. Dort habe er seine Schüler als Fußballcoach derart gut trainiert, barfuß mit dem Ball umzugehen, dass sie die Schülermannschaft einer Schule für Weiße in *Port Morsby* zu einem Wettspiel herausforderten und gegen jene, die mit Kickerstiefeln spielten, hoch gewannen. Mit der Zeit war er nicht nur zum Schulleiter seines Dorfes, sondern sogar zum Fußballpräsidenten von Papua und Neu Guinea avanciert. Ich erwog den Gedanken, ebenfalls für eine Weile Dorfschullehrer in Neu Guinea zu werden. Doch dann verwarf ich diesen, eingedenk meines Vorhabens, viel Geld zu verdienen für meine weiteren Reisen, denn die Bezahlung als Dorfschullehrer war dort sehr bescheiden. Doch von seinen Berichten aus seiner Zeit über die Eingebornen Neuguineas ist mir Folgendes in bester Erinnerung geblieben, da es mir trefflichen Stoff zu bieten schien für eine spätere Kurzerzählung.

In seinem Dorf wohnte ein älterer Mann, dem im Traum wiederholt eingegeben wurde, dass ein Schatz an einer bestimmten Stelle des Dorfrandes vergraben sei. Nun begann er dort immer tiefer zu graben. Die Leute schauten ihm zu und fragten ihn, warum er dort grabe. Er blieb stumm. Er grub immer tiefer und tiefer, sodass man bald auch seinen Kopf nicht mehr sah. Doch bückten sich die Leute über sein Loch und machten ihre Späße mit ihm. Eine Nachbarin, die er sowieso schon seit vielen Jahrzehnten nicht auszustehen vermochte, verspottete ihn in der gehässigsten Art. Doch er schaufelte weiter, denn der Schatz musste doch endlich zu Tage kommen. Jetzt grub er schon 14 Tage lang, und um das Loch herum hatten sich schon zu allen Seiten beträchtlich aufgeworfene Erdhügel gebildet. Die Nachbarin kam immer wieder und verhöhnte seinen besessenen Grabenseifer. Schließlich musste er wohl selbst glauben, einer falschen Traumdeutung aufgesessen zu sein. Nun ärgerte er sich über sein törichtes Tun und darüber hinaus zum Gespött der ganzen Bevölkerung nicht nur seines Dorfes sondern der ganzen Umgebung geworden zu sein. Als die Nachbarin wieder im gehässigen Ton sich von oben über den Rand des Loches beugte, schnappte er nach ihrer Hand, zog die alte Frau zu sich hinab und erschlug sie mit seinem Spaten. Da kein Polizist vorhanden war, wurde Jerry als Autoritätsperson gerufen. Sie banden nun die Hände des Mörders auf dem Rücken fest und brachten ihn zur Polizei nach *Port Morsby*. Diese Geschichte beeindruckte mich sehr, ohne eine Erklärung zu wissen, wieso dieser Mann seinem Traum so viel Bedeutung beimaß, der ihn zu solch einem verrückten Unternehmen veranlasste. Heute würde mir die plausibelste Erklärung dafür diejenige sein, dass ihm dieser Traum einer Schatzhebung von einem Erdgebundenen und ihn narrenden oder aus irgendeinem sich an ihm rächenden Verhalten heraus eingegeben worden sein könnte, sodass dieser alte Mann durch weiteres Zuraunen dieses Foppgeistes dazu angehalten worden war, immer weiter an dieser bestimmten Stelle zum Gespött der Dorfbewohner zu graben.

Um sich den aufdringlichen Werbungen Carlottas zu entziehen, nahm Jerry eine Stelle als Türsteher bei dem damals berühmtesten Nachtclub Sidneys in der *Williams Street* an. Er hieß *Whisky a Go*. Hier besuchte ich ihn öfter, und wir standen vor dem Lokal, zu welchem er nur solchen Besuchern Einlass gewähren durfte, die Hemd mit Schlips und einen Anzug trugen, es sei denn, eine Gruppe von amerikanischen Soldaten aus dem Vietnamkrieg sei gekommen. Er ließ sie sofort eintreten, denn die Soldaten warfen mit den Dollars nur so um sich. Eines Abends meinte er, dass im Lokal eine Stelle als Aufpasser und Rausschmeißer frei geworden sei und ob ich mich nicht um diesen Job bewerben wolle. „Warum nicht?", entgegnete ich. Während ich nun seine Stellung bezog, sprach er drinnen mit dem Besitzer. Dieser kam heraus. Wir sprachen miteinander, und da ich ihm kräftig genug gebaut schien und von Jerry empfohlen wurde, stellte er mich ein. So begann ich schon am nächsten Tag in meinem neu erstandenen Anzug meinen Dienst als Aufpasser und Rausschmeißer. Sobald jemand von den Herren meist im betrunkenen Zustand Unruhe stiftete, was häufiger vorkam, winkte ich einem drahtigen Italiener, der mit mir den unbequemen Gast hinaus beförderte. In Schlägereien verwickelte ich mich nie, denn das war die Domäne des Italieners, dem noch ein anderer bulliger Mann jeweils zur Hilfe eilte. Doch hatte ich die ganze Zeit von zehn Uhr abends bis morgens um sechs zu stehen oder mich im Hintergrund haltend herumzugehen und wurde vom Besitzer ermahnt, nicht mit verschränkten Armen dazustehen. Nun konnte ich wahrhaftig erkennen, wie die amerikanischen GIs mit dem Geld herumschmissen. Sie mussten bald wieder nach beendetem Kurzurlaub nach Vietnam zurück, nicht wissend, ob sie beim nächsten Fronteinsatz ihr Leben einbüßten. Deshalb sparten sie auch nicht an ihrem Sold und bestellten die teuersten Getränke und gaben reichhaltig Trinkgelder. Die Serviererinnen mit tiefem Dekolleté, das bis fast zu den Brustwarzen herabreichte, hatten sich einen Trick einfallen lassen und forderten die angetrunkenen Soldaten auf, Dollarmünzen mit Geschick derart auf ihre Brustseite oberhalb des Dekolletés zu werfen, dass diese dahinter versanken. All das bereitete den Soldaten unerhörten Spaß, und die Serviererinnen gingen jeden Morgen mit großem Trinkgeld nach Hause. Ich trug an einem Finger einen großen schwarzen Ring, der einen aus Horn geschnitzten Drachenkopf darstellte. Von denen hatte ich mir preisgünstig mehrere Exemplare in Bali besorgt mit der Berechnung, sie bestimmt in Australien teuer verkaufen zu können. Und den Soldaten diesen Ring zeigend, wollten sie ihn unbedingt erstehen, sodass ich jeden Abend einen Ring für 10 AU$ das Stück veräußerte. Ich bedauerte, nicht Hunderte davon mitgebracht zu haben. Doch fehlte mir dafür in Bali das Geld. Das lange Herumstehen machte sich nach einigen Tagen an meinem Hals bemerkbar. Seit meiner als Student im Krankenhaus anscheinend auskurierten Mononukleose, die meinen Hals damals lebensbedrohend anschwellen gelassen hatte, wurde ich hin und wieder von Halsschmerzen geplagt, wenn ich lange zu stehen hatte. So befürchtete ich, diesen

Job bald wieder aufgeben zu müssen, weshalb ich mich schon in einem Hotel als Kellner bewarb. In dieser Zeit war es auch, dass Jerry mich zu einem Hunderennen und später auch zu einem Pferderennen mitnahm. Natürlich musste ich bei diesen neben Rugby und Baseball beliebtesten Sportereignissen der Australier ebenfalls mitwetten, bestand darin doch das große Hauptvergnügen.

Im *Whisky a Gogo* hatte ich mich in eine sehr schöne Frau mit dem Namen *April*, die hinter dem Tresen servierte, verliebt. Doch wies sie mein Werben ab mit der Begründung, dass sie schon einen festen Freund habe. Freunde von mir aus der Werbebranche wollten sich bei einem Wettbewerb der Mercedes Niederlassung in Australien beteiligen. Wer das beste Fotomaterial für eine Mercedeswerbung einreichte, hatte mit einer hohen Belohnung zu rechnen. Sie hatten die Idee, vor einem schlossähnlichen Gebäude zwei der neusten Mercedes Coupés aufzustellen, hinter denen sich ein großer Fesselballon mit dem großlettrigen Namen dieses deutschen Prestigeautos erhob, in welchem eine junge attraktive Frau und ein Mann, beide angetan mit viktorianischer Bekleidung, winkend stehen sollten. Ich sagte ihnen, dass ich eine der schönsten Frauen Sydneys kenne, die genau ihren Vorstellungen entsprechen müsste. Ich konnte ihnen also April vermitteln, die auch in einem wundervollen weißen Kleid mit Blume auf dem breiten Hut für das Starfoto im Ballon nach oben schwebte.

An Schwester und Schwager sandte ich am 20. März folgenden Brief:

„Es ist schon weit nach Mitternacht, und ich komme gerade von der Arbeit, die ich um zwei Stunden früher quittierte, da ich wegen meines wieder etwas anschwellenden Halses nicht mehr als Platzanweiser und Rausschmeißer in einem Nachtlokal zu fungieren vermochte. Das Stehen machte mir eben Schwierigkeiten. Ich hätte auch sowieso heute quittiert, denn morgen beginnt mein neuer Job als Kellner in einem First Class Hotel. Ich hoffe, dass mein Hals sich wieder beruhigt, denn er hatte sich gute zwei Jahre nicht mehr gemuckst. Was mich natürlich noch mehr beunruhigt, sind meine Hämorrhoiden, die meinem Kellnerwesen schnell einen Streich spielen könnten. Übrigens hatte ich mich an der Universität beworben, bin aber – wie vorauszusehen war – abgelehnt

worden, da sich am deutschen Seminar noch andere um diesen Posten bewarben, die schon Doktor waren und lange Lehrerfahrungen nachweisen konnten. Wenn ich länger in Australien bliebe, könnte ich mich nächstes Jahr mit besseren Aussichten wieder bewerben. Aber wer weiß, wo ich mich im nächsten Jahr herumtummeln werde. Ich will aber erst mal 2.000 DM sparen, bevor ich weiterreise. Als ich nach Australien kam, war ich für zehn Tage Baggerführer im Busch und verdiente Stargehalt. Da der große Regen kam, wurde ich dispensiert. In zehn Tagen verdiente ich 850 DM netto. Ich hoffe, dass ich als Kellner ähnliche Summen zusammen bekomme. Ich habe mich hier als Lehrer beworben, doch befindet man sich mitten im Schuljahr, sodass ich erst mal bis Mai wenigstens warten muss. Wenn Uta noch anzweifelte, dass ich mit beiden Beinen auf dem Boden stehe, so kann ich sie beruhigen, wobei ich nicht ableugnen will, dass ich an vielem zweifle, aber nie verzweifele – und das ist doch die Hauptsache. Übrigens nehme ich schon lange keine Drogen mehr und habe auch kein Verlangen danach.

Übrigens habe ich per Zufall eine ganze Reihe von Hitchhikern wiedergetroffen, mit denen ich in Indien, Thailand oder Indonesien zusammengekommen war, das heißt, ich habe schon einen netten Freundeskreis, und am Samstag besuche ich die erste Party, die von einer Freundin meiner in Indien angetroffenen Freundin gegeben wird. Hier in Sydney (2,5 Millionen Einwohner) ist alles voll europäisiert. Ich hatte mir von meinem Bagger-Geld gleich drei Anzüge im „Sommerschlussverkauf" erstanden nebst einem Kassettenrekorder, sodass die Beatles und Mozart Stimmung und Festlichkeit in die vier mit Gemälde und Batikstoffen ausstaffierten Wände bringen. Leider ist mein Zimmer (40 Dollar den Monat) zu eng, sodass ich immer noch nicht weiß, ob ich eine Party riskieren kann, vielleicht könnte in der Küche getanzt werden. Baderaum habe ich auch, und jeden zweiten Tag sitze ich in der Badewanne, nachdem ich während des Wassereinlaufens ein wenig auf meiner Flöte geblasen habe. Ich fühle mich sehr wohl. Sydney ist eine moderne Großstadt mit vielen hübschen und eleganten Mädchen, die sich gerne von einem galanten jungen Herrn zum Tanz führen lassen. Ich fühle mich noch ,verdammt' jung und fülle mein Leben mit vielen Schönheiten an. Natürlich habe ich auch mir gegenüber eine ganze Menge Verpflichtungen, die ich wohl manchmal hintanstelle, nie aber vergesse.

Doch davon zu reden ist natürlich müßig ... Schicke mein Trivialroman-
manuskript an Jochen ... Er wird es lesen und korrigieren und es mir
dann nach Australien senden, wo ich es eventuell überarbeite und über-
setze. ... Euer Luzivagabundus."

3.   Allabendlich als Vertreter von Tür zu Tür

Im altehrwürdigen Prestigehotel *Australia* wurde ich als Zimmerkellner eingestellt. Als ich 30 Jahre später Sydney wieder einen Besuch
abstattete, war dieses Luxushotel schon längst abgerissen, denn im
Bankenviertel benötigte man Platz für modernere Bauten. Ich hatte,
in Tag- und Nachtschichten eingeteilt, den Gästen ihr telefonisch be-
stelltes Essen oder Getränke auf ihr Zimmer zu bringen. Ein australischer Botschafter fragte mich unverblümt, ob ich nicht nach Beendigung meines Dienstes mit ihm die Nacht verbringen wolle, worauf ich
ihm abschlägig antwortete. Meine Hämorrhoiden belästigten mich
derart schmerzhaft, dass ich schon daran dachte, mich einer Operation zu unterziehen.

Ich begegnete in der Altstadt einem Engländer, mit dem ich mich
auf meiner Trampreise in Malaysia angefreundet hatte. Dieser namens Robert wollte mit seinem Freund wieder nach England zurück-
reisen, wartete aber noch auf ihn, der in den nächsten Tagen hier eine
steuerliche Rückzahlung zu erwarten hatte. Die Summe, die er mir
nannte, war erstaunlich hoch. Und ich fragte, bei welcher Firma und
wie lange er denn hier gearbeitet hätte. Er habe, so erklärte er mir, ein
halbes Jahr bei *P. F. Collier*, einem amerikanischen Großverlag, als
Vertreter gedient, der von Tür zu Tür Enzyklopädien verkaufte. Ich
ließ mir von ihm den Sitz der Firma bezeichnen, und schon gleich am
nächsten Tag begab ich mich in jenes Bürogebäude und betrat mit einem elegant gekleideten Mann den Fahrstuhl. Ich fragte ihn, in welchem Stockwerk sich jener Buchverlag befände. Er lächelte und be-
nannte mir das Stockwerk, wo er nun selbst auch ausstieg. Nicht viel
später wurde ich von der Sekretärin in das Chefzimmer geleitet, wo
mir eben dieser Herr nun gegenübersaß. Er gab mir die Hand, stellte

sich mit Vornamen vor und bat mich, Platz zu nehmen. Was mir auch immer wieder in Australien und dann auch später in Amerika auffiel, war, dass man sich oft sofort oder doch sehr bald mit dem Vornamen anredete und dadurch das ganze Arbeitsklima in einer Firma auflockerte. Er erklärte mir, dass man beim Verkauf von Enzyklopädien viel Geld verdienen könne, vorausgesetzt, dass man auch viele von diesen absetzt, würde man doch nur auf Kommissionsbasis arbeiten, das hieße auch, dass, wenn man nichts verkaufe, auch nichts verdienen könne. Man habe sich jeden Tag anfangs um zehn bis halb zwei Uhr, dann aber jeweils um zwei Uhr nachmittags im Trainingsraum einzufinden und würde von einem Feldmanager (field manager) mit anderen Vertretern gegen sechs Uhr in eine Wohngegend gefahren, wo man dann von Tür zu Tür zu gehen habe und den an einer Enzyklopädie Interessierten eine Präsentation der Ware vorstelle. Stimmten diese den Verkaufsbedingungen zu, würde dann ein Kaufvertrag unterschrieben. Gegen zehn Uhr abends werde dann der Feldmanager an dem betreffenden Ort seine ausgeschickten Vertreter wieder einsammeln. Allerdings würde auch meist am Sonntag ganztags gearbeitet, seien doch dann die meisten Familien zu Hause vorzufinden. Und er fügte hinzu, dass man bei großem Erfolg schnell in dieser Firma die Karriereleiter hinaufklettern könne, habe er doch selbst erst vor fünf Jahren bei dieser als Handelsvertreter begonnen und besitze nun schon sein eigenes Flugzeug. Später erfuhr ich, dass er sich für seine kleine Propellermaschine den Namen TWA als Abkürzung für Trans West Airline für Australien habe schützen lassen, rechnete er doch damit, dass die große amerikanische Fluggesellschaft Trans World Airline mit derselben Abkürzung TWA irgendwann auch Australien anfliegen müsse. Um für ihre Fluggesellschaft dann Werbung zu betreiben, konnten sie dann in Australien nicht mehr diesen abgekürzten Firmennamen benutzen, es sei denn, sie kauften die Rechte dafür diesem vor mir sitzenden Chef unserer Firma ab. Und damit rechnete er. „Smart guy", kluger Junge! Kein Wunder, dass er nun den Firmenvorsitz dieser großen New Yorker Buchfirma in Sydney innehatte. Ich kündigte sofort meine Anstellung als Kellner im A*ustralia Hotel* und begann schon am nächsten Tag mit dem Training in der neuen Firma.

Der uns unterrichtende Feldmanager nannte sich *Johnny* und war Neuseeländer. Er hatte viel Humor, sodass er und wir, bestehend aus etwa vier bis fünf Neulingen beiderlei Geschlechts, viel zu lachen hatten. Die von uns zu vertreibende berühmte amerikanische Enzyklopädie, die rangmäßig hinter der *Enzyclopaedia Britannica* an zweiter Stelle unter diesen großen Referenznachschlagewerken zu stehen kam, bestand aus 20 Bänden zusätzlich der Ergängzungsbände. Wie wir nun lernten, hatten wir, die wir vornehmlich nur nach Familien mit schulpflichtigen Kindern fragen sollten, vor den interessierten möglichen Käufern, bestehend aus dem Hausherrn und seiner Frau, ein großes Faltblatt auszubreiten, auf welchem das gesamte Nachschlagewerk abgebildet war. Außerdem wurde ihnen zur besseren Orientierung ein Demonstrationsband präsentiert. Danach hatten wir die psychologischen Fragen zu stellen, ob sie glaubten, dass solch eine Enzyklopädie ein förderliches Lehrmittel für die Bildung ihrer Kinder sei. Wenn sie bejahten, kam die zweite Frage, ob dieses Nachschlagewerk ihnen über eine Zeit von zehn Jahren zehn Cents pro Tag wert sei, was ebenfalls meist bejaht wurde. Doch nun kommt für die Familie die große Überraschung. Wenn sie bereit seien, diesen Betrag anstatt über eine Länge von zehn Jahren schon in drei Jahren in monatlichen Raten abzuzahlen, sie dann gratis zusätzlich – und hier wird ein neuer Faltbogen ausgebreitet – Folgendes lieferfrei zugestellt bekommen würden: ein Regal, eine mehrbändige Märchensammlung, ein zweibändiges Wörterbuch und noch ein Bonusangebot, welches beinhaltete, dass sie über eine Zeit von zehn Jahren drei Wissensfragen jährlich an den Informationsservice einschicken dürften, die von dessen Experten beantwortet würden. Als Johnny uns eine Musterdemonstration vorführte, war ich von diesem Angebot begeistert. Hätte ich Familie mit schulpflichtigen Kindern, würde ich mir selbstverständlich dieses Angebot nicht entgehen gelassen haben.

Doch die Kunst sei es, überhaupt erst in ein Haus oder in eine Wohnung hineingelassen zu werden. Deshalb hatten wir, nachdem geklingelt worden war und gewöhnlich die Hausfrau öffnete, zuerst zu sagen, dass wir in dieser Gegend eine Befragung für Schul- und Volksbildung durchführten, und weiterhin uns zu erkundigen, ob Kinder im Hause wären und ob der Hausherr ebenfalls anwesend sei, war es doch sinnlos, nur ihr die etwa einstündige Präsentation vorzuführen, denn sie würde sicherlich nicht ohne die Zustimmung ihres Mannes einen Vertrag unterschreiben. Und selbst wenn sie ihn unterschrieben haben würde, könnte ihr Mann, wenn er später den Vertrag, da er die mit Begeisterung von uns vorgetragene Präsentation nicht selbst miterlebt hatte, wieder kündigen, war doch bei Tür-zu-Tür-Geschäften eine ganze Woche lang eine gesetzliche Kündigungsfrist vorgesehen. In drei Tagen hatte ich alles Nötige gelernt.

Johnny nahm mich in der ersten Nacht als sein Begleiter mit, damit ich jeweils vor Ort ihn bei seiner Tätigkeit beobachten konnte. Doch am folgenden Abend wurde ich von ihm in einer schon dunkelnden Villengegend mit meiner Präsentationsaktentasche abgesetzt. Er werde mich an dieser Stelle gegen zehn Uhr wieder abholen. Gut Glück! Da stand ich nun. Angst wollte mich beschleichen. Was nun, wenn die Leute mir gleich die Tür vor der Nase zuknallen würden? Doch meine Losung war: „Nicht lange zaudern. Auf los, geht's los. Also los!" Und schon klingelte ich an der ersten Tür. Der Hausherr war noch nicht zu Hause, ich solle später, wenn die Kinder im Bett wären, gegen halb Neun wiederkehren. Somit hatte ich mir diejenigen Häuser zu merken, die ich zu späterer Stunde wieder aufzusuchen gedachte.

Doch ich wartete nicht bis dahin, denn schon wurde an der nächsten Tür geklingelt. Der Hausherr war zu Hause, ich wurde hereingebeten. Ja, man hatte auch Kinder. Und im Vorgespräch erfuhr ich, dass er keine Arbeit habe und sogar verschuldet sei. In diesem Fall, so war uns eintrainiert worden, sollten wir das Haus möglichst schnell wieder verlassen, da es zwecklos sei, solch einem Ehepaar unser Programm zu zeigen, wenn am Ende doch nur ein bedauerndes Achselzucken herauskäme. Wir sollten also keine Zeit vergeuden bei von vornherein aussichtslosen Verkaufschancen. Ich hatte natürlich viel zu lernen, vor allem was die Psychologie betraf, bekam ich mit der Zeit schon beim ersten Händeschütteln und dem Betrachten der Personen mit, ob diese potentielle Käufer meiner Ware sein könnten. Stellte ich fest, dass die Wohnung verwahrlost oder der Ehemann ein Trinker war, wusste ich mich schnell wieder zu verabschieden, sodass ich möglichst effektiv arbeitete. Und als mich Johnny nach zehn Uhr wieder einsammelte und die anderen vier Neulinge schon im Wagen saßen, hielt ich voller Stolz meinen ersten unterzeichneten Vertrag hoch. Dafür bekam ich schon am nächsten Tag im Schulungszimmer eine Flasche Sekt überreicht, da ich das „Eis", wie man zu sagen pflegt, „gebrochen hatte". Und am nächsten Wochenende, als wir etwas weiter aus Sydney herausgefahren waren, gelang es mir, an dem betreffenden Sonntag, drei Verträge unterzeichnet zu bekommen. Und wiederum gab es dafür eine Flasche Sekt. Ich war für die Firma ein Senkrechtstarter und durfte bald schon selbst Neulinge ausbilden.

Ich fuhr gerne an den berühmten Sandstrand von *Bondi*, und durfte hier auch die ein oder andere schöne Frau kennenlernen, die gerne mal mit einem Deutschen in näheren Kontakt treten wollte, um vielleicht auch, um zu vergleichen, wie diese sich im Unterschied zu ihren australischen Freunden bei Zärtlichkeiten ausnahmen. Doch beabsichtige ich ja nicht, mit diesem Buch eine Schilderung aller meiner Liebesabenteuer zu geben. Aber in *Bondi* bin oft türklopfender-, beziehungsweise türklingeldrückenderweise auch in die luxuriösen Apartmenthäuser mit meiner Aktentasche abends eingelassen worden. Und oft begegnete ich deutschen Juden, denen es gelungen war, dem Holocaust noch rechtzeitig zu entkommen oder aber diesen glücklicherweise zu überleben. Wie erfreut waren sie, plötzlich einen Deutschen als Überraschungsbesucher in ihrer Wohnung zu haben.

Wir sprachen in unserer Sprache, und ich musste über unser heutiges Land und die Leute berichten. Manches Mal hatten sie Tränen in den Augen. Wie mussten sie ihre ehemalige Heimat geliebt haben! Und die meisten versicherten mir, dass das einfache Volk keine Schuld an diesem verbrecherischen Naziterror hatte, dass es allein dem grässlichen Judenhasser Hitler, seinen Helfern und Helfershelfern samt der geschickten hetzerischen Propaganda zuzuschreiben war. Und oft vertieften wir uns in Gespräche, sodass ich darüber meine Arbeit vergaß und ohne unterschriebenen Kaufvertrag zum verabredeten Abholpunkt zurückkehrte.

In der ganzen hauptsächlich englischsprachigen Welt sollte ich immer wieder mit Juden zusammenkommen und sogar mit einigen jüdischen Frauen in näheren Kontakt treten. Es war irgendein geheimer

Magnetismus, der uns gegenseitig anzog. Erst viel später fand ich heraus, dass der Grund wohl darin zu finden sein war, dass ich in einem früheren Leben in der Ukraine um 1660 selbst Jude war, der durch Kosaken in einem Pogrom mit seinen Kindern den Tod fand.

Es war ein Gebot unserer Firma, dass wir mit keiner der bei uns arbeitenden Vertreterinnen eine Beziehung eingehen durften, würde solches aus Erfahrung die Arbeitsmoral und das Betriebsklima beeinträchtigt haben. Jede Woche kamen sowohl junge Männer und Frauen hinzu, die durch Inserate angeworben waren und sich nun für diese Tätigkeit schulen ließen. Manche von ihnen hatten Erfolg und blieben länger, doch andere waren schon gleich nach dem ersten erfolglosen Abend desillusioniert, weshalb sie nicht mehr wiederkehrten. Wir, vor allem Johnny und ich, hielten uns im Allgemeinen an dieses Verbot, übertraten es daher nur ausnahmsweise.

4. Mit der Aktentasche unter dem Arm durch halb Australien

Johnny hatte die Idee, mit *Neil* und mir, die wir mit ihm die besten Verkäufer der Firma in Australien waren, in seinem Wagen eine Verkaufstournee durch Queensland und das nördliche Territorium zu unternehmen. Der Chef stimmte seinem Vorschlag zu. Und bald darauf fuhren wir an der Küste entlang nach Norden. In Motels übernachteten wir. Doch jeden Abend und auch ganztags am Wochenende gingen wir mit unseren Aktentaschen von Haus zu Haus, ließen uns auch nicht unter dem Regenschirm in unserer Bemühung, viel Geld zu verdienen, abschrecken. Tagsüber lasen wir oder wir spielten Krib, ein Spiel mit Würfeln und einem kleinen mit Löchern versehenen Brett, in das man sein vorwärts schreitendes Hölzchen zu stecken hatte.

In der nördlich von Brisbane gelegenen Stadt *Townsville* klingelte ich an einem regennassen Abend an einer Haustür. Der Hausherr und seine Gemahlin hatten Schulkinder, weshalb ich die ganze Präsentation unseres Programms vorstellte. Doch als ich die Frage stellte, ob sie es kaufen wollten, bedauerten sie, das Angebot nicht eingehen zu können, seien sie doch hoch verschuldet. Und der Hausherr deutete auf ein Gemälde und sagte: „Wenn ich doch bloß unseren *Cezanne* verkaufen könnte:"

„Wie? Was? Sie besitzen ein Original des berühmten französischen Malers Cezanne?"

„Jawohl", antwortete er. Er nahm es von der Wand herunter, und ich hielt ein etwa 80 mal 50 Zentimeter großes Ölgemälde, das einen Bauernhof darstellte, in den Händen.

„Aber ist es denn auch echt?", fragte ich.

Und er erklärte mir, dass sein Großvater ein berühmter kanadischer Kunsthändler und Freund von Cezanne gewesen sei, der Bilder von mehreren Künstlern seiner Zeit in Paris gekauft habe, worunter sich auch Gemälde von Renoir, Manet, Monet und anderen befanden. Er, der nun vor mir stand, habe jedoch dieses Bild von seinem Großvater geerbt.

„Und warum", so fragte ich weiter, „haben Sie es noch nicht verkauft?"

Er erwiderte, dass er es schon einer Kunstgalerie in Sydney angeboten habe, diese aber unschlüssig geblieben sei. Er selbst befinde sich nun in finanziell größter Not und sei bereit, das Ölgemälde für nur 5.000 AU$ zu veräußern. Ich erklärte ihm, dass ich es ihm gerne abkaufen würde, indem ich mir das Geld von meinen Verwandten in Deutschland zu leihen gedachte. Doch müsse ich erst die Gewissheit haben, dass es auch vom nämlichen Künstler sei. Er versicherte mir immer wieder, dass dieses Bild wirklich von Cezanne gemalt sei und deutete auf eine auf der Rückwand befindliche Signatur des Malers. Um mir völlige Gewissheit über die Echtheit dieses Kunstwerkes zu verschaffen, hatte ich die Idee, von diesem ein Foto zu machen und es an meinen Onkel in Berlin, dem Kunstprofessor Dr. Fritz Baumgart, zu schicken mit der Bitte, mir seine Begutachtung zukommen zu lassen. Ich versicherte meinem Gegenüber, dass ich am nächsten Tag mit einer Kamera zurückkehren würde.

Ich vermochte in der folgenden Nacht nur unruhig zu schlafen, denn mir ließ die Möglichkeit, einen echten Cezanne erstehen und dann wieder verkaufen zu können, keine Ruhe. Vielleicht würde ich eine Millionen Dollar dafür ersteigern können. Dann könnte ich per Anhalter oder auch in anderer Weise die ganze Welt bereisen und würde mir auch ein Häuschen in Deutschland als mein Ausgangsdomizil für weitere Reisen in die Ferne kaufen. Ich lieh mir eine gute Kamera, nahm das Ölgemälde samt der Unterschrift auf der Rückseite am folgenden Tag auf und sandte das Foto versehen mit einem Schreiben an meinen Onkel. Nach einigen Wochen, als ich nach Sydney zurückgekehrt war, las ich seine Expertise. Vom Motiv her könne es sich sicherlich um ein Gemälde Cezannes handeln, auch sei die Signatur zutreffend, nur müsse es im Original von weiteren Gutachtern überprüft werden, weshalb ich das Bild nach Berlin schicken möge. Ich rief also den betreffenden Besitzer in *Townsville* an, der sich aber auf keinen Fall auf eine Verschickung dieses Gemäldes einlassen wollte, weshalb ich dann schweren Herzens den Gedanken an einen vorübergehenden Erwerb desselben aufgab.

Unsere Verkaufsreise führte bis hinauf nach *Tully*. Hier versicherten mir einige der aufgesuchten Familien, dass man schon öfter Ufos gesehen habe, die sogar mit voller Geschwindigkeit in einem benachbarten Gebiet in den Erdboden hineinglitten. Einige schworen sogar, dass es sich wirklich um Ufos handelte. Ich glaubte damals nicht an die Möglichkeit, dass uns Wesen von anderen so unendlich weit entfernten Gestirnen besuchen könnten, weshalb ich die Aussagen als massenhalluzinatorisches Phänomen einstufte.

Aus Briefen, die ich aus dem nördlichen Queensland nach Deutschland sandte, entnehme ich Folgendes:

„Euer Bruder- und Schwagerherz rafft sich auf, Euch zu vermelden, dass ich immer noch aufrechten Hauptes daher schreite. Im Augenblick befinde ich mich auf dreimonatiger Geschäftsreise im Auftrag der Firma P. F. Collier. Ich habe den Auftrag, an Türen zu klopfen und zu versuchen, Collier's Enzyklopädie zu „verkloppen", was mir bisher gut gelingt und mir allein in letzter Woche mehr als 1.000 DM einbrachte. Natürlich können solche Erfolgs- und Glücksstrecken nicht immer anhalten. Auf

jeden Fall kann man sagen, dass ich gut verdiene. Dann habe ich immer noch Schulden bei Kurt Börss, der mittlerweile schon wieder in Deutschland sein müsste. Diese will ich aber nächste Woche abbezahlen. Gesundheitlich geht es mir augenblicklich gut, auch wenn hin und wieder die Hämorrhoiden aufmucken und meine Übersäuerung lindernder Magendestillate bedarf. In Australien herrscht Winter, weshalb ich froh bin, mich jetzt im Nordosten (Cairns) zu befinden, wo immer Sommer herrscht, auch wenn es jetzt schon viele Tage regnet. Heute scheint die Sonne, und ich werde mit meinen beiden Verkaufskameraden einen Abstecher in die Berge hinter den Zuckerrohrfeldern machen, um am Abend irgendwo der Geschäftlichkeit in einem Örtchen klopfenderweise nachzukommen. Ihr müsst natürlich mein Deutsch entschuldigen, aber so langsam verlerne ich alles, auch wenn ich versuche, durch Thomas-Mann-Lektüre mich weiterhin um das Deutsche zu bemühen. Im Allgemeinen sind die Australier ein freundliches, wenn auch ein wenig hartes Volk ... Im Augenblick lese ich Aldous Huxleys ‚Island‘. ... Übrigens heiß ich jetzt in Australien Tom, denn Trutz kann kein Mensch hier aussprechen. Ich komme mir vor, als ob ich ein völlig neues Leben angetreten habe, auf einem ganz anderen Planeten. Heimweh nach Deutschland verspüre ich nicht, eher Heimweh nach Indien, das ich wirklich liebe. ... Mit meinen Kumpels spiele ich viel Karten, oder ich lese. Doch meistens schlafen wir lange, und dann ist schon wieder Feierabend, wo wir wieder fleißig werden müssen."

Ebenfalls von Cairns aus schrieb ich einen Brief an Jochen:

„Lieber Jochen! Deinen Brief habe ich vor etwa 5-6 Wochen in Sydney erhalten, gerade noch rechtzeitig, bevor ich wieder auf große Fahrt ging. Denn ich reise jetzt im Auftrag einer Enzyklopädien verkaufenden Firma und klopfe nun hier im äußersten Nordosten Australiens an Türen. Sicher werde ich auch gut bezahlt, denn ich lebe von Kommission und dürfte pro Monat zwischen 5.000 und 7.000 DM einstecken, also etwa das Gehalt beziehen, was ein Bundeskanzler in Bonn spesenfrei einstecken darf. Übrigens bin ich deshalb auf finanziellen Gewinn so erpicht, da ich mir ausrechnete, dass 6-8 jährige Verkaufspraxis mich zum Millionär küren könnte, das heißt, mich in den Zustand versetzen könnte, den ich als Voraussetzung für geistige Schaffenseruptionen nötig hätte. ... Selbstverständlich werden mich meine hiesigen finanziellen

Erfolge nicht an die terra Australia binden können, das heißt, unser Bali-Japan-Programm soll auf jeden Fall durchgesetzt werden. Du bist jetzt aller Mühsal enthoben, hast wohl gar mit summa cum laude Dein Studium beendet und lehrst jungen Revolutionären, was es mit der Zweischichtigkeit künstlerischer Erzeugnisse auf sich hat. Apropos. Ich entsinne mich, dass Dein letzter Brief mir von Deiner Doktor-Faustus-Lektüre berichtete und unter anderem den Verfasser des Romans zeihte, er würde der Sprache ein Prärogativ vor dem künstlerisch Unaussprechbaren einräumen. Ich glaube, dass auch Du bei weiterem Studium des Buches auf Sätze gestoßen bist, die geradezu voller Trauer sich über die Unzulänglichkeit sprachlicher Fassbarkeit ergehen. Nicht zuletzt geht es darum, der Musik einen Vorrang vor dem Sprachlichen einzuräumen, und ich glaube, dass Thomas Mann in Wirklichkeit ein verkappter Musiker war, der verdammt war, statt mit Orgelgetön und Posaunenklang die Furien in die Flucht zu schlagen, mit Feder und Zigarrenqualm sich ihrer zu erwehren. Und schließlich ist das künstlerische Vonsichgeben ,Klage' und eben auch die Klage, über etwas berichten zu müssen, wozu es keine adäquaten Ausdrucksmöglichkeiten gibt. Es ist wahr, dass das Teuflische die Voraussetzung für das Himmlische und Künstlerische ist. Dass Deutschland so Großes in den letzten beiden Jahrhunderten an Kunst geschaffen hatte, ist seinem Pakt mit dem Teufel zuzuschreiben, der für sein Kunstgewähren sich nun am Ende des Dritten Reiches das zurückholt, was ihm von Pakts wegen zusteht. Adrian ist der deutsche Künstler an sich, und Zeitblom ist im Grunde Thomas Mann selber, der dieses Paktes ansichtig ist und schreibt, was zwischen dem Teufel und Deutschland als Künstlerland in den letzten Dezennien passierte

Von Dir zu hören soll mein lieber Wunsch sein, den, so bin ich sicher, du mir nicht versagen wirst.

Dein Trutz"

Die *P. F. Collier Company* hatte einen Wettbewerb für alle an den Pazifischen Ozean grenzenden Länder ausgeschrieben, in denen Niederlassungen für den Verkauf ihrer Enzyklopädien eingerichtet waren. Zu diesen Ländern der pazifischen Region zählten die USA, Kanada, Japan, Südkorea, Taiwan, Hongkong, Thailand, Malaysia, Singapur, Indonesien, Australien und Neuseeland. Der Vertreter, der innerhalb von sieben Wochen die meisten Lexika in seinem Land verkauft hatte, wurde zu einem Treffen nach Bangkok eingeladen. Jeder von uns wollte der Gewinner sein. Als wir die Nachricht aus Sydney erfuhren, motivierte uns Johnny noch mehr, um diesen Wettbewerb zu gewinnen. Und immer wenn wir in den folgenden Tagen fragten, ob wir vorne lägen, antwortete er, dass zwei andere Vertreter in Sydney und Melbourne schon mehr als Neil oder ich verkauft hätten. Neil hatte seine französische Frau in Sydney zurückgelassen und schrieb ihr jeden Tag einen Brief. Er litt sichtbar unter ihrer Abwesenheit. Schließlich statteten wir auch *Mount Isa* auf unserer Durchreise nach dem nördlichen Territorium einen Verkaufsbesuch ab und ließen es uns nicht entgehen, uns einer Führung hinein in das Bergwerk anzuschließen. Ich hatte schon auf einer meiner Ferientrampreisen das eindrucksvolle nordschwedische Bergwerk in Kiruna besichtigt, in welchem sich unterirdische Straßenanlagen von vielen Kilometern befanden. Und wiederum war ich fasziniert von diesen lampenlichterhellten Bergwerksanlagen mit ihren gewaltigen Bohrmaschinen.

In *Darwin* hielten wir uns einige Tage auf, doch ließ unser Verkaufserfolg anders als in Mount Isa zu wünschen übrig, hatte man hier wegen mangelnder Arbeitsmöglichkeiten weniger Geld, um sich eine Enzyklopädie in die Wohnung zu stellen. Wenige Tage später gelangten wir an dem mir schon von früher bekannten *Tennant Creek* vorbei nach dem mitten in den australischen Busch hineinplatzierten *Alice Springs*.

Johnny meinte, dass ich aufgrund meiner guten Arbeit wohl schon nach unserer Rückkehr zum Feldmanager avancieren würde, wozu ich aber ein eigenes Auto haben müsste. Einen Gebrauchtwagen konnte ich mir sicherlich dann beschaffen, verdiente ich doch gut. Doch noch verfügte ich weder über einen deutschen, noch einen australischen Führerschein. Und da wir uns in *Alice Springs* zwei Wochen aufhalten wollten, nutzte ich die Gelegenheit, mir mittels einer Broschüre die theoretischen Kenntnisse anzueignen, während mir

Johnny die praktischen Dinge vermittelte, die ich ohnehin schon bestens kannte. Mir wurden bei der staatlich abgenommenen Prüfung nur zwei, drei mündliche Fragen gestellt. Danach hatte ich mit einem Überprüfer einmal um ein Karree zu fahren, und schon war ich gegen eine geringe Gebühr im Besitz meines Führerscheins. Als Student war ich in Berlin nach mehreren kostenreichen Unterrichtsstunden bei der praktischen Prüfung durchgefallen.

Ich hatte wohl von dem berühmten *Ayer's Rock* gehört, der sich nicht allzu weit von *Alice Springs* entfernt aus dem Busch in die Höhe hob wie der rotbraune Rücken eines mit dem Kopf in den Sand getauchten Riesen. Leider war mir seine magische Bedeutung damals noch nicht bewusst, sonst hätte ich bestimmt Johnny dazu bewogen, dieses Heiligtum der Eingeborenen zu besteigen. Doch eine Begebenheit ist mir in diesem Buschstädtchen in lebhaftester Erinnerung geblieben. Ich betrat als Verkäufer ein einfaches Bretterhaus, das von einem australischen etwa 50-jährigen Arbeiter und seiner etwa 30-jährigen thailändischen Frau von betörender Schönheit bewohnt wurde. Ich dachte mir: „Wie kommt dieser alte und überhaupt nicht stattlich aussehende Kerl zu solch einer hübschen Frau?" Bestimmt hatte er sie in ihrer Heimat als Prostituierte kennengelernt. Und sie, die unbedingt aus diesem Milieu auch schon altersbedingt aussteigen wollte, hatte ihn wohl als gute Partie geheiratet. Und als ihr Mann nun nach draußen gegangen war, um irgendetwas zu verrichten, unterhielten wir uns über Thailand. Sie gab mir zu verstehen, dass sie hier niemanden kenne, die Sprache auch nur mäßig spreche, keine Arbeit habe und nur den ganzen Tag vereinsamt zu Hause sitze. Fast begann sie zu weinen, denn wie sie sagte, habe sie größtes Heimweh, und ihr Mann gebe ihr auch nicht das Geld, nach Thailand zu reisen aus Angst, dass sie nie wieder zu ihm zurückkehren würde. Sie fühlte sich wie eine Gefangene im offenen Gefängnis. Wie hätte ich ihr aber helfen können, verwahrte doch ihr Mann auch ihren Reisepass, sonst hätte ich ihr heimlich die Flugkarte besorgen und ihr auch das Geld nach Sydney zum Flughafen bezahlen können. Und wie vielen Thailänderinnen oder Philippininnen, die einen Europäer geheiratet hatten und ihm in seine Heimat gefolgt sind, ergeht es wohl ähnlich? Ist das nicht eine Form der modernen Sklaverei? Aber diese Mädchen hatten der

Illusion angehangen, in einem Wohlstandsland an der Seite eines für sie reichen Mannes – selbst wenn er nur ein Hilfsarbeiter wäre – ließe sich ein schönes unbesorgtes Leben führen, während man bei den Eltern oder in dem Wohnort nur die bitterste Armut erlebt hatte. Und ich bereute, meinem Bruder den Tip gegeben zu haben, eine Thailänderin zu heiraten. Dass aber alle Schicksalsschläge einen höheren Sinn haben, war mir damals nicht bewusst. Und von Karma wusste ich nur aus den indischen Schriften, war aber von dessen tatsächlichem Einwirken nicht überzeugt. Damals hätte ich mir nie träumen lassen, dass ich später einmal *Das Große Karmahandbuch* schreiben sollte.

Am Ende unserer langen Reise fuhren wir weiter nach Süden und bogen dann in östlicher Richtung nach *New South Wales* ein. Wie der nach *Sydney* zurückgekehrt, wurden wir von unserem Chef lobend begrüßt, da wir beste Arbeit geleistet hatten. Neil und ich wurden zu Feldmanagern befördert. Doch der Wettbewerb war noch im vollen Gange. Mit Neil und mir lagen noch zwei andere Vertreter auf etwa gleicher Verkaufshöhe. Ich kaufte sogleich einen gebrauchten Personenwagen, dessen Hintersitze nach vorne zu klappen waren, sodass man sich auch schlafen legen konnte. Ich erbat mir von der Firma die Erlaubnis, an den Wochenenden mit meinem Auto in entfernte Ortschaften zu fahren, um dort, wo eventuell noch nie ein Vertreter unserer Firma von Haus zu Haus gegangen war, sicherzustellen, dass ich als Gewinner des Wettbewerbs hervorging.

Nach unserer Rückkehr von der großen Rundreise hatte ich mich in das *Park Regis*, das damals höchsten Wohngebäude der Stadt, in eines der obersten Stockwerke eingemietet. Denn Geld verdiente ich jetzt genug. Von hier genoss ich den großartigsten Ausblick über die Stadt. An einem anderen Wochenende fuhr ich allein nach *Canberra*, der Hauptstadt dieses Kontinents. Ich kam auf die Idee, im Diplomatenviertel Botschafter der verschiedensten Länder aufzusuchen und sie mit einer Enzyklopädie zu beglücken, hatten sie doch meist auch schulpflichtige Kinder, wobei sicherlich das Geld, wenn es sich um eine verbesserte Bildungsmöglichkeit handelte, keine Rolle spielte. Und tatsächlich, am Ende des Wettbewerbes stand fest, dass ich der Gewinner der Reise nach Thailand war.

An meine Schwester und meinen Schwager schrieb ich damals folgenden Brief: *„Ich bin nun von meiner Australienrundreise zurückgekehrt. Ich habe vielleicht schon mehr von Australien gesehen als die meisten Australier. Jetzt bin ich Manager in meiner Companie und fliege nächste Wochen auf Urlaub nach Thailand, denn die Companie hatte einen Wettbewerb ausgeschrieben, den ich gewonnen hatte. In Thailand werde ich im teuersten Hotel wohnen – alles wird natürlich von der Comp. bezahlt. Ich bewohne jetzt das teuerste Junggesellenappartement in Sydney und bezahle pro Monat über 500 DM. Auch habe ich mir letzte Woche einen Wagen auf Raten gekauft, der etwa dem Opel Karawan entspricht. Doch ist der Verkehr in Sydney so stark, dass es oft lange dauert, sich durch die Straßen vorwärts zu kämpfen. Die meisten Freunde, die ich mir in den ersten drei Monaten erworben habe, sind nicht mehr anzutreffen, sodass ich mich jetzt um neue Freunde bewerben will, was aber leicht zu arrangieren ist. Nun wohne ich im 27. Stock eines Hochhauses, auf dessen Dach sich ein Swimmingpool befindet. Alles ist modern und komfortabel. Ich sehe von meinem Fenster über den schönsten Teil Sydneys – den Hafen, die Altstadt, die City und das Vergnügungsviertel. Nach Weihnachten will ich für einige Wochen nach Neuseeland.*

Schickt mir bitte meine beiden guten Anzüge. ... Als Manager muss ich immer tip-top angezogen sein.“

5.   Meine gewonnene Flugreise nach Bangkok

Am Tage des Abflugs brachten mich die Manager unserer Firma einschließlich Johnny und Neil direkt zum Flugzeug. Sie hatten einen Fotographen organisiert, der nun ein Foto von uns aufnahm. Ich stand schon auf den unteren Stufen der Treppe, die in diese Lufthansamaschine führte, während mir Neil die Hand reichte und die beiden Manager sich die Hände schüttelnd in die Kamera lächelten. Dieses Foto war dann nach New York zu schicken, um in dem internen Firmenmagazin zu erscheinen.

Die Manager der P.F. Collier Firma in Sydney verabschiedeten mich, den
Gewinner eines internationalen Wettbewerbes,
vor meinem Flug nach Bangkok.

Im Flugzeug werde ich bestimmt daran gedacht haben, was ich alles in dem letzten halben Jahr in Australien erlebt hatte. Ich kam mit einem Dollar in diesem Lande an, war jetzt, wenn auch noch auf der untersten Stufe, bereits zu einem Firmenmanager aufgerückt mit der Aussicht, bei anhaltender guter Arbeit weiterhin die Karriereleiter nach oben zu klettern. Aber wollte ich das eigentlich? Nein, ich wollte die Welt kennenlernen. Ganz egal, was ich verdienen werde, ich würde weiterhin mein Ziel verfolgen, per Anhalter im nächsten Jahr weiterzureisen, denn im Grunde hatte ich erst einen Ausschnitt dieser Welt gesehen, und es standen mir noch viele Länder offen, die ich unbedingt aufzusuchen hatte. Wer gab mir eigentlich dieses innere Bedürfnis ein, solche oft strapaziöseste Trampreisen zu unternehmen?

Noch wusste ich nicht, dass der Lebensplan eines Menschen schon vor seiner Geburt festgelegt worden war.

Am Flughafen in *Bangkok* angekommen, entdeckte ich beim Heraustreten aus der Flughalle mehrere einheimische Männer, die Schilder mit Namen der Abzuholenden hochhielten. Darunter fand ich auch das Schild mit meinem Namen. Ich wurde zu einer Luxuslimousine geleitet, und der am Wagen auf seinen Fahrgast wartende Chauffeur hielt mir die Tür auf. Nun fuhren wir durch den stockenden Verkehr dieser Vielmillionenstadt, die ich vor einem Jahr schon gründlich in Augenschein genommen hatte. Damals fuhr ich in vollgedrängten Bussen durch die Stadt, während ich nun wie ein VIP (very important person), also wie eine sehr wichtige Person, durch die Stadt im Mercedes chauffiert wurde. Und nun hielt der Wagen vor dem *Thai Intercontinental*, dem damals teuersten und luxuriösesten Hotel des ganzen Landes. Die Wagentür wurde von einem livrierten Türsteher geöffnet, ein anderer trug meine Reisetasche, und ich folgte ihm in die prächtig ausgestattete und mit vielen Blumen dekorierte Eingangshalle. Solch ein Hotel hatte ich noch nie von innen gesehen. Beim Einchecken am Tresen hieß man mich herzlich willkommen und überreichte mir den Zimmerschlüssel samt einem Briefkuvert und sagte mir, dass schon der Zimmerkollege eingetroffen sei. Dem geöffneten Schreiben, das mich ganz herzlich im Namen der *P.F. Collier Company* als Gewinner des Wettbewerbes begrüßte, entnahm ich weiterhin, dass wir uns alle um sieben Uhr an einem bestimmten Tisch im Speisesaal treffen würden. Ein anderer Hoteldiener, dem ich folgte, trug nun mein Gepäck am Swimmingpool vorbei durch einen mit Orchideen an den Bäumen prangenden Garten zu einem Seitenflügel der großen Hotelanlage, wo wir den Fahrstuhl nahmen, der uns in den ersten Stock beförderte. Nun schritten wir durch einen längeren Korridor, bogen dann rechts um die Ecke. An meiner Zimmertür angekommen, klopfte er. Die Tür wurde von innen von einem asiatischen Mann meines Alters geöffnet, der mich mit Handschlag begrüßte. Dieser war der philippinische Gewinner dieses Firmenwettbewerbes, mit dem ich nun dieses Prunkzimmer zu teilen hatte. Ich schaute aus dem Fenster auf den soeben durchschrittenen Garten mit dem großen

Schwimmbecken, um welchen Liegestühle platziert waren. Das Hotelhauptgebäude sah aus wie eine Muschelschale, die hinten geschlossen schien und sich nach vorne zum Haupteingang hin öffnete. Alles kam mir vor wie in einem Märchenland. Vormals wohnte ich in dieser Stadt in einem etwas schmuddligen Hotel für Rucksackreisende, und jetzt war ich Gast einer weltweiten Firma in einem Hotel für den Geldadel. Welche Überraschungen bot mir doch dieses Leben!

Ich nahm zuerst einmal eine Dusche und legte mich dann ins Bett. *Jimmy*, so will ich meinen philippinischen Zimmergenossen chinesischer Abstammung nennen, weckte mich gegen halb sieben, und bald darauf begaben wir uns gemeinsam in den großen Speisesaal, wo wir zu einem langen Tisch delegiert wurden, um welchen sich bereits noch stehend einige Wettbewerbsgewinner unserer Firma mit gefüllten Sektgläsern in den Händen versammelt hatten. Aus ihrer Mitte trat nun einer der aus New York herbeigeflogenen obersten Manager der Großfirma hervor und begrüßte uns mit Handschlag, beglückwünschte uns nochmals zu unserem Gewinn und stellte uns auch den anderen Gewinnern vor, deren Hände wir ebenfalls schüttelten. Uns wurde nun gleichfalls ein Glas mit dem prickelnden Inhalt gereicht, und wir prosteten einander zu. Und anschließend, als alle versammelt waren, begaben wir uns zum Büffet. Ich hatte als Kellner im D'Angleterre Hotel in Kopenhagen und auch im Australia Hotel in Sydney schon luxuriöse Büffets erblicken, jedoch nie davon kosten können. Doch dieses Büffet übertraf meine kühnsten Vorstellungen. Von den warm gehaltenen verschiedensten Fleischsorten und Gemüsegerichten bis hin zu den variationsreichen Süßspeisen samt köstlichem Speiseeis stand alles dem Auge und dann dem Magen zur freien Verfügung.

Nachdem wir alle reichlich gesättigt waren, sollte ein jeder der zwölf Gewinner einen Kurzbericht darüber abgeben, wie er zum Hauptgewinner seines Landes geworden war. Dann wurden wir von unserem amerikanischen Firmenboss an die Bar eingeladen, wo wir nach Herzenslust Alkoholika bestellen durften. Mit Jimmy verstand ich mich gut. Er gab mir den Gedanken ein, meine Rückreise über Manila umzubuchen, wo er mich zu sich einladen wollte. Und da der nächste Tag nach einem Treffen im Konferenzraum, wo unser amerikanischer Boss uns eine Übersicht über den großen Buchkonzern gab, zur freien Verfügung stand, begab ich mich in die Stadt und konnte im Büro der Lufthansa meinen Rückflug ohne allzu große Nebenkosten umbuchen, sodass ich mich zwei Tage in Hongkong und zwei Tage in Manila würde aufhalten können. Ich kam an einer Apotheke vorbei. Und mir fiel ein, dass mir einige Tramper damals in Bangkok davon erzählt hatten, das man hier ohne Rezept die aus Deutschland oder der Schweiz stammende Droge *Romilar* kaufen kann. Dieses Medikament wird normalerweise bei uns als Pille oder als Saft gegen starke Hustenreizungen verschrieben. Doch wenn man anstatt einer der vorgeschriebenen dreimal täglich einzunehmenden Pillen gleichzeitig 20 von diesen zu sich nehme, würde man einen LSD ähnlichen Zustand erreichen, beziehungsweise diesen noch übertreffen können. Und ich weiß nicht, welcher Dämon mich damals dazu zwang, in diese Apotheke zu gehen und mir ein Döschen mit diesen Hustenpillen zu kaufen.

Am Abend nahm ich nun in Abwesenheit von Jimmy auf dem Zimmer 20 von diesen dunkellila lackierten Pillen zu mir, die ich mit Cola hinunterschluckte. Ich wollte deren Wirkung abwarten, bis ich mich mit Badehose und Handtuch zum Schwimmbecken zu begeben dachte, um dort diesen Drogenrausch zu genießen. Normalerweise stellt sich bei LSD die Wirkung nach etwa 15 bis 20 Minuten ein. Doch ich schaute auf die Uhr und wartete.

Auch nach 30, ja 40 und 50 Minuten verspürte ich noch keine psychedelische Reaktion. Und ich Idiot – um es deutlich zu sagen – zählte auf meiner Hand nun nochmals 20 von diesen Pillen ab und spülte sie hinunter. Ich könnte mich jetzt noch für diese leichtsinnige Unvorsichtigkeit ohrfeigen. Nun zog ich unter meine Hose die Badehose an, ergriff mit einem T-Shirt bekleidet ein Badehandtuch und den Zimmerschlüssel und schritt durch den bei Abend mit bunten Lichtern matterhellten Garten zum großen Schwimmbecken. Und während ich in dem angenehm warmen Wasser schwamm, merkte ich auf einmal die erste mich angenehm im Magen sanft kitzelnde Wirkung der Droge. Ich setzte mich nun auf eine der in das Wasser führenden Stufen, sodass nur noch der Hals herausschaute. Und plötzlich veränderte sich in angenehmster Weise meine Sinneswahrnehmung. Jedes Geräusch verstärkte sich, sodass ich diejenigen, die durch den Garten schritten oder sich sogar unterhielten, derart deutlich vernahm, als ob sie sich in meiner unmittelbaren Nähe befänden. Und auch die bunten Lichter des Gartens, die gespenstisch die Bäume und Büsche beleuchteten, könnten einen mit Drogen Unerfahrenen in Panik versetzt haben. Aber mir waren derartige Zustände durch LSD bekannt, und ich wusste, dass ich mich diesem Drogenrausch ohne Ängste und bei Wohlbefinden anvertrauen konnte. So schaute ich mich nun weiter um, und ließ meine Blicke auch auf das sich muschelschalenförmig nach obenhin erstreckende Dach des Hotelhauptgebäudes gleiten. Es kam mir vor wie Stufen, die in den Himmel führten. Wie wunderbar sich doch alles ausnahm. Alles, was ich schon zuvor hier wahrgenommen hatte, sah ich nun mit ganz anderen Augen. Es kam mir nun vor, als ob ich mich in einem verzauberten Märchengarten befände. Und da das Kitzeln im Magen sich vermehrte und dadurch sich in mir ein erhöhtes Glücksgefühle ausbreitete, erfreute ich mich an der nun immer mehr gespenstisch anmutenden Umgebung, während ich halb im Wasser liegend dessen Temperatur als sehr angenehm empfand. Jemand kam zum Schwimmbecken, entdeckte mich aber nicht.

Aber plötzlich überkam mich eine Angst. Was wäre nun, wenn ich mich nicht mehr auf den Beinen halten könnte? Vielleicht sollte ich mich lieber auf einer der Badeliegen legen, auch wenn deren aufgelegte Matten schon eingesammelt worden waren. Ich erhob mich und wollte nun langsam die im Wasser befindlichen Stufen hochgehen. Aber ich schwankte und musste mich am Beckenrand festhalten. Schließlich schaffte ich es, wenn auch mit unsicherem Schritt zu meinem Handtuch auf einer der Liegen zu gelangen. Ich setzte mich hin und trocknete mich ab, denn ich war zu schwach, im Stehen mein Handtuch über meinen Körper zu reiben. Und mit jedem Augenblick vermehrte sich die Angst. Ja, ich musste unbedingt schnell in mein Zimmer zurück. Wenn ich aber auf dem Wege dorthin umfallen sollte und man mich entdeckte, dann könnte ich in ein Krankenhaus transportiert werden, wo man sicherlich feststellen würde, dass ich Drogen zu mir genommen hatte. Man würde die Polizei verständigen, und ich käme vielleicht auf Jahre hin in ein Gefängnis, waren doch die Strafen für Drogenmissbrauch in diesem Land äußerst drastisch und konnten bei Besitz sogar die Todesstrafe zur Folge haben. Und die Angst steigerte sich immer mehr. Es kam ein Hoteldiener am Weg unmittelbar bei mir vorbei. Hoffentlich sieht er mich nicht, denn offiziell durfte man nach Eintritt der Dunkelheit nicht mehr das Schwimmbecken benutzen, wie es auf einem Schild vermerkt war. Ja, ich musste, um hier nicht irgendwo liegend gefunden zu werden, so schnell wie möglich zurück in mein Zimmer. Ich stand nun auf, und es gelang mir, meine Hose und das T-Shirt anzuziehen, als ob mir jemand Unsichtbares dabei helfen würde. Und das Handtuch über die Schultern gelegt begab ich mich mit wackligen Beinen auf den Rückweg. Ich wusste, in welche Richtung ich zu gehen hatte, sah ich doch gespenstisch meinen Gebäudekomplex in dem mattscheinenden Licht. Und ich sagte mir – oder war das eine andere Stimme? –: „Reiß dich jetzt zusammen. Gehe, so schnell du kannst, zu deinem Zimmer zurück!" Und meinen ganzen Willen zusammennehmend setzte ich wie mechanisch einen Fuß vor den anderen. Es kam mir vor, als ob ich ein Roboter wäre, der von irgendwoher gelenkt wurde. Ich erreichte das Gebäude, ging die Treppen hoch und schwebte, so kam es mir nun vor, in dem langen Korridor entlang, bog dann rechts in den Seitengang und stand vor meiner Tür. Ja, der Schlüssel. Ich hatte ihn auf einmal in der Hand, wusste aber nicht, wie dieser dorthin gelangt war. Jimmy schlief schon, was mir recht war, denn er durfte mich auf keinen Fall in diesem Zustand erblicken. Und um ihn nicht durch ein unvorsichtiges Geräusch aufzuwecken, begab ich mich ins Bad. Wie von unsichtbarer Hand wurde ich meiner Kleidung entledigt, denn es war mir, als ob diese sich allein von meinem Körper lösten. Leise trat ich in das Zimmer zurück, und nackig schlüpfte ich unter meine Decke, während die Klimaanlage für mich deutlicher als zuvor zu hören war. „Hoffentlich kann ich jetzt schlafen. Hoffentlich ist morgen alles vorbei." Und plötzlich war ich eingeschlafen.

Am Morgen klingelte das Telefon. Ich nahm ab: „Good morning. This is the wake-up call. It is seven thirty „ Ach ja. Wir treffen uns ja um neun Uhr für eine Stadtrundfahrt. Ich erhob mich schwergliedrig, während Jimmy sich nochmals im Bett umdrehte, und gelangte mit schwankenden Schritten langsam ins Bad. Dort sah ich meine Kleidungstücke unordentlich herumliegen. Wie kamen sie eigentlich dorthin? Warum lagen sie nicht ordentlich auf einem Stuhl, wie es sich gehörte? Und dann schaute ich mit Erschrecken in den Spiegel. Meine Pupillen waren übergroß und sahen fast dämonisch aus. Und plötzlich gaben meine Beine nach, und ich sank vor dem Waschbecken auf den gekachelten Boden nieder. „Um Gottes willen! Was ist mit mir los?" Ich wollte mich sofort wieder erheben, aber ich klappte kraftlos erneut zusammen. Was wäre, wenn mich nun Jimmy, der ja auch gleich aufstehen musste, mich hier liegen sah? Er würde die Rezeption anrufen. Diese ließ einen Arzt kommen. Der wiederum würde mich in ein Krankenhaus überweisen. Dort würde man eine Blutuntersuchung durchführen und herausfinden, dass ich Drogen genommen hatte. Man würde die Polizei verständigen. Man würde schließlich hier in unserem Zimmer noch die restlichen Pillen finden und mich einsperren, vielleicht für Jahre. Nur das nicht! „Raffe dich auf, geh ins Bett, bevor Jimmy kommt. Sage ihm, dass es dir nicht gut geht, jedoch keinen Arzt bräuchtest." Ich folgte dieser inneren Stimme und gelangte tatsächlich ins Bett, ohne meine Kleidung im Bad weggeräumt und ohne auch die restlichen Pillen in der Toilette heruntergespült zu haben. Schließlich war auch Jimmy angekleidet und verließ unser Zimmer mit meiner Bitte, mich beim Firmenboss wegen Kopfschmerzen und Übelkeit zu entschuldigen. Auch hatte ich ihm ausdrücklich mit schwacher Stimme noch eingeschärft, auf keinen Fall einen Arzt kommen zu lassen. Endlich war ich allein. U nd nun begann das eigentliche Martyrium. Das Gefühl jetzt sterben zu müssen, überfiel mich mit totaler Wucht. Der ganze Körper zitterte. Schmerzen breiteten sich überall aus. Ich schwitzte, dann fror ich wieder. Und mit dem Zittern und den Schmerzen steigerten sich meine Panikattacken. Sollte ich nun doch einen Arzt kommen lassen? Vielleicht würde mir eine Spritze helfen und mich vor dem Tode bewahren? Aber dann? Und ich dachte wieder an das Gefängnis. Nein, bloß das nicht. Aber vielleicht würde ich ja nur mit einer Geldstrafe bedacht? Also soll ich doch den Arzt rufen lassen? Somit befand ich mich in einem langwährenden Entscheidungskampf. Vielleicht würde diese Psychose, die ich jetzt erfuhr, dauernd bleiben, sodass ich in eine Psychiatrie eingeliefert werden müsste, wie es schon einigen Drogenkonsumenten ergangenen war. Und ich erinnerte mich an einen mir bekannten Tramper in Kathmandu, der nach einer übersteigerten Dosis in psychiatrische Behandlung gekommen war. Jede Minute kam mir damals wie eine halbe Stunde vor. Sollte ich beten? Zu wem? Einen Gott gab es für mich sowieso nicht. Niemand konnte mir helfen. Vielleicht sollte ich versuchen, meine Angst zu besiegen, und einfach abwarten, denn die Wirkung der Pillen musste ja irgendwann aufhören, so tröstete ich mich. Als das Reinigungspersonal mit einem Schlüssel die Wohnung betrat, gab ich ein Zeichen, sich wieder zurückzuziehen. Ich hatte mir während dieser Angstattacken das Versprechen gegeben, so ich überleben sollte, nie wieder mich mit harten Drogen einzulassen.

Nach vier Stunden hörte der Kampf des Körpers gegen die Drogen ganz plötzlich auf, denn er hatte den Sieg davon getragen. Ich vermochte, ohne zu schwanken wieder aufzustehen, eine Dusche zu nehmen, mich anzuziehen und dann mit einem Tricycle in die Stadt zu fahren, um in einem Restaurant zu essen. Ja, nie wieder Drogen! Diese vier Stunden waren für mich die schlimmsten meines Lebens. Und selbst, während ich soeben die oberen Zeilen in Goa im Januar 2006 schreibe, überfallen mich wieder in abgemilderter Form diese furchtbaren Momente der damaligen akuten Lebensangst. Ich wusste damals noch nicht, dass auch dieses Erlebnis von höherer Hand vorgesehen war, damit ich aus eigener Erfahrung einmal Verständnis für solche Menschen aufbringen würde, die derartige Psychosen durchleben oder durchlebt hatten.

Meine zwei Tage in *Hongkong*, die ich nachts in einem moderaten Hotel verbrachte, waren angefüllt mit Fußmärschen und Bustouren. Ich konnte aus den englischen Doppeldeckerbussen von oben das Treiben der Stadt bestens überblicken. In der Altstadt von *Kowloon* sah ich in den Straßen überall vor den Läden herunterhängende oder auch über diesen angebrachte chinesische Schriftzeichen. Besonderen Ausblick genoss man auf dem Fährboot, das die beiden Hauptinseln *Victoria* und *Kowloon* verband. 1889 übereignete das chinesische Kaiserreich für 99 Jahre dieses etwa 40 Quadratkilometer große und mit Inseln ausgestattete Territorium dem Britischen Kaiserreich.

Nun, im Jahre 1968, war es seit 1948 von der kommunistischen Volksrepublik China eingeschlossen, und mit Angst sahen ihre Einwohner dem Jahr 1997 entgegen, wenn ihre geliebte kapitalistische Großstadt dem kommunistischen Großreich eingegliedert werden sollte. Man hoffte, dass dann die chinesische Führung dieser Enklave einen Sonderstatus zubilligen würde, sodass die erfolgreiche Handelsbilanz erhalten blieb. Und tatsächlich sollte es späterhin so geschehen.

Ebenfalls verlebte ich in *Manila*, der Hauptstadt der aus 7.100 Inseln bestehenden *Philippinen*, zwei spannungsreiche Tage, besuchte auch dort den großen chinesischen Friedhof und wohnte daselbst einer Totenzeremonie bei. An einem Abend begleitete ich Jimmy in eine der vielen von Wächtern behüteten Villengegenden, wo sich die Wohlhabenderen und die Ausländer ihr Refugium vor dem Großstadttreiben geschaffen hatten, denn für den Kauf von Enzyklopädien kam nur diese Gesellschaftsschicht in Frage. In späteren Jahren stattete ich diesem über 300 Jahre bis 1898 der spanischen Krone zugehörigen herrlichen Inselreich, besonders seiner Hauptstadt samt seinem Hinterland auf Luzon und mehreren seiner Inseln, noch weitere Besuche ab. Ich habe auch in den Wintermonaten dort einige meiner Bücher verfasst oder mehrere philippinische Geistheiler aufgesucht, die befähigt sind, mit bloßen Händen chirurgische Eingriffe vorzunehmen. Doch von letzteren hatte ich damals noch nichts vernommen

Schließlich kehrte ich wohlerhalten nach *Sydney* zurück.

6.   Wie Autodiebe ihren Spaß mit mir hatten

Nach dieser Rückkehr war mir das erste Mal mein Reisepass abhanden gekommen, weshalb die deutsche Botschaft mir einen neuen ausstellte. Als Manager in der *P. F. Collier Firma* hatte ich nun unsere Vertreter und Vertreterinnen zu betreuen und sie am frühen Abend zum Arbeiten in die von mir ausgewählten Stadtteile und Vororte zu fahren. Manches Mal nahm ich jemanden, der neu war oder auch keine Erfolge zeigte, selbst mit mir mit, um ihm oder ihr zu zeigen, wie man in den Wohnungen oder Häuser fremder Leute vorzugehen hatte, obwohl alles bereits reichlich vorher in der Firma eingeübt worden war. Dann sprang der Funke oft über, und sie hatten auf einmal Erfolge. Ich wurde natürlich zum einen für das bezahlt, was ich selbst direkt verkaufte, und zum Zweiten bekam ich meine Prozente von dem, was meine Ausgebildeten an Umsatz einbrachten. Manches Mal hatten wir eine gute bis sehr gute Woche und ein andermal eine mangelhafte. Auch passierte es schon einmal, dass ich trotz aller Anstrengung eine ganze Woche nichts verkaufte, obwohl ich glaubte, genauso gut wie immer meine Präsentationen vorgestellt zu haben. Und wieder ein andermal schrieben sich die Aufträge wie von allein. Jeder Vertreter wird solche Höhen- und Tiefflüge selbst durchgemacht und sich gefragt haben, wie so etwas möglich ist. Manche nehmen sich dann eine Auszeit und beginnen danach mit neuem Elan.

An einem Abend, nachdem ich meinen Leuten ihr jeweiliges Gebiet zugewiesen und nachdem ich bereits selbst einen Auftrag unterschrieben in meiner Brusttasche stecken hatte, hielt ich mein Auto vor einer Kneipe, ging hinein und setzte mich an die Theke, bestellte dort ein alkoholfreies Getränk und kam mit zwei Australiern ins Gespräch. Als die Zeit gekommen war, meine Leute wieder einzusammeln, bezahlte ich, verabschiedete mich von diesen beiden Herren und ging zu meinem Wagen. Doch was musste ich mit Schrecken sehen? Die Scheinwerfer waren erleuchtet, der Motor lief. Aber ich hatte doch den Wagen abgeschlossen und den Schlüssel in der Jackentasche. Die Türen waren verschlossen, doch der Schüssel steckte im Zündloch. Ich vermochte mir absolut keinen Reim darauf zu machen, wie dies alles geschehen sein mochte. Wie sollte ich nun den Wagen öffnen, denn es war kurz vor zehn. Meine Leute waren vielleicht schon an dem ihnen zugewiesenen Ort eingetroffen. Und einige meiner Repräsentanten waren junge Frauen, die nun im Dunkeln oder auch unter einer Laterne an einer Straßenecke auf mich warteten. Vielleicht wurden sie von Männern angesprochen, die sie für Flittchen hielten. Ich durfte sie nicht warten lassen. Was aber jetzt tun? Ich musste die Polizei anrufen oder einen Autonotdienst, damit man mir den Wagen öffnete. Doch wenn alles nicht schnell vonstatten ging, muss ich zwei Taxis bestellen, um meine Leute mit diesen aufzulesen und in die Stadt zurückzufahren.

Ich ging aufgeregt in die Kneipe zurück, berichtete dem Wirt in Kürze meine verzweifelte Situation und fragte ihn, welche Nummer ich nun anzurufen hätte. Doch einer er beiden Männer, mit denen ich zuvor mich so gut unterhalten hatten, sagte: „Lass mich mal sehen, was da zu machen ist." Ich folgte ihm nach draußen. Er holte aus seiner Jackeninnentasche eine etwa 20 Zentimeter lange Metallleiste hervor, klemmte diese irgendwo an der Tür hinein – genau kann ich mich nicht mehr daran erinnern, wie er dabei vorging – und schwupp, war die Tür geöffnet. Ich bedankte mich erleichtert, indem ich ihm die Hand schüttelte und ihn fragte, was ich ihm dafür schuldig sei. Doch mit einem freundlichen Lächeln sagte er nur: „It's all right, mate." Und während ich nun durch die matterleuchteten Häuserzeilen entlangfuhr, musste ich immer wieder an den Zufall denken, dass ich in meiner Not, meinen Wagen nicht öffnen zu können, ausgerechnet einen Autodieb an der Theke treffen musste, der mir in solch erstaunlicher Weise behilflich sein konnte. Was für Zufälle gab es doch, über die man sich vergeblich den Kopf zerbrechen könnte. Und erst einige Tage später dämmerte es mir, dass jene beiden Herren an der Bar zwei Spitzbubendiebe gewesen sein mussten. Während sich der eine angeregt mit mir unterhielt, hatte der andere meinen Autoschlüssel aus meiner Jackentasche entwendet, war zu meinem Auto gegangen und hatte alles so arrangiert, wie ich es dann später zu meinem Schrecken feststellen musste. Und sicherlich, nachdem dieser den Wagen mir bereitwilligst geöffnet hatte, wird er zu seinem Kumpel zurückgekehrt sein, und beide werden über ihren Streich viel zu lachen gehabt haben. Wie gut, dass ich mich mit ihnen in der Kneipe bestens verstand und sie mit meinen Reiseabenteuern unterhalten hatte, denn sonst hätten sie vielleicht meinen Wagen gestohlen.

Kurz vor den Weihnachtstagen, die ich in *Sydney* verbrachte, schrieb ich an meine Schwester und ihren Mann einen Brief: *„... Langsam kommen meine hitch-hiker-Ideen wieder ans Dämmerlicht. Wahrscheinlich werde ich im nächsten Jahr Weihnachten auf Bali ver-*

bringen und reise daraufhin nach Japan. Denn schließlich will ich ja irgend mal wieder in Germany eintrudeln. Ich habe hier einen fantastischen Job und bin mittlerweile schon wieder einige Stufen hinaufgeklettert. Aber das business-life liegt mir nicht auf die Dauer, obwohl ein jeder mir einreden will, dass ich dafür geboren zu sein scheine. Hier ist jetzt Hochsommer. Letzte Woche gab ich eine Party. Zuerst waren gegen acht Uhr fünfzehn Mädchen bei mir und, da keine Herren sich einfanden, verschwanden sie wieder, sodass ich um 12 Uhr etwa 30 Herren hatte und keine Damen. Trotzdem waren die Herren von den Schaustücken einiger Südamerikaner angetan, die sich mit einheimischen Musikeinlagen auszeichneten

Ansonsten tägliches Einerlei. Um 10 Uhr bin ich im Office. Stelle neue ein oder bilde neue Leute aus oder feuere einige Ungeeignete. Am Abend fahre ich sie mit meinem Wagen in die Vororte Sydneys, wo ich jedem einige Häuserreihen gebe, die sie zu durchkämmen und nach Enzyklopädie-Wünschen Ausschau zu halten haben. Um zehn Uhr nachts sammele ich meine Leute wieder ein und bringe sie in die Stadt. Freundinnen habe ich genug, habe aber keine Zeit für sie, denn ich bin auch am Wochenende tätig. ..."

Johnny hatte schon in den ersten Wochen des Jahres 1970 mit einer britischen Konkurrenzfirma Kontakt aufgenommen, die ihm ein noch besseres Angebot unterbreitete. Er zeigte mir in seiner Wohnung das Programm dieses Verlages, der ebenfalls eine 20-bändige Enzyklopädie und zwar mit Tausenden von Farbabbildungen herausgebracht hatte und ein paralleles Bonusprogramm anbot wie unsere amerikanische Firma, wobei dieses Programm noch um einiges attraktiver und günstiger war als jenes, weshalb wir uns auch größere Verkaufsumsätze versprachen. Nun nahmen er und ich von unserer bisherigen Firma zu deren Bedauern Abschied und begannen in einem anderen Gebäude bei *International Learning Systems Corporation (ILSC)*, einer Londoner Firmentochter des *Caxton Großverlages*. Und da ich gerne *Melbourne*, Australiens zweitgrößte Millionenstadt, kennenlernen wollte, ließ ich mich dorthin versetzen. Leider hatte ich mich jetzt von meiner luxuriösen Wohnung in jenem höchsten Gebäude der Stadt zu trennen, auf dessen Dach ich im Swimmingpool meine Runden drehte und von dort den herrlichsten Ausblick über die ganze Stadt genoss.

Auf ein Inserat hin fand ich in der *St. Kilda Road* bei einer 40-Jährigen ein Zimmer, sodass ich mit ihr das Bad und auch die Küche teilte. Und da sie mir gefiel, ließ ich durchblicken, dass wir auch nur ein Schlafzimmer benötigten. Sie jedoch wollte zu mir Abstand halten, was ich akzeptierte, respektierte ich doch immer derartige persönliche Entscheidungen und versuchte niemals, solche zu meinen Gunsten zu beeinflussen.

Unter den neuen Vertreterinnen und Vertretern befand sich auch eine mir sehr zusagende junge Frau namens *Mara*, die als Kind mit ihren Eltern aus Lettland nach Melbourne gekommen war. Ich fuhr mit meinem Auto an einem Abend meine Leute in die Vororte der Stadt und wies ihnen die betreffenden Straßenzeilen zu. Mara, die ich zuletzt absetzte, übernahm jene beiden Straßen, die dem Gebiet, in welchem ich mich verkaufend bemühen wollte, gegenüberlagen. Nach etwa zweistündiger Arbeit, wobei es mir gelang, eine Bestellung aufnehmen zu können, wollte ich mir die nächste Straße vornehmen, als ich Mara aus einem Haus in der gegenüberliegenden Straße herauskommen sah. Ich ging auf sie zu und fragte, wie es ihr bisher ergangen sei. Sie wies mir erfreut einen unterschriebenen Kaufvertrag vor, den ich sogleich überflog, ob er auch richtig ausgefüllt und unterschrieben war. Und da ich in einer Stunde die anderen an ihren verabredeten Plätzen abzuholen hatte und ich nicht zu spät erscheinen wollte, setzte ich mich mit Mara am Rande einer Grasfläche nieder. Und schon bald umarmten wir uns mit heißesten Küssen, obwohl ich wusste, dass es bei dieser Firma wie bei der amerikanischen hinsichtlich Liebschaften unter Mitarbeitern und besonders zwischen Managern und deren Angestellten ebenso ungern gesehen war. Und wir hatten das prickelnde Bedürfnis, uns zu späterer Stunde noch zu treffen und noch heißere Leidenschaften auszukosten. Und da Mara mit einer Freundin ein Zimmer teilte, gab ich ihr meine Adresse, vergessend hinzuzufügen, dass ich dort nur zur Untermiete wohnte. Nachdem ich alle auf mich in der Dunkelheit Wartenden eingesammelt hatte, fuhr ich sie in die Stadt zurück und setzte den ein oder die andere an den gewünschten Busstationen ab, wobei Mara als erste ausstieg.

Als ich etwa eine Stunde später in meinem Apartmentgebäude ankam, fand ich Mara mit dem Kopf zwischen ihre Knie gekauert schlafend vor meiner Eingangstür. Ich weckte sie auf, und sie erzählte mir folgendes. Sie sei gleich mit dem Bus zu meiner Wohnung gefahren. Und da das Klofenster angelehnt war, schob sie es ganz auf und kletterte hinein. Plötzlich stand sie meiner Wirtin gegenüber, die sie für eine Einbrecherin gehalten hatte. Jene scheuchte sie hinaus. Mara versuchte ihr noch verständlich zu machen, dass sie eine Freundin von mir sei und sich in meinem Zimmer, bis ich zurückkäme, aufhalten möchte. Doch die Wirtin blieb bei ihrem Rauswurf. Ich nahm nun Mara in die Arme, schloss die Wohnungstür auf, und auf Zehenspitzen gingen wir in mein Zimmer. Wie vorauszusehen war, erhielt ich am nächsten Morgen die Kündigung.

Zurückgekehrt nach Sydney wohnte ich bei meiner neuen Freundin *Terry*, die vergeblich versucht hatte, sich in unserer Firma als Vertreterin zu behaupten. Sie war Deutsche und kam aus Nürnberg. Doch nach einigen Wochen bekam ich das Bedürfnis, von meiner mühevollen Tätigkeit als Manager zu pausieren. Ich hatte den Wunsch, drei bis vier Wochen Neuseeland zu bereisen, bevor ich in Sydney meine Managertätigkeit wieder aufnehmen würde. Meine persönlichen Sachen hinterließ ich bei Terry, während ich meinen Wagen für die Zwischenzeit an die Firma auslieh.

7. Als Kartoffelaufleser in Neuseeland

In *Sydney* begegnete ich immer wieder Neuseeländern, die von der Schönheit ihres aus zwei großen Inseln bestehenden Landes erzählten. 1820 begannen die ersten Briten es zu besiedeln, indem sie sich anschickten, all das anzupflanzen, was sie auch in ihrem Land ernten konnten, waren doch die klimatischen Bedingungen besonders auf der Südinsel den heimischen ähnlich. Sie brachten den Einheimischen als unbeabsichtigtes Gastgeschenk Masern und Pocken, die ihre Bevölkerung dezimierte. Schon 30 Jahre später hatten die weißen Siedler die Einwohnerzahl der Einheimischen überholt.

Neuseeland, das durch den Holländer *Tasman* 1642 entdeckt wurde, durfte ich auf meiner mir vorgenommen Weltreise auf keinen Fall übergehen. Ich nahm das Schiff von *Sydney*, das seinen Kurs direkt nach dem über 1.500 Kilometer weiter östlich gelegenen *Wellington* nahm, der Hauptstadt des damals drei Millionen meist englisch stämmiger Menschen zählenden Landes, von denen ein Zehntel den eingeborenen Maoris zuzurechnen sind. Ich hatte mir für die Reise das von mir schon seit langem zu lesen gewünschte Hauptwerk *Thomas Manns*, seinen vierbändigen Roman *Josef und seine Brüder* als Lektüre eingepackt und ließ mich von dessen Inhalt und seiner Sprache begeistern, wobei ich damals, der ich sein übriges Werk schon kannte, zu der Ansicht kam, dass das Gespräch zwischen Josef und dem Pharao mit zu dem Tiefsinnigsten gehörte, was dieser Schreibmagier je zu Papier gebracht hatte. Damals wusste ich noch nicht, dass ich diesen umfangreichsten Roman der deutschen Literatur, zumindest was die Seitenzahl anbelangt, noch mit meiner *Molar*-Romantetralogie übertreffen sollte.

Die am Südende der nördlichen Insel gelegene Stadt *Wellington* ist bekannt für die rauen Winde. Und da ich zuerst die südlich gelegene Insel per Anhalter zu durchreisen gedachte, schnallte ich meinen Rucksack wieder auf und nahm das Fährboot, das mich in kürzester Zeit durch die Meerenge hinübersetzte. Nun stand ich im April des Jahres 1970 seit über einem Jahr wieder an der Straße und hielt meinen ausgestreckten Arm mit dem Daumen nach oben gerichtet den sich nähernden Personenwagen entgegen. Lastwagen wollte ich nur dann anzuhalten versuchen, wenn sich aus Mangel an Privatwagen keine anderen Möglichkeiten als Transportmittel ergeben sollten, fand man doch in den zumeist alleingesteuerten Kleinwagen oft Leute, die sich mehr Zeit für Gespräche nahmen, die dann oftmals an einem Restauranttisch in aller Breite fortgesetzt wurden oder aus denen sich direkt Einladung samt Übernachtungsmöglichkeiten ergaben. Denn meine Neugier erstreckte sich dahin, so viel wie möglich von einem jeweils zu durchtrampenden Land zu sehen und zu vernehmen, und vor allem, den unmittelbaren Kontakt zu seinen Bewohnern zu ermöglichen.

Der erste Fahrer, der anhielt und neben dem ich Platz nahm, war ein etwa 50-jähriger Mann, mit dem ich mich ausgiebig über sein Land und auch seine Tätigkeit unterhielt. Er war Auktionär von Schafen und fuhr nach einem Ort, wo er eine Auktion durchzuführen hatte. Ich bekam durch seine zuvorkommende Freundlichkeit einen ersten Eindruck von jenen weißen Einheimischen, die mit größter Gastfreundschaft Europäern die Hand ausstrecken, denn unser Erdteil liegt genau auf der anderen Seite der Welt, eine Welt, die sie zumeist nur vom Hörensagen oder aus den Medien kennen. Sie fühlen sich wie abgeschnitten von der übrigen großen Welt, in welcher vielerorts Kriege, Hungersnöte, schreckliche Krankheiten und Überbevölkerung beheimatet sind. Von all dem ist in ihrem Land nichts zu finden. In jenem Städtchen angekommen, lud er mich gleich zu einem ausgiebigen Frühstück ein, wonach ich ihn auf einem erhöhten Podest beobachtete, wie er schnell sprechend, sodass ich kaum seine Worte verstand, mit dem Hammer auf die schräge Holzplatte schlug, um demjenigen, der den letztgenannten Preis für eine bestimmte Anzahl von Schafen lauthals nannte, den Zuschlag zu geben. Und selbstverständlich musste ich zu dem noch ausgiebigeren Mittagsmahl an seiner Seite Platz nehmen, wo er mich seinen Freunden vorstellte, die mich wohl wie einen Außerirdischen betrachten mussten, der mit Rucksack von ganz, ganz weit her auf ihren abgeschiedenen Planeten gekommen war.

Ich trampte an der westlichen Seite der Insel entlang, und gelangte in einen Wald, auf dessen Straße viele überfahrene Opossums in ihren braunen Fellen lagen. Hier herrschte eine Plage dieser fast kleinkarnickelgroßen Nager, die sich nachts wohl ungeschickt bei herannahendem Lampenlicht der Autos auf den asphaltierten Weg gestellt hatten. Schließlich stand ich vor dem *Franz Josef Gletscher*, der mit seinen Eisschichten das Meer berührte. Und nach hinten hin ragten die Gebirgsriesen hinauf, deren Häupter wohl bald wieder Schnee tragen würden, stand doch der Winter bevor. Man sprach von dieser Gebirgskette, von der einige Berge über 3.000 Meter hochragten, auch gerne von den *Neuseeländischen Alpen*. Der höchste von diesen Giganten war der *Mount Cook* mit 3.764 Metern. Dieses Land wartete mit einigen Überraschungen für mich auf, von denen ich vorher nie eine Ahnung gehabt hatte. Und ich wagte mich mit meinen Sommerschuhen auf das glitschige Weiß. Da sich dort auch andere Besucher einfanden, war es für mich wieder leicht, am Parkplatz eine Rückfahrt zu finden, musste ich doch erst an der Westküste ein ganzes Stück wieder nach Norden trampen, um von dort den Anschluss zu den Straßen, die nach dem Osten und Süden führten, zu finden.

Da ich Marion in Bangalore versprochen hatte, ihre Mutter auf der Südinsel aufzusuchen, hielt ich mich nicht länger in *Christchurch* und *Duniden* auf und erreichte schließlich ihr ziemlich im Süden vereinsamt stehendes Farmhaus, wo sie, die darin ganz allein wohnte, mich als Abgesandten ihrer Tochter mit größter Freude empfing. Sie war offensichtlich froh, etwas Belebung in ihre Einsamkeit bekommen zu haben, sodass sie mich wiederholt mit jedem Tag bat, doch noch ein paar Tage länger zu bleiben. Ich berichtete ihr von der in Indien mit ihrer Tochter gemeinsam unternommenen Reise, sprach aber, da Marion mich extra darum gebeten hatte, nicht davon, dass wir per Anhalter gereist waren, und erfuhr von dieser würdigen Dame über den gegenwärtigen Verbleib Marions und ihr Tun in England.

Und während wir beim Tee saßen, schauten wir auf die eingegrenzte Koppel vor dem Fenster, wo ich drei Schafe weiden sah. Sie nannte mir liebevoll deren Kosenamen und sagte, dass diese nun ihre einzige Gesellschaft seien. Früher, als ihr Mann noch lebte, hätten Hunderte von Schafen die Weiden belebt, war doch deren Wolle ihr Hauptverdienst. Vor Weihnachten sei ihr Sohn zu ihr gekommen und habe sie gefragt, welches der drei Schafe für das Fest geschlachtet werden solle. Sie habe einen Schreck bekommen. Was, eines ihrer drei Lieblinge vor ihrem Fenster, denen sie stundenlang zusehen konnte, sollte geschlachtet werden? Unmöglich! Seit jener Zeit war sie zu einer Vegetarierin geworden. Doch wusste sie leckere vegetarische Mahlzeiten zu zaubern. Neben der Schafzucht betrieben sie vormals noch den Gemüse- und Kartoffelanbau. Nun aber habe sie ihre Felder verpachtet. Und morgen sollte auf diesen die Kartoffelernte beginnen. Das war für mich interessant, und ich fragte, ob ich dabei mithelfen könne. „Aber sicherlich!", meinte sie. Der Nachbarsbauer, ihr Pächter, würde sowieso Saisonarbeiter für diese Ernte einzustellen haben. Sie rief diesen sogleich deswegen an und erhielt sein Einverständnis. Ich möge morgen um sieben Uhr einfach hinaus auf das Feld gehen und mich bei ihm melden. Man würde von ihm als Akkordarbeiter gut bezahlt und bekäme für jeden vollen Sack eine bestimmte Summe Geldes.

Zur frühen Stunde am nächsten Morgen traf ich dort ein. Der Pächter war anscheinend froh, zu seinen etwa acht Männern und einigen Frauen noch zusätzliche Hände für die Ernte gefunden zu haben, und überreichte mir einen Korb, den ich gefüllt in bereitliegende Säcke zu füllen hatte. Jeder der Kartoffelaufleser bekam eine Reihe zugewiesen. Er hatte schon am Vortag mit seinem Traktor die Kartoffeln an die Oberfläche befördert, sodass wir mit dem Einsammeln beginnen konnten, während er selbst schon das benachbarte Kartoffelfeld für den morgigen Tag mit dem Traktor vorbereitete.

Ich stellte meinen Korb am Beginn der Reihe auf den Boden und beobachtete, wie die beiden Männer neben mir mit ihren großen Händen schaufelnde Gabeln bildeten, mit denen sie gleich ein ganzes Dutzend oder mehr von diesen Erdfrüchten in die Körbe beförderten, während die mit diesen hochgehobene Erde zwischen den gespreizten Fingern herabfiel. Sie arbeiteten in gebückter Haltung mit für mich nicht nachzuahmender Schnelligkeit. Je schneller sie die Säcke füllten, desto mehr Lohn wartete auf sie. Als ich schließlich meinen ersten Sack vollgefüllt hatte, waren sie schon beim Zuschnüren ihres dritten Sackes. Selbst die Frauen, wie ich beobachtete, hatten schon den zweiten Sack fast voll. Und immer wieder musste ich mich aufrichten und meinen Rücken, der zu schmerzen begann, wieder zu begradigen versuchen. Aber ich wollte mir beweisen, dass ich solch harte Arbeit verrichten konnte. Zur Mittagspause verzehrte ich die mir von Marions Mutter eingepackten Butterbrote. Am Nachmittag war das Feld abgeerntet. Ich hatte etwa zehn Säcke gefüllt, während einige der Männer für 40 und mehr Säcke ihren Lohn ausbezahlt bekamen. Und obwohl mein Rücken heftig schmerzte, sagte ich dem Bauern zu, auch am nächsten Tag wieder erscheinen zu wollen. Mit weichen Beinen gelangte ich schließlich in mein bäuerliches Domizil, wo ich nach einer Dusche dem vorbereiteten Essen mit Heißhunger zugesprochen haben musste.

Beim Aufstehen am nächsten Morgen schmerzte der ganze Rücken. Sollte ich lieber nicht hinaus aufs Feld gehen? Aber ich hatte doch dem Bauern versichert, kommen zu wollen. Und einmal mein Wort gegeben, hatte ich es auch zu halten. Doch jedes Hinunterbücken war nun zu einer Qual geworden. Ich hatte gehofft, dass der Rücken nur zu Beginn sich gegen solches emsige sich Niederbücken sträuben würde. Jetzt kauerte ich mich nieder, um mein Rückgrat zu entlasten. Doch auch hierbei hielten die Schmerzen an. Und als ich den vollen Korb in den Sack entleeren wollte, wackelten die Knie, sodass es mir kaum gelingen wollte, diesen zu leeren. Jemand kam und half mir. Ich durfte kein Versager sein, auch wenn ich an diesem Tage vielleicht nur acht oder gar nur sechs Säcke vollzufüllen schaffen sollte. Gott sei Dank war dieses Feld kleiner gewesen, sodass wir schon am frühen Nachmittag nach Hause gehen konnten. Was heißt gehen? Ich lief mit scherzverzerrtem Gesicht mir dabei den Rücken haltend in gekrümmter Haltung zu meinem Bauernhaus zurück. Nachts vermochte ich nicht zu schlafen, denn auch das Liegen war eine Qual. So musste ich mich immer wieder aufrichten, ans Fenster stellen, in den nächtlichen Himmel blicken und hoffen, dass der Rücken sich bald wieder von selbst kurieren werde. Der mir ausbezahlte Lohn war mehr als dürftig, hatte ich ja im Gegensatz zu anderen nur wenige Säcke füllen können. War ich nun dumm gewesen, nicht gleich bei den ersten Schmerzen mich wieder verabschiedet zu haben, oder sollte ich etwa stolz darauf sein, zwei Tage durchgehalten zu haben?

Doch schon zwei Tage später stand ich wieder an der Straße. Schließlich war ich mit dem Fährboot wieder auf der *Nordinsel* gelandet und trampte nun zu einem anderen Weltwunder, den *Geysiren* des Vulkangebietes im Stammland der *Maori*, die sich hauptsächlich in ihrer Stadt *Rotarua* und Umgebung angesiedelt haben. Hier in diesem Hochland kochte noch vielerorts die Erde. Gase mit Schwefelgeruch strömten hervor, heißes Wasser brachte den Schlamm zum Blubbern, und an einigen Stellen spritze das heiße Wasser fontänenartig sogar recht beachtlich in die Höhe. So etwas hatte ich noch nie gesehen. Und in einer Herberge bei Rotarua untergekommen, konnte ich nachts in einem mit angenehm warmem Quellwasser gefüllten Becken liegen und den Sternenhimmel in seiner ganzen Pracht bewundern. Hier durfte mein immer noch schmerzender Rücken endlich seine letzte Heilung erfahren. Und ich dachte wieder an meine geliebte Medizinstudentin in Berlin zurück, deren Trennung mir damals die größten Seelenqualen verursacht hatte. Mir war auch damals schon bewusst, dass ich zum anderen Ende der Welt zu fahren haben würde, um diese Liebe ganz in mir zu überwinden. Wie dankbar war ich doch dem Schicksal, dass diese Liebe damals wenn auch für mich ein grausames Ende fand, wäre ich doch als Familienvater sicherlich nicht abenteuerlicherweise bis hierher gekommen. Im Nachhinein war ich froh, dass alles so gekommen war, wie es besser nicht hätte sein können. Meist erfahren wir erst im Lebensrückblick, dass selbst eine widerliche Fügung in der Vergangenheit letztendlich sich als ein Segen herausstellt. Und der Gedanke mag hier in mir weiterhin gereift sein, einen Roman über meine Liebe als junger Dichter zu meiner geliebten F. zu schreiben, einen Roman mit dem Titel *T & F*, den ich 1975 auf der Insel Kreta tatsächlich zu Papier bringen sollte.

8.   Im Intercontinental Hotel als Dauergast

In *Auckland*, der größten Stadt des Landes, wollte ich dem Regionalmanager unserer *ILSC Firma* guten Tag sagen und ihm die Grüße bestellen, die man mir aus Sydney an ihn aufgetragen hatte. Ich schüttelte *Jim Raines* also die Hand und überbrachte ihm die Grüße. In ihm fand ich einen äußerst sympathischen Mann, Mitte Vierzig, der mich gleich zum Essen einlud. Er wusste, dass ich der Wettbewerbsgewinner bei P.C. Collier gewesen war, kannten sich doch die Bosse untereinander, denn die meisten hatten bei dieser Firma als Vertreter angefangen und wechselten als Manager zu anderen Firmen, so ein noch verlockenderes Angebot vorlag. Denn wer sich beim harten Geschäft im Tür-zu-Tür-Business bewährt hatte, der war, so wusste man, in jedem anderen Management zu gebrauchen. Jim hatte als Lebenspartnerin die schönste Frau, die ich in jenem Lande zu sehen bekam. Bald wollten sie heiraten. Und war es nicht so, dass eine schöne Frau an eines Mannes Seite nicht auch dessen Stolz und Selbstsicherheit hob und vor allem sein Ansehen besonders bei anderen Männern steigerte? Seine rechte Hand, der Distriktmanager für die nördliche Insel, war ihm abgeworben worden, weshalb er mich fragte, ob ich nicht dessen Stelle hier in Auckland antreten wolle, würde ich doch auch unter ihm hier mehr verdienen als in Sydney. Ich entgegnete, dass ich dem Regionalmanager in Sydney versprochen hätte, auf jeden Fall dorthin zurückzukehren. Doch er meinte, dass *company jumping* normal sei, besonders in der eigenen Firma, wenn es zum Wohle der Hauptfirma geschehe. Er werde mit den obersten Bossen in London telefonieren, um deren Zustimmung für mein vorläufiges Bleiben in Neuseeland einzuholen. Und da mir Land und Leute dieser beiden Inseln so gut gefielen und es, wie Jim mir versicherte, zudem hier viel leichter als in Australien war, als Vertreter, in Wohnungen eingelassen zu werden, willigte ich, nachdem auch die Zusage aus England gekommen war, erfreut ein, als seine rechte Hand im Hauptfirmensitz Neuseelands zu arbeiten. Für mich war es als Erstes wichtig, über ein eigenes Auto zu verfügen. Jim streckte mir das Geld vor, mir einen viertürigen Gebrauchtwagen zu kaufen, während ich an meine australische Bank telegrafierte, mir mein dort Erspartes nach Auckland zu transferieren, sodass ich ihm das Geliehene sehr bald zurückerstatten konnte. Auch verständigte ich meine Freundin Terry, mir meine Anzüge zuzuschicken, währenddessen ich mir einen Anzug von Jim ausgeliehen hatte.

Nun ging ich wieder meiner gewohnten Betriebsarbeit nach, hatte zwei Feldmanager unter mir, doch lud ich auch am Abend meinen Wagen mit den Vertretern voll und wies ihnen ihre Straßen zu, während ich auch selbst wieder eine Aktentasche unter den Arm nahm und an Haustüren schellte.

So läutete ich eines Abends an einer Tür, und eine junge Frau öffnete. Ich fragte, ob schulpflichtige Kinder im Hause seien, was sie verneinte. Doch wollte sie aufgrund meines Englischakzentes wissen, woher ich sei. Und als sie erfuhr, dass ich aus Deutschland kam, bat sie mich, zu einer Tasse Tee hereinzukommen mit den Worten: „Ich bin so begeistert von allem, was aus Ihrem Land kommt und vor allem von der deutschen Musik." Wie vermochte ich solch einer Einladung zu widerstehen. Sie war allein im Haus. Und als wir beim Tee über Musik zu plaudern begannen, erzählte sie mir, dass sie Musikstudentin sei und Opernsängerin werden wolle. Im Augenblick übe sie mit ihrem Gesangslehrer, in den sie verliebt sei, Schubertlieder ein. Und da ich selbst ein begeisterter Schubertanhänger war, bat ich sie, mir doch etwas vorzusingen. Sie setzte sich ans Klavier und sang mir auf Deutsch die bekanntesten Lieder meines Lieblingskomponisten vor. So hörte ich dann jene bekannten Lieder wie *Am Brunnen vor dem Tore* oder *Leise flehen meine Lieder*. Ich war von der Musik, von der Ausstrahlung dieser schönen jungen Frau mit ihrer kräftigen und klaren Stimme sehr angetan. Wie wunderbar war es doch, dass die Musik der deutschen Klassiker weltweit Anklang gefunden hatte. Viele Jahre später sah ich auf dem Video eine Aufnahme von *Mozarts Don Giovanni*. Und die Partie der *Donna Elvira* sang die neuseeländische Starsopranistin *Kiri Te Kanawa*. Und ich meinte, dass sie diese junge Sängerin aus Auckland gewesen sein müsste.

Nach einigen Wochen wechselte Jim zu einer anderen Firma über. Auf einmal musste ich seinen Posten als zwischenzeitlicher Regionalmanager übernehmen, bis ein neuer für diesen aus Australien oder England ausersehen war. Als dieser nach etwa zwei Wochen eintraf, kamen wir miteinander überein, dass ich der Distriktmanager der südlichen Insel sein werde, so lange jedoch noch weiterhin auf der nördlichen Insel operieren dürfe, bis ich eine Stammmannschaft zusammengestellt haben würde, mit der ich dann nach *Christchurch* überwechselte, um dort ein Verkaufsbüro zu eröffnen. Und da ich all mein in Australien erspartes Geld auf eine neuseeländische Bank überweisen ließ und selbst recht ordentlich in Auckland verdient hatte, nahm ich mir ein Zimmer im *Intercontinental Hotel*, der vornehmsten Wohnadresse dieser Stadt. Auch mietete ich dort einen Seminarraum. Auf meine Anzeigen hin bestellte ich die Bewerber hierher, interviewte sie auf ihre Tauglichkeit hin und brachte ihnen bei, wie sie unsere Enzyklopädien vorzustellen und zu verkaufen hatten. Meine Anzeigen in den lokalen Zeitungen lauteten in etwa so: ‚Sind Sie unabhängig, möchten Neuseeland kennenlernen und dabei noch viel Geld verdienen? Dann rufen Sie mich bitte an ...'. Der jeweilige Anrufer war zuerst mit der Hotelrezeption verbunden, die dann das Gespräch auf mein Zimmer weiterleitete. Wie man sich vorstellen kann, bekam ich viele Anrufe, aus denen sich Vorstellungsgespräche ergaben, demzufolge ich genügend Leute – hauptsächlich junge, aber auch zwei Männer reiferen Alters – rekrutieren konnte. Um diese Neuanfänger alle abends in die von mir ausgesuchten Gebiete zu fahren, benötigte ich einen Kleinbus, den ich mir als Gebrauchtwagen zulegte. Einer meiner Neuangestellten fuhr diesem mit meinem ebenfalls vollbesetzten Personenwagen hinterher, bis ich sie alle einzeln abgesetzt hatte. Schon bald verdiente ich mehr als der neue Regionalmanager. Zu dieser Zeit hatte ich eine Maori mit dem Namen Tui zur Freundin. Mit dieser äußerst sympathischen Frau besuchte ich im Kino den Film *Woodstock*, eine Dokumentation mit viel Musik über jenes größte Musikfestival, das ein Jahr zuvor im Staate New York stattgefunden hatte. Wie gerne wäre ich selbst dabei gewesen. Doch ich werde ja auch noch in die Vereinigten Staaten gelangen, wo hoffentlich solch ein Festival wiederholt werden wird, zu dem ich mich dann bestimmt einfinde.

Im Juni schrieb ich folgende Zeilen an meine Schwester: „ … *schon vor Ostern verließ ich Australien und hitsch-hikte in New Zealand. Dieses Land schloss ich in mein Herz, und es schloss mich in seine Arme. Ich bin jetzt Verkaufsmanager für die südliche Insel von Neuseeland, verweile aber noch zwei Wochen auf der nördlichen Insel. Mein Wochenlohn beläuft sich zurzeit auf 1.000 $US. Natürlich habe ich für Büro, Telefon und Annoncen zu zahlen. Ich werde voraussichtlich noch vier bis sechs Monate hier verweilen, bevor ich nach Bali fliege, um dort Weihnachten zu verbringen – und vielleicht noch mehr. Danach hitch-hike ich nach Japan, Alaska, Kanada, und will dann in den Vereinigten Staaten ein Jahr verbringen. Ich möchte dich bitten, mir ein Konto auf meinen Namen mit Deiner Vollmacht zu öffnen, damit ich mein Geld nach Deutschland transferieren kann. … Ich habe ein sehr interessantes, wenn auch sehr anstrengendes Leben. Wenn mein Eifer andauert und einiger Erfolg daraus zu erwarten ist, dürfte sich mein Verdienst rapide vermehren. Nun, wie ich glaube, genießt ihr euer Familienglück. An Familie zu denken, liegt mir zurzeit wenig, aber eines Tages werde ich auch noch Familienvater sein, auch wenn es noch zehn Jahre dauern sollte. Ich warte auf den richtigen Köder, bevor ich zuschnappe. … Ich arbeite*

14-16 Stunden pro Tag und habe manchmal noch nicht einmal sechs Stunden Schlaf. Doch im nächsten Jahr kann ich ausgiebig ausruhen – auf Bali unter Palmen. ..."

9.   Wie ich einem Gottesdiener begegnen durfte

Bevor ich ein Büro in *Christchurch* eröffnete, benötigte ich erst ein zuverlässiges Team, mit dem ich mich dorthin begeben wollte. Ich brauchte auch ein oder zwei von mir dann ausgebildete fähige Feldmanager. Und einer unter meinen Neulingen namens *Mike Baker* zeichnete sich durch Fleiß und Erfolg aus. Auf unseren bald über mehrere Tage sich erstreckenden Verkaufsfahrten durch die nördliche Insel nahmen wir zwei australische Hitchhikerinnen mit, *Jane* und *Diane*, beide Anfang Zwanzig. Wir alle überzeugten sie, ebenfalls in unserem Team zu arbeiten.

Als Manager einer Enzyklopädienfirma mit meinen Verkäufern auf Verkaufsfahrt durch Nordneuseeland

Mike und ich brachten ihnen das für diese Tätigkeit erforderliche Wissen bei. Jane erwies sich als überaus erfolgreich, während Diane nach einigen Versuchen jedoch keinen unterschriebenen Kaufvertrag aufzuweisen hatte. Ich nahm sie deswegen an einem Abend mit mir mit, um ihr zu zeigen, wie man vorzugehen hatte. Kurzum, Diane verliebte sich in mich, und wir waren für zwei Wochen ein heimliches Liebespaar, durften doch die anderen nicht wissen, dass wir beide, während sie arbeiteten, uns im Bett vergnügten, was die Arbeitsmoral der anderen sicher beeinträchtigt hätte.

Doch eines Tages, als ich meinen fleißigen Verkäufern schon ihre Gebiete zugewiesen hatte, wollte ich noch Jane in einem Dorf zur Arbeit absetzen. Die Erde war noch nass vom letzten Regenguss. Auf einer schmalen Straße kam auf einmal ein Lastwagen mit großer Geschwindigkeit um die Kurve. Er nahm die ganze Straße für sich ein. Ich versuchte mit meinem Wagen auszuweichen, geriet auf den schmalen und aufgeweichten Seitenrand, der nachgab. Mein Auto rutsche seitlich ab und überschlug sich hinunterrollend mehrere Male, ehe es auf einer Wiese mit den Rädern nach oben stehen blieb. Ich befand mich in einem Schockzustand. Doch meine erste Besorgnis galt Jane. Mit zittriger Stimme fragte ich die Nichtangeschnallte – denn damals gab es meines Wissens noch keine Anschnallgurte, oder sie waren zumindest nicht vorgeschrieben –, ob ihr etwas passiert sei. Sie selbst befand sich im Schock, gab mir aber zu verstehen, dass sie keinen körperlichen Schaden erlitten hatte. Leute kamen aus ihren Autos zu uns nach unten gerannt. Da ich im Nacken Schmerzen hatte, brachte man mich, der ich mich noch in einem benommenen Zustand befand, zu einem Arzt. Als ich in dessen Warteraum hineingeführt wurde, saßen dort einige Patienten. Die Arzthelferin, der die Umstände meines Kommens kurz berichtet worden waren, sagte, dass ich zu warten hätte, bis ich an die Reihe käme. Doch dann krachte ich richtig zusammen. Ich fiel auf die Erde. Die herbeigeeilte Arzthelferin half mir beim Aufstehen und führte mich zu ihrem Arzt.

Dieser untersuchte mich, glaubte aber, dass mir körperlich kein großer Schaden außer leichten Prellungen zugefügt sei, gab mir eine Beruhigungsspritze, überreichte mir ein Rezept für ein Medikament aus der Apotheke und meinte, dass mein Schock durch die Wirkung der Spritze sich bald auflösen würde. Und so war es auch, sodass ich anordnen konnte, dass mein Wagen vom Abschleppdienst abgeholt und in eine Werkstatt gebracht wurde, während ich mich zu meinem Kleinbus bringen ließ, wo Mike schon auf mich wartete, und wir dann, während er den Wagen lenkte, die anderen einsammelten. Schon am Abend lag ich wieder in den Armen von Diane, die sich von Jane, die keinerlei körperlichen oder seelischen Schaden davon getragen hatte, alles im Detail berichten ließ, und war am Morgen wieder voll bei Kräften.

Als wir eines Nachts von einer Verkaufsfahrt bei starkem Regen zu unserem Quartier zurückfuhren, erblickten wir im Scheinwerferlicht in einsamer Gegend einen jungen Mann vor uns. Warum gibt er uns kein Zeichen und bittet um eine Mitfahrgelegenheit? Ich hielt an. Ich fragte den in einen Regenmantel Gehüllten, ob wir ihn mitnehmen könnten. Er nahm dankend an. Während die anderen halbwegs schliefen, unterhielt ich mich mit ihm und fragte, warum er denn unseren Bus nicht angehalten hätte. Er erklärte, dass er sich ganz auf Gott verlasse. Gott, so meinte er, sorge schon für ihn. Wenn ihn ein Auto mitnehmen solle, dann würde Gott dem Fahrer schon eingeben, anzuhalten und ihn einsteigen zu lassen. Und, so fragte ich weiter, wo er denn übernachten würde. Auch das überließe er ganz Gott, gab er zur Antwort. Manches Mal sei es Gottes Wille, ihn unter einer Brücke schlafen zu lassen, und ein andermal wäre er eingeladen und könne sogar im Bett ruhen. Und mit dem Essen verhielte es sich ebenso. Manches Mal habe er ein, zwei Tagen nichts zu essen, ein andermal sei er eingeladen oder jemand stecke ihm Geld zu. Über eigenes Geld verfüge er nicht. Auch habe er kein Ziel im Leben und richte sich allein nach den Anweisungen Gottes, dessen Stimme er in sich vernehmen könne.

Wir nahmen ihn in unser Motel mit. Doch schon am nächsten Morgen verabschiedete er sich, da Gott ihn aufgefordert habe, trotz des Regens, ohne zu frühstücken wieder, weiter nach Norden zu marschieren. Ich steckte ihm noch etwas Geld in die Tasche. Er sagte auch kein Dankeschön, denn wir hätten uns bei Gott zu bedanken, dass wir ihn, den Gottesdiener, mitgenommen haben durften. Ich habe diese Begebenheit nie vergessen. Doch war mir nie klar, ob dieser junge

Diener Gottes ein Fall für die Psychiatrie war, oder ob etwas Geheiligtes in ihm waltete, das den Menschen wirkliche Gottergebenheit demonstrieren sollte. Gab es denn wirklich diesen Gott, einen Gott, den selbst die Buddhisten nicht kannten?

Obwohl sich Jane und leider auch Diane von uns trennten, da sie wieder nach Australien zurückzureisen hatten, verfügte ich über eine von mir ausgebildete und gut arbeitende Mannschaft, mit der ich jetzt nach *Christchurch* fahren konnte, um dort ein Firmenbüro zu eröffnen.

Ende Juni schrieb ich folgenden Brief an meinen Bruder: „*... Ich bin auf dem Wege nach Christchurch, der Hauptstadt der südlichen Insel von Neuseeland. Dort werde ich ein eigenes Büro eröffnen und bis zu fünfzig Angestellte anheuern. Bisher verfüge ich nur über zehn Leute, die für mich Bücher von Haus zu Haus verkaufen. Ich arbeite mit ILSC, der größten britischen Verlagsvereinigung. Ich bin zurzeit der höchstbezahlte Mann in Neuseeland und habe mir gerade einen Kleinbus für 8.000 DM kaufen müssen, um meine Leute in ihre Reviere zu fahren. Ich bin jetzt ein richtiger Geschäftsmann, der Leute anheuert, ausbildet und feuert, wenn es notwendig ist. Mein Monatsgehalt dürfte auf 10.000 bis 15.000 DM kommen. Allerdings habe ich viele Ausgaben zu begleichen wie zu vergebende Preise, Telefonate, Miete, Anzeigen usw. Trotz aller meiner Erfolge werde ich wohl noch in diesem Jahr meine Tramp-Weltreise fortsetzen. Ich mache meinen Job nur, um mir selbst zu beweisen, dass ich auch im Business-Geschäft zu walten fähig bin. Ich will kein Millionär werden und auch nicht an Managerkrankheit zugrunde gehen. Ich weiß, dass ich noch viele Male in meinem Leben keinen Groschen in meiner Tasche haben werde, weil ich das Leben von allen Seiten erkunden will. Mal reich – mal arm. Die Hauptsache ist das Zutrauen zu sich selbst, denn mit dem rechten Selbstvertrauen ist alles zu erobern. – Nun, von der Fußballweltmeisterschaft konnte ich nichts sehen – nur Ergebnisse in kurzen Artikeln lesen. Neuseeländer haben kein großes Interesse an Fußball. Rugby und Pferderennen sind hier groß geschrieben. ...*"

10. Als Distriktmanager auf dem Operationstisch

Christchurch ist mit seinen 300.000 Einwohnern die drittgrößte Stadt Neuseelands und ist weniger von internationalem Charakter geprägt als Auckland. Sie ist nahe der Ostküste platziert, dessen Hafen- und Badeort *Lyttelton* heißt. Diese eher englisch anmutende Stadt verfügt über einen prächtigen Botanischen Garten, den ich oft in der Mittagspause aufsuchte. In der Hauptgeschäftsstraße, der Colombo Street, fand ich im ersten Stock eines Bürohauses die passenden Räumlichkeiten für meine einzurichtende Wirkungsstätte. Vor Jahren hatte meine Firma in dieser Stadt eine Zweigstelle unterhalten und die Möbel in einem Lagerhaus deponiert, sodass ich mir nicht alles neu anzuschaffen brauchte. Ich ließ dort zwei mannshohe Palmen aufstellen, die dem Eingangsraum mehr Ansehen verliehen, der zugleich der Empfangsraum war und von einer meiner Vertreterinnen abwechselnd betreut wurde. Auch ließ ich von Tischlern nach und nach das ein oder andere noch verbessern. In meinem Büro saß ich auf einem drehbaren Ledersessel mit hoher Rückenlehne. Hier fanden die Interviews mit den durch Inserate Neuangeworbenen statt, während *Michael* im Trainingsraum am Vormittag die Neuen unterrichtete und jene, die schon als Vertreter bei uns tätig waren, am Nachmittag für den Abendverkauf erneut motivierte. Er war nun mein Feldmanager, und mit meinen beiden Wagen brachten wir unser Arbeitsteam abends in die oft schon in Dämmerlicht getauchten Gegenden. Seitlich von meinem großen Schreibtisch an der Wand hing ein Poster der französischen Fluglinie UTA, die Reklame für sich machte, indem es eine bezaubernd schöne junge Tahitianerin darauf dargestellt war, die mit ihrer Blume im Haar mir freundlich zulächelte und mich täglich aufzufordern schien, auch ihrem Inselreich auf meiner Weltreise einen Besuch abzustatten. Ich könnte ja dann, indem ich mich durch ihr Zuflüstern immer mehr einfangen ließ, ihrem Wunsch zu entsprechen, von dort über Samoa, Fidschi, Neu Guinea, Bali und weiter über Borneo nach den Philippinen gelangen und dann weiterhin meine Abenteuerreise über Taiwan, Südkorea und Japan nach Alaska fortsetzen. Auch konnte ich mir ja nun bei der Überquerung von weiten Wasserstrecken das jeweilige Flugzeug leisten.

Am 28. August schrieb ich einen Brief aus Christchurch an meinen Bruder: *„Deine Pläne, mich Weihnachten in Bali zu treffen, ehren mich, doch werde ich dieses Weihnachten auf irgendeiner Südseeinsel verbringen. Vielleicht Samoa, Fidschi oder Tahiti. Ich bin jetzt Manager eines großen Büros und beschäftige etwa 20 Angestellte. Die Maler und Tischler haben zwar noch zu tun, doch bin ich ganz mit ihrer und meiner Arbeit zufrieden. Heute ist der erste richtige Frühlingstag – es ist Goethes Geburtstag. Wenn ich Zeit hätte, würde ich mich gerne in das deutsche Seminar hiesiger Universität setzen und in Goethes Gedichten lesen. Doch habe ich ein Masseninterview mit anschließenden Einzelinterviews zu halten.*

... Wahrscheinlich kündige ich meinen Job innerhalb der nächsten drei Monate und werde mich für ein halbes Jahr in der Südsee aufhalten, um im Frühling in Japan zu sein, wo ich mich als Lehrer für einige Zeit anstellen lassen möchte. Vielleicht besuchst Du mich im nächsten Jahr in Japan. ...“

Eine der Bewerberinnen, die sich auf die Annonce hin bei mir vorstellten, war eine etwa 30-jährige hübsche Frau. Als ich ihr sagte, dass sie auch bei Dunkelheit von Tür zu Tür zu gehen habe, winkte sie ab. Doch verabredeten wir uns abends, woraus eine schöne, wenn auch nur kurze Liebschaft entstand. Sie erzählte mir, dass sie zwei Jahre lang auf einem Luxusliner, der die ganze Welt umfuhr, als Kioskverkäuferin eingestellt gewesen war. Sie verliebte sich in einen griechischen Besatzungsoffizier. Doch als sie von ihm schwanger wurde, drehte sich sein Interesse an ihr um 180 Grad. Er behauptete gar, dass sie sicher mit einem anderen seiner Kollegen im Geheimen ein Verhältnis gehabt habe. Sie sah sich genötigt, in England von Bord zu gehen und in Holland eine Abtreibung vornehmen zu lassen. Alles war für sie derart schlimm, dass sie sich damals versprochen hatte, sich niemals mehr einem Mann hinzugeben. Gemäß dieser Programmierung verkrampfte sich ihre Vagina derart, dass mein Glied keine Chance hatte, in ihre Scheide einzudringen. Später, als Rückführungstherapeut, hätte ich eine solche Frau mit Vaginismus zu dessen Ursache zurückgeführt, wobei das Problem vielleicht schnell behoben wäre.

Ich meldete dem neuen Regionalmanager in *Auckland,* dass ich Neuseeland bald zu verlassen beabsichtigte, was bei ihm Bestürzung hervorrief. Denn wer sollte nach mir das neueröffnete Büro in *Christchurch* übernehmen können? Ich sagte ihm, dass ich einen Nachfolger, eben Michael Baker, einarbeiten werde. Und wir einigten uns dahingehend, dass ich noch drei Wochen bliebe.

Auf dieser abgeschiedenen Welt am anderen Ende unserer Erde fließt, so könnte man mit Recht sagen, Milch und Honig. Ich trank jeden Tag mindest einen Liter von diesem weißen Getränk. Mit meinen mich wieder belästigenden Hämorrhoiden wurde es täglich schlimmer. Ich ging zum Arzt, der mich an einen Chirurgen verwies, und dieser ließ keinen Zweifel darüber aufkommen, dass ich mich einer Operation zu unterziehen hätte. Mike musste derweil das Büro eigenständig leiten, war das doch zugleich eine gute Bewährungsprobe für einen zukünftigen Manager in höherer Position. Er besuchte mich täglich, um mir die Verkaufserfolge der letzten Nacht zu melden. Da ich nach der OP eine Woche Bettruhe einzuhalten hatte, ging ich vorher in eine Buchhandlung und deckte mich mit Lektüre ein. Auf einmal hielt ich in meiner Hand das Buch Aku-Aku: *The Secret of Easter Island Thor Heyerdahl.* Es ist dessen wissenschaftlicher Bericht über die Osterinsel im entfernten Pazifik. Uns Internatsschülern wurde sein Buch *Kon Tiki* vorgelesen, das seine Segelfahrt mit einem Floß – er hatte es in der Art der alten Inkas nachgebaut –, von Chile zu dieser einsamen Insel voller Rätsel beschrieb. Sein abenteuerlicher Bericht hatte mich damals fasziniert. In diesem zweiten Buch beschreibt er auch das mystische Umgehen der Inselbewohner mit dem Ahnenkult in den geheimnisvoll gehüteten Höhlen. Schade, dass ich wahrscheinlich nie dorthin kommen kann, denn es gibt keine Verbindung zu dieser abgeschiedenen Insel, es sei denn, man würde das ein-, zweimal im Jahr von der chilenischen Hafenstadt Valparaiso zu dieser Insel fahrende Schiff nehmen. Die deutsche Operationsschwester, die dem Chirurgen bei meiner Operation assistierte, besuchte mich als ihren Landsmann im Krankenzimmer und ließ durchblicken, indem sie ihre Nase zuhielt, wie unangenehm der operativer Eingriff gewesen sei. Aber hätte ich mich bei ihr deswegen entschuldigen sollen? Nachdem ich das

Krankenhaus verlassen hatte, sollte ich für einige Monate schmerzfrei bleiben.

Terry hatte ich schon vor einigen Wochen schriftlich gebeten, meine übrigen Sachen in einem Paket an meine Adresse in Christchurch zu senden, worin sich auch mein Romanmanuskript befand, das ich im Dschungel Keralas verfasst hatte. Dieses leitete mir mein Studienfreund Jochen, nachdem auch der zweite Verleger es zu drucken abgelehnt hatte, nach Sydney zur nochmaligen Durchsicht an mich weiter. Wo blieb eigentlich mein schon längst aus Sydney abgesandtes Paket? Schließlich kaufte ich mir das Flugticket von *Auckland* nach *Papeete*, der Hauptstadt von *Tahiti*. Ich ging mehrere Male auf die Post, um nach meiner Paketsendung zu fragen. Ich hinterließ bei der Post die Adresse meiner Schwester in Bremen und hinterlegte auch noch etwas Geld für die Mehrkosten einer Nachsendung nach Europa. Man versicherte mir, dass man, sobald das Paket eingetroffen sei, an die angegebene Anschrift weiterzuleiten. Dieses jedoch ist mitsamt meinem ersten Roman nie in Deutschland angekommen. Auch spätere Nachforschungen brachten kein Ergebnis, obwohl Terry es mit der richtigen Adresse abgeschickt hatte.

Ich übergab den reparaturbedürftigen Bus an Mike, der mir eine ratenweise Abzahlung auf mein deutsches Konto zu überweisen versprach, während ich den Personenwagen verkaufte. Einen ansehnlichen Geldbetrag überwies ich auf mein neues Konto in Bremen, während ich mich reichlich mit Reiseschecks eindeckte, standen mir doch mehrere Flugreisen bevor. Einer aus meinem Verkäuferteam stammte aus Samoa, der einstigen deutschen Kolonie, die nun von Neuseeland betreut wurde. Er malte mir die Schönheiten seiner Heimat aus mit dem Hinweis, dass ich diese unbedingt besuchen sollte, was ich ihm gerne versprach, so meine Reise, wie ich ja plante, diese Insel berühren würde. Mike und die übrigen Mitarbeiter verabschiedeten sich herzlich von mir und wünschten mir für meine Weiterreise viel Glück. Zum Schiff in *Lyttelton*, das mich, der ich mich wieder mit Regenschirm und Rucksack versehen hatte, über Nacht nach Wellington bringen sollte, begleitete mich Evelyne. Ich unterhielt mit ihr schon eine längere Beziehung. Sie war vor unserem Kennenlernen 30 Jahre alt geworden und dachte, nachdem ihr Mann vor zwei Jahren verstorben war, dass nun ihr Leben vorbei sei und sie nie wieder einen Partner bekommen könne. Kurzum, sie litt hochgradig unter Depressionen. Es gelang mir, sie davon zu befreien und ihr wieder Lebensmut und Selbstvertrauen zu geben, wofür sie mir sehr dankbar war. Und als das Schiff nun ablegte und wir uns zuwinkten, rief sie noch: „Ich liebe dich!"

11. Hochwasser auf Tahiti

Tahiti ist das Zentrum vieler Inseln der seit 1880 französischen Kolonie Polynesien. Sie wird von zwei längst erloschenen Vulkanen überragt, die durch einen schmalen Hals miteinander verbunden sind. Die Länge beträgt etwa 50 Kilometer. Am Ende des westlichen größeren Inselteils breitet sich *Papeete* aus, die Haupt- und Verwaltungsstadt Polynesiens mit ihren etwa 50.000 Einwohnern, deren Bevölkerung, anders als auf anderen Inseln, erkennen lässt, dass die Franzosen in dem letzten Jahrhundert mit den einheimischen Frauen, die sich, was ihre Sexualität anging, sehr freizügig gaben, kräftig für Nachwuchs gesorgt hatten. Dies verlieh vielen Gesichtern besonders das der Frauen ein europäisch-exotisches Aussehen von besonderer Schönheit. Hier auf dieser Insel hatte sich der berühmte französische Maler *Paul Gauguin* 1891 für zwei Jahre niedergelassen, bevor er nach Frankreich zurückkehrte. Von dort kam er 1893 desillusioniert zurück. Auf einer einsamen Insel erkrankte er 1902 an Syphilis und starb ein Jahr später.

Hoffentlich werde ich nie diese tödliche Krankheit bekommen, von welcher ich so viel Schreckliches gelesen hatte. So viele große Geister gerieten durch sie in geistige Verwirrung, bis der Tod sie hinwegraffte.

Ich hoffte, mit wenigstens einer dieser gerühmten Schönheiten enger zusammenzukommen. Doch sobald die von mir Erspähten ihren Mund auftaten, sah ich öfter, dass Zähne von einer rotbraunen Farbe überzogen waren, was dadurch erklärbar war, dass sie, wie dort allgemein üblich, süßlichsauere, in eine Soße getränkte und in ein grünes Blatt gewickelte zerkleinerte Nüsse kauten. Oftmals hatte dieses Gewürzgemisch die Zähne schon derart ruiniert, dass Lücken zu sehen waren. Wo befanden sich also diese Schönheiten, von denen eine mir von dem Poster neben meinen Schreibtisch in Christchurch so verführerisch zugelächelt hatte? Ich erfuhr mit der Zeit, dass die vielen französischen Marinesoldaten, die mit ihren Schiffen hier gerne länger verweilten, die Schönsten von ihnen geheiratet und mit nach Frankreich genommen hätten, rumorte doch anscheinend in vielen der jungen Frauen das Verlangen, in jenes Land ihrer Sehnsucht am anderen Ende der Welt zu gelangen, wo es an Komfort, an erträumtem Glanz, an Fülle und Eleganz in nichts zu mangeln schien.

Wie Bali war auch *Tahiti* mit einer Blütenpracht ausgestattet, zu der die stark duftenden Jasminbäume und die mannigfarbigen Hibiskussträucher ihren wesentlichen Beitrag leisteten. Doch was mich auf dieser von Gauguin wohl noch als etwas märchenhaft Schönes erlebten Inselwelt am meisten schockierte, waren die saftigen Preise. Von den Früchten abgesehen, stammten die meisten Waren aus Frankreich, und man kann sich denken, dass diese, um die halbe Welt transportiert, hier teurer waren. Ich mietete mich in dem preisgünstigsten, von Chinesen geführten Hotel ein, dessen Zimmer eher einem Dreckloch glich, für das ich auch noch zehn französische Franken bezahlen musste. Für diesen Preis hätte ich in Bali ein schönes Zimmer für eine ganze Woche mieten können. Hier würde ich mich nicht länger aufhalten, sondern sehen, dass ich bald wieder nach Bali kam. Der Sand an den wenigen Stränden war schwarz von der Vulkanasche. Weiter draußen vermochte man die Korallenriffe zu sehen, gegen welche die Wellen des pazifischen Ozeans schlugen.

Mit meinem Rucksack auf dem Rücken und dem Regenschirm in der Hand, der wegen der beginnenden Regenzeit oft aufgespannt werden musste, marschierte ich auf der südlichen Seite der Insel entlang, besuchte auch die Hütte, in der Gauguin gelebt haben sollte und die man in ein kleines Museum mit einigen seiner Bilderkopien ausgestattet hatte, und ließ mich von manchem Motorrad mitnehmen, da Autos hier nur selten fuhren. Öfter wurde ich von der freundlichen

Bevölkerung eingeladen, aber ich begegnete keinem Mädchen, das mich in eine Hütte gelockt hätte.

In einer Markthalle in Papeete, der Hauptstadt von Tahiti

Am nördlichen Rande des Inselhalses, der die beiden Vulkaninseln verbindet, fand ich eine Hotelanlage, die aus verschiedenen auf anderthalb Meter hohen Pfählen aufgebauten Hütten bestand. Hier waren Rucksacktouristen so gut wie unbekannt. Man war nur Koffertouristen gewöhnt. Somit wies mir der Hotelmanager eine preisgünstige Hütte zu, zu der ich bei schon hereinbrechender Dunkelheit geleitet wurde. Und da mir im zugehörigen Restaurant zu essen zu teuer war, verließ ich diese Anlage und ging auf der Straße, während es blitzte und sich ein durch Donner begleitetes Gewitter ankündigte, den steilen Berg hinauf, wo ich auf dem Herweg oben ein moderates Restaurant entdeckt hatte. Kaum hatte ich dort Platz genommen, begann es sehr heftig zu regnen. Ich kannte ja den Tropenregen von anderen Ländern her. Aber dieser Regenguss schien den ganzen Himmel entleeren zu wollen. Gut, dass ich meinen Schirm dabei hatte. Inzwischen war es draußen stockfinster geworden, und es regnete immer und immer weiter. Es wollte nicht aufhören. So wartete ich dort wohl gute zwei bis drei Stunden. Dann verließ ich das Restaurant mit aufgespanntem Regenschirm. Die nach unten führende Straße hatte sich stellenweise in einen Bach verwandelt, durch den ich in der Dunkelheit zu waten hatte. Laternenlicht gab es nicht. Endlich stand ich vor der Hotelanlage, deren Weg in sie hinein abschüssig verlief. Doch welch ein Schreck durchfuhr mich. Nirgends war wohl wegen Stromausfall Licht zu sehen, und die ganze Anlage stand bis zu einem Meter unter Wasser. Aber ich musste doch zu meiner Hütte gelangen, wo ich meinen Rucksack abgestellt hatte. Wo war sie eigentlich? Es gab dort viele Hütten. Und während ich durch das bauchnabelhohe Wasser schritt, suchte ich in dem manches Mal von einem entfernten Blitz nur matt erhellten Areal nach meiner Hütte. Von den Wegen dorthin war natürlich nichts mehr zu entdecken. An dem Schlüssel war auf einem Holz die Hüttennummer angegeben. Wo war also meine Bleibe? So irrte ich wohl 20 Minuten lang durch dieses Wasser von einer Hütte zur anderen, um beim Aufleuchten eines Blitzes die betreffende Nummer zu finden. Schließlich hatte ich mein Quartier gefunden. Wie gut, dass diese Hütten auf Pfählen gebaut waren. Nachdem ich mich abgetrocknet hatte, legte ich mich erschöpft schlafen.

Am nächsten Tag trocknete ich am schwarzen Strand meine nassen Kleidungsstücke. Gut, dass die Sonne wieder hervorkam. In der Regenzeit ist sie nur selten zu sehen, sodass die Luftfeuchtigkeit hoch bleibt und somit es schwer ist, feuchte Kleidungstücke zu trocknen. Und wie ich erfuhr, regnet es auf diesem Breitengrad in immer häufigeren Abständen den ganzen Dezember und Januar hindurch. Und ich will doch noch in diesen beiden Monaten die westlich gelegenen Inseln wie Samoa, Tonga, Fidschi, Vanatu, die Salomonen, Neu Guinea bis Bali hin besuchen. Hätte ich mir doch nur eine andere Jahreszeit für diese Reise ausgewählt!

12. Die tödliche Spinne auf Bora-Bora

Nach einem Besuch auf der benachbarten Insel *Morea* entdeckte ich ein Schiff, das nach *Bora-Bora*, einer weiter nördlich entfernt gelegenen Insel, fuhr. Ich besorgte mir einen Fahrschein für die Deckklasse. Auf dem Deck hatten sich schon die Einheimischen auf ihren Matten niedergelassen, sodass ich nur mit Glück noch ein kleines Plätzchen fand, auf dem ich meinen Schlafsack ausbreitete. Als ich an der Reling stand und auf das zerklüftete hochragende Vulkangebirge *Moreas* blickte, fanden sich zwei junge Frauen neben mir ein. Sie sprachen deutsch miteinander. Ich sprach sie an. Sie fragten mich, ob ich ihnen helfen könne. Denn sie hätten eine von den wenigen zur Verfügung stehenden Kabinen unter Deck gebucht. Diese befinde sich, wie sie erklärten, direkt neben dem lauten Maschinenraum, sodass an Schlaf in der Nacht bestimmt nicht zu denken sei. Außerdem sei es dort unten unerträglich heiß. Doch bestehe ihre schlimmste Entdeckung darin, dass sie, sobald sie die obere Schublade aufgezogen hatten, darin einige sich schnell verkriechende Kakerlaken entdeckten, sodass sie auf keinen Fall dort unten schlafen könnten. Da ich mich auf meinen Reisen an diese drei bis fünf Zentimeter großen maikäferfarbigen Unratesser längst gewöhnt hatte, sagte ich, dass ich sie mit meinem Handtuch eventuell einzufangen und nach draußen befördern könnte. In diesem kleinen muffigen und zum Ersticken heißen Raum, dessen Wände aus verrostetem Metall bestanden, entdeckte ich eine doppelstöckige Liege ohne Linnen. Beim Aufziehen der Schubladen erblickte ich überall Kakerlaken, die alle einzufangen ein unmögliches Unterfangen gewesen wäre. Somit beschlossen wir, die stinkigen Matratzen der Liegen herunterzunehmen und zu versuchen, an Deck noch irgendwo Platz zu finden, was schließlich gelang, rückten doch einige mit ihren schon ausgebreiteten Unterlagen zur Seite. Die beiden waren so froh, dass ich sie von einem Alptraum befreit hatte. Hoffentlich regnete es nicht, denn dann müssten sie wieder mit ihrer Kajüte vorlieb nehmen. Wir vertieften uns in lange Gespräche, interessierte ich mich doch für die Luftfahrt, denn ich hatte mich einst am Ende meines Studiums bei der Lufthansa als auszubildender Pilot beworben, wurde aber mit meinen damaligen bald 28 Jahren als schon zu alt eingestuft.

Aus unserer Unterhaltung erfuhr ich Folgendes. Sie seien eigentlich vier Stewardessen (heute nennt man sie Flugbegleiterinnen), die sich vorgenommen hätten, *Tahiti* zu besuchen, da dieser Bereich der Welt nicht auf ihren Fluglinien lag. Und als Flugpersonal konnten sie diese Reise für nur zehn Prozent des normalen Flugpreises antreten. Ein Flugkapitän hatte ihnen die Adresse eines französischen Freundes auf Tahiti mitgeben, bei dem sie wohnen konnten. Bei ihm angekommen, lud der wohlhabende etwa -50jährige Geschäftsmann alle vier in seine Villa ein, ließ sie wie in einem Schlaraffenland beköstigen und fuhr sie überall mit Auto und Motorboot herum. Schon nach ein paar Tagen unterbreitete er der nun neben mir Stehenden einen Heiratsantrag. Sie lehnte ab, worauf er dieses Ersuchen an die Zweitschönste von den Vieren richtete, die ihm dann auch prompt das Jawort gab.

Auf *Bora-Bora* ließen sie sich gleich in ein Hotel bringen, während ich mit meinem Rucksack umherging, um irgendwo für die heranbrechende Nacht einen regensicheren Unterschlupf zu finden. Ich kam an einem Hausgrundstück vorbei und sah einen Mann, der sein Motorboot reparierte, den ich für einen Franzosen hielt. Ich sprach ihn auf Französisch an, ob er wisse, wo ich über Nacht umsonst eine Unterkunft finden könnte. Er deutete auf das verfallene mit Binsen bedeckte Nebenhaus und sagte, dass dieses schon seit drei Jahren leer stünde. Er glaube, dass dort sogar noch ein Bettgestell stehe. Ich näherte mich von der Straße her diesem verfallen Haus, dessen Pforte schon eine Schräglage eingenommen hatte. Die Haustür war überwachsen von Gestrüpp, das ich zur Seite schob und dann mich unter dieses duckend gegen die morsche Tür stemmte, die Gott sei Dank nicht verschlossen war. Obwohl draußen noch Tag herrschte, war hier alles im Halbdunkel, und durch die Regenschauer der letzten Tage roch es muffig nach Feuchtigkeit. In dem Nebenraum stand tatsächlich noch das erwähnte Bettgestell mit einer hölzernen Auflage. Doch was sah ich dort? Eine fast faustgroße schwarze Spinne. Ich wusste, dass diese Taranteln sehr giftig waren. Mir war klar, dass ich sie umbringen musste, wäre ich doch sonst der Gefahr ausgesetzt, von ihr nachts gebissen zu werden. Ich nahm mein in doppelter Schicht gefaltetes Handtuch hervor, nahte mich vorsichtig – und mit einer schnellen Bewegung drückte ich es auf die Spinne, knetete es hastig zusammen und zertrampelte das lebensgefährliche Ungeheuer. Doch als ich dann siegesgewiss das Handtuch öffnete, war dort keine zermanschte Spinne zu sehen. Sie hatte meine mörderische Absicht geahnt und war meiner ruckartigen Bewegung vorher schnell entwichen. Was war also zu tun? Vielleicht war dieses Bettgestell ihr Platz, auf dem sie sich auszuruhen pflegte. Egal, ich breitete meinen Schlafsack über dieses Liegebrett aus, stellte meinen Rucksack daneben, entnahm diesem einen mitgeführten Kerzenstummel und Streichhölzer, wollte ich doch bei anbrechender Dunkelheit ein Restaurant aufsuchen, um Abend zu essen. Warum verfügte ich eigentlich nicht wie üblich über eine Taschenlampe? Am eingefallenen Gattertor angekommen, legte ich Streichhölzer und Kerzenstummel hinter den Torpfosten, damit ich später bei Nacht mit Kerzenlicht in meine Behausung eindringen und somit auch erspähen konnte, ob die Tarantel wiederum ihren Stammplatz eingenommen hatte. Ich merkte mir den Eingang zu diesem Haus daran, dass auf der gegenüberliegenden Seite drei Pappeln standen, die ich bei Rückkehr gegen den sternenbeschienenen Himmel erkennen musste, um somit sicher zu meiner nächtlichen Bleibe zurückzufinden.

Nachdem ich gegessen hatte, kam ich noch an einem Hotel vorbei, setzte mich an die Theke und trank ein Bier. Immer wieder musste ich an die Spinne denken. Hoffentlich würde ich in der Nacht nicht von ihr belästigt. Gegen Mitternacht machte ich mich auf den Rückweg. Ich richtete meine Blicke gegen den nächtlichen Himmel, um nach den drei Pappeln Ausschau zu halten. Aber es gab hier mehrere Pappeln, die in Dreigruppen nebeneinander standen. Und von einem Sternenhimmel war auch nichts mehr zu sehen, hatten sich doch Wolken davorgeschoben. So irrte ich die lange unasphaltierte Straße entlang, und jedes Mal, wenn ich drei Pappeln sah, glaubte ich an meiner Gartenpforte eingetroffen zu sein, aber vergeblich. Schließlich fand ich meinen Eingang wieder. Ich bückte mich zum Pfosten nieder und hielt wohl den Kerzenstummel in der Hand, aber die Streichhölzer waren verschwunden. Wer könnte sie weggenommen haben?

Ich tastete mich ohne Kerzenlicht zum Eingang, bückte mich unter das Gestrüpp hindurch, stieß die Tür auf und ging langsam an der Wand tastend zu jenem Nebenraum und hielt nun den zusammenge-falteten Regenschirm vor mich hin, bis dieser an das Bettgestell stieß. Ruhte nun dort die Tarantel – oder war es gar die Schwarze Witwe, die giftigste von allen? Oder hatte sie sich gar in meinen Schlafsack verkrochen? Ich strich nun sanft mit der Länge des Schirms einige Male darüber, in der Hoffnung, dass wenn dieses achtbeinige Groß-giftinsekt dort gelegen hätte, nun sicherlich schon längst verschwun-den wäre. Vielleicht hatte es sich ja unter meinen dünnen Schlafsack gelegt. Ich zog diesen herunter und schüttelte ihn aus. Und wiederum strich ich mit dem Schirm einige Male über das Holzbrett. Schließlich breitete ich meinen dünnen Leinenschlafsack auf dieser Liege aus, schlüpfte hinein, und um besser von einem Besuch darin geschützt zu sein, hielt ich sein oberes Ende mit meinen Händen zusammen. Doch vermochte ich noch lange nicht zu schlafen, denn über mir raschelte es hin und wieder im Binsendach. Wollte sich dieses Tier etwa an ei-nem Faden von oben auf mein Gesicht niederlassen?

Am Morgen wachte ich nach längerem Schlaf auf. Die nächtlichen Geräuschefabrizierer über mir entlarvten sich alsbald als kleine gelb-braune Eidechsen. Von der Spinne war nichts mehr zu sehen. Nach einer Frühwäsche in einem Trog packte ich wieder alles zusammen und schlüpfte durch den Eingang nach draußen. Am Gartentorpfosten angekommen, wollte ich bei Tageslicht nochmals nachsehen, wo ei-gentlich die Streichhölzer verblieben waren. Ich entdeckte die Schachtel in einem nahen Krebsloch, wo sie stecken geblieben war, hatte doch der dort wohnende Krebs mit Macht versucht, sie in seine unterirdische Behausung zu zerren, was ihm nicht geglückt war.

Nach *Papeete* zurückgekehrt, begab ich mich zu einem Reisebüro, um mich zu erkundigen, wie ich von hier aus über Samoa nach Fidschi und Neu Guinea kommen könnte. Dort erblickte ich ein Poster der südamerikanischen Fluglinie *Lan Chile* mit dem Hinweis, dass man von hier aus ab dieses Jahr nach Santiago de Chile fliegen könne mit Zwischenlandung auf der Osterinsel. Das war eine große Überra-schung für mich, hatte ich doch nie für möglich gehalten, dass eine Flugverbindung von Polynesien nach Chile bestand und schon gar nicht mit einer Zwischenlandung auf der Osterinsel. Aber ich wollte doch über Bali nach Japan und dann weiter nach Alaska. Doch die Gelegenheit, indem ich meine Reiseroute änderte, nach der Osterinsel zu gelangen, über die ich noch vor drei Wochen im Krankenhaus zufällig gelesen hatte, war allzu verführerisch. Nach einiger Überlegung nahm ich ein Geldstück und sagte mir: Wenn die Zahl oben liegt, dann reise ich wie geplant zuerst dem Westen entgegen. Liegt aber die Kehrseite oben, dann nehme ich das Flugzeug nach Südamerika. Diese Praxis einer provozierten Entscheidung durch eine hochgeworfene Münze hatte ich oft bei Unentschiedenheit den Ausschlag bestimmen lassen. Und die Zahl auf der Münze blieb unten. Die Entscheidung war gefallen. Ich kaufte das Flugbillett nach *Chile*, zumal ich auch noch erfuhr, dass dieses Flugzeug nun jede Woche fliege und man auch eine Woche Zwischenstation auf der *Osterinsel* einlegen könne. Ade Bali, ich werde dich sicher ein andermal wieder besuchen.

Am Tag meines Abflugs saß ich in der Flughalle und wartete auf den Aufruf zum Besteigen des Flugzeuges. Mein Rucksack war als Gepäck bereits aufgegeben. Doch hatte ich mir in Neuseeland noch eine Reisetasche gekauft, auf welcher in großen Lettern *Air New Zealand* zu lesen war. Ich beobachtete, wie eine sehr schöne und elegante Dame um die Dreißig einem Träger etwas Geld in die Hand drückte, der ihr Handgepäck auf eine Bank unweit von mir niedersetzte. Als dieser gegangen war, entdeckte die attraktive Frau meine Reisetasche, kam auf mich zu und fragte, ob ich auch nach Neuseeland zu fliegen beabsichtige. Ich antwortete, dass ich vor zwei Wochen von dort erst gekommen sei und nun das Flugzeug nach Südamerika nehme. Und da wir beide noch auf unseren Abflug zu warten hatten, lernten wir uns näher kennen. Sie war Amerikanerin und hieß *Jeany*. Mit ihrem langen dunkeln Haar und den betont schönen Gesichtszügen erinnerte sie mich an eine damals begehrte Filmschauspielerin, weshalb ich sie auch fragte, ob sie etwa aus Hollywood käme. Sie lächelte und sagte, dass sie in Honolulu auf Hawaii wohne und sich nun allein auf einem Flug um die ganze Welt als Passagier der ersten Klasse befinde. Musste sie reich sein, so schoss es mir durch den Kopf. Sie wollte alles von mir wissen, was in der uns verbleibenden Zeit noch zu berichten möglich war. Schließlich gab sie mir ihre Visitenkarte, und ich musste ihr versprechen, sie auf Hawaii zu besuchen. Dann umarmte sie mich, und wir winkten uns noch auf dem Weg zum Flugzeug hinterher. Ich nahm mir vor, diese wunderschöne Frau auf jeden Fall aufzusuchen, koste es, was es wolle. Und als ich auf ihre Visitenkarte schaute, entdeckte ich, dass sie ein Apartment im Hilton Hotel am Waikiki Beach gemietet hatte.

Während meiner Weiterreise sollte ich immer wieder an diese schöne Amerikanerin denken, nicht ahnend, welch verwunderliche Erlebnisse mir mit ihr auf Hawaii und in Alaska bevorstehen würden. Ja, ich musste sie unbedingt wiedersehen. Was ich aber mit ihr an Eigenartigem dort erleben würde, wird im nächsten Band zu berichten sein.

Und dann saß ich im Flugzeug, das mich zu der einsamsten und zugleich mysterienreichsten Insel der Welt bringen wird.

(Diese Kapitel des ersten Bandes meiner Weltreise wurden im Januar 2006 am Arambol Beach in Goa/Indien geschrieben.)

Der Autor

Trutz Hardo schreibt seine Bücher in den Wintermonaten im Fernen Osten. Er trampte fünfeinhalb Jahre um die ganze Welt und anschließend zweieinhalb Jahre durch ganz Afrika. Bisher hat er ca. 140 Länder besucht und 24 Jobs ausgeführt – u. a. Taxifahrer in Berlin, Matrose, Kellner, Rausschmeißer in einem Nachtlokal in Sydney, Reiseleiter in den USA, Tür zu Tür als Enzyklopädien-Verkäufer in Australien, Neuseeland und Südafrika, Tellerwäscher in Kopenhagen, Fabrikarbeiter in Kalifornien u. a.. Er studierte Germanistik und Geschichte und arbeitete an einem Berliner Gymnasium als Lehrer. Er ist Autor vieler esoterischer Bücher (siehe Amazon.de) und als Weltneuheit Schriftsteller des ersten Romans in sieben Farben, der zugleich der umfangreichste Roman der deutschen Literatur ist. Der Gesamttitel dieser Tetralogie heißt MOLAR und beschreibt anhand der Familiengeschichte seines Vaters und Dichters mit seinem Pseudonym 'Molar' zugleich die Geschichte des deutschen Volkes in den Jahren 1933 bis 1949.

Trutz Hardo als Reinkarnationstherapeut

Seine eingehende Beschäftigung mit Reinkarnation und Rückführungen in frühere Leben führten ihn zur Reinkarnationstherapie, da die damit sich befassende Forschung herausgefunden hat, dass die Ursache zahlreicher Probleme wie z. B. Phobien, chronische Beschwerden, Allergien und Beziehungsschwierigkeiten in früheren Leben liegen kann.

Wenn somit die jeweils eigentliche Ursache gefunden wird, kann eine Reprogrammierung erfolgen, womit das Problem in seiner heutigen Auswirkung, z. B.in Form von Asthma, Heuschnupfen, Klaustrophobie, Impotenz, Partnerproblemen usw. oftmals behoben ist.

Trutz Hardo, der seine Ausbildung bei dem bekanntesten Reinkarnationstherapeuten und -lehrer Amerikas, Richard Sutphen, erhielt, konnte schon vielen Menschen in Privatsitzungen zur Erfahrung einer Besserung oder gar völligen Beseitigung ihrer Probleme verhelfen. Seit 1989 führt er auch Ausbildungsseminare für Rückführungstherapeuten und Reinkarnationsleiter durch, sodass es heute schon einige Ärzte, Therapeuten und Heilpraktiker gibt, die in dieser aus Amerika stammenden Therapie von ihm ausgebildet sind.

Im November 1992 demonstrierte Trutz Hardo in SAT1 „Einspruch" eine Zeitversetzung in die Zukunft, und zwar in das Jahr 3030. Im April 1994 war er in Schreinemakers Live mit einer Gruppenrückführung zu Gast. Er führte auch Frau Schreinemakers in zwei ihrer früheren Leben zurück. In der Sendereihe Mysteries trat er am 14. August 1997 bei RTL auf, wo er den Moderator Jörg Draeger in ein früheres Leben zurückführte.

Trutz Hardo hat eine ganze Anzahl von Vorträgen über esoterische Themen gehalten, sei es über Goethe als Esoteriker, über seine eigenen Erlebnisse bei philippinischen und brasilianischen Wunderchirurgen, über den Nutzen von Rückführungen in frühere Leben, über das Einwirken der Jenseitigen auf das diesseitige Leben, über Kommunikationsmöglichkeiten mit dem Jenseits, über die Beschaffenheit des Jenseits, über Beweise für Reinkarnationen, über die Geschichte des Reinkarnationsglaubens u.a.m.

Er ist in der heutigen New-Age-Szene ein bekannter Mann und ein bestens qualifizierter Sprecher für das „Neue Denken", das sich unter einer neuen Generation immer mehr verbreitet. Trutz Hardo lebt heute in Berlin.

**Seminare und Ausbildungen zum
Rückführungstherapeuten mit Trutz Hardo sind unter**

www.trutzhardo.de

einzusehen.

Nachfolgend aufgeführte **Bücher** von Trutz Hardo sind im Buchhandel erschienen oder über www.silberschnur.de zu beziehen

Der Roman in sieben Farben in vier Bänden
(Dieser behandelt die Geschichte des deutschen Volkes zwischen 1933 und 1949. Er ist der umfangreichste Roman der deutschen Literatur. Im Mittelpunkt steht der Dichter Molar und seine Familie.)
1.   MOLAR (auch ‚Molar und seine Kinder')
2.   LILIA
3.   JEDEM DAS SEINE [2]
4.   MARIA (juristisch vorzensiert)

Sachbücher
Das große Handbuch der Reinkarnation
Das große Handbuch der Sexualität
Wiedergeburt – Die Beweise
Entdecke deine früheren Leben
Reinkarnation aktuell
Supersurfing (in Ko-Autorenschaft mit Johannes von Buttlar[3])

Durch den Vertrieb T. Hockemeyer, mail@trutzhardo.de sind folgende Dramen und Bücher von Trutz Hardo zu beziehen, die noch nicht im Buchhandel zu erhalten sind:

Valerian, ein Kaiserdrama (12 EUR)
Wiedergeboren, eine Reinkarnationskomödie (10 EUR)
Gift und Liebe, ein Reinkarnationsdrama (10 EUR)
Liebe auf den ersten Blick, eine Reinkarnationskomödie (10 EUR)
Wenn ich doch nur wüsste, warum; ein Familiendrama (10 EUR)
T & F – Ein Roman über die Dichtung und die Liebe (15 EUR)

---

[2] Dieses Buch ist in Deutschland wegen des Bezuges zum Karmagesetz auf den Holocaust verboten.
[3] Johannes Freiherr Treusch von Buttlar-Brandenfels, in Kurzform Johannes von Buttlar, ist Sachbuchautor, der über 30 Bücher zu Themen wie Esoterik oder UFOs sowie Anti-Aging, aber auch vereinzelt zum Thema Astrophysik, verfasste. Quelle: Wikipedia

Per Anhalter um die Welt – Teil II
Süd-, Mittel- und Nordamerika, Karibik, Westafrika
erschienen bei tredition Verlag Hamburg
ISBN: 978-3-7345-1226-1 (Paperback)
978-3-7345-1227-8 (Hardcover)
978-3-7345-1228-5 (e-Book)

Reise zu den Geistern Afrikas – Weltreise Teil III
Von Tunesien bis Kenia
erschienen bei tredition Verlag Hamburg
ISBN: 978-3-7345-1229-2 (Paperback)
978-3-7345-1230-8 (Hardcover)
978-3-7345-1231-5 (eBook)

Reise ins spirituelle Afrika – Weltreise Teil IV
Von Zentralafrika bis Südafrika
erschienen bei tredition Verlag Hamburg
ISBN: 978-3-7345-1232-2 (Paperback
978-3-7345-1233-9 (Hardcover)
978-3-7345-1234-6 (e-Book)

Der blinde Dichter; ein Reinkarnationsroman
Erschienen bei tredition Verlag Hamburg
ISBN: 978-3-7345-1252-0 (Paperback)
978-3-7345-1253-7 (Hardcover)
978-3-7345-1254-4 (e-Book)

Mörder im Taxi – Erlebnisse eines Taxifahrers
erschienen bei tredition Verlag Hamburg
ISBN: 978-3-7345-1255-1 (Paperback)
978-3-7345-1256-8 (Hardcover)
978-3-7345-1257-5 (e-Book)

Der Rabbi von Majdanek oder Bitte um Vergebung
Ein Lese-Drama in 34 Szenen
erschienen bei tradition Verlag Hamburg
ISBN: 978-3-7345-1258-2 (Paperback)
       978-3-7345-1259-9 (Hardcover)
       978-3-7345-1260-5 (e-Book)

Das Geheimnis der Sonnenblume – ein magisches Märchen
Mit einem Vorwort von Chris Griscom
Neuauflage erschienen bei tradition Verlag Hamburg
ISBN: 978-3-7345-1262-9 (Paperback)
       978-3-7345-1263-6 (Hardcover)
       978-3-7345-1264-3 (e-Book)

Bilder und Karten im Buch:
Die abgebildeten Fotos wurden vom Autor oder in seinem Auftrag ge-
macht und sind sein Eigentum.
Bei den Kartenausschnitten handelt es sich um Ablichtungen von
Landkarten. Das Kartenmaterial wurde in Singapur, Indien u. Südaf-
rika erworben.

MIX

Papier | Fördert
gute Waldnutzung

FSC® C083411

Zeitfracht Medien GmbH
Ferdinand-Jühlke-Straße 7
99095 Erfurt, Deutschland
produktsicherheit@kolibri360.de